La Maison au milieu de la Mer céruléenne

TJ KLUNE

LA MAISON AU MILIEU DE LA MER CÉRULÉENNE

Traduit de l'anglais (États-Unis)
par Cécile Tasson

DE SAXUS

Ceci est une œuvre de fiction.
Toute ressemblance avec des personnages, lieux, organisations ou évènements existant ou ayant existé ne serait que purement fortuite.

AVERTISSEMENT DE CONTENU

MALTRAITANCE INFANTILE, HUMILIATION, HARCÈLEMENT, ANXIÉTÉ, HOMOPHOBIE, GROSSOPHOBIE

La Maison au milieu de la Mer céruléenne
par TJ Klune

THE HOUSE IN THE CERULEAN SEA

Illustration de couverture (relié) : Red Nose Studio
Illustration de couverture (broché) et de jaquette (relié) : Peter Stanimirov

Couverture française : Conception graphique Eilean Books - Volodymyr Feshchuk

Ouvrage publié sous la direction de Sam Souibgui
Coordination et suivi éditorial : Christian Martin

À ceux qui sont à mes côtés depuis le début :
regardez ce que nous avons accompli.
Merci à vous.

Un

« Oh là là ! s'exclama Linus Baker en épongeant son front dégoulinant de sueur. Voilà qui est très inhabituel. »

C'était un euphémisme. Subjugué, il observait Daisy, une jeune fille âgée de 11 ans, faire léviter des morceaux de bois dans les airs, très haut au-dessus de sa tête. Les blocs décrivaient des cercles concentriques à faible allure. Le bout de la langue coincé entre les dents, Daisy fronçait les sourcils sous le coup de la concentration. Le spectacle se poursuivit une bonne minute avant que les objets en suspension ne redescendent lentement vers le sol. Le degré de contrôle de la fillette était stupéfiant.

« Je vois », dit Linus en griffonnant avec ardeur sur son carnet.

Ils se trouvaient dans le bureau de la directrice, une pièce bien ordonnée dont la moquette marron et les meubles anciens avaient été fournis par l'État. Aux murs étaient accrochés des portraits de lémuriens aux poses variées que la maîtresse de l'établissement lui avait montrés avec fierté, en lui avouant que la peinture était sa passion. Si elle ne s'était pas occupée de cet orphelinat, elle aurait parcouru le pays dans un cirque en tant que dresseuse de lémuriens ou aurait ouvert une galerie pour exposer son art aux yeux de tous. Selon Linus, il était préférable pour le monde que ces tableaux restent dans cette pièce. Toutefois, il garda sa remarque pour lui-même. Il n'était pas venu ici pour jouer les critiques.

« Et t'arrive-t-il souvent de... euh, tu sais ? Faire voler des objets ? »

La directrice de l'orphelinat, une femme courtaude aux cheveux crépus, s'avança.

« Oh non, pas souvent », répondit-elle rapidement. Elle se tordit les mains et jeta des coups d'œil nerveux à droite et à gauche. « Peut-être une à deux fois par... an ? »

Linus se racla la gorge.

« Par mois, se reprit-elle. Suis-je sotte ! Pourquoi ai-je dit "par an" ? Ma langue aura fourché. C'est bien ça, une à deux fois par *mois*. Vous savez ce que c'est. En grandissant, les enfants font davantage de... choses.

— Est-ce exact ? demanda Linus à Daisy.

— Oh oui ! s'exclama cette dernière. Une ou deux fois par mois. Pas plus. »

Elle lui adressa un sourire angélique. Il se demanda alors si on l'avait préparée à répondre correctement à ses questions avant son arrivée. Cela n'aurait pas été la première fois et il avait conscience que ce ne serait pas la dernière.

« Soit », dit Linus.

La directrice et la jeune fille patientèrent tandis qu'il grattait le papier de la pointe de son stylo. Il sentait leurs regards sur lui, mais il restait concentré sur ce qu'il écrivait. La précision exigeait de l'attention. Il était une personne très minutieuse et la visite de cet orphelinat en particulier s'était révélée pour le moins instructive. Il lui fallait consigner le plus de détails possible pour pouvoir remplir son rapport une fois de retour à son bureau.

Clairement nerveuse, la directrice coiffa les cheveux noirs indisciplinés de la fillette en arrière et les maintint en place à l'aide de petites barrettes en plastique en forme de papillons. Daisy, elle, fixait avec un regard triste les blocs sur le sol comme si elle rêvait de les faire léviter de nouveau. Un tressautement agitait ses sourcils touffus.

« Sais-tu le contrôler ? » demanda Linus.

Avant que la fillette ait ouvert la bouche, la directrice répondit à sa place :

« Bien évidemment ! Nous ne l'autoriserions pas à... »

Il leva la main pour l'interrompre.

« Je souhaiterais, madame, entendre la réponse de Daisy. Bien que je ne doute pas un instant que vous agissiez dans son intérêt, j'ai constaté que les enfants comme elle se montrent souvent plus... francs. »

La directrice chercha à reprendre la parole, mais Linus haussa un sourcil pour la réduire au silence. Alors, elle soupira et, tout en hochant la tête, s'éloigna d'un pas.

Après avoir écrit une dernière note, il reboucha son stylo et le rangea, ainsi que son carnet, à l'intérieur de sa serviette. Il se leva de sa chaise et s'accroupit devant la petite fille malgré les protestations de ses genoux.

Les yeux écarquillés, elle se mordillait les lèvres.

« Daisy ? Sais-tu le contrôler ? »

Elle hocha la tête.

« Je crois ? Depuis que l'on m'a emmenée ici, je n'ai blessé personne. » Une moue triste déforma ses lèvres. « À part Marcus. Je n'aime pas faire du mal aux gens. »

Il avait envie de la croire.

« Personne ne t'a accusée du contraire. Seulement, parfois, il arrive que nous ne soyons pas capables de maîtriser les... dons que nous avons reçus. Ce n'est pas nécessairement la faute de ceux qui les possèdent. »

Son explication ne sembla pas la rassurer.

« Alors, de qui est-ce la faute ? »

Linus cligna des yeux.

« Eh bien, je suppose qu'il existe divers facteurs. Des recherches récentes suggèrent que les états émotionnels extrêmes pourraient engendrer des complications comme celle que tu as vécue. La tristesse. La colère. Ou même la joie. Peut-être étais-tu si heureuse que, sans le vouloir, tu as lancé cette chaise sur ton ami Marcus ? »

Cet incident était la raison de sa présence ici. Le garçon, dont la queue s'était retrouvée pliée à un angle anormal, avait été emmené à l'hôpital afin d'être examiné. Les professionnels de santé avaient aussitôt envoyé un rapport au Ministère de la Jeunesse Magique, comme ils étaient tenus de le faire. Cela avait entraîné une enquête, en conséquence de laquelle Linus avait été assigné à cet orphelinat.

« Oui, répondit la petite. Vous avez tout compris. Cela m'a fait tellement plaisir que Marcus vole mes crayons de couleur que je lui ai jeté une chaise dans le dos.

— Je vois. T'es-tu excusée ? »

Elle baissa de nouveau les yeux vers ses blocs et se dandina d'un pied sur l'autre.

« Oui. Il a dit qu'il ne m'en voulait pas. Il a même taillé mes crayons avant de me les rendre. Il y arrive mieux que moi.

— Quelle gentille attention ! » remarqua Linus. Il pensa un instant à lui tapoter l'épaule, mais cela n'aurait pas été convenable de sa part. « Je sais que tu ne voulais pas lui faire de mal. Pas vraiment. À l'avenir, nous essaierons peut-être de prendre un instant pour réfléchir avant de laisser nos émotions nous emporter. Qu'en penses-tu ? »

Elle hocha la tête avec empressement.

« Oh oui. Je vous promets de prendre un instant pour réfléchir, la prochaine fois que je voudrai lancer une chaise à la simple force de mon esprit. »

L'agent soupira.

« Ce n'est pas exactement ce que je... »

Dans les profondeurs de la vieille maison, une cloche retentit.

« C'est l'heure des biscuits ! s'écria Daisy en s'élançant vers la sortie.

— Un seul, lui rappela la directrice. Sinon, tu n'auras plus faim pour le dîner !

— D'accord ! » cria la petite avant de claquer la porte derrière elle.

Le bruit de ses petits pas résonna dans le couloir tandis qu'elle courait en direction de la cuisine.

« Elle va en manger davantage, marmonna la directrice en se laissant tomber sur son fauteuil, derrière son bureau. Comme d'habitude.

— Il me semble qu'elle l'a bien mérité », lui fit remarquer Linus.

Elle se passa une main sur le visage avant de le regarder avec méfiance.

« Eh bien, voilà. Nous y sommes. Vous avez interrogé tous les enfants. Vous avez inspecté la maison. Vous avez pu constater que Marcus se porte bien. Et malgré... l'incident de la chaise, Daisy n'a clairement pas de mauvaises intentions. »

Il partageait son avis. Le garçon n'avait pas cherché à causer des ennuis à sa camarade. Il avait été bien trop occupé à tenter de le convaincre de signer son plâtre. Évidemment, Linus s'était dérobé en lui expliquant que cela n'aurait pas été professionnel de sa part. Marcus avait été déçu, mais avait presque aussitôt repris du poil de la bête. Linus s'était émerveillé, comme il le faisait parfois, de la résilience des enfants.

« Absolument.

— Vous n'accepterez sans doute pas de me dire ce que vous comptez écrire dans votre rapport… »

Il se hérissa.

« Il en est hors de question. Vous recevrez une copie lorsque je l'aurai terminé. Vous le savez. À ce moment seulement prendrez-vous connaissance de son contenu. Pas avant.

— Bien sûr, s'empressa d'ajouter la directrice. Je ne voulais pas suggérer que vous…

— Je suis ravi que vous le voyiez ainsi. Et je sais que le MJM vous en sera également reconnaissant. » Il s'affaira au-dessus de sa serviette et en ordonna le contenu jusqu'à ce qu'il en soit satisfait. Alors, il la referma et engagea les cadenas. « À présent, à moins que vous n'ayez quelque chose à ajouter, je vais prendre congé et vous souhaiter…

— Les enfants vous apprécient.

— Je les aime aussi, fit-il. Sinon, je ne ferais pas ce métier.

— Ce n'est pas toujours le cas de vos semblables. » Elle se racla la gorge. « Ou plutôt, des autres agents. »

Il lorgna la porte avec regret. La délivrance avait été si proche. Il se retourna en serrant son sac devant lui, comme un bouclier.

La directrice se leva de son fauteuil et contourna le bureau. Par réflexe, Linus recula d'un pas. Toutefois, elle ne s'approcha pas davantage. Elle se contenta de s'appuyer contre le meuble.

« Nous en avons eu… d'autres, lui confia-t-elle.

— Vraiment ? Ce n'est pas si étonnant, bien sûr, mais…

— Ils ne voient pas les enfants, reprit-elle. Ils ne voient pas qui ils sont, seulement ce dont ils sont capables.

— Il faut leur laisser leur chance, comme à tous les enfants. Quel espoir auraient-ils d'être adoptés si nous les traitions comme des créatures que nous devons craindre ? »

Elle rit doucement.

« Adoptés. »

Il plissa les yeux.

« Ai-je dit quelque chose de risible ? »

Elle secoua la tête.

« Pas du tout. Veuillez m'excuser. Vous êtes rafraîchissant, à votre façon. Votre optimisme est contagieux.

— Oui, je suis un véritable boute-en-train, rétorqua-t-il d'une voix monotone. Bien. À présent, s'il n'y a rien d'autre, je connais la...

— Comment pouvez-vous faire ce que vous faites ? » demanda-t-elle.

Elle blêmit d'un seul coup, comme si elle n'arrivait pas à croire sa propre audace.

« Je ne comprends pas où vous voulez en venir.

— Travailler pour le MJM. »

De la sueur coulait le long de la nuque de Linus jusque sous le col de sa chemise. À l'intérieur du bureau, la température était atrocement élevée. Pour la première fois depuis longtemps, il regrettait de ne pas se trouver à l'extérieur, sous la pluie.

« Que reprochez-vous au MJM ? »

Elle hésita.

« Je ne cherche à offenser personne.

— Je l'espère bien.

— Seulement... » Elle se redressa sans décroiser les bras. « Vous ne vous posez pas de questions ?

— Jamais », répondit-il aussitôt. Avant d'ajouter : « À quel propos ?

— À propos du sort que subit un endroit comme celui-ci, une fois que vous avez rendu votre rapport final ? De ce qu'il advient des enfants ?

— Si l'on ne me demande pas de revenir enquêter, j'imagine qu'ils continuent leur vie d'enfants brillants et heureux jusqu'à ce qu'ils deviennent des adultes qui le sont tout autant.

— Des adultes que le gouvernement continuera de surveiller à cause de leur nature. »

Linus se sentait acculé. Il ne s'était pas préparé à une telle discussion.

« Je ne travaille pas pour le Ministère des Adultes Magiques. Si vous avez la moindre inquiétude à ce sujet, je vous conseille de les contacter. Moi, je m'intéresse au bien-être des enfants, rien d'autre. »

La directrice afficha un sourire triste.

« Ils ne restent pas éternellement des enfants, monsieur Baker. Ils finissent toujours par grandir.

— Tout à fait, en apprenant à s'appuyer sur les ressources que des personnes telles que vous leur fournissent au cas où ils ne seraient pas adoptés. » Il esquissa un nouveau pas en direction de la porte. « Maintenant, si vous voulez bien m'excuser, j'ai un bus à prendre. Le trajet de retour est long. Je ne voudrais pas le rater. Je vous remercie pour votre accueil. Encore une fois, dès que mon rapport sera complet, vous en recevrez une copie pour vos archives. N'hésitez pas à nous joindre si vous avez la moindre question.

— Cela tombe bien, je voulais vous…

— Envoyez-la-moi par écrit », l'interrompit Linus qui avait déjà passé la porte. « Je l'attendrai. » Il la referma derrière lui et le pêne émit un « clic » en s'enclenchant. Il prit une grande inspiration, puis souffla longuement. « Bien joué, mon vieux. Maintenant, elle va t'envoyer des centaines de questions.

— Je vous entends ! » s'exclama la directrice à travers la porte.

Il sursauta et s'éloigna dans le couloir sans demander son reste.

Il était sur le point de franchir la porte principale lorsqu'un éclat de rire attira son attention. Sans réfléchir, il avança à pas de loup en direction de la cuisine. Il dépassa les posters punaisés aux murs qui étaient affichés dans tous les orphelinats financés par le MJM qu'il avait visités. Ils représentaient des enfants souriants en dessous desquels figuraient des légendes telles que : NOUS SOMMES ENCORE PLUS HEUREUX LORSQUE NOUS OBÉISSONS ou UN ENFANT DISCRET EST UN ENFANT EN BONNE SANTÉ ou encore PAS BESOIN DE MAGIE QUAND ON A DE L'IMAGINATION !

Il passa la tête par la porte de la cuisine.

Là, assis à une grande table en bois, se trouvait un groupe d'enfants.

Parmi eux, il y avait un garçon aux bras couverts de plumes bleues.

Une fillette avec un rire de sorcière ; ce qui tombait bien, étant donné que d'après son fichier, c'était précisément ce qu'elle était.

Une fille plus âgée à la voix si envoûtante qu'elle pouvait faire échouer les navires sur le rivage. À la lecture de son dossier, Linus avait tressailli.

Il y avait également un selkie, un jeune garçon avec une fourrure posée sur les épaules.

Et bien sûr, Daisy et Marcus, installés côte à côte. La bouche pleine de biscuits, la gamine s'émerveillait du plâtre de son camarade, posé sur la table. Il lui souriait. Son visage était couvert de taches de rousseur. Il lui demanda de dessiner quelque chose dessus avec l'un de ses crayons de couleur. Elle accepta sans hésiter.

« Une fleur, proposa-t-elle, ou un insecte avec de grandes dents et un énorme dard.

— Oooh, souffla son ami. Un insecte ! Je veux un insecte ! »

Satisfait de ce qu'il avait vu, Linus les laissa tranquilles et se dirigea de nouveau vers la sortie. Ce n'est qu'à ce moment qu'il se rappela qu'il avait, une fois de plus, oublié son parapluie. Il soupira.

« Bon sang... »

Alors, il ouvrit la porte et brava la pluie pour s'engager sur le long chemin du retour.

Deux

« Monsieur Baker ! »

Linus grogna intérieurement. Jusqu'à cet instant, la journée s'était bien déroulée. Ou presque. Il avait taché sa chemise blanche avec la vinaigrette orange de la salade fanée qu'il avait achetée à la cafétéria. En tentant de la nettoyer, il n'avait fait qu'aggraver le problème. Et pour ne pas changer, il avait oublié son parapluie chez lui alors que la pluie martelait le toit au-dessus de sa tête et ne comptait clairement pas s'arrêter de sitôt.

Mais, hormis ces menus détails, la journée se passait bien.

En grande partie.

Lorsque Mlle Jenkins approcha, le cliquetis des touches d'ordinateur cessa autour de lui. C'était une femme sévère, aux cheveux tirés si fort en arrière que sa ligne de sourcils remontait jusqu'au milieu de son front. Linus se demandait parfois s'il lui était déjà arrivé de sourire. Probablement pas. Mlle Jenkins était une personne austère, aussi chaleureuse qu'un serpent en colère.

Elle était également sa supérieure. Aussi, Linus Baker n'osait pas la contrarier.

Il remonta le col de sa chemise d'un geste nerveux tandis qu'elle se frayait un chemin entre les bureaux, ses talons claquant contre le sol en pierre froid. Son assistant, un affreux bonhomme aux allures de batracien qui répondait au nom de Gunther, la suivait avec un porte-bloc à la main et un crayon incroyablement long pour noter les noms de tous ceux qui, selon lui, tiraient au flanc. Chaque soir, on relevait les mauvais points attribués et on les ajoutait au décompte de la semaine. À la fin de chaque semaine, ceux qui avaient obtenu cinq remarques ou plus voyaient ces blâmes consignés dans leur dossier personnel. Une telle perspective ne réjouissait personne.

Ceux que Mlle Jenkins et Gunther dépassaient baissaient la tête et faisaient semblant de travailler. Linus savait que ce n'était pas le cas. Ils tentaient d'écouter la conversation pour comprendre ce qu'il avait fait de mal et quelle serait sa punition. Il y avait des chances pour qu'on lui demande de partir plus tôt et pour qu'on retienne une partie de son salaire. Ou peut-être devrait-il travailler plus tard que d'habitude… mais on lui prélèverait quand même une partie de son salaire. Dans le pire des cas, il serait renvoyé, sa vie professionnelle serait terminée, et il n'aurait plus jamais à se soucier de sa paie.

Dire qu'on était à peine mercredi.

Ah non. Mardi. Cela rendait la situation encore plus pathétique.

Il n'avait pas la moindre idée de ce qu'il avait fait de mal… Était-il revenu un quart d'heure trop tard de sa pause déjeuner ? Son dernier rapport n'avait-il pas été à la hauteur de leurs exigences ? Son esprit fonctionnait à cent à l'heure. Avait-il passé trop de temps à essayer de nettoyer sa tache de vinaigrette ? Avait-il laissé une erreur typographique dans son compte-rendu ? Il en doutait. Contrairement à sa chemise, l'exposé avait été impeccable.

Pourtant, Mlle Jenkins arborait une expression courroucée, une expression qui ne présageait rien de bon pour son futur. D'habitude, cette pièce était frigorifique, mais à présent, il y régnait une chaleur oppressante. Même s'il y avait des courants d'air, et la météo désastreuse n'arrangeait rien à l'affaire, il sentait des gouttes de sueur couler le long de sa nuque. La lumière verdâtre de l'écran de son ordinateur lui paraissait trop brillante. Il avait du mal à conserver une respiration calme et régulière. Lors de sa dernière visite médicale, son docteur lui avait annoncé que sa pression sanguine était trop élevée et qu'il devait éliminer les facteurs de stress de sa vie.

Mlle Jenkins en était clairement un.

Bien entendu, il garda cette pensée pour lui.

Son petit bureau en bois se trouvait presque au centre de la pièce : rangée L, bureau sept, parmi vingt-six rangées de quatorze bureaux chacune. Il n'y avait pratiquement aucun espace entre les tables. Une personne mince n'aurait eu aucun problème pour passer entre eux, mais quelqu'un avec quelques kilos en trop au niveau de la ceinture abdominale (« quelques » étant le maître mot) aurait rencontré plus de difficultés. S'ils avaient été autorisés à poser des effets personnels sur leur poste de travail, cela aurait rapidement tourné à la catastrophe pour quelqu'un tel que Linus. Mais, comme cela était interdit par le règlement, il se contentait de se cogner aux meubles et de s'excuser auprès de ses collègues agacés. C'était l'une des raisons pour lesquelles il attendait que la pièce se vide, le soir, pour partir à son tour. Sans parler du fait qu'il venait de fêter ses 40 ans et que son existence se résumait à une maison minuscule, un chat caractériel qui survivrait sans doute à tout le monde et un tour de taille qui ne cessait de s'agrandir et que son médecin avait tâté avec une certaine dose de jubilation tout en s'épanchant sur les miracles des régimes amaigrissants.

D'où la salade de la cafétéria.

Accrochées au-dessus de leurs têtes, des pancartes au slogan d'un enthousiasme épouvantable proclamaient : VOUS FAITES DU BON TRAVAIL et RENDEZ COMPTE DE CHAQUE MINUTE DE VOTRE JOURNÉE CAR UNE MINUTE PERDUE EST UNE MINUTE GÂCHÉE. Linus les détestait.

Il posa les mains à plat sur son bureau pour s'empêcher de serrer les poings et d'enfoncer les ongles dans ses paumes. M. Tremblay, qui était assis dans la rangée L, bureau six, lui adressa un sourire malveillant. C'était un homme bien plus jeune que lui qui semblait s'épanouir dans son travail.

« Quelqu'un va avoir des ennuis », lui chuchota-t-il

Les lèvres pincées, Mlle Jenkins atteignit enfin son bureau. Comme à son habitude, elle semblait s'être maquillée dans le noir, sans l'aide d'un miroir. Le rouge sur ses joues était magenta et ses lèvres avaient la couleur du sang. Elle portait un tailleur-pantalon noir avec une chemise dont les boutons étaient fermés jusque sous son menton. Sa maigreur la rendait presque immatérielle. Elle était faite d'os saillants recouverts d'une peau trop tendue.

Gunther, de son côté, était aussi jeune et frais que M. Tremblay. Selon la rumeur, il aurait été le fils d'une *personne importante*, sans doute d'un Cadre Extrêmement Supérieur. Linus ne discutait pas beaucoup avec ses collègues, mais il entendait quand même leurs commérages murmurés. Très tôt, il avait compris que s'il ne parlait pas, les gens oubliaient sa présence, voire son existence. Une fois, quand il était enfant, sa mère lui avait dit qu'il se confondait avec la peinture sur le mur. Comme elle, les autres se souvenaient seulement de lui si on leur rappelait qu'il était là.

« Monsieur Baker », répéta Mlle Jenkins en rugissant presque son nom.

Debout à côté d'elle, Gunther lui souriait de toute sa hauteur, sans une once de chaleur. Avec ses dents parfaitement blanches et droites et ses fossettes au niveau du menton, il possédait une beauté inquiétante. Son sourire aurait pu être charmant, si son regard n'avait pas été aussi froid. Le seul moment où il affichait un sourire sincère était lorsqu'il effectuait des inspections surprises et notait blâme après blâme sur son bloc-notes avec son long crayon.

C'était peut-être cela. Linus allait peut-être recevoir son premier mauvais point, pratique à laquelle il avait miraculeusement échappé depuis l'arrivée de Gunther et de son système. Les agents étaient sous surveillance permanente. D'énormes caméras pendaient du plafond et enregistraient leurs faits et gestes. Si quelqu'un était surpris en train de faire quelque chose de mal, les grosses enceintes fixées aux murs prenaient vie dans un crépitement et des cris retentissaient pour coller des blâmes à rangée K, bureau deux, ou rangée Z, bureau treize.

Personne n'avait jamais vu Linus mal gérer son temps. Il était bien trop intelligent pour ça. Et bien trop craintif.

Du moins, c'était ce qu'il avait cru jusqu'à présent.

Il allait recevoir un blâme.

Ou cinq blâmes d'un coup qui seraient reportés dans son dossier personnel, une erreur qui porterait un coup sur ses dix-sept ans de bons et loyaux services au sein du ministère. Sans doute avaient-ils remarqué la tache de vinaigrette. Il y avait des règles très strictes concernant la tenue correcte exigée. Celles-ci étaient énumérées de façon exhaustive entre les pages 242 et 246 des *RÈGLES ET RÈGLEMENTS*, le manuel destiné aux employés du Ministère de la Jeunesse Magique. Peut-être quelqu'un avait-il vu la tache et l'avait dénoncé auprès de la direction ? Cela ne l'aurait pas étonné. Après tout, certaines personnes avaient été renvoyées pour moins que ça.

Linus n'en avait que trop conscience.

« Mademoiselle Jenkins, dit-il d'une voix à peine plus forte qu'un murmure. Quel plaisir de vous voir aujourd'hui ! » C'était un mensonge. Voir Mlle Jenkins n'était jamais un plaisir. « Que puis-je faire pour vous ? »

Le sourire de Gunther s'élargit. Dix blâmes d'un coup ? La vinaigrette était orange, après tout. Il n'aurait pas besoin d'un carton pour emporter ses affaires. Les seules choses qui lui appartenaient étaient les habits qu'il portait et un tapis de souris, avec la photo à moitié effacée d'une plage de sable fin et de la mer la plus bleue du monde. Tout en haut était écrite la légende : N'AIMERIEZ-VOUS PAS ÊTRE ICI ?

Si. Il en rêvait tous les jours.

Apparemment, son interlocutrice n'était pas disposée à lui rendre sa formule de politesse.

« Qu'avez-vous fait ? » vociféra-t-elle.

Elle haussait les sourcils si fort qu'ils touchaient presque la naissance de ses cheveux, ce qui, d'un point de vue purement physique, aurait dû être impossible.

Linus déglutit avec peine.

« Excusez-moi, mais je ne suis pas certain de comprendre à quoi vous faites allusion.

— J'ai du mal à y croire.

— Oh. Je suis… désolé ? »

Gunther griffonna quelque chose sur son bloc-notes. Il ajoutait sans doute un mauvais point à Linus pour les auréoles bien visibles sous ses bras. Malheureusement, il ne pouvait rien y faire.

Sa superviseuse ne sembla pas accepter ses excuses.

« Vous avez forcément fait quelque chose », insista-t-elle.

Il fallait peut-être qu'il s'explique au sujet de la tache de vinaigrette. Ce serait comme retirer un pansement. Mieux valait l'arracher d'un coup, plutôt que de prendre son temps.

« Oui. Euh, vous voyez, j'essaie de manger de manière plus saine. Je fais un régime, en quelque sorte. »

Sa supérieure fronça les sourcils.

« Un régime ? »

Linus hocha vivement la tête.

« Ordre du médecin.

— Alors ? On a quelques kilos en trop ? » demanda Gunther que l'idée semblait un peu trop réjouir.

Linus rougit.

« On dirait bien. »

L'affreux bonhomme émit un grognement de sympathie.

« Je m'en étais rendu compte. Pauvre ami. Mieux vaut tard que jamais, je suppose. »

Il tapota son propre ventre, parfaitement plat, avec le bord de son bloc-notes.

Décidément, cet homme était odieux. Linus garda cette pensée pour lui.

« Merveilleux.

— Vous n'avez toujours pas répondu à ma question, intervint Mlle Jenkins d'un ton cassant. Qu'avez-vous pu bien faire ? »

Autant se lancer.

« Un simple faux pas. Quel maladroit je fais ! J'essayais de manger une salade, mais visiblement, le kale avait une autre idée en tête, car il a glissé de ma…

— Je ne comprends rien à ce que vous jacassez ! » le coupa-t-elle en se penchant en avant et en posant les mains sur son bureau. Ses ongles étaient peints en noir. Elle les fit claquer

contre le bois. On aurait dit un bruit d'os qui s'entrechoquaient.
« Taisez-vous.

— Oui, mademoiselle. »

Elle le dévisagea.

Son estomac se noua vivement.

« On vous demande, fit-elle lentement, d'assister à une réunion avec les Cadres Extrêmement Supérieurs demain matin. »

Il ne s'était pas attendu à une telle annonce. Mais alors, pas du tout. En fait, parmi toutes les choses qu'aurait pu dire Bédélia Jenkins à cet instant précis, celle-ci était sans doute la plus improbable.

Il cligna des yeux.

« Pardon ? »

Raide comme un piquet, elle croisa les bras sous sa poitrine et agrippa ses coudes.

« J'ai lu tous vos rapports. Ils sont, au mieux, passablement satisfaisants. Alors, imaginez ma surprise lorsque j'ai reçu une note disant que Linus Baker était convoqué. »

Soudain, il avait très froid. Il n'avait jamais participé à une réunion des Cadres Extrêmement Supérieurs de toute sa carrière. En fait, il les avait seulement vus durant les fêtes, lors du buffet de fin d'année, durant lequel ils se plaçaient les uns à côté des autres pour servir avec un grand sourire du jambon rôti trop sec et de la purée pleine de morceaux sur des plateaux en alu à leurs subalternes en leur disant qu'ils avaient bien mérité un aussi bon repas. Bien entendu, les employés devaient ensuite manger à leur bureau, car ils avaient passé leurs quinze minutes de pause déjeuner dans la file d'attente, mais c'était toujours cela de pris.

On n'était qu'en septembre. Il restait encore plusieurs mois avant les fêtes de fin d'année.

De plus, selon Mlle Jenkins, on l'avait fait appeler, lui, personnellement. Il n'avait jamais rien entendu de tel. Autrement dit : cela ne présageait rien de bon.

Elle semblait attendre une réponse. Comme il ne savait pas quoi répliquer, il déclara :

« Il s'agit peut-être d'une erreur.

— Une erreur, répéta-t-elle. Une *erreur*.

— O... oui ?

— Les Cadres Extrêmement Supérieurs ne commettent jamais d'erreurs », rétorqua Gunther.

Il y avait, en effet, ce léger détail à prendre en compte.

« Donc, je ne sais pas. »

Cette réponse ne fit pas plaisir à la superviseuse. Linus comprit alors qu'elle n'en savait pas davantage que lui et, pour diverses raisons sur lesquelles il ne souhaitait pas s'appesantir, à cette idée, un frisson d'excitation déplacé le parcourut. Un frisson teinté de terreur inimaginable, mais un frisson quand même. Il ignorait ce que cela disait de lui.

Oh, Linus, lui avait dit sa mère un jour. *Il n'est jamais poli de se réjouir du malheur des autres. Quel acte méprisable !*

Dès lors, il ne s'était plus autorisé à s'enthousiasmer devant quoi que ce soit.

« Vous ne savez pas, répéta Mlle Jenkins d'un ton qui indiquait clairement qu'elle se préparait à l'attaque. N'auriez-vous pas déposé une plainte quelconque ? Peut-être n'appréciez-vous pas mes techniques d'encadrement et avez-vous pensé que vous pouviez présenter des doléances à un niveau supérieur du mien ? C'est ça, monsieur Baker ?

— Non, mademoiselle.

— Aimez-vous mes techniques d'encadrement ? »

Pas le moins du monde.

« Oui. »

Gunther fit courir son crayon sur son porte-bloc.

« Qu'est-ce qui vous plaît, exactement ? » s'enquit-elle.

Elle lui posait une colle. Linus détestait mentir. Même les petits mensonges sans conséquence lui donnaient mal à la tête. Quand on commençait à modifier la réalité, cela devenait de plus en plus facile et après, il fallait jongler avec des centaines d'histoires différentes. Il était bien plus simple d'être honnête.

À part dans les cas d'extrêmes urgences, comme celui-ci. Il n'était même pas obligé de le faire, pas totalement. Une vérité pouvait être déformée et toujours paraître valable.

« Vous faites preuve d'une grande autorité. »

Elle haussa de nouveau les sourcils jusqu'à la naissance de ses cheveux.

« C'est vrai, n'est-ce pas ?

— Sans nul doute. »

Elle leva la main et claqua des doigts. Aussitôt, Gunther parcourut les papiers accrochés à son porte-bloc et lui tendit une feuille couleur crème. Elle la saisit entre deux doigts comme si elle avait peur que son contact lui donne des pustules.

« 9 heures précises, demain matin, monsieur Baker. Ne vous avisez pas d'arriver en retard. Vous rattraperez, bien entendu, le temps de travail perdu. Le week-end, si cela est nécessaire. Il n'est pas prévu que vous retourniez sur le terrain avant au moins une semaine.

— Bien entendu », acquiesça rapidement Linus.

Elle se pencha de nouveau en avant et baissa la voix pour lui murmurer :

« Si je découvre que vous vous êtes plaint à mon sujet, je ferai de votre vie un enfer. C'est bien compris, monsieur Baker ? »

Cinq sur cinq.

« Oui, mademoiselle. »

Elle lâcha la feuille qui voleta jusqu'au coin du bureau où elle resta en équilibre. Il n'osa pas l'attraper, pas tant que sa supérieure se tenait devant lui.

Puis elle tourna les talons et hurla à tous les agents de se remettre à travailler s'ils ne voulaient pas avoir de problèmes.

Aussitôt, le cliquetis des claviers reprit.

Gunther était toujours debout, à côté de lui. Il le regardait d'un air étrange.

Linus remua nerveusement sur sa chaise.

« J'ignore pourquoi ils vous ont convoqué, vous », reprit l'affreux bonhomme au bout d'un moment. Son sourire terrifiant avait refait son apparition. « Il y a sûrement des personnes plus... compétentes. Oh, et monsieur Baker ?

— Oui ?

— Vous avez une tache sur votre chemise. C'est inacceptable. Un blâme. Veillez à ce que cela ne se reproduise pas. »

Sur ces paroles, il fit volte-face et suivit la superviseuse à travers les rangées.

Linus retint sa respiration jusqu'à ce qu'ils aient atteint la rangée B, puis souffla violemment. S'il voulait avoir une chance de nettoyer les traces de sueur sous ses aisselles, il devrait laver sa chemise dès son retour chez lui. Il se passa une main sur le visage. Il ne savait pas vraiment ce qu'il ressentait. Il était vexé, bien sûr, mais il était surtout effrayé.

Assis au bureau à côté du sien, M. Tremblay n'essayait même pas de dissimuler le fait qu'il étirait le cou pour lire ce qui était écrit sur la convocation laissée par Mlle Jenkins. Linus l'attrapa d'un geste sec en s'assurant de ne pas froisser les bords.

« Ça vous pendait au nez ! déclara son collègue qui paraissait bien trop joyeux. Je me demande comment sera mon nouveau voisin. »

Linus ne lui accorda pas la moindre attention.

La lumière verte de l'écran de son ordinateur illuminait la feuille et rendait les mots imprimés en gras plus menaçants encore.

MINISTÈRE DE LA JEUNESSE MAGIQUE
MESSAGE DES CADRES EXTRÊMEMENT SUPÉRIEURS

CC : BÉDÉLIA JENKINS

MONSIEUR LINUS BAKER EST PRIÉ DE SE PRÉSENTER DANS LES BUREAUX DES CADRES EXTRÊMEMENT SUPÉRIEURS LE MERCREDI 6 SEPTEMBRE À 9 HEURES.

SEUL.

C'était tout ce que disait le message.

« Oh, Seigneur », murmura Linus.

Cet après-midi-là, lorsque l'horloge sonna 17 heures, les personnes autour de Linus entreprirent d'éteindre leurs ordinateurs et d'enfiler leurs manteaux. Puis elles sortirent de la pièce en bavardant. Aucune ne lui souhaita une bonne soirée, mais la plupart lui adressèrent un regard plein de curiosité, avant de s'éclipser. Ceux qui s'étaient trouvés trop loin pour entendre les paroles de la supérieure avaient sans aucun doute été mis au courant de la situation par messes basses autour de la fontaine à eau. À présent, les rumeurs, toutes plus fausses les unes que les autres, allaient probablement bon train, mais étant donné que Linus ignorait la raison de sa convocation, il ne pouvait pas les réfuter.

Il patienta jusqu'à 17 h 30 avant de commencer, lui aussi, à se préparer à partir. La pièce était quasiment vide, mais il y avait encore de la lumière à l'arrière, dans le bureau de Mlle Jenkins. Heureusement, il n'avait pas à passer devant sa porte pour sortir. Il n'aurait pas supporté de se retrouver face à elle une seconde fois dans la journée.

Lorsque l'écran de sa machine s'éteignit, il se leva et saisit le manteau posé sur le dossier de sa chaise. Il l'enfila et grogna en se rappelant qu'il avait oublié son parapluie chez lui. La pluie ne semblait pas s'être arrêtée. S'il se dépêchait, il pourrait peut-être encore attraper le bus.

Sur le chemin de la sortie, il ne se heurta qu'à six bureaux dans quatre rangées différentes. Il s'assura de tous les remettre en place.

Pour le dîner, ce serait de nouveau une salade. Sans vinaigrette.

Il avait raté le bus.

La lumière de ses feux arrière brillait sous la pluie tandis qu'il s'éloignait dans un grondement de moteur. Derrière, l'affiche d'une femme souriante disant : ATTENTIFS ENSEMBLE ! LE RECENSEMENT EST POUR NOTRE BIEN À TOUS ! était clairement visible malgré la pluie.

« Le contraire m'aurait étonné ! »

Un autre était prévu quinze minutes plus tard.

Il plaça sa serviette au-dessus de sa tête et attendit.

Il descendit du bus (qui, bien sûr, avait eu dix minutes de retard) à l'arrêt qui se trouvait à quelques centaines de mètres de chez lui.

« Il pleut des cordes, lui dit le conducteur.

— Pertinente observation, répondit Linus en posant le pied sur le trottoir. Vraiment. Merci pour… »

Les portes se refermèrent derrière lui avec force et le bus redémarra. Sa roue arrière droite rencontra une grosse flaque et aspergea le pantalon du pauvre Linus. Il se retrouva trempé jusqu'aux genoux.

Avec un soupir, il se mit en route, tant bien que mal, en direction de sa maison.

Le quartier était calme et, malgré la pluie glacée, la lumière des lampadaires était chaleureuse. Les demeures étaient petites, mais la rue était bordée d'arbres dont les feuilles commençaient à changer de couleur. Leur vert insipide se transformait en rouge et or encore plus fade. Au 167 rue Bois-du-Lac, les rosiers fleurissaient en silence. Au 193, un chien se mettait toujours à japper avec excitation lorsqu'il le voyait. Et au 207, un pneu accroché à un arbre en guise de balançoire n'était plus utilisé par les enfants habitant le domicile, car ils se croyaient trop vieux pour ces choses-là. Linus, lui, n'avait jamais eu de balançoire. Il en avait toujours rêvé, mais sa mère avait trouvé cela trop dangereux.

Il tourna à droite sur une rue plus étroite et là, sur la gauche, il y avait le 86 voie Hermès.

Sa maison.

Celle-ci n'avait rien d'extraordinaire. Elle était minuscule et la clôture arrière avait besoin d'être changée, mais elle possédait un très joli perron sur lequel on pouvait s'asseoir et regarder la journée passer si l'on en avait envie. Des tournesols poussaient dans le parterre à l'entrée. Leurs longues tiges ondulaient dans la brise froide. Ils s'étaient refermés à cause de la nuit approchante et du temps grisâtre. Cela faisait des semaines qu'il pleuvait. La bruine incessante, et agaçante, laissait parfois place à des trombes d'eau qui n'arrangeaient rien à l'affaire.

Non, cette maison n'avait rien d'extraordinaire, mais elle appartenait à Linus et à personne d'autre.

Il s'arrêta devant la boîte aux lettres pour récupérer le courrier du jour. L'intégralité semblait être de la publicité adressée de manière impersonnelle à l'occupant des lieux. Il ne se souvenait pas de la dernière fois qu'il avait reçu une vraie lettre.

Il monta les marches du perron. Alors qu'il était en train de secouer son manteau pour en faire tomber les gouttes d'eau, sans grand succès, une voix l'interpella depuis la maison voisine. Il soupira et se demanda s'il réussirait à faire croire qu'il n'avait rien entendu.

« N'y pensez même pas, monsieur Baker, le menaça une femme.

— Je ne vois pas de quoi vous parlez, madame Klapper. »

Édith Klapper, une dame d'un âge indéfini (même si, à son avis, elle n'était plus seulement vieille, mais avait atteint le statut d'ancien, comme dans les contes), était assise sur son perron en peignoir, sa sempiternelle pipe à la main. La fumée s'enroulait autour de ses cheveux bouffants. Elle cracha ses poumons à l'intérieur d'un mouchoir qu'elle aurait dû, vu son aspect, jeter une heure plus tôt.

« Votre chat est encore venu chasser les écureuils dans mon jardin. Vous savez ce que j'en pense.

— Calliope s'occupe comme elle veut, lui rappela-t-il. Je ne peux pas contrôler ses faits et gestes.

— Vous devriez peut-être essayer, rétorqua-t-elle d'un ton sec.

— D'accord. Je m'y attelle sur-le-champ.

— Vous vous payez ma tête, monsieur Baker ?

— Je n'oserais pas. »

Mais il en rêvait.

« C'est bien ce que je pensais. Vous ne ressortez plus, ce soir ?

— Non, madame Klapper.

— Toujours pas de petite amie, alors ? »

Il serra l'anse de sa serviette un peu plus fort.

« Toujours pas.

— Vous n'avez pas trouvé la perle rare ? » Elle tira sur sa pipe avant de souffler la fumée épaisse par son nez. « Ah, non. Pardonnez-moi. Cela m'était sorti de la tête. Ce ne sont pas les filles qui vous intéressent ! »

Elle mentait. Elle le savait très bien.

« Non, madame Klapper.

— Mon petit-fils est comptable. Il est très stable. La plupart du temps. Il a, c'est vrai, un penchant incontrôlable pour l'alcool, mais qui suis-je pour juger ses travers ? La comptabilité est un métier difficile. Tous ces chiffres ! Je lui dirai de vous appeler.

— Sans façon. »

Elle gloussa.

« Vous vous trouvez trop bien pour lui ?

— Ce n'est pas..., répondit Linus en bafouillant. Je ne... Je n'ai pas le temps pour ce genre de choses. »

La vieille dame se gaussa.

« Vous devriez envisager de le prendre, monsieur Baker. Être seul à votre âge, ce n'est pas sain. Je n'ose imaginer ce qui se passera si vous vous faites sauter la cervelle. Le quartier tout entier perdra de la valeur.

— Je ne suis pas dépressif ! »

Elle le scruta de la tête aux pieds.

« Vous êtes sûr ? Comment ça se fait ?

— Désiriez-vous autre chose, madame Klapper ? » demanda Linus, les dents serrées.

Elle balaya sa question d'un geste de la main.

« C'est bon, allez-y. Allez enfiler votre pyjama, mettez ce vieux disque que vous aimez tant et dansez dans votre salon comme d'habitude.

— Je vous ai prié d'arrêter de m'espionner !

— En effet », affirma-t-elle. Elle s'adossa à sa chaise et glissa sa pipe entre ses lèvres. « En effet.

— Bonne nuit, madame Klapper », lui souhaita-t-il en insérant la clé dans la serrure.

Il n'attendit pas de réponse. Il referma la porte derrière lui et la verrouilla avec soin.

Calliope, créature maléfique, était assise sur le bord de son lit. Sa queue battait la mesure tandis qu'elle l'observait avec ses yeux vert vif. Tout à coup, elle commença à ronronner. Cela aurait dû être un son apaisant, mais quand on la connaissait, on savait qu'il indiquait la mise en place imminente d'un plan machiavélique.

« Tu n'as pas le droit d'aller dans le jardin de la voisine », la gronda-t-il en retirant son manteau.

Elle continua de ronronner.

Il l'avait trouvée dix ans plus tôt. Elle n'avait alors été qu'un tout petit chaton, caché sous les lames de son perron, criant comme si sa queue avait été en feu. Heureusement, cela n'avait pas été le cas, mais lorsqu'il avait rampé sous les planches pour la récupérer, son pelage noir s'était hérissé et elle lui avait feulé dessus en arquant le dos. Au lieu d'attendre que le chaton lui écorche le visage avec ses griffes pleines de bactéries, il avait rebroussé chemin et était rentré chez lui en se disant que s'il la laissait tranquille, elle finirait forcément par partir.

Cela n'avait pas été le cas.

Elle avait passé la nuit à hurler. Il avait essayé de dormir, mais elle était trop bruyante. Il avait même tenté d'étouffer le son avec un oreiller. Rien n'y faisait. Alors, au bout d'un moment, il avait saisi une lampe torche et un balai dans l'idée de la déloger. Quand il avait ouvert la porte, il l'avait trouvée sous le porche, qui l'attendait. Il avait été tellement surpris qu'il en avait lâché son balai.

Elle était entrée comme si elle avait été chez elle.

Depuis, elle n'était jamais repartie. Pourtant, ce n'était pas faute de la menacer.

Au bout de six mois, il avait cessé de lutter. La maison s'était remplie de jouets, d'une litière et de petites écuelles pour sa nourriture et son eau avec le nom « Calliope » écrit dessus. Il ignorait comment tout cela était arrivé, mais les faits étaient là.

« Mme Klapper va finir par t'attraper, la prévint-il en s'extirpant de ses vêtements mouillés. Et je ne serai pas présent pour te sauver. Elle profitera du fait que tu dévores un écureuil pour… Bon, d'accord, je ne sais pas ce qu'elle fera. Mais elle fera quelque chose. Et ça ne me rendra absolument pas triste. »

Elle cligna lentement des yeux.

Il soupira.

« Très bien. Je serai un peu triste. »

Il enfila son pyjama et le boutonna sur l'avant. Son monogramme, LB, était brodé au niveau du torse. Il s'agissait d'un cadeau du ministère pour commémorer ses quinze ans de bons et loyaux services. Il l'avait choisi sur un catalogue qu'on lui avait montré le jour même. Un catalogue de deux pages. Le pyjama avait été sur la première et un bougeoir sur la seconde.

Il avait opté pour le pyjama, car il avait toujours rêvé de posséder un objet avec ses initiales.

Après avoir ramassé ses affaires humides, il sortit de la pièce. Un grand boum dans son dos lui indiqua qu'il était suivi.

Il plaça ses vêtements de travail souillés dans la machine à laver et les laissa tremper tandis qu'il allait faire la cuisine.

« Je n'ai pas besoin qu'on me présente un comptable, dit-il à Calliope qui sinuait entre ses jambes. Il y a des choses plus urgentes. Comme le rendez-vous de demain. Pourquoi est-ce que je dois toujours m'inquiéter de demain ? »

Par réflexe, il se dirigea vers sa vieille Victrola. Il fit défiler les vinyles jusqu'à trouver celui qui l'intéressait, puis le glissa hors de sa pochette et le déposa sur la platine avant de baisser l'aiguille.

Bientôt, les Everly Brothers se mirent à chanter que tout ce qu'ils avaient à faire, c'était rêver. *« Dream, dream, dream. »*

Il se rendit dans la cuisine en ondulant en rythme avec la musique.

Croquettes pour Calliope.

Salade en sachet pour lui.

Il tricha, mais à peine.

Une goutte de vinaigrette n'avait jamais tué personne.

« *Whenever I want you,* entonna-t-il doucement, *all I have to do is dream*[1]. »

Si l'on avait demandé à Linus Baker s'il se sentait seul, la question lui aurait sans doute fait froncer les sourcils. Cette idée lui aurait paru étrange, voire choquante. Le plus infime des mensonges lui faisait mal à la tête et lui tordait l'estomac, pourtant il y avait fort à parier qu'il aurait répondu non… alors qu'en réalité, il était seul, éperdument seul.

Peut-être n'était-ce pas un mensonge pour lui. Peut-être le croyait-il vraiment. Il avait accepté depuis longtemps que certaines personnes, quelles que soient la bonté de leur cœur ou l'amour qu'elles avaient à donner, étaient supposées être seules. C'était leur destinée. Et à l'âge de 27 ans, Linus avait cru comprendre qu'il emprunterait ce chemin.

Cette conclusion ne lui était pas apparue après un évènement particulier. Simplement, il avait toujours eu l'impression de…

1. « Chaque fois que je veux te voir, tout ce que je dois faire, c'est rêver. » (Ndlt)

briller moins que les autres, d'être terne dans un monde clair comme du cristal. Il n'était pas fait pour être remarqué.

Alors, il avait accepté sa croix. À présent, il avait 40 ans, une pression sanguine trop élevée et une roue de secours autour de la taille. Plusieurs fois, en s'examinant dans le miroir, il avait tenté de voir ce que les autres ne voyaient pas. Il était pâle. Ses cheveux, même s'ils commençaient à s'éclaircir sur le dessus, étaient coupés court et bien entretenus. Quelques rides étaient apparues autour de sa bouche et de ses yeux. Ses joues étaient rondes et la roue de secours ceinturant sa taille aurait convenu à un scooter, mais s'il ne faisait pas attention, elle finirait par aller à un semi-remorque. Il était… Eh bien…

Il était comme la plupart des gens qui avaient atteint la quarantaine.

Tandis que Linus Baker mangeait sa salade avec une goutte ou deux de vinaigrette dans sa petite cuisine à l'intérieur de sa maisonnette, en écoutant les Everly Brothers qui chantaient « *Wake up, little Susie, wake up*[2] », et en se rongeant les sangs au sujet de ce qui l'attendait le lendemain auprès des Cadres Extrêmement Supérieurs, l'idée qu'il puisse être seul ne lui traversait même pas l'esprit.

Après tout, il y avait des gens bien moins chanceux que lui. Il avait un toit au-dessus de la tête, de la nourriture de lapin dans le ventre et un pyjama brodé avec ses initiales.

De toute façon, cela n'avait pas la moindre importance.

Il n'avait pas le temps de s'asseoir en silence et de s'appesantir sur des pensées aussi frivoles. Parfois, le silence était ce qu'il y avait de plus assourdissant. Il ne pouvait pas le laisser envahir son espace.

Alors, au lieu d'autoriser son esprit à vagabonder, il saisit la copie des *RÈGLES ET RÈGLEMENTS* qu'il gardait à la maison

2. « Réveille-toi, petite Suzie, réveille-toi. » (Ndlt)

(neuf cent quarante-sept pages en tout, achetée pour la modique somme de 200 dollars ; il en avait un exemplaire au bureau, mais il lui semblait normal d'en avoir un chez lui également) et se mit à lire les petits caractères.

Peu importait ce que l'avenir lui réservait. Mieux valait se tenir prêt.

Trois

Le lendemain matin, il arriva au bureau avec deux heures d'avance. Il n'y avait encore personne. À cette heure-ci, la plupart des gens étaient sans doute encore au fond de leur lit, très loin des tracas de la vie quotidienne.

Il se dirigea vers son secrétaire, s'assit et alluma son ordinateur. La lumière verte et familière ne lui procura aucun réconfort.

Bien qu'il essayât d'avancer le plus possible dans son travail, il fut incapable d'oublier l'horloge au-dessus de sa tête qui égrainait lentement les secondes.

La pièce commença à se remplir à 7 h 45 et Mlle Jenkins entra à 8 heures sonnantes dans un claquement de talons. Linus se fit tout petit sur son siège, mais ne réussit pas à disparaître. Il sentit son regard sur lui.

Il essaya de travailler. Il essaya vraiment. Les mots verts se mélangeaient sur l'écran devant lui. Même la lecture des *RÈGLES ET RÈGLEMENTS* ne le calmait pas.

À 8 h 45 très précisément, il se leva de son fauteuil.

Ses collègues se tournèrent vers lui pour l'observer.

La gorge nouée, il ramassa sa serviette et, sans prêter la moindre attention à son public, se fraya un chemin entre les rangées.

« Pardon, marmonnait-il chaque fois qu'il heurtait un bureau. Toutes mes excuses. Vraiment navré. Je me trompe ou ces tables sont de plus en plus proches ? Pardon. Je suis désolé. »

Lorsqu'il quitta la pièce, sa supérieure se tenait devant la porte de son bureau. À ses côtés, Gunther griffonnait avec son long crayon sur son bloc-notes.

Les bureaux des Cadres Extrêmement Supérieurs étaient situés au quatrième étage du Ministère de la Jeunesse Magique. De nombreuses rumeurs circulaient au sujet de cet étage, la plupart franchement inquiétantes. Linus ne s'y était jamais rendu. Il ne pouvait donc pas les confirmer ni les infirmer, mais, selon lui, il n'y avait pas de fumée sans feu.

Il était seul dans l'ascenseur lorsqu'il appuya sur le bouton qu'il n'avait jamais pensé utiliser.

Le 4 en or étincela.

La cabine s'éleva. Son estomac, lui, sembla rester au sous-sol. Ce fut le trajet en ascenseur le plus long de sa vie. Il avait duré au moins deux minutes. Bien entendu, le fait qu'il se soit arrêté au rez-de-chaussée pour laisser entrer des passagers n'avait pas aidé. Ils avaient demandé le premier, le deuxième ou le troisième étage, mais aucun ne se rendait au quatrième.

Une poignée descendit au premier. Davantage au deuxième. Les derniers sortirent au troisième. En prenant conscience que Linus ne les suivait pas, ils jetèrent un coup d'œil curieux dans sa direction. Il tenta de leur sourire, mais son expression ressemblait sans doute davantage à une grimace.

Il était seul lorsque la machine reprit son ascension.

Quand les portes s'ouvrirent au quatrième étage, il était en nage.

Ce qu'il vit alors ne l'aida pas à se calmer : un long couloir froid, avec un carrelage en pierre et des chandeliers accrochés au mur dont irradiait une faible lumière. D'un côté du couloir se trouvait la rangée d'ascenseurs devant laquelle il se tenait. À l'autre extrémité, un guichet au volet fermé, près de deux grandes portes en bois. Au-dessus était accrochée une plaque en métal sur laquelle on pouvait lire :

CADRES EXTRÊMEMENT SUPÉRIEURS
SUR RENDEZ-VOUS UNIQUEMENT

« Vas-y, mon vieux, murmura-t-il. Tu peux le faire. »

Ses pieds ne reçurent pas le message. Ils restèrent collés au sol.

Les portes de l'ascenseur commencèrent à se refermer. Il ne les bloqua pas. La cabine ne bougea pas.

À cet instant, Linus réfléchit sérieusement à redescendre au rez-de-chaussée, à quitter le bâtiment du MJM, et à se mettre, peut-être, à marcher jusqu'à épuisement, pour voir où ses pas le mèneraient.

L'idée lui plaisait.

Pourtant, il pressa de nouveau le bouton 4.

Les portes s'ouvrirent.

Il toussa. Le son résonna dans le couloir.

« Ce n'est pas le moment de se dégonfler, se réprimanda-t-il. Redresse la tête. Tu ne sais pas, ce sera peut-être une promotion. Une grosse promotion. Avec un salaire plus important. Tu pourras peut-être enfin t'offrir ces vacances auxquelles tu aspires. Le sable sur la plage. Le bleu de l'océan. N'aimeriez-vous pas être ici ? »

Si. Il en rêvait plus que tout.

Linus avança lentement dans le couloir. Sur sa gauche, la pluie martelait les fenêtres. La lumière des chandeliers vacilla légèrement. Ses mocassins grinçaient contre le sol. Il tira sur sa cravate.

Lorsqu'il atteignit l'autre bout du couloir, quatre minutes s'étaient écoulées. Selon sa montre, il était 8 h 55.

Il essaya d'ouvrir les portes en bois.

Elles étaient fermées à clé.

Un rideau en métal était tiré de l'autre côté du guichet en verre. Il y avait une petite plaque de métal tout près, ainsi qu'un petit bouton.

Il hésita un instant avant d'appuyer dessus. Une bruyante sonnette retentit. Il patienta.

La vitre lui renvoyait son reflet. La personne qui le regardait avait des yeux écarquillés et paraissait sous le choc. En voyant que ses cheveux commençaient à se rebeller sur les côtés, comme d'habitude, il tenta de les recoiffer. Il redressa également sa cravate, carra les épaules et rentra le ventre.

Le volet en métal se souleva.

De l'autre côté apparut une jeune femme à la bouche rouge vif qui mâchait du chewing-gum et qui avait l'air agacée d'avoir été dérangée. Elle fit une bulle rose qui éclata et la ravala. Quand elle pencha la tête sur le côté, ses cheveux blonds ondulés effleurèrent ses épaules.

« Je peux vous aider ? » demanda-t-elle.

Il voulut parler, mais aucun son ne franchit ses lèvres. Alors, il s'éclaircit la voix et réessaya.

« Oui. J'ai rendez-vous à 9 heures.

— Avec qui ? »

C'était une question très intéressante, à laquelle il n'avait pas de réponse.

« Je… ne sais pas vraiment. »

Mlle Chewing-gum le dévisagea.

« Vous avez rendez-vous, mais vous ne savez pas avec qui ? »

C'était exactement ce qu'il était en train de dire.

« Oui ?

— Votre nom ?

— Linus Baker.

— C'est mignon, fit-elle en pianotant avec ses ongles à la manucure parfaite sur le clavier. Linus Baker. Linus Baker. Linus… » Ses yeux s'arrondirent sous le coup de la surprise. « Oh. Je vois. Veuillez patienter un instant, s'il vous plaît. »

Elle referma vivement le volet en métal. Hébété, Linus ne sut comment réagir. Alors, il attendit.

Une minute passa.

Puis une autre.

Et encore une autre.

Et une…

Le volet se souleva de nouveau. Mlle Chewing-gum ne paraissait plus aussi ennuyée par sa présence. Elle se pencha en avant jusqu'à se retrouver pratiquement collée à la vitre. Son souffle embuait légèrement le guichet. « Ils vous attendent. »

Linus fit un pas en arrière.

« Qui donc ?

— Tout le monde, répondit-elle en le détaillant de la tête aux pieds. Tous les Cadres Extrêmement Supérieurs.

— Oh, souffla-t-il d'une voix faible. Quel honneur ! Vous êtes sûre que c'est moi qu'ils veulent voir ?

— Vous êtes bien Linus Baker ? »

Il l'espérait, car il ne savait pas comment être quelqu'un d'autre.

« Oui. »

Une nouvelle sonnerie retentit. Cette fois, un clic s'éleva des portes à côté de lui et elles s'ouvrirent.

« Alors, oui, monsieur Baker », lui dit-elle. Le chewing-gum faisait un peu gonfler ses joues. « Ils vous attendent et si j'étais vous, je me dépêcherais. Les Cadres Extrêmement Supérieurs n'aiment pas les retardataires.

— Bien sûr, acquiesça-t-il. De quoi ai-je l'air ? »

Il rentra un peu plus son ventre.

« De quelqu'un qui n'a pas la moindre idée de ce qu'il fait », rétorqua-t-elle avant de faire retomber le volet en métal d'un coup sec.

Linus regarda les ascenseurs à l'autre extrémité du couloir avec envie.

N'aimeriez-vous pas être ici ? lui demandaient-ils.

Si. Plus que tout.

Il s'éloigna du guichet et avança en direction des portes ouvertes.

De l'autre côté se trouvait une pièce circulaire surplombée d'une rotonde en verre. Il y avait une fontaine au centre qui représentait un homme portant une cape. L'eau se déversait en courant continu de ses mains tendues. Ses yeux gris et froids étaient levés vers le plafond. Autour de lui, de petits enfants de pierre étaient accrochés à ses jambes. L'eau s'écoulait sur leurs têtes.

Une porte s'ouvrit à la droite de Linus. Mlle Chewing-gum sortit de sa cabine. Elle défroissa sa robe tout en mâchant bruyamment.

« Vous êtes plus petit en vrai que derrière la vitre. »

Comme il ne savait pas quoi répondre, il ne dit rien.

Elle soupira.

« Suivez-moi, s'il vous plaît. » Elle se mouvait à la manière d'un oiseau, avec de petits pas rapides. Elle avait déjà parcouru la moitié de la salle lorsqu'elle se retourna pour lui faire face. « Ce n'était pas une suggestion.

— Bien sûr, consentit Linus qui manqua trébucher en se dépêchant de la rejoindre. Toutes mes excuses. C'est... C'est la première fois que je viens ici.

— Clairement. »

Il sentait qu'elle l'insultait, mais il n'arrivait pas à déterminer sur quel point.

« Est-ce qu'ils... Tous les cadres ?

— Étrange, n'est-ce pas ? » Elle fit une nouvelle bulle qui éclata gracieusement. « Pour vous recevoir *vous*, qui plus est. Jusqu'à maintenant, je ne connaissais même pas votre existence.

— On me le dit souvent.

— J'ai du mal à le croire ! »

Cette fois, c'était clair. Elle l'insultait.

« Comment sont-ils ? Je ne les vois que lorsqu'ils servent de la purée pleine de grumeaux. »

Mlle Chewing-gum se figea soudain et tourna la tête vers lui. Si elle l'avait voulu, elle aurait sans doute pu tourner la tête à cent quatre-vingts degrés.

« De la purée pleine de grumeaux ?

— Pour le repas des fêtes de fin d'année ?

— C'est moi qui la cuisine, cette purée. De A à Z. »

Linus blêmit.

« Ah, euh... C'est une question de goût. Je suis sûr que vous... »

Elle émit un grognement vexé avant de reprendre sa route.

Les choses commençaient mal.

Ensemble, ils atteignirent une autre porte, de l'autre côté de la rotonde. Celle-ci était noire avec une plaque en or fixée au plus haut. Rien n'était écrit dessus. La jeune femme leva la main et tapa trois fois avec son ongle.

Ils attendirent un instant, puis un autre, puis...

La porte s'ouvrit lentement.

À l'intérieur, il faisait sombre.

Il y régnait le noir complet.

Son accompagnatrice s'écarta et se tourna pour lui faire face.

« Après vous. »

Il jeta un coup d'œil dans l'obscurité.

« Euh... Nous devrions peut-être reporter. Comme vous le savez, je suis très occupé. J'ai de nombreux rapports à compléter...

— Entrez, monsieur Baker », tonitrua une voix à travers la porte ouverte.

Mlle Chewing-gum sourit.

Linus s'épongea le front. Il manqua faire tomber sa serviette.

« Il vaudrait mieux que j'y aille, alors.

— On dirait bien », rétorqua-t-elle.

Et c'est ce qu'il fit.

Il aurait dû s'attendre à ce que la porte se referme derrière lui, pourtant, le bruit le surprit et il faillit faire un bond de plusieurs mètres de haut. Il serra sa serviette contre son torse comme un bouclier. La pénombre le désorientait. Il était persuadé qu'il s'agissait d'un piège et qu'il allait passer le reste de ses jours à errer sans pouvoir se repérer. Cela aurait été aussi terrible que de se faire renvoyer.

Toutefois, des lampes se mirent à briller au niveau de ses pieds et illuminèrent un chemin devant lui. Leur lumière était jaune et douce. On aurait dit une route de brique. Il s'éloigna de l'entrée d'un pas hésitant. Comme il ne rencontra aucun obstacle, il continua.

Les lumières le guidèrent plus loin qu'il ne s'y attendait avant de former un cercle à ses pieds. Ne sachant plus quelle direction prendre, il s'arrêta. Il espérait ne pas avoir à fuir une chose affreuse.

Un autre faisceau lumineux, encore plus brillant, s'alluma au-dessus. Linus leva la tête et l'observa en plissant les yeux. On aurait dit un projecteur braqué sur lui.

« Vous pouvez poser votre sac, commença une voix grave quelque part, au-dessus de lui.

— Ce ne sera pas la peine », répondit Linus en le serrant plus fort.

Alors, ce fut comme si quelqu'un avait appuyé sur un interrupteur. Davantage de lampes s'allumèrent au-dessus de lui et illuminèrent les visages de quatre personnes qui, Linus les reconnaissait, faisaient partie des Cadres Extrêmement Supérieurs. Elles étaient assises en hauteur, au plus haut d'un mur en pierre. Elles l'observaient de leur perchoir avec des expressions d'intérêt variables.

Parmi elles, il y avait trois hommes et une femme. Bien que Linus eût appris leurs noms au début de sa carrière au MJM, il aurait été bien incapable de s'en souvenir. Son esprit était arrivé à la décision qu'il rencontrait des difficultés techniques et ne diffusait plus que de la neige.

Il les regarda les uns après les autres, de gauche à droite, et leur fit un signe de la tête tout en essayant de garder son expression neutre.

La femme avait les cheveux coupés au carré. Elle portait une broche imposante en forme de scarabée à la carapace irisée.

L'un des hommes perdait ses cheveux et avait des bajoues. Il souffla dans un mouchoir avant de se racler la gorge. Celle-ci semblait particulièrement prise.

Le deuxième homme était fin comme un fil de fer. Il disparaissait sans doute lorsqu'il se mettait de profil. Il portait des lunettes en forme de demi-lunes bien trop grandes pour son visage.

Le dernier était plus jeune que les autres. Il semblait avoir le même âge que Linus, mais c'était difficile à dire. Avec ses cheveux ondulés, il était d'une beauté intimidante. Linus le reconnut presque aussitôt. C'était celui qui servait le jambon trop sec avec le sourire.

Ce fut le premier à prendre la parole.

« Merci d'avoir accepté d'assister à cette réunion, monsieur Baker. »

Linus avait la bouche sèche. Il s'humecta les lèvres.

« De… rien ? »

La femme se pencha en avant.

« Votre dossier personnel montre que vous travaillez pour le ministère depuis dix-sept ans.

— Oui, madame.

— Et pendant tout ce temps, vous avez toujours conservé le même poste.

— Oui, madame.

— Pourquoi ? »

Parce qu'il n'avait aucun autre projet dans la vie et qu'il ne voulait pas devenir le supérieur de quiconque.

« Ce travail me plaît.

— Vraiment ? demanda-t-elle en penchant la tête sur le côté.

— Oui.

— Pourquoi ?

— Je vais sur le terrain à la rencontre des enfants, répondit-il en glissant légèrement les doigts sur sa serviette. Pour moi, il n'y a pas de poste plus important. » Il écarquilla les yeux. « À part le vôtre, bien entendu. Je ne voudrais pas… »

L'homme à lunettes consulta des feuilles de papier posées devant lui. « J'ai ici vos six derniers rapports, monsieur Baker. Voulez-vous savoir ce que je vois ? »

Non. Il n'en avait pas la moindre envie.

« S'il vous plaît.

— Un employé avec une très grande rigueur. Pragmatique. Avec un recul professionnel étonnant. »

Linus ignorait s'il s'agissait d'un compliment. Cela n'y ressemblait pas en tout cas. « Un agent se doit de maintenir une certaine distance », récita-t-il consciencieusement.

L'homme aux bajoues renifla.

« Ah oui ? D'où est-ce que vous tenez ça ? Ça me dit quelque chose.

— Des *RÈGLES ET RÈGLEMENTS,* répondit le bel homme à sa place. Et j'espère bien que tu le reconnais. Tu en as écrit la grande majorité. »

L'homme aux bajoues se moucha. « Bien entendu. Je le savais.

— Pourquoi est-ce important de maintenir cette distance ? demanda la femme qui continuait de le scruter.

— Parce qu'il serait malvenu de ma part de m'attacher aux enfants avec lesquels je travaille, expliqua Linus. Je me rends dans les orphelinats pour m'assurer que les conditions y sont optimales. Rien d'autre. Bien sûr, le bien-être des enfants est important, mais dans un ensemble. Les interactions individuelles sont proscrites. Cela pourrait influencer ma perception des choses.

— Pourtant, vous questionnez les enfants, dit le bel homme.

— Oui, confirma Linus, c'est vrai. Mais l'on peut très bien se montrer professionnel en s'occupant de jeunes magiques.

— Avez-vous déjà recommandé la fermeture d'un orphelinat durant ces dix-sept ans, monsieur Baker ? » demanda l'homme à lunettes.

Ils connaissaient forcément la réponse à cette question.

« Oui. Cinq fois.

— Pourquoi ?

— Parce que l'environnement n'était pas sûr.

— Vous vous souciez donc réellement de ces enfants. »

Linus commençait à rougir. « Je n'ai jamais prétendu le contraire. Je fais simplement ce que l'on me demande de faire. Il y a une différence entre former un attachement et montrer de l'empathie. Ces enfants… Ils n'ont personne d'autre. C'est pour cela qu'ils se trouvent dans un orphelinat. Ils ne devraient pas avoir à se coucher le soir avec le ventre vide ou s'inquiéter d'être exploités. Ce n'est pas parce que ces orphelins vivent séparés des enfants normaux qu'ils doivent être traités différemment. Tous les enfants, peu importe leurs… dispositions ou ce dont ils sont capables, doivent être protégés, quel qu'en soit le prix. »

Bajoues émit une toux grasse. « Vous le pensez réellement ?

— Oui.

— Qu'est-il arrivé aux enfants des orphelinats que vous avez fait fermer ? »

Linus cligna des yeux. « Ce sont mes supérieurs qui s'occupent de ce genre de choses. Je me contente d'émettre mes recommandations, puis la supervision prend en charge la suite. J'imagine qu'ils sont placés dans des écoles gérées par le MJM. »

Le bel homme s'adossa à sa chaise, puis consulta les autres du regard. « Il est parfait.

— Je suis d'accord, acquiesça Bajoues. Il n'y a pas meilleur candidat pour une affaire aussi… sensible. »

L'homme à lunettes observa longuement Linus.

« Vous comprenez la nécessité de confidentialité, monsieur Baker ? »

Linus se sentit insulté. « Je travaille avec des cas classifiés toute la journée, répondit-il avec plus de force qu'il ne l'avait voulu. Je suis comme un coffre-fort. Rien ne peut en sortir.

— Rien ne rentre non plus, apparemment, fit remarquer la femme. Il fera l'affaire.

— Pardonnez-moi, mais puis-je vous demander de quoi vous parlez, exactement ? Pour quoi ferais-je l'affaire ? »

Le bel homme se passa une main sur le visage. « Ce que nous allons vous révéler ne doit pas quitter cette pièce, monsieur Baker. Est-ce bien clair ? Il s'agit d'une classification de niveau quatre. »

Linus hoqueta de surprise. Le niveau quatre était le plus haut niveau de classification. Il avait été conscient de son existence en théorie, mais n'avait pas pensé qu'il puisse exister sur le terrain. Une fois, il avait été confronté à une affaire classifiée de niveau trois. Cela avait été particulièrement troublant. Une petite fille vivant dans un orphelinat s'était révélée être une banshee, une messagère de la mort. Le MJM avait été appelé quand elle avait commencé à dire à tous les autres enfants qu'ils allaient périr. Le problème était qu'elle avait eu raison. Le directeur de l'orphelinat avait décidé d'utiliser les enfants pour un sacrifice païen. Linus s'était échappé de justesse avec eux. Après cette affaire, il avait eu droit à deux jours de congé. Les vacances les plus longues qu'il avait eues depuis des années.

« Pourquoi moi ? interrogea-t-il d'une voix à peine plus forte qu'un murmure.

— Parce que nous ne pouvons faire confiance à personne d'autre », répondit simplement la femme.

Cela aurait dû emplir Linus de fierté, pourtant, la seule chose qu'il ressentait, c'était la boule de terreur qui se formait au creux de son ventre.

« Considérez cette mission comme une visite de contrôle, reprit l'homme à lunettes. Nous n'avons pas eu vent du moindre écart de conduite, mais l'orphelinat dans lequel vous vous rendez est… spécial, monsieur Baker. Ce n'est pas un orphelinat traditionnel. Les six enfants qui y habitent sont différents de tout ce que vous avez pu voir jusqu'à présent. Ils sont… problématiques.

— Problématiques ? Qu'entendez-vous par… ?

— Votre rôle sera de vous assurer que tout se passe bien, le coupa le bel homme avec un léger sourire aux lèvres. C'est important, vous voyez. Le directeur de cet orphelinat particulier, ce cher Arthur Parnassus, est parfaitement qualifié, mais nous avons… quelques inquiétudes. Les six enfants sont très hétéroclites. Nous devons nous assurer que M. Parnassus est capable de s'occuper d'eux sur la durée. De manière individuelle, cela paraît déjà difficile, alors les six ensemble… ? »

Linus se creusa la cervelle. Il était certain de connaître les noms de tous les directeurs de la région, mais…

« Je n'ai jamais entendu parler de ce monsieur.

— Cela ne me surprend pas, dit la femme. Il s'agit d'une classification de niveau quatre. Si vous connaissiez son nom, cela signifierait que nous avons des fuites. Et nous n'apprécions pas les fuites, monsieur Baker. Vous comprenez ? Les fuites doivent être rebouchées. Rapidement.

— Oui, oui, répondit-il à la hâte. Bien sûr. Je n'oserais jamais…

— Évidemment, intervint Bajoues. C'est une des raisons pour lesquelles nous vous avons choisi. Un mois, monsieur Baker. Vous passerez un mois sur l'île où se situe l'orphelinat. Nous attendons des rapports hebdomadaires de votre part. Le moindre élément alarmant devra être rapporté immédiatement. »

Linus sentit ses yeux sortir de leurs orbites. « Un mois ? Je ne peux pas partir un mois. J'ai du travail !

— Votre charge actuelle sera réassignée, l'informa l'homme à lunettes. En fait, cela a déjà été fait. » Il tourna une page. « Il est dit ici que vous êtes seul. Pas de partenaire. Pas d'enfants. Personne à qui vous manqueriez si vous deviez partir durant une longue période. »

Cette remarque le blessa plus que de raison. Il était conscient de toutes ces choses, bien évidemment, mais entendre quelqu'un les énoncer sans ménagement lui faisait mal au cœur. Dans tous les cas, ils oubliaient quelque chose. « J'ai un chat ! »

Le bel homme ricana. « Les chats sont des créatures solitaires, monsieur Baker. Je suis persuadé qu'il ne se rendra même pas compte de votre absence.

— Vos rapports seront adressés directement aux Cadres Extrêmement Supérieurs, reprit la femme. M. Werner supervisera le projet, mais nous serons tous impliqués. » Elle désigna le bel homme d'un mouvement du menton. « Nous espérons que vos rapports seront aussi minutieux que les précédents. En fait, nous insistons sur ce fait. Et même davantage si cela vous paraît nécessaire.

— Mlle Jenkins…

— Sera informée de votre mission spéciale, lui assura le bel homme, M. Werner. Toutefois, très peu de détails lui seront fournis. Considérez ceci comme une promotion, monsieur Baker. Une promotion bien méritée.

— Ai-je mon mot à dire ?

— Considérez ceci comme une promotion *obligatoire,* se corrigea M. Werner. Nous attendons de grandes choses de votre part. Et qui sait les portes que cela pourrait vous ouvrir si tout se passe bien ? Je vous en prie, ne nous décevez pas. À présent, vous avez l'autorisation de prendre le reste de votre journée pour vous occuper de votre départ. Votre train part demain matin, à l'aube. Avez-vous des questions ? »

Des dizaines. Il avait des dizaines de questions. « Oui ! De quoi…

— Parfait, conclut M. Werner en tapant dans ses mains. Je savais que nous pourrions compter sur vous, monsieur Baker. Nous avons hâte d'entendre votre compte-rendu sur la situation de cette île. Cela devrait être pour le moins intéressant. Bien. Cette petite discussion m'a donné soif. Il me semble que c'est l'heure du thé. Notre secrétaire va vous raccompagner à la sortie. Nous avons été ravis de vous rencontrer. »

Les Cadres Extrêmement Supérieurs se levèrent comme un seul homme, se courbèrent, puis les lampes s'éteignirent.

Linus couina. Avant qu'il tente de retrouver son chemin dans le noir, une lumière réapparut au sommet du mur. Il leva la tête vers elle en clignant les yeux. M. Werner le regardait avec un air de curiosité. Les autres étaient déjà partis.

« Il y avait autre chose ? demanda-t-il d'une voix nerveuse.

— Prenez garde, monsieur Baker », le prévint son supérieur.

Voilà qui était de mauvais augure.

« Prendre garde ? »

Il hocha la tête.

« Vous devez vous tenir prêt. Je ne saurais trop insister sur l'importance de cette mission. N'omettez aucun détail, aussi petit ou inconséquent soit-il. »

L'irritation le gagna. Cela était une chose de remettre en question sa motivation, mais il n'admettait pas que l'on pouvait émettre des doutes sur le soin apporté à ses rapports. « Je suis toujours...

— Disons simplement que cette affaire m'intéresse personnellement, reprit M. Werner sans prêter cas à l'indignation de Linus. Cela va au-delà de la simple curiosité. » Il sourit, mais ses yeux demeurèrent froids. « Je déteste être déçu, monsieur Baker. Alors, s'il vous plaît, ne me décevez pas.

— Pourquoi cet endroit ? demanda-t-il sans pouvoir s'en empêcher. Pourquoi cet orphelinat a-t-il attiré votre attention ? Pourquoi a-t-il besoin d'un agent ? Le directeur a-t-il fait quelque chose pour... ?

— Le problème est plutôt ce qu'il n'a pas fait, l'interrompit son supérieur. Ses rapports mensuels semblent... incomplets, compte tenu des enfants dont il a la charge. Nous devons en savoir davantage, monsieur Baker. L'ordre ne peut régner que si tout le monde fait preuve de la transparence la plus totale. Dans le cas contraire, nous risquons le chaos. Y a-t-il autre chose ?

— Quoi ? Évidemment ! Je...

— Parfait, s'exclama M. Werner. Je vous souhaite bonne chance. Je pense que vous en aurez besoin. »

Et sur ces paroles, les lampes s'éteignirent de nouveau.

« Oh, Seigneur », souffla Linus.

Une lumière jaune éclaira encore une fois le chemin devant lui.

« Vous avez terminé ? » demanda une voix près de son oreille.

Il n'avait pas crié. Peu importait les preuves que l'on pourrait produire, il resterait sur ses positions.

Mlle Chewing-gum se tenait derrière lui. Elle mâchait bruyamment. « Par ici, monsieur Baker. »

Quand elle se retourna, sa robe tournoya autour de ses genoux. Elle se dirigea vers la sortie.

Après avoir jeté un dernier coup d'œil à l'obscurité dans son dos, il la suivit sans demander son reste.

Elle l'attendait en dehors de la pièce en tapant du pied pour montrer son impatience. Lorsque Linus passa la porte, il était à bout de souffle. Il se demandait si ce qu'il venait de vivre n'avait pas été un mauvais rêve. Il se sentait fiévreux. Il était tout à fait possible que Mlle Chewing-gum soit une hallucination créée de toutes pièces par une maladie que l'on ne lui avait pas encore diagnostiquée.

Une hallucination autoritaire pour sûr. Elle lui remit un épais dossier avec tant de force qu'il faillit tomber en arrière et lâcher sa serviette. « Le billet de train est à l'intérieur, lui indiqua-t-elle. De plus, vous trouverez une enveloppe scellée avec les fichiers dont vous aurez besoin. Je ne sais pas de quoi il s'agit et je m'en moque. Je suis payée pour ne pas fourrer mon nez partout, vous voyez ? Vous ne devrez ouvrir cette enveloppe qu'une fois arrivé à destination, hors du train.

— Je crois qu'il faut que je prenne un siège », dit-il d'une voix faible.

Elle plissa les yeux.

« Bien sûr, vous pouvez vous asseoir. Assurez-vous simplement que ce soit très loin d'ici. Votre train part à 7 heures demain matin. Ne soyez pas en retard. Cela déplairait grandement aux Cadres Extrêmement Supérieurs.

— Je dois retourner à mon bureau et…

— Surtout pas, monsieur Baker. On m'a laissé pour instruction de vous dire que vous étiez tenu de quitter les lieux sans le moindre délai. Ne parlez à personne. Je ne pense pas que cela posera de problème vous concernant, mais je suis obligée de le dire.

— Je ne comprends rien à ce qui se passe, insista-t-il. Je ne suis même pas sûr que tout ça soit réel.

— Bon, répondit Mlle Chewing-gum avec compassion. Vous nous faites une crise existentielle. Envisagez de la faire ailleurs. »

À présent, ils se tenaient devant les ascenseurs. Il ne s'était même pas rendu compte qu'ils s'étaient déplacés. Les portes s'ouvrirent. Mlle Chewing-gum le poussa à l'intérieur de la cabine et tendit la main pour appuyer sur le bouton du rez-de-chaussée, avant de reculer. « Merci pour votre visite aux bureaux des Cadres Extrêmement Supérieurs, s'exclama-t-elle d'une voix enjouée. Passez une excellente journée ! »

Les portes se refermèrent avant qu'il ait pu répondre.

Il pleuvait toujours. Linus s'en était à peine rendu compte.

Quelques instants plus tôt, il s'était trouvé devant le Ministère de la Jeunesse Magique. À présent, il avançait sur le chemin en pierre qui menait à son perron.

Il ignorait comment il était arrivé jusqu'ici. Peu importait. C'était le cadet de ses soucis.

La voix de Mme Klapper le sortit de son état de stupéfaction. « Vous rentrez tôt, monsieur Baker. Vous vous êtes fait virer ? Vous avez reçu une terrible nouvelle médicale et vous avez besoin de temps pour vous habituer à ce futur peu réjouissant ? » La fumée de sa pipe s'enroulait autour de sa coiffure bouffante. « Je suis désolée de l'apprendre. Vous nous manquerez terriblement.

— Je ne suis pas condamné, réussit-il à rétorquer.

— Oh. Tant pis. Cela veut donc dire que vous avez été viré. Mon pauvre ! Comment allez-vous vous en sortir ? Dans la situation économique actuelle ? Je suppose que vous allez devoir vendre la maison et vous trouver un appartement lugubre en ville. » Elle secoua la tête. « Vous finirez sans doute assassiné. Le taux de criminalité explose, vous savez.

— Je n'ai pas été renvoyé ! »

Elle eut un rire moqueur.

« Je ne vous crois pas. »

Il était si énervé qu'il n'arrivait pas à parler.

Assise sur son fauteuil à bascule, elle se pencha en avant. « Vous savez, mon petit-fils cherche un secrétaire pour sa société de comptabilité. C'est peut-être votre chance, monsieur Baker. J'ai lu des tonnes d'histoires qui commencent comme ça. Réfléchissez-y. Vous êtes au fond du trou. Vous avez besoin d'un nouveau départ et grâce à lui vous trouverez l'amour, le vrai. Ça coule de source !

— Bonne journée, madame Klapper ! cria-t-il en montant les marches avec difficulté.

— Pensez-y ! hurla-t-elle à son tour. Si tout se passe bien, on ferait partie de la même famille… »

Il claqua la porte derrière lui.

Calliope était assise à sa place habituelle. Elle battait la queue, clairement surprise par son retour anticipé.

Linus s'appuya contre la porte. Alors, ses jambes le lâchèrent et il glissa jusque sur la moquette.

« Tu sais, lui dit-il, je ne suis pas certain d'avoir passé une bonne journée. Non, je ne pense pas que c'était une bonne journée du tout. »

La chatte, comme à son habitude, se contenta de ronronner.

Ils restèrent ainsi un long moment.

Quatre

Le train se vidait à mesure qu'il s'enfonçait dans la campagne. Les voyageurs qui montaient et descendaient observaient avec une curiosité non dissimulée l'homme plutôt morose assis sur le siège 6A. Une grande caisse de transport était posée sur la place vide à côté de lui. À l'intérieur, un gros chat assassinait du regard tous ceux qui se baissaient pour le regarder et lui dire des mots doux. Un enfant avait même failli perdre un doigt lorsqu'il l'avait passé entre les barreaux de la cage.

L'homme, Linus Baker, résidant au 86 voie Hermès, remarquait à peine leur manège.

La nuit précédente avait été agitée. Il avait longuement tourné dans son lit avant d'abandonner l'idée de dormir et de décider qu'il valait mieux qu'il fasse les cent pas dans son salon. Son bagage, un vieux sac éraflé avec une roue cassée, le narguait depuis sa place, sur le sol. Il l'avait fait la veille, persuadé qu'il n'aurait pas eu le temps de s'en occuper le matin même de son départ.

En fin de compte, étant donné que le sommeil lui avait fait défaut, il avait eu tout le temps du monde pour le faire.

Quand il était monté dans le train à 6 h 30, il avait été dans un état second, des cernes gigantesques sous les yeux et les coins des lèvres tombants. Il regardait droit devant lui, une main posée sur la caisse dans laquelle Calliope fulminait. Elle n'avait jamais aimé voyager, mais il n'avait pas eu d'autre choix que de l'emmener. Il avait bien pensé à demander à Mme Klapper de s'occuper d'elle, mais avec cette satanée histoire d'écureuils, il avait eu peur qu'il lui arrive malheur durant son mois d'absence.

Il espérait qu'aucun enfant ne serait allergique.

La pluie dégoulinait le long des vitres tandis que le train fonçait à travers des champs vides et des forêts remplies de grands arbres anciens. Cela faisait presque huit heures qu'il voyageait lorsqu'il se rendit compte que le wagon était très calme.

Trop calme.

Il leva les yeux de la copie de *RÈGLES ET RÈGLEMENTS* qu'il avait emportée.

Il était seul.

Il n'avait pas remarqué la dernière personne descendre.

« Oh, se dit-il à lui-même. Il ne manquerait plus que j'aie loupé mon arrêt. Je me demande jusqu'où va ce train. Peut-être qu'il continue à l'infini sans jamais atteindre de terminus. »

Calliope n'avait pas la moindre opinion sur le sujet.

Il était en train de se demander s'il n'avait pas réellement raté sa station (après tout, il passait son temps à s'inquiéter) lorsqu'un contrôleur vêtu d'un uniforme très chic fit coulisser la porte à l'extrémité du wagon. Il fredonnait doucement, mais se tut en remarquant la présence de Linus. « Bonjour, le salua-t-il sur un ton amical. Je ne m'attendais pas à trouver quelqu'un ! Vous devez vous rendre sacrément loin en cette jolie journée de samedi.

— J'ai mon billet, si vous voulez le contrôler.

— S'il vous plaît, oui. Où allez-vous ? »

L'espace d'un instant, Linus fut incapable de répondre. Quand il passa la main dans son manteau pour récupérer son billet, l'énorme livre posé sur ses genoux manqua tomber par terre. Le billet était un peu froissé. Aussi, il tenta de l'aplanir avant de le tendre au contrôleur. Celui-ci lui sourit, puis baissa les yeux vers le ticket. Il siffla. « Marsyas. Le terminus. » Il le poinçonna. « Bonne nouvelle. Il ne reste plus que deux arrêts. D'ailleurs, si vous... Oui, regardez ! »

Il indiqua la vitre d'un geste de la main.

Linus tourna la tête. Il en eut le souffle coupé.

Devant eux, les nuages se dispersaient. La grisaille maussade laissait place au ciel bleu le plus vif, le plus merveilleux qu'il n'avait jamais vu. Alors, le train sortit de l'orage et la pluie s'arrêta. Il faisait beau. Il ferma brièvement les yeux pour savourer la sensation de chaleur contre son visage. Il ne se rappelait pas la dernière fois qu'il avait senti les rayons du soleil sur sa peau. Lorsqu'il rouvrit les paupières, il remarqua quelque chose, au loin.

En premier plan, il y avait du vert. Des herbes ondoyantes avec de belles teintes vives. Parmi elles, des fleurs roses, violettes et or. Le tout laissait ensuite place à du sable blanc. Et au-delà de ce blanc, un bleu céruléen à perte de vue.

Il entendit à peine le livre des *RÈGLES ET RÈGLEMENTS* tomber sur le sol du train dans un grand fracas.

N'aimeriez-vous pas être ici ?

« C'est l'océan ? murmura Linus.

— Oui, répondit le contrôleur. C'est beau, hein ? À votre réaction, on croirait que vous n'avez jamais... Attendez une minute. Vous n'avez jamais vu l'océan ? »

Linus secoua très légèrement la tête.

« Seulement en photo. C'est beaucoup plus grand que je ne l'imaginais. »

L'homme rit. « Et encore, ce n'est qu'une petite partie. Vous le verrez mieux en descendant du train. Il y a une île à proximité du village. Vous pouvez prendre un bateau pour vous y rendre, si vous le souhaitez. La plupart des gens ne font pas l'effort.

— Je le ferai, assura Linus sans détacher le regard de cet aperçu de mer.

— Et qu'avons-nous là ? » demanda le contrôleur en se penchant par-dessus Linus pour regarder à l'intérieur de la cage.

Calliope feula.

Il se releva aussitôt. « Je ferais mieux de la laisser tranquille.

— Il vaut mieux, en effet.

— Plus que deux arrêts, monsieur, reprit le bonhomme en se dirigeant vers les portes de l'autre côté du wagon. Profitez bien de votre séjour ! »

Linus l'entendit à peine partir.

« Il est vraiment là, dit-il doucement. Je ne rêve pas. Je n'aurais jamais cru… » Il soupira. « Peut-être que ce ne sera pas si terrible, en fin de compte. »

Ce n'était pas terrible.

C'était bien pire.

Mais Linus ne le sut pas tout de suite. Quand il descendit du train, la caisse de transport dans une main et son bagage dans l'autre, il sentit le sel dans l'air et entendit le cri des oiseaux marins dans le ciel. Une légère brise souleva ses cheveux. Il tourna la tête vers le soleil et s'autorisa à profiter du moment, à se délecter de la chaleur. Ce n'est que lorsque l'alarme du train retentit et que les wagons se mirent en branle qu'il regarda réellement autour de lui.

Il se tenait sur un quai surélevé. Devant lui, des bancs en métal étaient disposés sous un auvent à rayures bleues et blanches. Le long du quai, des dunes ponctuées d'herbes s'étendaient à perte de vue. Au loin, il entendit ce qui ressemblait au bruit des vagues. Il n'avait jamais vu un paysage aussi lumineux. On aurait dit que cet endroit n'avait jamais connu la pluie.

Le train prit un virage et disparut. Linus se rendit alors compte qu'il était seul. Une étroite route pavée sinuait entre les dunes, mais il ne voyait pas où elle menait. Il espérait ne pas avoir à l'emprunter en portant à bout de bras sa valise et son chat énervé.

« Et maintenant, qu'est-ce qu'on fait ? » s'interrogea-t-il à voix haute.

Personne ne répondit. C'était sans doute mieux ainsi. Si quelqu'un l'avait fait, il aurait probablement...

Une sonnerie stridente le sortit de ses pensées. Il tourna vivement la tête.

Accroché au mur du quai de gare, un téléphone orange vif sonnait.

« Est-ce que je dois répondre ? » demanda-t-il à Calliope en se baissant pour la regarder dans la cage.

Calliope se retourna complètement et lui montra son postérieur.

Il n'obtiendrait probablement pas d'autre réponse de sa part.

Laissant son bagage par terre, il avança vers le téléphone et déposa la cage à côté, à l'ombre. Il observa l'appareil qui sonnait depuis un moment avant de prendre son courage à deux mains et de décrocher.

« Allô ?

— Ah, enfin ! répondit une voix. Vous êtes en retard.

— Ah bon ?

— Oui. Je vous ai appelé quatre fois en une heure. Comme j'ignorais à quelle heure vous arriveriez exactement, je ne voulais pas faire le trajet depuis l'île pour rien. Je voulais d'abord m'assurer que vous étiez là.

— Vous cherchez bien à joindre Linus Baker ? »

Elle pouffa.

« Qui d'autre pourrais-je bien essayer de joindre ? »

Il se sentit rassuré.

« Je suis Linus Baker.

— Toutes mes condoléances. »

Il fronça les sourcils. « Pardon ?

— Je serai là dans une heure, monsieur Baker. » Il entendit quelqu'un murmurer derrière son interlocutrice. « On vient de me dire que vous avez une enveloppe en votre possession que vous devez ouvrir à votre arrivée. Faites-le. Ce sera plus simple. Vous comprendrez mieux la situation.

— Comment savez-vous que... ?

— *Ciao*, monsieur Baker. À tout à l'heure ! »

La communication coupa et il se retrouva seul avec le bruit de la tonalité à l'oreille.

Il examina longuement le combiné avant de le reposer à sa place, puis regarda le téléphone tout aussi longuement avant de secouer la tête.

« Bon », dit-il à Calliope en s'asseyant sur le banc. Il souffla et tira sa valise à lui. « Voyons à quoi riment tous ces secrets. »

La chatte ne daigna pas lui répondre.

Linus dézippa son sac juste assez pour en sortir l'enveloppe qu'il avait posée au plus haut. Elle était tellement pleine qu'elle commençait presque à se déchirer. Au dos, le sceau était en cire rouge sang avec l'acronyme MJM écrit dessus. Lorsqu'il le brisa, des morceaux de cire tombèrent sur ses genoux et rebondirent sur le sol.

Il sortit une liasse de documents retenus par un lien en cuir.

En première page se trouvait une lettre dactylographiée avec soin qui lui était adressée.

MINISTÈRE DE LA JEUNESSE MAGIQUE
BUREAUX DES CADRES EXTRÊMEMENT SUPÉRIEURS

Monsieur Baker,

Vous avez été désigné pour prendre en charge une mission de la plus haute importance. Nous vous rappelons qu'elle relève d'une CLASSIFICATION DE NIVEAU QUATRE. Tout individu divulguant des informations à ceux qui ne possèdent pas le niveau de classification adéquat se verra licencié sur-le-champ et incarcéré pour une durée de dix ans.

À l'intérieur de cette enveloppe, vous trouverez sept dossiers.

Six concernent les pensionnaires de l'orphelinat de l'île de Marsyas.

Le septième concerne le directeur Arthur Parnassus.

En aucun cas ne devrez-vous partager le contenu de ces documents avec les résidents de l'orphelinat de l'île de Marsyas. Ils sont uniquement destinés à votre attention.

L'orphelinat est différent de ceux que vous avez déjà visités, monsieur Baker. Il est important que vous vous protégiez au mieux. Sur l'île, vous résiderez dans une dépendance. Nous vous suggérons de verrouiller les portes et les fenêtres la nuit pour éviter tout… accident malencontreux.

« Oh, Seigneur », souffla Linus.

Votre mission sur l'île de Marsyas est de la plus haute importance. Vos rapports nous apporteront les informations nécessaires pour décider si l'orphelinat pourra continuer ses activités ou s'il devra fermer ses portes de façon permanente. Nous avons confié une grande responsabilité à Arthur Parnassus. À présent, nous voulons nous assurer que nous avons eu raison de lui faire confiance. Gardez l'œil ouvert, monsieur Baker. Écoutez le moindre murmure. Ne baissez jamais votre garde. Nous attendons de vous une enquête rigoureuse et sans langue de bois, comme vous en avez l'habitude. Si vous remarquez la moindre incongruité, vous devrez la porter à notre attention. Il n'y a rien de plus important pour nous que de garantir le bon fonctionnement de nos établissements.

Assurez-vous également que les enfants ne représentent pas le moindre danger. Pour les autres, mais aussi pour eux-mêmes. L'un d'eux en particulier. Son dossier est le premier que vous verrez.

Il nous tarde de lire vos rapports d'une rigueur sans pareille.

Cordialement,

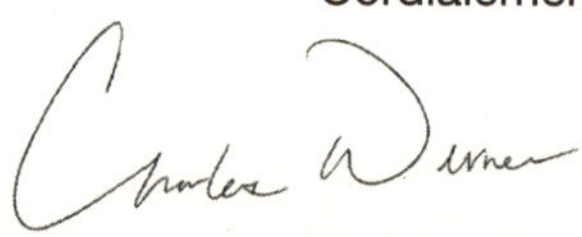

CHARLES WERNER
CADRE EXTRÊMEMENT SUPÉRIEUR

« Dans quoi me suis-je encore fourré ? » murmura-t-il tandis qu'un nouveau coup de vent faisait onduler la lettre dans sa main.

Il parcourut la missive une seconde fois en essayant de lire entre les lignes, mais y trouva plus de questions en suspens que de réponses.

Il plia la lettre et la glissa dans la poche de sa chemise, puis contempla les papiers qu'il tenait entre ses mains. « Ça ne sert à rien de retarder l'échéance, dit-il à Calliope. Voyons si le secret est aussi énorme que ce qu'il laisse entendre. Je suis sûr qu'ils exagèrent. Plus les attentes sont élevées, plus la déception est grande. »

Il ouvrit le premier dossier.

La photo d'un jeune garçon, 6 ou 7 ans peut-être, était agrafée au plus haut. Il souriait comme un petit diable. Il lui manquait les deux dents de devant. Ses cheveux étaient en bataille et partaient dans tous les sens. Ses yeux étaient…

En fait, il avait les yeux rouges, comme cela se produit lorsque le flash, trop rapide, ne laisse pas le temps aux pupilles de réagir. Il y avait également un cercle bleu autour de ses iris. Cela faisait froid dans le dos, mais Linus avait déjà vu ce genre de clichés. Ce n'était qu'un problème d'éclairage. Rien d'autre.

Sous la photo, en lettres capitales, il y avait un nom.

LUCY.

« Un garçon nommé Lucy. C'est une première. Je me demande pourquoi ils ont choisi… ce nom… Lucy… »

Ce dernier mot lui resta coincé en travers de la gorge.

Il venait de trouver la raison, écrite en anglais parfaitement clair.

Le dossier disait :

NOM : LUCIFER (SURNOMMÉ LUCY)
ÂGE : 6 ANS, 6 MOIS, 6 JOURS (AU MOMENT DU RAPPORT)
CHEVEUX : NOIRS
COULEUR DES YEUX : BLEU/ROUGE
MÈRE : INCONNUE (CONSIDÉRÉE DÉCÉDÉE)
PÈRE : LE DIABLE
CATÉGORIE MAGIQUE : ANTÉCHRIST

Linus Baker s'évanouit.

« Va-t'en, bougonna-t-il lorsqu'il sentit quelque chose lui tapoter la joue. C'pas encore l'heure de ton petit-déjeuner, Calliope.

— Heureusement, répondit une voix qui n'appartenait clairement pas à son chat. On est en plein après-midi. À moins qu'en ville, on prenne le petit-déjeuner plus tard ? Je n'en ai pas la moindre idée. J'évite ce genre d'endroits. Trop de bruit pour moi. »

Linus ouvrit les paupières et cligna lentement des yeux.

Une femme était penchée vers lui, à contre-jour.

Il se redressa aussitôt. « Où suis-je ? »

Elle recula d'un pas. À son expression, il était clair que sa réaction l'amusait. « À la gare de Marsyas, bien sûr. Drôle d'endroit pour une sieste, mais pourquoi pas, après tout. »

Il se releva du sol du quai. Il avait l'impression d'être plein de poussière et ne se sentait pas très bien. Il avait mal à la tête et apparemment, il avait accumulé un impressionnant tas de sable sur les fesses. Il épousseta son pantalon et, inquiet, observa les alentours. Calliope était toujours dans sa cage. Elle le regardait d'un air agacé en battant la queue. Son bagage était à côté d'elle.

Et là, sur le banc sur lequel il avait été assis, se trouvait une pile de dossiers.

« C'est tout ce que vous avez ? » demanda la femme.

Linus reporta son attention sur elle. Dès qu'il la vit, une certaine inquiétude s'empara de lui. Il aurait été incapable de déterminer son âge. Ses cheveux blancs reposaient sur sa tête comme un nuage cotonneux. Des fleurs aux couleurs vives y étaient entremêlées. Sa peau sombre était très belle, mais c'étaient ses yeux qui l'interpellaient le plus. C'étaient les yeux d'une personne bien plus âgée que ce que son apparence laissait porter à croire. Et ils semblaient presque violets. Il s'agissait sans aucun doute d'un effet d'optique. Il avait l'étrange impression de l'avoir déjà rencontrée, mais il ne parvenait pas à savoir où, ni pourquoi.

Elle portait un tee-shirt fin bien trop grand pour elle. Son pantalon beige lui arrivait aux mollets. Ses pieds étaient nus.

« Qui êtes-vous ? demanda-t-il.

— Mlle Blanchapelle, bien sûr, répondit-elle comme si cela tombait sous le sens. Gardienne de l'île de Marsyas.

— Gardienne, répéta-t-il.

— Ce sont vos seuls bagages ? demanda-t-elle encore une fois.

— Oui, mais…

— Chacun fait ce qu'il veut », dit-elle. Hébété, il demeura immobile tandis qu'elle le dépassait et soulevait sa valise comme si elle avait été légère comme une plume. Il avait sué sang et eau pour la charger dans le train. Elle ne semblait pas avoir le même problème. « Rassemblez vos papiers et prenez votre énorme chat, monsieur Baker. Je n'aime pas traîner et vous êtes déjà arrivé plus tard que je ne le pensais. Je n'ai pas que ça à faire, vous savez.

— Attendez une minute », rétorqua-t-il, mais elle ne l'écoutait pas. Elle se dirigeait déjà vers l'escalier au bout du quai. Elle descendit les marches avec grâce, comme si elle flottait dans les airs. Ce n'est qu'à ce moment-là que Linus remarqua la présence d'une petite voiture garée au bord de la route. Elle n'avait pas de toit. Les sièges étaient exposés aux éléments. Une décapotable. C'était la première fois qu'il en voyait une en vrai.

Il réfléchit sérieusement à prendre Calliope sous le bras et à s'enfuir en suivant les rails du train.

À la place, il ramassa ses papiers et souleva la cage pour emboîter le pas à l'inconnue.

Lorsqu'il atteignit la voiture, elle avait déjà déposé sa valise dans le coffre. Elle le regarda, puis jeta un coup d'œil à la caisse de transport. « Je suppose que vous ne voulez pas mettre ce truc à l'arrière ?

— Il n'en est pas question ! s'exclama-t-il, légèrement offensé. Ce serait cruel.

— Bien sûr, marmonna-t-elle. Pas de problème. Vous la garderez sur vos genoux. Ou on peut l'accrocher au capot, si vous préférez. »

Il était plutôt scandalisé. « Elle serait furieuse ! »

Mlle Blanchapelle haussa les épaules. « Je suis sûre qu'elle s'en remettrait.

— Je ne l'attacherai pas au capot de la voiture !

— C'est vous qui voyez. Montez, monsieur Baker. On doit se dépêcher. J'ai dit à Merle qu'on n'en aurait pas pour longtemps. »

Il avait la tête qui tournait. « Merle ?

— Le capitaine du ferry, répondit-elle en ouvrant sa portière et en s'installant sur son siège. Il nous emmènera sur l'île.

— Je n'ai pas encore décidé si je voulais y aller, sur cette île. »

Elle plissa les yeux.

« Alors qu'est-ce que vous faites ici ? »

Il bafouilla.

« Je... On m'a... Ce n'est pas... »

Elle attrapa des lunettes de soleil blanches *oversize* sur le tableau de bord. « Vous montez ou vous ne montez pas, monsieur Baker. Si ça ne tenait qu'à moi, je vous laisserais ici. Le Ministère de la Jeunesse Magique est une farce et vous, vous m'avez tout l'air de n'être qu'un sous-fifre qui ne sait pas où il met les pieds. Je n'aurai aucun problème à partir sans vous. Le train finira bien par revenir. Il revient toujours. »

Cette attaque directe l'ébranla davantage qu'il ne l'aurait pensé. « Mon corps de métier n'est pas une farce ! »

Le moteur crachota en s'allumant, puis se mit à ronronner normalement. Une fumée noire sortit du pot d'échappement.

« Ça, dit Mlle Blanchapelle, ça reste à prouver. Maintenant, vous montez, oui ou non, monsieur Baker ? »

Il monta.

Mlle Blanchapelle s'amusait un peu trop des cris que Linus poussait chaque fois qu'ils prenaient un virage à toute vitesse. Même si elle conduisait de manière experte, cela ne l'empêchait pas de penser qu'il était monté dans la voiture d'une aliénée.

Le vent soufflait dans leurs cheveux. Contrairement à ce qu'il avait pu imaginer, les fleurs dans la coiffure de la conductrice tenaient en place. Elles se contentaient de trembler et de se soulever. De son côté, il maintenait fermement les dossiers à plat contre le haut de la cage de Calliope. Il avait peur qu'ils s'envolent.

La route était étroite. Autour d'eux, les dunes apparaissaient, puis disparaissaient. Quand les montagnes de sable étaient au plus bas, il apercevait l'océan qui se rapprochait de plus en plus. Linus essayait, en vain, de ne pas se laisser distraire par le spectacle. Même s'il était certain qu'il allait mourir, la vue était à couper le souffle.

Ce n'est que lorsqu'il fut de nouveau plaqué contre sa portière, après un énième virage, qu'il retrouva l'usage de la parole. « Ne voulez-vous pas ralentir ? »

Par miracle, elle s'exécuta. « Je m'amuse un peu, voilà tout.

— Vous vous moquez de moi, surtout ! »

Elle jeta un coup d'œil dans sa direction. Ses cheveux se soulevaient en rythme. « Vous êtes sacrément coincé. »

La remarque l'agaça. « Je ne veux pas mourir. Ce n'est pas la même chose.

— Votre cravate est de travers.

— C'est vrai ? Merci. Je n'aime pas avoir l'air négligé... Ce n'est pas drôle. »

Quand elle sourit, il aperçut ses dents. « Il y a peut-être de l'espoir pour vous, après tout. Pas beaucoup, mais un peu. » Elle le regarda de nouveau, si longtemps que cela en devint dangereux. « Vous ne ressemblez pas à ce que je m'étais imaginé. »

Il ne savait pas comment le prendre. Personne ne l'avait jamais vraiment observé. « Qu'est-ce que vous insinuez ?

— Que vous êtes inattendu.

— Vous dites souvent des choses qui ne veulent rien dire ?

— Assez souvent, mais cette fois, ce n'est pas le cas, monsieur Baker. » Elle prit le virage suivant à une vitesse bien moins élevée. « Je pensais que vous seriez plus jeune. Comme la majorité des gens dans votre genre.

— Des gens dans mon genre ?

— Les agents du MJM. Vous faites ce métier depuis longtemps ? »

Il fronça les sourcils. « Suffisamment.

— Et il vous plaît, monsieur Baker ?

— J'ai de bons résultats.

— Ce n'est pas ce que j'ai demandé.

— C'est la même chose. »

Elle secoua la tête. « Pourquoi est-ce que vous dormiez sur le quai ? Vous n'auriez pas pu vous reposer dans le train ?

— Je ne dormais pas. J'ai… » Tout lui revint alors, toutes les choses qu'il avait oubliées après avoir été réveillé de manière aussi irrespectueuse. « Oh là là.

— Quoi ?

— Oh là là. » Il n'arrivait plus à respirer.

Mlle Blanchapelle semblait alarmée. « Vous faites une crise cardiaque ? »

Il l'ignorait. Il n'en avait jamais fait. Il ne pouvait pas savoir à quoi cela ressemblait. Mais étant donné qu'il avait 40 ans, des kilos en trop et une pression sanguine trop élevée, c'était une possibilité.

« Bon sang », l'entendit-il maugréer. Elle fit une embardée et freina violemment pour se garer sur le bord de la route.

Linus avait des difficultés à reprendre son souffle. Il posa le front contre le haut de la cage. Sa vision s'était réduite à peau de chagrin et il entendait un rugissement dans ses oreilles. Il était persuadé qu'il allait s'évanouir une deuxième fois (ou peut-être mourir d'une crise cardiaque) lorsqu'il sentit une main fraîche se poser contre sa nuque. Il réussit alors à prendre une grande inspiration et les battements de son cœur ralentirent.

« Voilà, entendit-il dire Mlle Blanchapelle. C'est mieux. Respirez, monsieur Baker. C'est bien.

— Le dossier, réussit-il à articuler. J'ai lu le dossier. »

Elle serra une fois sa nuque avant de le lâcher. « Au sujet de Lucy ?

— Oui. Je ne m'y attendais pas.

— Non. Je m'en doute.

— Est-ce...

— Vrai ? »

Il hocha la tête sans relever le front de la cage.

Elle ne répondit pas.

Alors, il se redressa légèrement pour l'observer.

Les mains sur les genoux, elle regardait droit devant elle. « Oui, souffla-t-elle au bout d'un moment. C'est la vérité.

— Comment est-ce possible ? »

Elle secoua la tête. « Ce n'est pas... Il n'est pas ce que vous croyez. Aucun d'entre eux ne l'est. »

Cette dernière remarque le prit par surprise. « Je n'ai pas consulté les autres dossiers. » Une pensée terrible lui traversa l'esprit. *Est-ce que les autres sont pires ?*

Elle retira vivement ses lunettes pour lui adresser un regard acéré. « Cela ne peut pas être pire, parce qu'il n'y a rien qui cloche chez eux. Ce ne sont que des enfants.

— Oui, mais...

— Il n'y a pas de mais qui tienne, rétorqua-t-elle. J'ai conscience que vous avez un travail à faire, monsieur Baker, et je suis sûre que vous le faites bien. Peut-être trop bien, si vous voulez mon avis. Sinon, le MJM ne vous aurait jamais envoyé ici. Nous ne sommes pas très orthodoxes.

— C'est le moins que l'on puisse dire. Vous avez l'antéchrist avec vous sur l'île !

— Lucy n'est pas... » Elle secoua la tête, clairement frustrée. « Que faites-vous ici ?

— Je suis venu m'assurer que les enfants sont en sécurité, répondit-il comme s'il s'agissait d'une seconde nature. Vérifier qu'ils ne manquent de rien, qu'ils sont bien soignés et qu'ils ne représentent aucun danger pour eux-mêmes ou pour les autres.

— Ça fonctionne pour tous les enfants, alors ?

— Oui, mais...

— Pas de mais ! Peu importe d'où il vient, ou ce qu'il est. C'est un enfant. Votre travail, tout comme celui d'Arthur et le mien, est de le protéger. Ainsi que tous les autres. »

Sa tirade le laissa bouche bée.

Elle enfila de nouveau ses lunettes de soleil. « Fermez la bouche, monsieur Baker. Vous allez gober les mouches. »

Elle remit le contact et se réengagea sur la route.

« Sept dossiers, dit-il quelques minutes plus tard, lorsqu'il sortit de son état de choc.

— Quoi ?

— Sept dossiers. On m'a donné sept dossiers. Six enfants et le directeur de l'orphelinat. Ça fait sept.

— On vous apprend à compter au MJM, c'est bien ! »

Il ne se laissa pas déstabiliser. « Il n'y en a pas sur vous. » Sur la droite, au sommet de la colline suivante, il aperçut un panneau.

« Bien sûr que non. Je ne suis pas une employée du MJM. Je vous l'ai dit. Je suis une gardienne.

— Vous vous occupez de la maison ?

— Oui. Et de l'île en général. C'est de famille. On fait ça depuis des générations. »

Linus Baker faisait ce travail depuis longtemps. Et oui : il le faisait bien. Il avait un bon esprit critique. Il décelait les petits détails que les autres laissaient passer. C'était la raison pour laquelle, pensa-t-il, il avait été choisi pour cette mission.

Cela étant dit, il aurait dû comprendre qui elle était à l'instant où il avait ouvert les yeux sur le quai. S'évanouir après avoir eu le choc de sa vie n'était pas une excuse.

« Vous êtes un esprit de la nature, fit-il. L'esprit de l'île ! »

Il l'avait prise par surprise. Elle essaya de ne pas le montrer et s'il ne l'avait pas regardée attentivement, il ne s'en serait pas rendu compte. « Qu'est-ce qui vous fait dire ça ? demanda-t-elle d'un ton neutre.

— Vous êtes une gardienne.

— Ça ne veut rien dire.

— Vos yeux.

— Inhabituels, c'est certain, mais absolument pas uniques.

— Vous avez porté ma valise…

— Toutes mes excuses. Si j'avais su que cela blesserait votre virilité abusive, je n'aurais pas…

— Vous êtes pieds nus. »

Cette remarque la réduisit au silence. « Je vis près de l'océan, reprit-elle lentement. C'est peut-être une habitude. »

Il secoua la tête. « Le soleil est haut dans le ciel. La route est sans doute brûlante. Pourtant, vous avez marché dessus sans problème. Les esprits de la nature n'aiment pas les chaussures. Ils n'aiment pas être enfermés. Et rien ne leur fait mal aux pieds. Pas même l'asphalte bouillant. »

Elle soupira.

« Vous êtes plus futé que vous n'en avez l'air. Ça ne présage rien de bon.

— Êtes-vous recensée ? s'enquit-il. Le MJM sait-il que vous... »

Elle retroussa les babines. « Je n'ai jamais fait partie du système, monsieur Baker. Ma lignée est bien plus ancienne que les lois décrétées par les hommes. Le fait que vous ayez décidé que les êtres magiques devaient être bagués pour qu'on puisse les retrouver ne vous donne pas le droit de m'interroger ou de connaître mon statut juridique. »

Il blêmit.

« C'est... Vous avez raison. Je n'aurais jamais dû dire ça.

— Étaient-ce des excuses ?

— Je crois.

— Très bien. Ne me parlez plus jamais de mon statut.

— C'est juste que... je n'ai jamais rencontré l'esprit d'une île. Un esprit de l'eau, oui. J'ai même croisé l'esprit d'une grotte, une fois. C'est comme ça que j'ai réussi à vous identifier. Je ne savais même pas que vous existiez. »

Elle renifla. « Je pense qu'il y a beaucoup de choses que vous ignorez de la vie, monsieur Baker. Ah, regardez. Là. On est presque arrivés au bateau. »

Il chercha l'endroit qu'elle pointait du doigt. Le panneau qu'il avait remarqué plus tôt se rapprochait tandis qu'ils gravissaient la colline. Au-dessus d'un palmier et des vagues de l'océan, il était écrit : VILLAGE DE MARSYAS.

« Je n'avais jamais entendu parler de cet endroit, admit-il quand ils le dépassèrent. De ce village. Il est agréable ?

— Tout dépend de la définition que vous en faites. Pour vous, sans doute. Pour moi, non. »

Ils atteignirent le sommet de la colline. En contrebas, le long de l'océan, se trouvait un ensemble de bâtisses colorées entre lesquelles s'élevaient de hauts arbres courbés par le vent. Les maisons aux tons pastel et aux toits de chaume s'étendaient jusque dans la forêt. Dans ces rêves, un village au bord de la mer ressemblait exactement à ça. Cette pensée lui serra le cœur.

« Nous ne nous arrêterons pas. Pas la peine de me poser la question, le prévint-elle. Ils n'aiment pas ça.

— Qu'est-ce que vous voulez dire ?

— Tout le monde n'est pas aussi progressiste que vous, monsieur Baker », fit-elle remarquer. Cette fois, il savait qu'elle se moquait de lui. « Les habitants de Marsyas n'apprécient pas les gens comme nous. »

Cela le surprit. « Les esprits de la nature ? »

Elle rit de nouveau, mais une lourde amertume se dégageait de sa voix. « Les êtres doués de magie, en général, monsieur Baker. »

Il ne lui fallut pas longtemps pour le vérifier. Dès qu'ils s'engagèrent dans les rues principales qui passaient à travers le village, les passants et les clients des magasins se tournèrent vers la voiture. Linus avait été la cible de nombreux regards désapprobateurs au cours de sa vie, mais il n'avait jamais ressenti une telle hostilité. Des personnes en caleçon de bain, bikini et tongs en caoutchouc les fusillaient ouvertement du regard tandis qu'ils roulaient. Il tenta de faire signe à certains d'entre eux, mais cela n'eut aucun effet. Il vit même un homme à l'intérieur de ce qui ressemblait à une baraque à fruits de mer verrouiller sa porte.

« Si je m'y attendais…, dit-il, vexé.

— On s'y habitue, le rassura Mlle Blanchapelle. Étonnamment.

— Pourquoi sont-ils comme ça ?

— Je n'ai pas la prétention de savoir comment fonctionne l'esprit humain », répondit-elle. Elle agrippa le volant un peu plus fort alors qu'une femme, sur le trottoir, se plaçait devant ses enfants potelés et pleurnichards dans le but, sans nul doute, de les protéger. « Ils craignent ce qu'ils ne comprennent pas. Et pour des raisons qu'ils ignorent probablement eux-mêmes, cette peur se transforme en haine. Comme ils ne connaissent pas les enfants, et puisqu'ils les craignent, ils les détestent. Vous avez forcément déjà entendu parler de ce phénomène. Cela arrive partout.

— Je ne déteste rien.

— Vous mentez. »

Il secoua la tête. « Non. La haine est une perte de temps. Je suis bien trop occupé pour m'y adonner et c'est très bien ainsi. »

Elle lui adressa un regard torve. Ses lunettes de soleil dissimulaient son expression. Elle ouvrit la bouche – pour dire quoi, il l'ignorait – puis sembla se raviser. À la place, elle déclara : « On est arrivés. Restez dans la voiture. »

Elle se gara devant un ponton et sortit du véhicule avant qu'il ait pu répondre. Un homme se tenait près d'un petit ferry et tapait du pied d'un air impatient. Derrière lui, on devinait les contours d'une île. « Il se fait tard », cracha l'homme lorsque Mlle Blanchapelle s'approcha de lui. Sa voix porta jusqu'à Linus. « Tu sais que je ne dois pas me trouver sur l'île après le coucher du soleil.

— Ne t'en fais pas, Merle. Je ne laisserais rien t'arriver.

— Ce n'est pas aussi rassurant que tu le crois. » Il cracha dans l'eau à côté du ponton avant de jeter un coup d'œil par-dessus son épaule à Linus. « Alors c'est lui ? »

Elle le regarda également.

« C'est lui.

— Je l'imaginais plus jeune.

— C'est ce que je lui ai dit.

— Bon, allez. Dépêchons-nous. Tu préviendras Parnassus que mes tarifs ont doublé. »

Elle soupira. « Je le lui ferai savoir. »

Merle hocha la tête. Après un dernier regard méprisant à l'intention de Linus, il se retourna et sauta avec adresse sur le ferry. Mlle Blanchapelle revint en direction de la voiture.

« Je pense qu'on a mis les pieds dans une affaire bien plus grave que ce que l'on a voulu nous faire croire », murmura Linus à Calliope.

Elle ronronna.

« Tout va bien ? » demanda-t-il lorsque l'esprit entra dans la voiture. Il n'en était pas certain. Merle avait l'air de coûter cher.

« Tout va bien », marmonna-t-elle. Après avoir fait demi-tour, elle avança tandis que Merle baissait la rampe. L'espace d'un instant, alors que la rampe grinçait et grognait sous leur poids, Linus sentit son estomac se nouer, mais le moment passa avant qu'il eût le temps de réagir.

Elle se gara et appuya sur un bouton. Aussitôt, le son d'un mécanisme résonna à l'arrière. Il sursauta. En regardant derrière lui, il vit une capote en vinyle se soulever et recouvrir leurs têtes. Elle termina de se mettre en place dans un claquement d'une terrible finalité. Mlle Blanchapelle coupa le moteur, puis se tourna vers lui. « Écoutez, monsieur Baker. Je crois qu'on est partis du mauvais pied.

— Vous voulez dire que vous n'êtes pas toujours aussi agréable ? Vous m'avez bien eu. »

Elle lui adressa un regard agacé. « Je suis un esprit de la nature. Cela signifie que je suis très protectrice envers ce qui m'appartient.

— L'île », indiqua Linus.

Elle hocha la tête. « Et tous ses habitants. »

Il hésita, avant de demander : « Est-ce que ce M. Parnassus et vous êtes… ? »

Elle arqua un sourcil.

Le rouge aux joues, il toussa et détourna le regard. « Ce n'est pas important. »

Elle se moqua un peu de lui, mais il n'y avait rien de malintentionné. « Non. Et croyez-moi quand je vous dis que ça n'arrivera jamais.

— Oh. D'accord. C'est bon à savoir.

— J'ai conscience que vous devez faire votre travail, reprit-elle, et que la situation ne ressemble en rien à ce dont vous avez l'habitude. Je vous demande simplement de leur laisser une chance. Ils sont bien plus que le contenu de leurs dossiers.

— Êtes-vous en train de m'expliquer comment faire mon travail ? l'interrogea-t-il d'un air renfrogné.

— Je vous demande simplement de faire preuve de compassion.

— Je ne suis pas étranger à la compassion, mademoiselle Blanchapelle. C'est pour cette raison que je fais ce métier.

— Vous le pensez vraiment ? »

Il tourna vivement la tête vers elle. « Qu'est-ce que vous insinuez ? »

Elle secoua la tête. « Vous n'avez pas de dossier à mon sujet, car je ne suis pas censée exister. Arthur, M. Parnassus, m'a envoyée vous chercher pour vous montrer sa bonne foi. Pour vous prouver qu'il est raisonnable. Il sait quel genre de personne vous pouvez être. Il espère que vous serez cette personne pendant votre séjour ici. »

Il sentit un frisson d'effroi lui chatouiller le haut de la colonne vertébrale. « Comment pourrait-il savoir quoi que ce soit à mon sujet ? Il est impossible qu'il connaisse l'identité de la personne missionnée. Je n'ai moi-même été informé qu'hier. »

Elle haussa les épaules. « Il a ses sources. Vous devriez profiter du temps qu'il vous reste avant d'arriver sur l'île pour passer en revue les dossiers restants. Mieux vaut que vous sachiez où vous mettez les pieds. Ce sera plus sûr.

— Pour qui ? »

Il ne reçut aucune réponse.

Quand il se tourna vers le siège conducteur, celui-ci était vide comme si elle n'avait jamais été là.

« Bon sang », grommela-t-il.

Il envisagea de faire ce qu'elle lui avait recommandé. Après tout, un homme averti en valait deux... Pourtant, après ce qu'il avait appris au sujet de Lucy, il se trouvait incapable de feuilleter les dossiers. Il craignait que les autres se révèlent être plus terribles encore. Les Cadres Extrêmement Supérieurs ne lui avaient pas facilité la tâche en insistant sur le fait que les résidents de cette île ne ressemblaient en rien à ce qu'il avait déjà vu. Mlle Blanchapelle avait plus ou moins confirmé la chose. Il se demanda brièvement s'il lui en avait trop dit ou si elle avait eu l'occasion de jeter un œil aux documents pendant qu'il avait été inconscient. Les deux paraissaient plausibles. Il décida donc de rester sur ses gardes.

En réalité, il avait peur de s'évanouir à nouveau. Assis avec les dossiers devant lui, il sentait ses doigts le démanger. L'envie de savoir dans quoi il s'embarquait ne faisait pas le poids face au désir de garder son sang-froid. Une myriade d'images lui traversa la tête, d'horribles monstres aux dents acérées et des paysages infernaux. Ils n'étaient que des enfants, se rappela-t-il, mais les enfants étaient capables d'attaquer, eux aussi, si on les provoquait. Si la réalité était pire encore que son imagination, il préférait ne pas le savoir par avance et ne pas risquer d'être incapable de descendre du bateau.

Mais...

Il parcourut les dossiers à la recherche de l'un d'eux en particulier. En voyant celui de Lucy, il prit une grande inspiration et le dépassa aussi vite que possible jusqu'à trouver celui qu'il voulait.

Le directeur de la maison.

Arthur Parnassus.

Le dossier était fin. Il contenait une photo floue d'un homme élancé sur un fond bleu et une seule feuille de papier. Il paraissait… normal, mais les apparences pouvaient être trompeuses.

Le dossier (si on pouvait vraiment l'appeler ainsi) lui apprit très peu de choses. Certaines parties avaient été effacées pour ne laisser que des fragments sans queue ni tête. À part son âge (45 ans) et l'absence de problème majeur rencontré depuis sa prise de fonction sur l'île de Marsyas, Linus ne trouva rien d'utile. Il ne savait pas si cela le décevait ou le rassurait.

Le soleil avait commencé à décliner lorsqu'une cloche résonna, signalant leur arrivée sur l'île. Perdu dans ses pensées, Linus sentit le ferry frissonner sous lui. En jetant un coup d'œil par la vitre arrière de l'auto, il vit que la rampe se baissait contre un petit quai.

Soudain, une ombre s'abattit sur lui. Il se tourna dans la direction de son propriétaire. « C'est ici que vous descendez ! » lui cria une voix.

Il regarda à travers le pare-brise.

Merle se tenait au-dessus de lui, les mains sur les hanches. « Descendez, répéta-t-il.

— Mais…

— Descendez de mon satané bateau !

— Quel malpoli ! » se plaignit Linus.

La clé se trouvait toujours sur le contact de la voiture. Cela signifiait qu'il n'aurait pas à marcher. C'était toujours mieux que rien. Quand il ouvrit sa portière pour descendre du véhicule, il faillit tomber à la renverse. Il se rattrapa *in extremis* et parvint à garder sa prise sur la cage de Calliope qui ne parut pas émerveillée par ses acrobaties. Il la posa sur le siège et referma la porte tandis qu'elle feulait. Puis il fit le tour de la voiture en mimant un salut enjoué à Merle.

Celui-ci n'y répondit pas.

« Cette mission commence vraiment sous les meilleurs auspices », marmonna Linus dans sa barbe. La portière côté conducteur se referma derrière lui en grinçant. Cela faisait longtemps qu'il n'avait pas conduit. Il n'avait jamais eu de voiture à lui. En ville, ce n'était pas très pratique. Il en avait loué une, quelques années plutôt, dans l'idée de passer un week-end à la campagne, mais le bureau l'avait rappelé à la dernière minute. Il avait rendu la voiture une heure seulement après l'avoir emportée.

Il recula le siège avant de tourner la clé.

Le moteur se réveilla.

« Bon, OK, dit-il à Calliope, les mains moites sur le volant. Allons voir ce qui nous attend. »

Cinq

Il n'y avait aucun panneau de signalisation, mais étant donné qu'il n'y avait qu'une seule route, Linus se disait qu'il avançait forcément dans la bonne direction. Quelques minutes à peine après avoir quitté le ferry, il traversait déjà une forêt ancienne aux arbres gigantesques. La canopée dissimulait le ciel strié de teintes roses et orangées. Du lierre feuillu pendait des branches et des oiseaux criaient depuis des perchoirs bien cachés.

« Je ne pense pas qu'il s'agisse d'une sorte de piège ? » dit-il à Calliope. À mesure qu'il avançait dans les bois, il faisait de plus en plus sombre. « C'est peut-être l'endroit où ils envoient les employés qu'ils veulent limoger. Les pauvres croient partir s'occuper d'une mission de la plus haute importance, mais en réalité, ils se retrouvent sacrifiés au milieu de nulle part. »

Ce n'était pas rassurant. Aussi, il repoussa cette idée dans un coin de son esprit.

Comme il n'avait pas trouvé la commande des phares, il se penchait au maximum contre le pare-brise. Le soleil se couchait.

Son ventre gargouilla, pourtant, il n'avait jamais eu aussi peu envie de manger. Calliope allait bientôt commencer à réclamer une litière, mais il ne voulait pas s'arrêter avant de comprendre où il se trouvait. De plus, avec sa chance, Calliope s'enfuirait dans les bois et le forcerait à la pourchasser.

« Je ne te courrai pas après, déclara-t-il. Je te laisserai te débrouiller toute seule. »

Il n'aurait jamais fait une chose pareille, mais elle n'avait pas besoin de le savoir.

Le compteur kilométrique indiquait qu'il venait de parcourir trois kilomètres de plus. Il commençait à paniquer. L'île ne pouvait pas être beaucoup plus grande, pas vrai ? À peine eut-il cette pensée que la forêt s'éclaircit et il la vit.

Face à lui, illuminée par les derniers rayons de soleil, s'élevait une maison.

Linus n'avait jamais rien vu de tel.

Perchée sur une falaise, la bâtisse dominait l'océan. Elle paraissait avoir plus d'une centaine d'années. Elle était faite en briques et possédait, quelle drôle d'idée, une large tour au milieu du toit. La façade était couverte de lierre vert qui poussait autour de fenêtres aux cadres blancs. Il devinait également une sorte de kiosque à côté de la maison et se demanda s'il y avait un jardin. Cela lui aurait beaucoup plu. Il s'imaginait déjà s'y promener, l'odeur de l'iode dans les narines et…

Il secoua la tête. Il n'était pas venu ici pour cela. Il n'aurait pas le temps pour ce genre de frivolités. Il avait du travail et il entendait le faire de son mieux.

Il roula en direction de ce qui ressemblait à une allée qui menait à la bâtisse. À mesure qu'il avançait, il se rendait compte de sa taille gigantesque. Il ne comprenait pas comment il avait pu ne jamais entendre parler de cet endroit. Pas de l'orphelinat. Il était clair que les Cadres Extrêmement Supérieurs ne souhaitaient pas que son existence s'ébruite. Mais de cette île et de cette maison qui auraient dû lui dire quelque chose. Il se tritura la cervelle. Rien.

Le chemin s'élargissait au sommet de la colline. Un véhicule était garé près d'une fontaine sans eau, envahie par le même lierre qui s'attaquait à l'orphelinat. Un minivan rouge, probablement assez grand pour accueillir les six enfants et le directeur de la maison. Linus se demanda s'ils se déplaçaient souvent. En tout cas, avec des habitants aussi peu accueillants, ils ne se rendaient sûrement pas dans le village.

En se rapprochant, il se rendit compte que le van ne semblait pas avoir été utilisé depuis un long moment. De mauvaises herbes avaient poussé entre les roues.

Visiblement, ils se déplaçaient très peu, voire pas du tout.

L'espace d'un instant, il sentit son cœur se serrer. Le sentiment qui l'envahissait ressemblait étrangement à du chagrin. Il se frotta le torse pour tenter de le chasser.

Dans tous les cas, il avait vu juste. Il y avait bien un jardin. Les derniers rayons du soleil semblaient illuminer les fleurs sur le côté de la maison. Il cligna des yeux. Il croyait avoir vu quelque chose bouger, un mouvement aussi rapide que fugace.

Il baissa un peu la vitre de la voiture, juste assez pour qu'on l'entende.

« Bonsoir ? » dit-il.

Personne ne lui répondit.

Se sentant un peu plus courageux, il baissa la vitre à moitié. Le parfum puissant de la mer lui emplit les narines. Les feuilles ondulaient sur les branches des arbres. « Il y a quelqu'un ? »

Rien.

« Bon, dit-il. D'accord. On peut rester comme ça jusqu'à demain. »

Le rire d'un enfant résonna.

« Ou on ferait peut-être mieux de partir », murmura-t-il.

Calliope gratta l'avant de sa cage.

« Je sais, je sais. Mais il semblerait qu'il y ait quelque chose là-dehors et je pense que ni toi ni moi ne voulons nous faire dévorer. »

Elle gratta de nouveau.

Il soupira. Elle s'était montrée sage durant la grande majorité du voyage. Le trajet avait été long. Il aurait été injuste de sa part de la garder enfermée plus longtemps.

« Très bien. Mais ne fais pas de bruit pendant que je reste assis là à réfléchir en faisant semblant de ne pas avoir entendu un rire d'enfant provenant d'une maison étrange éloignée de tout ce que je connais. »

Lorsqu'il ouvrit la caisse et attira Calliope sur ses genoux, elle se laissa faire. Les yeux grands ouverts, elle s'assit confortablement et observa ce qui se passait de l'autre côté de la vitre. Elle ne réagit pas quand il la caressa.

« Parfait, dit Linus. Voyons où nous en sommes, d'accord ? J'ai deux options : faire ce pour quoi on m'a envoyé ici ou rester assis ici en espérant qu'une meilleure idée me vienne à l'esprit. De préférence, un scénario où je demeurerai entier. »

Calliope enfonça ses griffes dans ses cuisses.

Il grimaça. « Oui, oui. Je suppose que tu as raison. Ce n'est pas très courageux de ma part, mais ça nous permettrait de rester en vie. »

Elle se lécha la patte avant de se nettoyer le visage.

« Pas la peine de te montrer impolie, marmonna-t-il. D'accord. Si tu insistes... » Il posa la main sur la poignée. « Je peux le faire. Je vais le faire. Reste ici. Je... »

Il n'eut pas le temps de réagir. À l'instant où il ouvrit la porte, Calliope bondit de ses genoux. Dès que ses pattes rencontrèrent le sol, elle s'élança en direction du jardin.

« Par tous les... Idiot de chat ! Je te préviens : je t'abandonne ici ! »

Il n'aurait jamais fait une chose pareille, mais mieux valait lancer des menaces en l'air que de n'en proférer aucune.

Calliope disparut derrière une rangée de buissons parfaitement taillés. Il crut apercevoir un morceau de sa queue, puis elle s'évapora.

Linus Baker n'était pas un imbécile et il en était fier. Il était bien conscient de ses limites en tant qu'être humain. La nuit tombée, il préférait rester enfermé, en sécurité, à l'intérieur de sa maison, vêtu de son pyjama à monogramme, en écoutant son tourne-disque, une boisson chaude à la main.

Cela étant dit, Calliope était sa seule amie en ce bas monde.

Parfois, il fallait faire des choses désagréables pour aider ceux que l'on aimait. C'est pour cela qu'il descendit de voiture. Les cailloux qui composaient l'allée crissèrent sous ses pieds.

Il prit la même direction qu'elle en espérant qu'elle n'était pas allée très loin. Le soleil avait presque disparu. Même si des lampes semblaient allumées à l'intérieur, la maison paraissait toujours menaçante. Quant au ciel, il s'était paré de couleurs qu'il n'avait jamais vues, ou du moins, celles-ci ne semblaient pas se mélanger comme elles le faisaient d'habitude. Au loin, il entendait les vagues s'écraser sur la paroi de la falaise et au-dessus de sa tête, les mouettes criaient.

Il atteignit la rangée de buissons derrière laquelle Calliope s'était volatilisée. Il y avait un sentier en pierre qui traversait ce qui, *a priori*, était le jardin. Il hésita un instant avant de s'engager dessus.

Le jardin était bien plus grand que ce qu'il avait imaginé en arrivant en voiture. Le pavillon qu'il avait aperçu depuis la route se trouvait un peu plus en avant, décoré de lanternes en papier orange et rouges qui se balançaient dans la brise. Leur lumière vacilla doucement, puis le bruit distant d'un carillon résonna.

Les plantes étaient en pleine floraison. Il ne voyait pas de tournesols, mais il y avait des arums et des lys. Des dahlias.

Des célosies. Des chrysanthèmes. Des gerberas orange et des campanules. Il y avait même des arbustes à bonbons, une plante qu'il n'avait pas vue depuis qu'il était enfant. L'air était rempli de parfums différents. Ils lui faisaient tourner la tête.

« Calliope, appela-t-il doucement. Allez viens. Ne me rends pas la tâche plus difficile. »

Elle ne réapparut pas.

« D'accord, pas de problème, reprit-il, agacé. Je peux très bien me faire de nouveaux amis. Après tout, il y a des tas de chats qui attendent d'être adoptés. Un nouveau chaton réglera facilement le problème. Je te laisse ici. C'est mieux ainsi. »

Il n'en pensait pas un mot. Il continua d'avancer.

Un pommier poussait à côté de la maison. Cependant, la couleur des fruits le laissa perplexe. Ils étaient rouges, verts ou encore roses. Différentes variétés semblaient cohabiter sur une même branche. Il suivit le tronc du regard, jusqu'au sol, et vit…

Une petite statue.

Un nain de jardin.

« Comme c'est charmant », murmura-t-il en se rapprochant de l'arbre.

La statue était plus grande que celles qu'il avait déjà eu l'occasion de voir. Le bout de son chapeau lui arrivait à la taille. Elle avait une barbe blanche et ses mains étaient jointes à l'avant. Le travail de peinture était impressionnant dans son souci du détail. Dans la lumière décroissante, le nain paraissait sur le point de prendre vie. Ses yeux étaient bleu clair et ses joues bien roses.

« Toi, tu es une bien étrange statue », fit-il remarquer en s'agenouillant devant.

Si Linus avait été dans son état normal, il aurait fait plus attention à ses yeux. Toutefois, il était fatigué, déstabilisé et inquiet pour son chat.

Cela expliquait pourquoi il ne put retenir un cri de surprise lorsque la statue battit des paupières et lui rétorqua sur un ton relativement hautain : « Ça ne se fait pas de dire une chose pareille à quelqu'un. C'est très impoli. On ne vous l'a jamais appris ? »

Il tomba à la renverse en poussant un cri étranglé. Sa main s'enfonça dans l'herbe qui formait un tapis sous ses fesses.

La statue émit un reniflement moqueur. « Vous êtes vraiment bruyant. Je n'aime pas que les gens fassent du bruit dans mon jardin. Quand on fait du bruit, on n'entend pas les fleurs parler. » Elle (parce que, malgré la barbe et le reste, c'était une fille) redressa son bonnet. « Les jardins sont des lieux de tranquillité. »

Il avait du mal à retrouver l'usage de sa voix.

« Tu es... Toi, tu... »

Elle fronça les sourcils. « Évidemment que je suis moi ! Qui pourrais-je être d'autre ? »

Il secoua la tête. Ainsi, il réussit à s'éclaircir un peu l'esprit et à s'accrocher à un nom. « Tu es un gnome. »

Elle cligna ses grands yeux de chouette. « Oui. Bien sûr. Je m'appelle Talia. » Elle se baissa et ramassa une petite pelle qui avait été abandonnée à côté d'elle sur l'herbe. « Vous êtes monsieur Baker ? Si oui, on vous attendait. Si non, vous êtes sur une propriété privée et vous feriez mieux de partir avant que je vous enterre dans mon jardin. Personne ne l'apprendrait jamais, car les racines dévoreraient vos os et vos entrailles. » Elle fronça les sourcils. « Enfin, je crois. Je n'ai jamais enterré personne. Ce sera l'occasion d'apprendre quelque chose, pour vous comme pour moi.

— Je suis monsieur Baker ! »

Talia soupira. Elle avait l'air terriblement déçue. « Pas la peine de crier, j'ai compris. On ne pourrait pas avoir un intrus de temps en temps ? C'est trop demandé ? J'ai toujours voulu savoir si les humains faisaient un bon fertilisant. Ce serait logique. » Elle le détailla de la tête aux pieds avec avidité. « Toute cette chair…

— Oh, Seigneur », réussit-il à articuler.

Elle soupira. « On n'a jamais d'intrus ici. À moins que… J'ai aperçu un chat. C'est une offrande pour la maison ? Lucy va être ravi ! Quand il en aura fini avec, il m'autorisera peut-être à utiliser les restes. Ce n'est pas un humain, mais je suis certaine que ça fonctionnera.

— Ce n'est pas une offrande, répondit Linus, consterné. C'est un animal de compagnie !

— Oh. Flûte.

— Elle s'appelle Calliope !

— Alors, on ferait mieux de la trouver avant les autres. Je ne sais pas comment ils vont réagir. » Elle lui sourit. Elle avait de grandes dents carrées. « Ils vont sans doute la trouver très appétissante. »

Il couina.

Elle avança vers lui en se dandinant. Malgré ses jambes trapues, elle se déplaçait rapidement. « Vous comptez rester allongé là toute la nuit ? Levez-vous. Levez-vous ! »

Il s'exécuta. Sans trop savoir comment.

Baigné de sueur, il la suivit plus profondément dans le jardin. Il l'entendait marmonner dans sa barbe. Les sons graves et gutturaux ressemblaient à ceux de la langue gnome, mais il n'avait jamais entendu quelqu'un la parler. Aussi, il n'en était pas certain.

Ils atteignirent le kiosque dont le plancher grinça quand ils y entrèrent. À présent, la lumière des lanternes en papier qui se balançaient était plus vive. Il y avait des fauteuils recouverts d'épais coussins. En dessous, un tapis bariolé aux bords recourbés.

Talia se dirigea vers un petit coffre posé sur le côté. Elle l'ouvrit et pendit sa pelle à un crochet à l'intérieur, près d'autres outils de jardinage. Lorsqu'elle fut satisfaite, elle hocha la tête et referma le couvercle.

Elle se tourna vers Linus. « Bon, maintenant, si j'étais un chat, où est-ce que je me cacherais ?

— Je... ne sais pas. »

Elle leva les yeux au ciel. « Bien sûr que non. Les chats sont malins et mystérieux. Je n'ai pas l'impression que ce sont des mots qui vous parlent beaucoup.

— Pardon ? »

Elle se frotta la barbe. « On a besoin d'aide. Heureusement, je connais la personne idéale. » Elle leva les yeux vers le plafond de la petite construction. « Théodore ! »

Envahi par l'angoisse, il repensa aux dossiers qu'il n'avait pas consultés. Oh, quel idiot il avait été ! « Théodore. Qui est... ? »

Un cri retentit quelque part, au-dessus de leurs têtes. Il en eut froid dans le dos.

Les yeux de Talia pétillaient de malice. « Il arrive. Il saura quoi faire. Il trouve toujours tout. »

Il recula. Il était prêt à attraper Talia et à s'enfuir si nécessaire.

Tout à coup, une forme sombre pénétra dans le kiosque en volant et se crasha sur le sol. La créature trébucha sur ses ailes démesurées en poussant un cri d'indignation et fit des cabrioles jusqu'à ce qu'elle rencontre les jambes de Linus. Il tenta de ne pas hurler, mais ce fut plus fort que lui.

Une queue couverte d'écailles battait devant lui. Son propriétaire avait la tête levée vers lui et le regardait avec des yeux orange vif.

Jusqu'à ce jour, Linus n'avait jamais vu de vouivre en chair et en os. Cette espèce relativement rare descendait des dinosaures qui avaient autrefois peuplé la terre, mais ses représentants étaient à peine plus gros qu'un chat domestique. Beaucoup les considéraient comme des nuisibles. Pendant longtemps, ils avaient été chassés. Leurs têtes avaient servi de trophées et leur peau avait été transformée en chaussures à la mode. Ce n'était que lorsque des lois protégeant les êtres magiques dans leur ensemble avaient été votées que la barbarie avait cessé. Malheureusement, le mal avait déjà été fait. Leur nombre avait été réduit à peau de chagrin. Le plus triste de l'histoire était sans doute que des recherches avaient prouvé que les vouivres étaient capables de raisonnements complexes qui rivalisaient avec ceux des humains.

Aussi, ce fut avec fascination (une fascination teintée d'horreur, bien sûr) que Linus contempla la vouivre dont la queue commençait à s'enrouler autour de sa cheville, à ses pieds.

L'animal était… Non, se châtia-t-il. Ce n'était pas un animal. C'était un être doué de raison. Il était plus petit que Calliope, mais de peu. Ses écailles étaient irisées. La lumière des lanternes le peignait d'un kaléidoscope de couleurs. Ses pattes arrière étaient très musclées et ses griffes, noires et affreusement acérées. Il ne possédait pas de pattes avant, mais de longues ailes tannées comme celles des chauves-souris. Sa tête était courbée vers le bas et il avait deux fentes jumelles sur le museau en guise de narines. Sa langue glissa sur les chaussures de Linus.

Il releva la tête en clignant des yeux. En le voyant, il… gazouilla.

Le cœur de Linus martelait sa poitrine. « Théodore, je présume ? »

La vouivre émit un nouveau son enjoué. Il ressemblait à un oiseau. Un énorme oiseau à écailles.

« Alors ? interrogea Talia.

— Alors quoi ? » croassa Linus qui se demandait s'il aurait été malpoli de sa part de repousser la vouivre. Sa queue était en train d'enserrer sa jambe et les crocs de Théodore étaient particulièrement longs.

« Il vous demande une pièce, dit la fillette comme s'il s'agissait d'une évidence.

— Une... pièce ?

— Pour ajouter à son trésor, répondit Talia comme s'il était idiot. Si vous voulez qu'il vous aide, il faut le payer.

— Ce n'est pas... Je n'ai pas...

— Oooh ! souffla Talia. Vous n'avez pas de pièces ? Ce n'est pas bon pour vous. »

Alarmé, il reporta son attention sur elle. « Quoi ? Pourquoi ?

— On dirait que je vais avoir mon fertilisant humain, finalement », annonça-t-elle d'une voix sombre.

Il plongea aussitôt les mains dans ses poches. Il avait forcément quelque chose... n'importe quoi...

Ah !

« Voilà ! s'exclama-t-il. J'ai un... bouton ? »

Oui, un bouton. Un petit bouton en cuivre. Il aurait été bien incapable de dire d'où il provenait. Ce n'était pas vraiment son style. Sa garde-robe était en grande majorité composée de couleurs discrètes. Ce bouton était vif et brillant et...

Théodore émit un son guttural. On aurait pu croire qu'il ronronnait.

Linus baissa la tête. Théodore était en train de se relever. Il semblait rencontrer des difficultés ; ses ailes étaient bien trop grandes pour un être de sa taille. Il n'arrêtait pas de se prendre les pattes dedans et de trébucher. Il manifesta sa frustration avec un cri aigu avant de se servir de sa queue, toujours enroulée autour du mollet de Linus, comme soutien. Il réussit à se redresser, puis lâcha Linus sans jamais quitter le bouton des yeux. Dès qu'il fut debout, il se mit à faire de petits bonds autour de lui en ouvrant et en fermant la mâchoire.

« Mais donnez-le-lui ! dit Talia. Vous ne pouvez pas offrir un cadeau à une vouivre et le garder pour vous. La dernière fois que quelqu'un a fait ça, il les a fait rôtir sur place. »

Linus lui adressa un regard appuyé. « Les vouivres ne crachent pas du feu. »

Elle lui sourit. « Vous n'êtes pas aussi crédules que vous en avez l'air. Et vous avez l'air très crédule. Il faudra que je m'en souvienne. »

Théodore sautait de plus en plus haut pour attirer son attention en battant légèrement des ailes. Il se plaignait également plus fort et ses yeux étincelaient.

« D'accord, d'accord, concéda Linus. Tu vas l'avoir, mais je ne veux pas que tu fasses de caprice. La patience est une vertu. »

Théodore se laissa tomber sur le sol et se roula en boule avant de relever la tête vers lui. Il ouvrit la bouche et attendit.

Ses crocs étaient vraiment très gros. Et pointus.

« Il faut que vous le mettiez dans sa bouche, murmura Talia. Allez-y franchement avec la main. »

Linus ne l'écouta pas. La gorge nouée, il tendit avec précaution le bouton dans la bouche de Théodore. La vouivre referma délicatement les dents dessus. Linus recula tandis que Théodore se laissait tomber sur le dos et étendait ses ailes sur le sol. Son ventre pâle avait l'air doux. Il remonta ses pattes arrière jusqu'à sa bouche pour saisir le bouton, puis il le souleva entre ses griffes pour l'examiner avec soin. Il le retourna pour observer chaque côté. Il émit un cri aigu, puis fit volte-face. Il jeta un ultime coup d'œil à Linus avant de déployer ses ailes et de tenter de prendre son envol gauchement. Il faillit ne pas y arriver, mais au dernier moment, il réussit à s'envoler en direction de la maison.

« Où va-t-il ? demanda Linus à voix basse.

— Il va l'ajouter à son trésor, répondit Talia. N'y pensez même pas. Vous ne le trouverez jamais. Une vouivre est très protectrice de son trésor. Il se battra contre tous ceux qui essaieront de le lui voler. » Elle marqua une pause, comme si elle réfléchissait. « Il est sous le canapé, dans le salon. Vous devriez aller y jeter un œil.

— Tu viens de dire que… Oh. Je vois. »

Elle le regarda d'un air innocent.

« Il était censé nous aider à trouver Calliope, lui rappela-t-il.

— Ah bon ? Je n'ai jamais dit ça. Je voulais juste voir ce que vous lui donneriez. Pourquoi avez-vous des boutons dans votre poche ? Ce n'est pas leur place. » Elle plissa les yeux. « Vous ne le savez pas ?

— Je sais où vont… » Il secoua la tête. « Non. Je ne vais pas recommencer. Avec ou sans ton aide, je pars à la recherche de mon chat. Et si je dois piétiner ton jardin, je le ferai.

— Vous n'oseriez pas !

— Tu crois ? »

Elle renifla. « Phee.

— À tes souhaits.

— Quoi ? Je n'ai pas éternué. Je… Phee !

— Ouais, ouais, dit une autre voix. Je t'ai entendue. »

Linus fit volte-face.

Une petite fille très sale, âgée de 10 ans environ, se tenait derrière eux. Elle avait des traces de terre sur le visage qui couvraient presque intégralement les taches de rousseur qui parsemaient sa peau. Quand elle souffla, une mèche de cheveux rouge vif se souleva de son front. Elle portait un short et un débardeur. Elle était pieds nus et il y avait de la saleté sous les ongles de ses orteils.

Toutefois, c'étaient les ailes très fines qui saillaient de son dos qui attiraient davantage l'attention de Linus. Translucides, elles étaient striées de veines et s'arrondissaient au niveau de ses épaules plus larges que la normale pour une fille de sa taille.

Il s'agissait d'un esprit de la nature, comme Mlle Blanchapelle, mais il y avait des différences marquantes. Une odeur terreuse puissante émanait de sa personne. Elle lui rappelait celle qu'il avait sentie sur la route au milieu des arbres qui menait à la maison. Cela avait sans doute été son œuvre.

Un esprit de la forêt.

Il n'avait rencontré qu'une poignée d'esprits de la nature dans sa vie. En général, ils étaient des êtres solitaires. Les plus jeunes d'entre eux étaient également les plus dangereux, car ils n'avaient pas encore le contrôle total de leur magie. Une fois, il avait eu l'occasion d'observer les dégâts qu'avait causés un jeune esprit du lac qui s'était senti menacé par un groupe de personnes à bord d'un bateau. Le niveau de l'eau avait augmenté de deux mètres et les restes de l'embarcation avaient été retrouvés flottant à la surface du lac démonté.

Il ignorait ce qu'il était advenu de cet esprit après qu'il avait rendu son rapport. Il était trop bas dans la hiérarchie pour avoir accès à ce genre d'information.

Dans tous les cas, cet esprit-ci, Phee, lui rappelait celui du lac qu'il avait connu plusieurs années plus tôt. Les ailes agitées, elle le regardait avec méfiance. « C'est lui ? demanda-t-elle. Il ne fait pas très peur.

— Il ne gobe pas tout ce qu'on lui raconte, dit Talia. C'est déjà ça. Il a apporté un chat qui s'est échappé.

— Mieux vaut éviter que Lucy le trouve. Tu sais comment ça se terminerait. »

Linus devait reprendre le contrôle de la situation. Ce n'étaient que des enfants, après tout. « Je m'appelle Linus Baker et le nom de mon chat est Calliope. Je... »

Phee le dépassa sans lui accorder la moindre attention. Le sommet de son aile gauche le frappa en plein visage. « Il n'est pas dans la forêt », dit-elle à Talia.

Celle-ci soupira. « Je m'en doutais, mais j'ai préféré te poser la question.

— Il faut que j'aille me laver. Si tu ne l'as pas retrouvé quand j'ai terminé, je reviendrai t'aider. »

Elle jeta un coup d'œil à Linus avant de sortir du kiosque en direction de la maison.

« Elle ne vous aime pas, déclara Talia. Ne le prenez pas mal. Elle n'aime pas beaucoup de monde. Ce n'est pas personnel. Enfin, je ne crois pas. Elle préférerait que vous ne soyez pas ici. Ou que vous ne soyez pas en vie.

— Je n'en doute pas, rétorqua-t-il avec raideur. Maintenant, si tu peux m'indiquer... »

Talia tapa dans ses mains, juste devant sa barbe. « Mais oui ! Je sais où le trouver ! Ils étaient censés vous la préparer. Je suis sûre que votre chat est avec Sal. Il est doué avec les animaux errants. »

Elle se dandina jusqu'à l'autre bout du pavillon, puis tourna la tête vers lui. « Allez, venez ! Vous ne vouliez pas trouver votre chat ? »

Si.

Alors, il la suivit.

Talia les emmena à travers le jardin, du côté de la maison qu'il n'avait pas pu voir depuis la route. La lumière du soleil avait pratiquement disparu et les étoiles commençaient à apparaître dans le ciel. L'air s'était rafraîchi. Il frissonna.

Pour sa part, Talia nommait toutes les fleurs qu'ils croisaient et lui indiquait la date de leur plantation. Elle lui interdit toutefois de les toucher, faute de quoi elle serait obligée de l'assommer avec sa pelle.

Linus ne préférait pas mettre sa parole en doute. Elle avait clairement une propension à la violence. Il devrait s'en souvenir pour ses rapports. Son enquête ne commençait pas très bien. Plusieurs choses le préoccupaient déjà. La première étant que tous ces enfants semblaient livrés à eux-mêmes.

« Où est le directeur de l'orphelinat ? demanda-t-il tandis qu'ils quittaient le jardin. Pourquoi ne vous surveille-t-il pas ?

— Arthur ? s'enquit-elle. Pourquoi ferait-il une chose pareille ?

— M. Parnassus, insista-t-il. Il est plus poli de l'appeler par son nom de famille. Et pour répondre à ta question, il est censé te surveiller parce que tu es une enfant.

— J'ai 263 ans !

— Les gnomes n'atteignent pas la maturité avant 500 ans, contra-t-il. Si tu crois que je suis un imbécile, tu commets une grave erreur. »

Elle grommela quelque chose dans une langue qui, il en était certain à présent, était celle des gnomes. « De 17 à 19 heures, on nous laisse du temps pour faire les activités qui nous plaisent. Arthur, *pardon,* M. Parnassus pense qu'il faut qu'on explore nos centres d'intérêt.

— Voilà qui est très inhabituel », marmonna-t-il.

Talia lui adressa un regard en coin. « Ah bon ? Vous ne faites pas ce genre de choses quand vous avez fini de travailler ? »

Eh bien… Oui. C'était exactement ce qu'il faisait, mais il était adulte, alors c'était différent. « Que se passe-t-il si l'un d'entre vous se blesse pendant l'une de ces activités ? Il ne peut pas se tourner les pouces…

— Il ne se tourne pas les pouces ! s'exclama Talia. Il travaille avec Lucy pour s'assurer qu'il ne provoque pas la fin du monde ! »

Linus sentit de nouveau sa vision s'obscurcir en pensant à ce… à cet enfant. À ce Lucy. Il avait encore du mal à croire qu'une telle créature existait sans qu'il n'en ait jamais rien su, que personne n'en savait rien. Oh, il comprenait pourquoi on le gardait secret et il pouvait même en apprécier la nécessité. Mais cet enfant de 6 ans était une arme de destruction massive et le monde n'y était absolument pas préparé. C'était tout simplement choquant.

« Vous êtes terriblement pâle, tout à coup, fit remarquer Talia en plissant les yeux. Et vous tanguez. Vous êtes malades ? Dans ce cas, on devrait retourner dans le jardin pour que vous y mouriez. Je n'ai pas envie de vous tirer jusqu'à là-bas. Vous avez l'air très lourd. » Elle enfonça un doigt dans son ventre. « Et très mou. »

Étonnamment, ce simple geste le ramena à la réalité. « Je ne suis pas malade, rétorqua-t-il. Je... réfléchis.

— Dommage. Si votre bras gauche commence à vous faire mal, vous me le direz ?

— Pourquoi est-ce que je... C'est un signe de crise cardiaque, c'est ça ? »

Elle hocha la tête.

« Je t'ordonne de me conduire à M. Parnassus sur-le-champ ! »

Elle pencha la tête sur le côté. « Et votre chat ? Vous ne désirez pas le trouver avant qu'il se fasse manger et qu'il ne reste que sa queue parce qu'on n'a pas voulu s'étouffer avec les poils ?

— Cette conversation est dérangeante et contraire au règlement. Si c'est réellement la façon dont cet orphelinat est géré, je vais devoir en informer... »

Les yeux écarquillés, elle lui prit la main et le tira pour qu'il recommence à avancer. « On va très bien ! Vous voyez ? Tout va pour le mieux. Je ne suis pas morte. Vous n'êtes pas mort. Personne n'est blessé ! Après tout, on est sur une île avec un ferry pour seul moyen d'accès. La maison a l'électricité et des toilettes en état de marche. On en est très fiers ! Que pourrait-il nous arriver ? En plus, Zoé garde un œil sur nous lorsque M. Parnassus a d'autres choses à faire.

— Zoé ? s'enquit-il. Qui est-ce ?

— Oh ! Je voulais dire Mlle Blanchapelle, se rattrapa rapidement Talia. Elle est merveilleuse. Extrêmement bienveillante. Tout le monde l'affirme. En plus, c'est la lointaine cousine d'un roi des fées qui s'appelle Dimitri. Incroyable, non ? Mais il n'habite pas dans le coin. »

L'esprit de Linus fonctionnait à cent à l'heure. « Comment ça, un roi des fées ? Je n'ai jamais…

— Vous voyez, vous n'avez pas de souci à vous faire. On est surveillés durant toutes nos activités. Pas besoin d'en informer qui que ce soit. Hé ! Regardez ! Je savais que Sal serait avec votre chat. Les animaux l'adorent. Il est génial. Regardez ! Calliope a l'air très heureuse, vous ne trouvez pas ? »

C'était la vérité. Calliope se frottait aux jambes d'un grand garçon à la peau noire, sur le perron d'une petite maison près de la grande. Lorsque celui-ci fit courir un doigt le long de sa colonne vertébrale, elle se cambra en battant langoureusement la queue. Le garçon lui sourit et alors, par le plus grand des miracles, Calliope ouvrit la gueule et miaula. Linus ne l'avait jamais entendu émettre un tel son. C'était un miaulement grave et un peu rauque qui faillit le faire trébucher. À la maison, elle ronronnait, bien sûr, généralement pour montrer son mécontentement, mais elle ne *parlait* jamais.

« Oui, dit le garçon à voix basse. Tu es une gentille fifille. Mais oui, tu es la plus belle.

— Bon, murmura Talia. Pas de mouvement brusque, OK ? Il ne faut surtout pas…

— C'est mon chat ! s'écria Linus. Toi, là-bas ! Comment t'y es-tu pris pour qu'elle réagisse comme ça ?

— … lui faire peur, termina Talia en soupirant. Bravo. Vous avez réussi. »

En entendant le son de sa voix, le garçon releva la tête d'un air effrayé. Alors, ses larges épaules se recroquevillèrent et il eut l'air de se replier sur lui-même. Le joli garçon aux yeux sombres semblait avoir disparu de la surface de la Terre. À sa place, sur le perron, il ne restait que les accoutrements qu'il avait portés.

Bouche bée, Linus se figea.

Sous ses yeux, la pile de vêtements se mit à bouger. Il aperçut un instant un éclat de cheveux ou de poils blancs, puis les vêtements s'écartèrent.

Sal, le garçon imposant qui pesait au moins quatre-vingts kilos, ne s'était pas évaporé.

Pas tout à fait.

Il s'était transformé en loulou de Poméranie qui, lui, ne devait pas faire plus de deux ou trois kilos.

Un loulou de Poméranie au pelage tout doux. Au niveau de la tête, ses poils étaient blancs et parsemés d'un orange rouille qui s'étendait le long de son dos et de ses pattes. Sa queue était recourbée contre son dos. Avant que Linus ait compris qu'un métamorphe s'était transformé devant lui, Sal lança un aboiement aigu, se retourna et s'enfuit à l'intérieur de la maison destinée aux invités.

« Ma parole, souffla-t-il. C'était... » Il ignorait comment terminer cette phrase.

« Je vous avais dit de ne pas lui faire peur, le sermonna Talia. Il est très nerveux, vous savez. Il n'aime pas les inconnus, ni les personnes bruyantes et vous, vous êtes les deux. »

Calliope semblait d'accord avec elle, car elle lui jeta un coup d'œil assassin avant de monter les marches et de pénétrer à son tour dans la dépendance.

La maison en elle-même était petite, plus petite que celle de Linus. Son perron n'était pas suffisamment large pour accueillir un fauteuil à bascule, mais elle était très jolie avec ses fleurs qui poussaient sous les fenêtres et la lumière chaude et accueillante qui s'en dégageait. Elle était construite en brique, comme la maison principale, mais contrairement à celle-ci, il ne ressentait pas de malaise en la regardant.

À l'intérieur, des aboiements résonnèrent. Un son aigu et déformé lui répondit. On aurait dit que quelqu'un jetait une éponge humide par terre de manière répétée.

« Chauncey est là, lui aussi, lui apprit Talia qui paraissait excitée. Il est sans doute allé chercher vos bagages pendant que l'on était dans le jardin. Il est très accueillant, vous savez. Il veut être groom quand il sera grand. Il rêve de l'uniforme avec le petit chapeau et tout. » Elle leva de grands yeux innocents vers lui. Il se méfia aussitôt. « Vous pensez qu'il y arrivera, monsieur Baker ? »

Et comme Linus croyait au pouvoir de la pensée positive, il répondit : « Je ne vois pas pourquoi il n'y arriverait pas. » Il se demandait quand même ce qu'était Chauncey.

Talia lui sourit avec indulgence comme si elle ne croyait pas un mot de ce qu'il disait.

L'intérieur de la dépendance était tout aussi charmant que l'extérieur. Dans le salon, un fauteuil qui avait l'air très confortable était disposé devant une cheminée en briques et une table avait été installée dans un recoin, devant l'une des fenêtres. Les aboiements provenaient d'un peu plus loin dans le couloir. L'espace d'un moment, Linus se retrouva légèrement désorienté, car il ne semblait pas y avoir de…

« Où est la cuisine ? » demanda-t-il.

Talia haussa les sourcils. « Il n'y en a pas. Visiblement, l'ancien propriétaire pensait que tout le monde devait prendre ses repas ensemble dans la maison principale. Vous aurez la chance de manger avec nous ! C'est sans doute pour le mieux.

Comme ça, vous pourrez voir qu'on est bien nourris, qu'on est civilisés et tout ça.

— Mais il y a...

— Monsieur ! s'exclama une voix humide et déformée derrière lui. Puis-je prendre votre manteau ? »

Il se retourna pour voir...

« Chauncey ! » dit Talia qui avait l'air ravie.

Là, debout (assis ?) dans le couloir devant un petit chien, il y avait une masse informe verte aux lèvres rouge vif. Avec des dents noires. Ses yeux se trouvaient aux extrémités de longs appendices qui s'élevaient haut au-dessus de sa tête et qui semblaient bouger indépendamment l'un de l'autre. Il n'avait pas de bras, mais plutôt des tentacules avec de minuscules ventouses sur toute leur longueur. Il n'était pas tout à fait transparent, mais Linus distinguait la silhouette de Sal derrière lui.

« Je ne porte pas de manteau », s'entendit-il répondre alors qu'il n'avait pas donné l'ordre à son cerveau de le faire.

Chauncey eut l'air déçu. « Oh. C'est... dommage. » Ses yeux se tortillèrent et soudain, son expression s'éclaircit littéralement. Il était à présent d'un vert plus clair. « Aucun problème ! Je me suis déjà occupé de vos bagages, monsieur ! Ils ont été déposés dans votre chambre, ainsi que la cage barbare qui est, je suppose, destinée à votre chat qui dort actuellement sur votre coussin. » Il tendit l'un de ses tentacules.

Linus l'examina longuement.

« Ahem, toussa Chauncey en battant deux fois le bout de son tentacule vers lui.

— Il faut que vous lui donniez un pourboire », lui souffla Talia dans son dos.

Encore une fois, sans réfléchir, Linus se vit sortir son portefeuille. Il l'ouvrit, en sortit un billet et le tendit. Lorsque Chauncey l'attrapa, il fut immédiatement trempé. « Waouh ! » murmura le garçon en rapprochant le billet. Ses yeux descendirent sur leurs antennes pour le regarder de plus près. « J'ai réussi ! Je suis un groom ! »

Avant que Linus ait pu répondre, une voix terrifiante résonna dans la pièce. Elle semblait provenir de partout à la fois. De l'air, du sol et même des murs qui les entouraient.

« Je suis le mal incarné ! proclama la voix sordide. Je suis le fléau de ce monde. Et je le mettrai à genoux. Préparez-vous pour la fin des temps ! Votre heure est venue. Les rivières seront rouges du sang des innocents ! »

Talia soupira. « Il faut toujours qu'il exagère. »

Six

On aurait pu reprocher beaucoup de choses à Linus Baker, mais il se souciait réellement du sort des enfants qu'il observait. Pour lui, on ne pouvait pas faire son métier sans faire preuve d'empathie. C'est pour cela qu'il ne concevait pas que Mlle Jenkins avait pu se rendre sur le terrain avant d'être promue superviseuse.

Aussi, face à une menace supposée, même si son monde était sens dessus dessous, il fit la seule chose qu'il pouvait : il se déplaça pour protéger les enfants.

Lorsqu'il poussa Talia derrière lui en direction de Sal et Chauncey, elle émit un croassement indigné. « Qu'est-ce que vous faites ? »

Il ne lui répondit pas. Le bourdonnement qu'il entendait dans ses oreilles depuis qu'il avait posé le pied sur l'île s'était transformé en véritable rugissement. Il fit un pas vers la porte. Il aurait juré que l'obscurité, à l'extérieur, était devenue encore plus sombre. Quelque chose lui disait que s'il sortait sous le porche, les étoiles auraient disparu et le monde serait plongé dans une nuit éternelle.

« Qu'est-ce qui se passe ? chuchota Chauncey derrière lui.

— Aucune idée », répondit Talia d'un ton irrité.

Sal émit un aboiement nerveux et très aigu.

« Sans doute », dit-elle.

Linus marcha de nouveau en direction de la porte. Il aurait dû comprendre qu'accepter cette mission serait la dernière chose qu'il ferait. Il se demanda si Lucy avait déjà éliminé M. Parnassus et toutes les personnes (ou les êtres) qui s'étaient trouvés dans la maison principale avec eux. Les Cadres Extrêmement Supérieurs lui avaient peut-être caché d'autres choses. Il ne pouvait pas en être certain. Si la voie était libre, il réussirait peut-être à conduire les enfants jusqu'à la voiture. Il faudrait qu'il mette Calliope dans sa cage, mais il préférait en découdre avec un chat en colère qu'avec le diable. Il ne savait pas encore comment ils s'échapperaient de l'île, mais…

Il sortit sur le perron.

La nuit était plus sombre, sans doute plus sombre qu'elle ne l'avait jamais été. Il apercevait à peine les fleurs plantées devant la maison. Tout le reste était englouti par l'obscurité. C'était comme si la nuit avait dévoré le monde. Il avait l'impression que de l'électricité statique dansait sur sa peau.

« Bonsoir ! » dit une voix enjouée à côté de lui.

Linus hoqueta de surprise et tourna la tête.

Là, debout au bout du perron, se trouvait un enfant.

Lucy avait exactement la même tête qu'en photo. Ses cheveux noirs étaient en bataille, comme soufflés par le vent, et ses yeux rouges étaient cerclés de bleu. Il était tout petit, pourtant son sourire ressemblait davantage à un rictus moqueur qu'à un sourire d'enfant et ses doigts se contractaient contre ses flancs comme s'il se retenait de justesse de lui arracher les membres un par un.

« Je suis ravi de vous rencontrer, reprit Lucy d'une voix chantante avant de glousser. Je savais que vous viendriez, monsieur Baker. Mais lorsque j'en aurai fini avec vous, vous le regretterez. » Son sourire s'élargit tellement que son visage sembla sur le point de se fendre en deux. Des flammes apparurent derrière lui, pourtant elles ne semblaient pas brûler la maison et Linus ne sentait aucune chaleur en émaner. « Je vais m'amuser beaucoup plus que vous ne pourrez jamais...

— Lucy, ça suffit. »

Tout à coup, ce fut comme si l'on avait appuyé sur un interrupteur.

Lucy grogna et le rouge disparut de ses yeux. Les flammes s'évanouirent. L'obscurité se dissipa et laissa réapparaître les dernières lueurs du soleil couchant à l'horizon. Les étoiles brillaient dans le ciel et Linus voyait de nouveau la maison principale de l'autre côté du chemin.

« Je voulais juste m'amuser un peu, se justifia Lucy d'un air bougon en raclant sa chaussure contre les planches du perron. Je suis les feux de l'enfer. Je suis la partie la plus sombre de...

— Tu iras quand même prendre un bain après dîner », dit la même voix. Linus sentit son cœur faire un bond dans sa poitrine. « On pourrait peut-être reporter les feux de l'enfer et la partie la plus sombre à demain. »

Lucy haussa les épaules. « OK. » Puis il dépassa Linus en courant pour entrer dans la maison en criant à Talia et Chauncey : « Vous avez vu ce que j'ai fait ? Il était mort de peur ! »

Linus porta son regard au-delà du porche.

Là, sur l'herbe, se tenait un homme.

Il ne ressemblait à aucun homme qu'il connaissait. Il était dégingandé. Ses cheveux clairs étaient en bataille et commençaient à grisonner au niveau des tempes. Ses yeux sombres étaient brillants et étincelaient dans la quasi-obscurité. Son nez aquilin avait une bosse au milieu, comme s'il avait été cassé des années auparavant, mais n'avait jamais été remis en place. Les mains jointes devant lui, il souriait. Ses doigts étaient longs et élégants et il faisait tourner ses pouces. Il portait un manteau vert petit pois dont le col avait été relevé pour parer la brise marine. Son pantalon paraissait trop court pour ses longues jambes. Il lui arrivait au-dessus des chevilles et dévoilait des chaussettes rouges. Aux pieds, il avait des mocassins blanc et noir.

« Bonsoir, monsieur Baker ! » le salua Arthur Parnassus. Il avait l'air amusé. « Bienvenue sur l'île de Marsyas. » Sa voix était plus légère que Linus ne l'aurait pensé. On entendait presque des notes de musique derrière chacun de ses mots. « J'espère que vous avez fait bon voyage. La mer peut parfois être agitée durant la traversée. Et Merle… c'est Merle. Il habite dans le village, après tout. »

Linus était stupéfait. Il se rappelait la photo floue jointe au dossier. Dessus, M. Parnassus se tenait devant un fond bleu et ne souriait pas, mais il y avait eu quelque chose de jovial dans la façon dont il haussait un sourcil. Linus l'avait sans doute regardée plus longtemps qu'il ne l'aurait dû.

Il avait l'air plus jeune en vrai, bien plus jeune que 45 ans. Il avait le visage poupin des nouvelles recrues qui débarquaient au MJM avec leurs diplômes fraîchement obtenus et une vision du métier qui se heurtait à la réalité. Ils apprenaient rapidement à rentrer dans le rang. L'idéalisme n'avait pas sa place quand on travaillait pour le gouvernement.

Linus secoua la tête pour essayer de s'éclaircir les idées. Cela aurait été malvenu pour un homme dans sa position d'observer le directeur d'un orphelinat de manière aussi insistante. Linus Baker était un véritable professionnel et il avait du pain sur la planche.

« Vous accueillez souvent vos invités avec des menaces de mort et de destruction, monsieur Parnassus ? » demanda-t-il sévèrement en tentant de regagner le contrôle de la situation.

L'intéressé rit doucement. « Ce n'est pas une habitude, non, mais je dois vous avouer que nous ne recevons pas beaucoup de monde. Et je vous en prie, appelez-moi Arthur. »

Linus était tendu. Il écoutait le bourdonnement des voix derrière lui. Le fait d'avoir quelqu'un comme Lucy dans son dos, hors de son champ de vision, le mettait mal à l'aise. « M. Parnassus fera très bien l'affaire. Et je serai M. Baker pendant toute la durée de cette visite. Pour les enfants et pour vous. »

M. Parnassus hocha la tête avec une joie à peine contenue. Linus ne comprenait pas ce qui, exactement, causait une telle réaction de sa part. Il se demanda si l'on se moquait de lui. Il sentit alors une vague de colère l'envahir. Heureusement, il réussit à la repousser avant qu'elle ne déforme son expression.

« Va pour M. Baker. Je m'excuse de ne pas être venu vous accueillir en personne à votre arrivée. » Le directeur jeta un coup d'œil à la maison derrière l'épaule de Linus avant de reporter son attention sur lui. « J'étais occupé avec Lucy. En plus, je crois qu'il m'a dissimulé votre arrivée. »

Cette information sidéra Linus. « Il... peut faire ça ? »

M. Parnassus haussa les épaules. « Il peut faire beaucoup de choses, monsieur Baker. Mais je suppose que vous le découvrirez par vous-même. C'est la raison de votre présence, n'est-ce pas ? Phee nous a informés de votre arrivée et Lucy a décidé de vous accueillir à sa manière, un peu particulière.

— Un peu particulière, répéta Linus d'une voix faible. Vous appelez ça comme ça ? »

Le directeur fit un pas vers le perron. « C'est un endroit peu commun où il se passe des choses dont vous n'avez, il me semble, jamais été témoin. Je vous conseille d'abandonner toute idée préconçue, monsieur Baker. Votre visite n'en sera que plus agréable. »

Linus se rebiffa. « Je ne suis pas ici pour prendre du bon temps, monsieur Parnassus. Ce ne sont pas des vacances. Je suis en mission pour le Ministère de la Jeunesse Magique pour déterminer si l'orphelinat de Marsyas peut continuer ainsi ou si des mesures doivent être prises. Vous feriez mieux de vous en souvenir. À mon arrivée, les enfants étaient livrés à eux-mêmes sans la moindre surveillance. Ce n'est pas un bon début pour vous. »

Ses paroles ne semblèrent pas inquiéter M. Parnassus. « Livrés à eux-mêmes, dites-vous ? C'est fascinant. Je sais très bien pourquoi vous êtes ici. En revanche, je me demande si vous, vous le savez.

— Qu'est-ce que cela signifie ? »

Il ne réagissait absolument pas de la manière dont s'attendait Linus. « Vous avez donné un bouton à Théodore. »

Linus cligna des yeux. « Pardon ? »

M. Parnassus se tenait au bas des marches. Linus l'avait à peine vu bouger. « Un bouton, répéta-t-il lentement. Vous l'avez donné à Théodore.

— Oui, eh bien, c'est la première chose que j'ai trouvée dans ma poche.

— D'où venait-il ?

— Comment ça ?

— Le bouton, monsieur Baker, dit-il. D'où venait ce bouton ? »

Linus fit un pas en arrière. « Je ne… Je ne comprends pas ce que vous voulez dire. »

Le directeur de l'orphelinat hocha la tête. « Ce sont les petites choses. Les petits trésors que nous trouvons sans connaître leur origine. Ils apparaissent au moment où l'on ne s'y attend pas. C'est très beau quand on y pense. Il l'aime beaucoup. C'était très gentil de votre part.

— On m'a presque forcé à le lui donner !

— C'est vrai ? Allons bon. » À présent, il se tenait sur le perron devant Linus. Il était grand, bien plus grand qu'il ne l'avait semblé sur l'herbe devant la maison. Linus devait lever la tête pour le regarder dans les yeux. Il avait une tache de rousseur sous l'œil gauche qui avait presque la forme d'un cœur. Une mèche de ses cheveux était tombée sur son front.

Lorsqu'il lui tendit la main, Linus eut un mouvement de recul. Il l'observa un instant avant de se reprendre et de la lui serrer. Sa peau était fraîche et sèche, et lorsque ses doigts enveloppèrent les siens, il sentit une douce chaleur s'enrouler à l'arrière de son esprit. « Je suis ravi de vous rencontrer, dit M. Parnassus. Quelles que soient les raisons de votre présence ici. »

Linus se libéra de sa poigne. Sa paume le chatouillait. « Tout ce que je vous demande, c'est de me laisser accomplir mon devoir sans interférer.

— Pour le bien des enfants.

— Oui, acquiesça-t-il. Pour le bien des enfants. Ce sont eux qui importent le plus, après tout. »

M. Parnassus le dévisagea longuement. Que cherchait-il ? Linus l'ignorait. « Bien. Je suis heureux que nous ayons pris un aussi bon départ. C'est de bon augure pour ce mois qui s'annonce riche en enseignement.

— Je ne parlerais pas de bon…

— Les enfants ! » appela M. Parnassus. Il se pencha avec grâce pour ramasser les vêtements abandonnés de Sal. « Venez par ici ! »

Des pas précipités résonnèrent derrière Linus. Certains étaient lourds, d'autres faisaient des bruits de succion. Tous le bousculèrent pour passer.

Sal, toujours sous la forme d'un minuscule loulou de Poméranie, fut le premier à arriver. Il jappa nerveusement et le contourna avec soin avant de se jeter sur M. Parnassus en secouant la queue. « Salut, Sal », dit celui-ci en baissant la tête.

Il émit alors un aboiement très aigu auquel Sal répondit par une série de jappements avant de s'élancer vers la maison. « Vous avez amené un chat ? »

Linus le regarda bouche bée. « Vous pouvez communiquer…

— Avec Sal ? Bien sûr. Il fait partie des miens. C'est important de… Talia. Merci d'avoir fait visiter la propriété à notre invité. C'était très gentil de ta part. Et Chauncey, je doute qu'il n'y ait jamais eu meilleur groom que toi dans le monde entier.

— C'est vrai ? glouglouta Chauncey dont les yeux s'agitaient sur ses antennes. Dans le monde entier ? » Il bomba le torse. Ou plutôt, il eut l'air de bomber le torse. Linus n'était même pas sûr qu'il en avait un. « Tu as entendu ça, Talia ? Le monde entier ! »

Celle-ci ricana. « J'ai entendu. Si tu continues comme ça, tu vas pouvoir ouvrir ton propre hôtel. » Elle leva les yeux vers Linus en se triturant la barbe. « Vous pouvez me remercier de ne pas vous avoir assommé avec une pelle quand j'en ai eu l'occasion. » Elle grimaça en entendant M. Parnassus produire un son grave et guttural. On aurait dit qu'il s'étouffait.

Il fallut un moment à Linus pour comprendre qu'il parlait en langue gnome.

Talia poussa un gros soupir mélodramatique. « Pardon, monsieur Baker. Je vous promets que je ne vous assommerai pas avec ma pelle. Aujourd'hui. »

Sur ces mots, Chauncey et elle descendirent les marches et se dirigèrent vers la maison principale.

Derrière Linus, le parquet grinça. Il sentit un frisson glacé parcourir sa colonne vertébrale, puis Lucy apparut à côté d'eux, un sourire dérangeant aux lèvres. Il n'avait pas l'air de cligner des yeux.

« Oui ? souffla Linus. Euh… Je peux t'aider ?

— Non, répondit Lucy en souriant de plus belle. Vous ne pouvez pas m'aider. Personne ne le peut. Je suis père des serpents. Néant de…

— Je crois que nous avons compris, l'interrompit M. Parnassus d'un ton plein de légèreté. Lucy, c'est à ton tour d'aider Mlle Blanchapelle dans la cuisine. Tu es déjà en retard. Dépêche-toi. »

Lucy, qui avait perdu de sa superbe, soupira. « Je suis vraiment obligé ?

— Oui, répondit M. Parnassus en lui tapotant l'épaule. Vas-y. Tu sais qu'elle n'aime pas que vous vous défiliez. »

Lucy marmonna dans sa barbe, mais descendit quand même les marches. Lorsqu'il fut au plus bas, il jeta un dernier coup d'œil en arrière. Linus sentit ses genoux trembler.

« Il bluffe. Il adore aider dans la cuisine. Je pense qu'il fait son numéro pour vous impressionner. C'est un vrai boute-en-train.

— Je crois qu'il faut que je m'asseye, dit Linus, soudain engourdi.

— Bien sûr, acquiesça M. Parnassus. Vous avez eu une longue journée. » Il releva la manche de son manteau pour consulter une large montre. « Le dîner est servi à 19 h 30. Vous avez un peu de temps pour vous installer. Mlle Blanchapelle a préparé un festin en votre honneur pour vous souhaiter la bienvenue à Marsyas. J'ai entendu dire qu'il y aurait de la tarte pour le dessert. J'aime beaucoup la tarte. » Il s'empara de nouveau de la main de Linus et la serra doucement. Linus le regarda dans les yeux. « Je sais pourquoi vous êtes ici, dit-il d'une voix douce. Et je connais le pouvoir que vous détenez. Je vous demande simplement de garder l'esprit ouvert, monsieur Baker. Pouvez-vous faire cela pour moi ? »

Décontenancé, Linus écarta sa main. « Je ferai mon devoir. »

M. Parnassus approuva. Il eut l'air de vouloir ajouter quelque chose, mais se contenta de secouer la tête. Sans un mot de plus, il descendit du perron pour suivre les enfants dont il était responsable dans le noir.

Il ne se retourna pas.

Linus se rappelait à peine avoir emprunté le couloir pour se rendre dans sa chambre. Il avait l'impression d'être prisonnier d'un rêve étrange et il ignorait comment s'en échapper. La sensation s'intensifia lorsqu'en passant devant la petite salle de bains, il s'aperçut que ses produits de toilette avaient été disposés sur une étagère sous le miroir.

« Quoi ? » demanda-t-il à personne en particulier.

La chambre au bout du couloir était petite, mais bien agencée. Il y avait un bureau contre une fenêtre qui donnait sur la falaise au-dessus de la mer. Une chaise était placée devant. À côté d'une porte qui renfermait sans doute un placard se trouvait une commode. Le lit recouvert d'un plaid démesuré était collé au mur opposé. Calliope dormait en boule sur son oreiller. Lorsqu'il entra dans la pièce, elle ouvrit un œil pour surveiller ses faits et gestes.

Il avait ouvert la bouche et était sur le point de lui parler, mais, soudain, les mots se bloquèrent dans sa gorge.

Sa valise était sur le lit. Ouverte. Vide.

Il se précipita vers elle. « Où sont mes affaires ? »

Calliope bâilla et enfouit la tête contre ses pattes en respirant fort.

Les dossiers au sujet des enfants et de M. Parnassus étaient toujours en sécurité, dans une poche latérale, la fermeture Éclair fermée. Ils ne semblaient pas avoir été touchés. Mais ses vêtements avaient disparu ainsi que...

Il parcourut vivement la pièce du regard.

Sur le sol, à côté du bureau, étaient posées les écuelles de Calliope. L'une était remplie d'eau, l'autre de croquettes. Le sachet avait été laissé à proximité. Sur le bureau en lui-même se trouvait son exemplaire de *RÈGLES ET RÈGLEMENTS*.

Il s'approcha du placard et l'ouvrit.

Ses chemises, ses cravates et ses pantalons étaient pendus avec soin à des cintres. Il y avait également le manteau qu'il avait apporté sans savoir s'il en aurait besoin ou non.

Sa paire de chaussures de rechange était par terre.

Laissant la porte ouverte, il s'approcha ensuite de la commode. À l'intérieur, ses chaussettes et ses sous-vêtements étaient méticuleusement pliés.

Le tiroir suivant renfermait son pyjama et les seuls vêtements décontractés qu'il avait apportés : un pantalon et un polo.

Il recula lentement jusqu'à ce que ses jambes rencontrent le bord du lit. Il se laissa tomber dessus en regardant les tiroirs et le placard ouvert.

« Je crois, dit-il à Calliope, que je suis complètement dépassé. »

Elle n'avait pas la moindre opinion sur le sujet.

Secouant la tête, il sortit les dossiers de sa valise et les déposa sur ses genoux.

« C'était imprudent de ma part, se châtia-t-il. La prochaine fois, renseigne-toi pour savoir où tu mets les pieds. »

Il prit une grande inspiration avant d'ouvrir le premier dossier.

« Oh, souffla-t-il en lisant un compte-rendu au sujet d'une vouivre répondant au nom de Théodore. Quoi ? » s'étrangla-t-il en ouvrant le dossier d'un garçon de 14 ans prénommé Sal.

Quand il arriva à celui de Talia, il resta sans voix, mais unc goutte de sueur coula le long de son front.

Il avait raison au sujet de Phee. Il s'agissait d'un esprit de la forêt, puissant qui plus est.

Lorsqu'il ouvrit le fichier du garçon qui s'appelait Chauncey, il eut un mouvement de recul. Il avait 10 ans et à côté de « Mère » était écrit « INCONNUE ». Pareil pour son père. Et son espèce. Personne ne semblait savoir qui était, exactement, Chauncey, ni d'où il venait. Même s'il l'avait vu de ses propres yeux, Linus n'en avait pas la moindre idée non plus.

Les Cadres Extrêmement Supérieurs avaient dit vrai.

Ces enfants ne ressemblaient en rien à ce qu'il avait déjà vu.

Linus réfléchit sérieusement à ignorer l'invitation à dîner et à se cacher sous le plaid épais pour échapper au monde étrange dans lequel il se retrouvait plongé. Après une bonne nuit de sommeil, la situation lui paraîtrait peut-être plus claire.

Malheureusement, son ventre se mit à gargouiller et il s'aperçut qu'il avait faim.

Terriblement faim.

Il y enfonça un doigt imposant. « Tu es sûr ? »

Un gargouillis résonna de nouveau.

Il soupira.

Ce fut la raison pour laquelle il se retrouva devant la porte de la maison principale à se préparer psychologiquement pour la soirée. « Ce n'est pas si différent des autres missions, se murmura-t-il. Tu t'es déjà trouvé dans ce genre de situation. Allez, mon vieux. Tu peux le faire. »

Il leva la main et tapa trois fois à la porte à l'aide du heurtoir en métal.

Puis il attendit.

Une minute s'écoula. Il frappa de nouveau.

Toujours pas de réponse.

Après avoir épongé son front humide de sueur, il recula et observa le côté de la maison. Il y avait de la lumière, mais personne ne semblait venir lui ouvrir.

Il secoua la tête et retourna près de la porte. Après un moment d'hésitation, il posa la main sur la poignée. Elle tourna sans résistance. Alors, il poussa.

La porte s'ouvrit.

Le hall d'entrée donnait directement sur un large escalier qui menait au premier étage. La rampe était en bois lisse. Un chandelier était accroché au-dessus de la pièce. Ses détails en cristal étincelaient dans la lumière. Il passa la tête par la porte et écouta.

Il entendait... de la musique ? Elle était faible, mais c'était bien de la musique. Il n'entendait pas très bien la chanson, mais elle lui paraissait familière.

« Il y a quelqu'un ? » appela-t-il.

Personne ne lui répondit.

Il entra dans la maison et referma la porte derrière lui.

À sa droite, il y avait un salon avec un grand canapé matelassé devant une cheminée éteinte. Un tableau était accroché au-dessus de l'âtre, une peinture fantaisiste de tourbillons. Il crut voir le bas de la housse du canapé onduler, mais il s'agissait peut-être d'un effet d'optique à cause de la lumière tamisée.

Devant lui, il y avait donc l'escalier.

À sa gauche, une salle à manger plutôt formelle qui ne semblait pas être utilisée. Le petit chandelier au-dessus de la table était éteint et celle-ci était jonchée de livres plutôt anciens à en croire leur aspect.

« Bonsoir ? » essaya-t-il encore.

Personne ne répondit.

Alors, il fit la seule chose qu'il pouvait faire.

Il suivit la musique.

À mesure qu'il s'approchait, les notes se faisaient plus nombreuses, les trompettes graves ou aiguës, une voix masculine et suave qui chantait. *« Somewhere beyond the sea, she's there watching for me*[1]. *»*

Linus avait le disque. Il l'aimait beaucoup, lui aussi.

---

1. « Quelque part, de l'autre côté de la mer, elle attend mon arrivée. » (Ndlt)

Tandis que Bobby Darin continuait de parler des bateaux que l'on regardait depuis le sable doré, il avait l'impression d'avancer dans un rêve. Du bout des doigts, il effleura les livres sur la table, mais fit à peine attention à leurs titres. Il était fasciné par le grésillement bien reconnaissable d'un vinyle qui tournait.

Il arriva devant deux portes à battant avec un hublot au centre.

Il se hissa sur la pointe des pieds pour regarder au travers.

La cuisine était lumineuse et spacieuse. Elle était plus grande que toutes celles qu'il avait pu voir dans sa vie. La dépendance aurait pu tenir à l'intérieur et il y aurait encore eu de la place. Des ampoules pendaient du plafond, entourées de globes de verre qui ressemblaient à des aquariums. Un réfrigérateur gigantesque trônait à côté d'un four de taille industrielle. Les plans de travail en granite brillaient comme un sou neuf et…

Il se figea.

Mlle Blanchapelle se déplaçait dans la cuisine. Ses pieds touchaient à peine le sol. Ses ailes étincelaient dans son dos, bien plus brillantes que celles de Phee ne l'avaient été. Elles battaient en cadence avec ses pas.

Toutefois, ce fut l'autre personne présente dans la pièce qui attira l'attention de Linus.

Lucy était debout sur un escabeau devant le plan de travail. À l'aide d'un couteau en plastique, il coupait une tomate et faisait tomber les tranches dans un saladier rose à sa gauche.

Et il se dandinait. Lorsqu'à la moitié de la chanson, l'orchestre s'emballa, dans un grand bruit de percussions et de trompettes, il secoua son corps tout entier en rythme avec la musique. Bobby recommença à chanter. *« He knew without a doubt, his heart would lead him there*[2]*. »*

---

2. « Il savait, sans le moindre doute, que son cœur lui montrerait le chemin. » (Ndlt)

Lucy hocha la tête et chanta à tue-tête tout en dansant.

Mlle Blanchapelle fredonnait, elle aussi, en tournant sur elle-même comme elle disparaissait et réapparaissait dans son champ de vision.

Un sentiment d'incrédulité envahit Linus, une lame de fond qui semblait le tirer vers les profondeurs. Il avait du mal à reprendre son souffle.

« Que faites-vous ? » murmura une voix dans son dos.

Il poussa un petit cri étranglé. En se retournant, il aperçut Phee et Talia qui se tenaient derrière lui. Phee s'était débarbouillée. Ses cheveux étaient rouges comme des flammes et ses taches de rousseur étaient plus prononcées. Ses ailes étaient repliées dans son dos.

Talia avait enfilé une tenue différente, mais elle était étonnamment similaire à la précédente sans le bonnet. Ses longs cheveux blancs qui tombaient sur ses épaules étaient de la même couleur luxuriante que sa barbe.

Toutes deux le considéraient avec suspicion.

Linus ne savait pas quoi dire. « J'étais en train de...

— D'espionner ? » suggéra Phee.

Il se crispa. « Absolument pas...

— Nous n'aimons pas les espions ici, déclara la jeune fille d'un ton menaçant. Le dernier qui a essayé d'infiltrer la maison n'a jamais été retrouvé. » Elle se pencha en avant en plissant les yeux. « Parce qu'on l'a fait cuire et qu'on l'a mangé pour le dîner.

— Vous n'avez jamais fait ça », intervint M. Parnassus qui était apparu de nulle part. Linus commençait à comprendre que cela faisait partie du personnage. Il avait retiré son manteau. À présent, il portait un pull épais dont les manches trop longues tombaient sur le dos de ses mains. « Parce qu'on n'a jamais eu la chance d'accueillir un espion. Un espion est quelqu'un qui s'infiltre quelque part en cachant ses véritables intentions.

Les personnes qui sont venues ici ont toujours fait preuve de transparence. N'est-ce pas, monsieur Baker ?

— Oui. Tout à fait. »

M. Parnassus sourit. « Et puis on ne fait pas de mal à nos invités. Pas au point de les assassiner, en tout cas. Ce serait impoli. »

Cette remarque ne rassurait pas Linus.

Beyond the Sea prit fin. Bobby se mit alors à chanter qu'il voulait une femme à lui, pour ne pas rêver tout seul.

« Nous y allons ? » demanda M. Parnassus.

Linus hocha la tête.

Tout le monde le fixa du regard sans bouger.

Il lui fallut quelques instants pour comprendre qu'il bloquait l'accès. Il fit un pas sur le côté. Phee et Talia poussèrent les portes pour entrer dans la cuisine. M. Parnassus tourna la tête vers l'arrière. « Théodore ! Le dîner est prêt ! »

Linus entendit un grand vacarme qui provenait du salon. En jetant un coup d'œil derrière M. Parnassus, il vit le garçon s'extirper de sous le canapé et se prendre les pattes dans ses ailes. Il fit un roulé-boulé en grognant et sa queue s'écrasa contre le sol. Il resta un moment allongé ainsi, la respiration affolée.

« Ce n'est pas la peine de te précipiter, Théodore, le rassura le directeur avec bienveillance. On ne commencera jamais sans toi. »

Celui-ci soupira (sans doute, Linus n'en était pas certain) avant de se redresser. Il poussa un cri aigu et, en équilibre sur ses pattes arrière, replia ses ailes derrière lui avec beaucoup d'attention, d'abord la droite, puis la gauche. Il essaya ensuite de faire un pas en avant. Ses griffes éraflèrent le parquet avant qu'il ne trouve son équilibre.

« Il préfère voler, chuchota M. Parnassus. Mais à l'heure du dîner, je lui demande de marcher.

— Pourquoi ?

— Il faut qu'il s'habitue à utiliser ses pieds. Il ne peut pas dépendre uniquement de ses ailes. Il fatigue vite, surtout à son âge. En situation de danger, il faut qu'il soit capable d'utiliser ses pattes aussi bien que ses ailes. »

Cette explication déstabilisa Linus. « De danger ? Pourquoi est-ce qu'il...

— Combien reste-t-il de vouivres dans le monde, monsieur Baker ? »

La question le réduisit au silence. La réponse, bien qu'il ne connût pas les chiffres exacts, était « pas beaucoup ».

M. Parnassus hocha la tête. « Précisément. »

La tête penchée sur le côté, Théodore avançait vers eux en faisant des pas démesurés. Lorsqu'il arriva à leurs pieds, il regarda M. Parnassus, cria et étendit les ailes.

« Oui, oui, dit-il en caressant son museau du bout du doigt. Très impressionnant. Je suis fier de toi, Théodore. »

La vouivre plia de nouveau ses ailes, se tourna vers Linus, puis se pencha pour grignoter doucement le bout d'une de ses chaussures.

M. Parnassus le regardait comme s'il attendait quelque chose de sa part.

Linus ignorait de quoi il s'agissait.

« Il vous remercie pour le bouton. »

Il aurait préféré qu'il lui montrât sa gratitude autrement qu'en le mordant, mais il était trop tard pour s'en plaindre. « Oh, eh bien... De rien ? »

Théodore cria une nouvelle fois, puis passa la porte que M. Parnassus tenait ouverte pour lui.

« Nous y allons ? » demanda-t-il à Linus.

Celui-ci hocha la tête et entra dans la cuisine.

À l'intérieur de la cuisine se trouvait une autre table. Celle-ci paraissait davantage utilisée que celle de la salle à manger plus formelle. Une nappe légèrement usée était maintenue en place par la vaisselle. Trois assiettes avaient été posées d'un côté avec les couverts appropriés, et quatre de l'autre. L'une d'elles n'était accompagnée ni de cuillère ni de fourchette. Il y avait aussi un couvert à chaque extrémité de la table. Des bougies étaient allumées. Leurs flammes vacillaient légèrement.

Au centre, il y avait des montagnes de nourriture. Il vit des pommes de terre sautées, du pain et une sorte de viande qu'il ne reconnaissait pas. Il y avait aussi des épinards et les tomates que Lucy avait découpées ressemblaient à des insectes rouges dans la lueur des bougies.

Un festin en son honneur, lui avait-on dit.

Il se demanda si tout était empoisonné.

La majorité des enfants était déjà à table. Chauncey était assis au milieu, avec Phee et Talia de chaque côté. En face d'eux se trouvaient Théodore (en train d'escalader le siège devant l'assiette sans fourchette ni cuillère) et Mlle Blanchapelle. Près d'elle, il y avait une chaise vide, puis Sal. Celui-ci jeta un coup d'œil en direction de Linus, mais en voyant qu'il était observé, il se retourna vivement et baissa la tête en jouant avec la nappe.

M. Parnassus prit place à l'une des extrémités de la table.

Cela ne laissait à Linus que le siège à l'autre bout, car il n'allait pas s'asseoir à côté de Sal. Le pauvre garçon n'aurait probablement rien avalé.

À son approche, tout le monde se tut. Sa chaise grinça contre le sol quand il la recula. Il grimaça avant de s'éclaircir la gorge et de s'asseoir. Il regrettait que Bobby ne chante plus. Cela aurait dissipé le malaise ambiant. Toutefois, il ne voyait aucune platine dans la pièce.

Il déplia la serviette placée à côté de son assiette et l'étendit sur ses genoux.

Tout le monde le dévisageait.

Il ne savait pas où se mettre.

Tout à coup, Lucy apparut à côté de lui. Linus bondit sur son siège. « Oh, Seigneur, souffla-t-il.

— Monsieur Baker, dit Lucy poliment. Puis-je vous proposer à boire ? Du jus peut-être ? Ou du thé ? » Il se pencha vers lui et baissa la voix. « Le sang d'un bébé né dans un cimetière un soir de pleine lune ?

— Lucy », le sermonna M. Parnassus.

L'enfant continuait de fixer Linus. « Je peux vous donner tout ce que vous désirez », murmura-t-il.

Linus toussa faiblement. « De l'eau. Ce sera très bien.

— Un verre d'eau ! Tout de suite ! » Il tendit le bras pour attraper un verre vide à côté de l'assiette de Linus. Il l'emporta jusqu'à l'évier où il monta sur son escabeau. Lorsqu'il ouvrit le robinet pour le remplir, il se concentra si fort qu'il tira la langue (à travers l'espace où ses deux dents avant étaient tombées). Quand le verre fut plein, il le prit à deux mains et descendit de son escabeau. Il ne renversa pas la moindre goutte en le tendant à Linus.

« Voilà, dit-il. De rien ! Je ne pense même pas à condamner votre âme à la damnation éternelle, ni rien !

— Merci, parvint à répondre Linus. C'est très gentil de ta part. »

Lucy laissa échapper un rire qui, Linus en était sûr, le hanterait jusqu'à la fin de ses jours avant de se diriger vers la chaise vide. Sal la recula pour lui. Sur l'assise, il y avait un rehausseur. Lucy grimpa dessus et Sal le poussa vers la table, sans jamais relever le regard.

M. Parnassus sourit aux enfants. « Merveilleux. Comme vous le savez tous, et même si *l'un d'entre vous* a décidé de me dissimuler son arrivée, nous avons un invité. »

Lucy se ratatina légèrement sur son rehausseur.

« M. Baker est ici pour s'assurer que vous êtes tous heureux et en bonne santé. Je vous demande de le traiter de la même manière que Mlle Blanchapelle et moi. C'est-à-dire avec respect. Si je découvre que vous avez eu des gestes ou des propos... déplacés, vous perdrez certains de vos privilèges. Est-ce que c'est bien clair pour tout le monde ? »

Les enfants, y compris Théodore, hochèrent la tête.

« Parfait, dit M. Parnassus avec un léger sourire. Maintenant, avant que nous commencions à manger... Parlez-moi d'une chose que vous avez apprise aujourd'hui. Phee ?

— J'ai appris à épaissir les feuilles, répondit-elle. Il m'a fallu beaucoup de concentration, mais j'ai réussi.

— Fantastique ! Je savais que tu pouvais le faire. Chauncey ? »

Ses globes oculaires se touchèrent. « Je sais défaire une valise tout seul ! Et j'ai reçu un pourboire !

— Impressionnant. Je suis sûr que personne n'a jamais défait une valise aussi bien que toi. Talia, à ton tour. »

La petite fille se caressa la barbe. « Si je reste parfaitement immobile, un étranger me prendra pour une statue. »

Linus s'étouffa avec sa propre salive.

« Très intéressant ! s'exclama M. Parnassus avec un éclat malicieux dans les yeux. Théodore ? »

La tête posée sur la nappe, il cria et grogna.

Tout le monde rit.

À l'exception de Linus qui ne comprenait pas ce qui venait de se passer.

« Il a appris que les boutons étaient la meilleure chose au monde », traduisit Mlle Blanchapelle en regardant Théodore avec tendresse. « Et moi, je me suis rendu compte que je jugeais encore les gens sur leur apparence, alors que je sais que c'est mal. »

Il savait à qui cette phase était destinée. C'était sans doute la seule excuse, ou du moins, ce qui s'en rapprochait, qu'il obtiendrait jamais d'elle.

« Parfois, dit M. Parnassus, nos préjugés influencent nos pensées lorsque nous nous y attendons le moins. Si nous pouvons le reconnaître et en tirer une leçon, nous pourrons devenir de meilleures personnes. Lucy ? »

Linus avait la bouche sèche. Il attrapa son verre d'eau.

Les yeux levés en direction du plafond, Lucy répondit d'une voix monotone : « J'ai appris que je suis celui qui apporte la mort, celui qui détruit les mondes. »

Linus cracha son eau sur la table devant lui.

Tous tournèrent de nouveau, lentement, la tête vers lui.

« Toutes mes excuses », s'empressa-t-il de dire. Il ramassa la serviette sur ses genoux et épongea son assiette avec. « C'est passé du mauvais côté.

— Tout à fait, affirma M. Parnassus. Comme si de fait exprès. Lucy ? Tu veux bien réessayer ? »

Lucy soupira. « J'ai encore appris que mon héritage ne me définissait pas.

— C'est une évidence. Tu es bien plus que ça. Sal ? »

Le garçon regarda Linus en coin, puis baissa les yeux. Ses lèvres bougèrent, mais Linus fut incapable d'entendre ce qu'il disait.

Apparemment, M. Parnassus aussi. « Plus fort, s'il te plaît. Pour que nous puissions t'entendre. »

Les épaules de Sal s'affaissèrent. « J'ai appris que j'ai toujours peur des personnes que je ne connais pas. »

Le directeur posa la main sur son bras et le serra doucement. « Et il n'y a rien de mal à ça. Les plus courageux d'entre nous ressentent de la peur parfois. Il faut simplement réussir à ne pas laisser nos craintes devenir notre unique réalité. »

Sal opina, mais ne releva pas la tête.

M. Parnassus s'adossa à son siège et regarda Linus, de l'autre côté de la table. « Quant à moi, j'ai appris que les cadeaux pouvaient prendre n'importe quelle forme ou taille et apparaître lorsqu'on s'y attend le moins. Et vous, monsieur Baker ? Qu'avez-vous appris aujourd'hui ? »

Linus se dandina sur son siège. « Oh, je ne crois pas que je devrais… Je suis ici pour observer… Il ne serait pas approprié que je…

— S'il vous plaît, monsieur Baker ? » insista Chauncey d'une voix humide. Un de ses tentacules remontait le long de la table. Ses ventouses collaient à la nappe et lui faisaient faire des plis. « Il faut que vous participiez !

— Mais oui, monsieur Baker, acquiesça Lucy d'une voix toujours aussi monotone. Il faut absolument que vous participiez. Je n'ose imaginer ce qu'il se passerait dans le cas contraire. Cela pourrait causer une invasion de sauterelles. Ce n'est pas ce que vous voulez, n'est-ce pas ? »

Linus se sentit blêmir.

« Les enfants, intervint M. Parnassus tandis que Mlle Blanchapelle dissimulait un sourire. Laissez-le parler. Lucy, nous avons déjà discuté des invasions de sauterelles. Tu ne peux y avoir recours que sous étroite surveillance. Monsieur Baker ? »

Tous attendaient sa réponse.

Il était clair qu'il ne pourrait pas se défiler. Aussi, il dit la première chose qui lui vint en tête. « Je… J'ai appris qu'il y a des choses en ce monde qui défient l'imagination.

— Des choses ? répéta Talia en plissant les yeux. De quelles choses parlez-vous, au juste ?

— De l'océan, répliqua rapidement Linus. La mer. Je ne l'avais jamais vue. J'en ai toujours rêvé. C'est plus… grand que je ne le pensais.

— Oh, dit-elle. C'est… nul. On peut manger maintenant ? Je meurs de faim.

— Oui, répondit M. Parnassus sans quitter Linus du regard. Bien sûr. Vous l'avez bien mérité. »

Malgré l'étrangeté de la situation dans laquelle se trouvait Linus, les dix premières minutes du repas se passèrent relativement bien. Malheureusement, ce répit prit fin de manière abrupte alors qu'il était en train de jouer avec les feuilles de salade dans son assiette (il refusait de répondre à l'appel, pourtant puissant, des pommes de terre).

Cela commença, bien sûr, avec Talia.

« Monsieur Baker ? demanda-t-elle d'un air innocent. Vous ne voulez pas autre chose que de la salade ?

— Non, merci. C'est très bien. »

Elle émit un son dubitatif. « Vous êtes sûr ? Un homme de votre taille, ça ne mange pas comme un lapin.

— Talia, intervint M. Parnassus. Laisse M. Baker...

— C'est justement à cause de ma taille », expliqua Linus. Il ne supportait pas que quelqu'un parle à sa place. C'était lui qui commandait ici. Plus vite il s'en rendrait compte, mieux ce serait.

« Qu'est-ce qu'elle a, votre taille ? » s'enquit Talia.

Il rougit. « Elle est un peu trop épaisse. »

Elle fronça les sourcils. « Il n'y a rien de mal à être rond. »

Il enfonça sa fourchette dans une tomate. « Je ne suis pas...

— Moi aussi, je suis ronde.

— Oui, c'est vrai, mais tu es un gnome. Tu es censée être ronde. »

Elle plissa les yeux. « Alors, pourquoi, vous, vous ne pouvez pas l'être ?

— Ce n'est pas... C'est un problème de santé... Je ne peux pas...

— Moi, je veux être rond ! » annonça Lucy. Et il le devint. Un instant, il était cette petite chose frêle sur son rehausseur, et celui d'après, il se mit à gonfler comme un ballon. Son torse s'étira, ses os se brisèrent dans des craquements terribles et ses yeux sortirent de ses orbites. On aurait dit qu'ils allaient tomber sur la table. « Regardez ! s'exclama-t-il à travers des lèvres étirées au maximum. Je suis un gnome ! ou M. Baker !

— Pourquoi est-ce que vous n'aviez jamais vu l'océan ? demanda Phee tandis que Linus observait Lucy avec horreur. Il est toujours là. Il ne va jamais nulle part. Il est bien trop gros pour bouger. »

Lucy se dégonfla et ses os se remirent en place jusqu'à ce qu'il redevienne un simple enfant de 6 ans. « C'est vrai, acquiesça-t-il comme s'il ne venait pas de tripler de volume. J'ai essayé de le déplacer.

— C'était une drôle de journée », dit Chauncey en portant une pomme de terre à sa bouche avec un tentacule. Linus la regarda glisser à l'intérieur de lui. On la voyait parfaitement derrière sa peau verte transparente. Elle se mit à se désagréger en petites particules. « Des tas de poissons sont morts. Mais tu les as ressuscités. En grande partie.

— C'est juste que… je n'ai jamais eu le temps, répondit Linus qui avait la tête qui tournait. Je… Trop de responsabilités. Mon travail est important et… »

Théodore attaqua le morceau de viande que Mlle Blanchapelle avait placé dans son assiette avec un grognement grave.

« Arthur dit qu'il faut toujours prendre le temps de faire les choses qu'on aime, indiqua Talia. Si on ne le fait pas, on risque d'oublier comment être heureux. Vous n'êtes pas heureux, monsieur Baker ?

— Je suis parfaitement heureux.

— Vous n'aimez pas être rond, dit Phee. Vous ne pouvez pas être parfaitement heureux.

— Je ne suis pas rond…

— Quel est votre travail, au juste, monsieur Baker ? demanda Chauncey dont les yeux rebondissaient sur ses antennes. Il est en ville ? »

Tout à coup, Linus n'avait plus faim. « Je... Oui. C'est en ville. »

Chauncey laissa échapper un soupir rêveur. « J'adore la ville. Tous ces hôtels qui ont besoin d'un groom ! Ça doit être le paradis.

— Tu n'as jamais mis les pieds en ville, lui rappela Lucy.

— Et alors ? Je peux aimer quelque chose que je n'ai vu qu'en photo. M. Baker aime l'océan et il ne l'avait jamais vu avant aujourd'hui !

— S'il l'aime tant, pourquoi est-ce qu'il ne se marie pas avec ? » demanda Phee.

Théodore poussa un cri aigu autour d'une bouchée de viande. Les enfants rirent. Même Sal ne put retenir un sourire.

Avant que Linus ait eu le temps de lui poser la question, Mlle Blanchapelle traduisit : « Théodore vous souhaite beaucoup de bonheur avec l'océan.

— Je n'épouserai pas l'océan...

— Oooh ! souffla Talia, les yeux grands ouverts et la moustache frétillante. Parce que vous êtes déjà marié, c'est ça ?

— Vous êtes marié ? s'exclama Phee. Qui est votre femme ? Elle est restée dans votre valise ? Pourquoi est-ce que vous l'avez mise là-dedans ? Elle est contorsionniste ?

— Votre femme, c'est votre chat ? demanda Lucy. J'aime bien les chats, mais eux, ils ne m'aiment pas. » Ses yeux rougeoyèrent. « Ils ont peur que je les mange. En même temps, je n'en ai jamais goûté, alors je ne sais pas si c'est bon ou pas. Est-ce que votre femme est bonne, monsieur Baker ?

— On ne mange pas les animaux de compagnie, Lucy », lui rappela M. Parnassus en se tapotant la bouche avec sa serviette.

Le rouge de ses yeux s'estompa aussitôt. « C'est vrai. Parce que les animaux de compagnie sont des amis. Et comme le chat de M. Baker est sa femme, c'est un peu sa meilleure amie.

— Tu as tout compris, dit M. Parnassus que la situation semblait grandement amuser.

— Non, objecta Linus. Il n'a pas tout compris. Je n'ai jamais…

— J'aime être ronde ! déclara Talia. Ça signifie qu'il y a encore plus de parties de moi à aimer.

— Je t'aime, Talia », dit Chauncey en posant un de ses yeux sur l'épaule de la petite fille. Ce même œil se tourna lentement en direction de Linus. « Est-ce que vous pouvez me parler de la ville ? Est-ce qu'elle brille beaucoup la nuit ? À cause de toutes les lumières ? »

Linus avait du mal à suivre. « Je… Je pense que oui, mais je n'aime pas sortir la nuit.

— À cause des choses tapies dans l'ombre qui pourraient détacher la chair de vos os ? demanda Lucy en croquant dans du pain.

— Non, répondit Linus qui se sentait soudain nauséeux. Parce que je préfère rester chez moi. » Cette phrase n'avait jamais autant résonné en lui.

« Chez vous, c'est l'endroit où vous vous sentez en accord avec vous-même », dit Mlle Blanchapelle. Linus ne put qu'acquiescer. « C'est pareil pour nous, pas vrai, les enfants ? Dans notre maison, nous pouvons être nous-mêmes.

— Mon jardin est ici, dit Talia.

— Le plus beau des jardins, la complimenta M. Parnassus.

— Et mes arbres, ajouta Phee.

— Les arbres les plus merveilleux du monde », la félicita le directeur.

Théodore poussa un cri aigu. Mlle Blanchapelle caressa une de ses ailes. « Oui, ton bouton. Il est là aussi.

— Un très joli cadeau, fit remarquer M. Parnassus en souriant à la vouivre.

— Et où pourrais-je m'entraîner à devenir groom ailleurs qu'à la maison ? demanda Chauncey. Il faut s'exercer pour maîtriser quelque chose.

— C'est en forgeant qu'on devient forgeron, confirma M. Parnassus.

— Et c'est le seul endroit au monde où je n'ai pas à m'inquiéter qu'un prêtre me colle un crucifix sur le visage pour renvoyer mon âme dans les tréfonds de l'enfer », annonça Lucy. Il rit et fourra un peu plus de pain dans sa bouche.

« De vrais enquiquineurs, ces prêtres ! rétorqua le directeur.

— Vous allez nous prendre notre maison ? »

Le silence retomba sur la table.

Linus cligna des yeux. Il tourna la tête vers l'origine de la voix et fut surpris de constater que la question venait de Sal. Sal, qui avait les yeux baissés et qui serrait les poings. Ses lèvres étaient pincées et ses épaules tremblaient.

M. Parnassus posa la main sur l'un des poings serrés de Sal. Avec l'un de ses longs doigts, il tapota l'intérieur de son poignet. Il dit :

« Ce n'est pas l'intention de M. Baker. Je ne pense pas qu'il souhaite une telle chose. Ni à vous ni à personne. »

Linus hésita à le contredire, mais cela n'aurait rien apporté de bon. Surtout devant un enfant clairement traumatisé. De plus, M. Parnassus n'avait pas tort, mais il détestait qu'on parle pour lui.

Celui-ci reprit la parole. « Son travail est de s'assurer que je fais le mien correctement. Et quel est le mien ?

— Nous protéger », répondirent les enfants en chœur. Même Sal.

« Précisément. Et j'aime croire que je le fais bien.

— Parce que vous vous êtes entraîné ? » demanda Chauncey.

M. Parnassus lui sourit. « Oui. Parce que je me suis entraîné. Et tant que j'aurai mon mot à dire, vous ne serez jamais séparés. »

C'était un défi, mais Linus ne comptait pas le relever. « Je ne crois pas qu'il soit juste…

— Qui veut du dessert ? » demanda Mlle Blanchapelle.

Les enfants crièrent leur enthousiasme.

Sept

Au sommet de l'escalier, M. Parnassus guida Linus à travers un long couloir. « Ce sont les chambres des enfants », dit-il en désignant des portes de chaque côté. Des panneaux avec le nom de chacun y étaient suspendus : Chauncey et Sal sur la droite, Phee et Talia sur la gauche. Il indiqua aussi une trappe au plafond. La silhouette d'une vouivre y était dessinée. « Le nid de Théodore est situé dans la tourelle. Il y cache une partie de son trésor, mais il préfère dormir sous le canapé.

— Je vais vouloir les inspecter, avertit Linus en prenant mentalement note de la configuration.

— Je m'y attendais. Nous pourrons arranger cela demain. Les enfants ne vont pas tarder à se préparer à aller au lit. Mlle Blanchapelle pourra vous escorter pendant qu'ils étudient ou bien nous pourrons nous en occuper avant pour que vous puissiez vous joindre à nous en classe.

— Et Mlle Blanchapelle, où dort-elle ? demanda Linus en observant les arbres gravés sur la porte de Phee quand ils passèrent devant.

— Elle vivait ici bien avant nous. L'île lui appartient. Nous ne faisons que l'emprunter. Elle habite au fond des bois, de l'autre côté de l'île. »

Linus se posait de nombreuses questions au sujet de cette île, de cette maison, de cet homme… mais l'une d'elles était plus urgente. Il avait compté le nombre de portes. Devant eux, au bout du couloir, il n'en restait que quatre. L'une renfermait une salle de bains pour les filles. Une autre pour les garçons. Sur une troisième porte était écrit : BUREAU D'ARTHUR. « Et Lucy ? Où dort-il ? »

M. Parnassus s'arrêta devant son bureau et lui montra la dernière porte d'un geste du menton. « Dans ma chambre. »

Linus plissa les yeux. « Vous partagez votre couche avec un petit garçon…

— Rien de fâcheux, je vous l'assure. » L'implication ne semblait pas l'offenser. « Lorsque Lucy nous a rejoints, j'ai converti le dressing attenant à ma chambre pour lui créer la sienne. C'est… mieux pour lui de m'avoir à proximité. Au début, il n'arrêtait pas de faire de terribles cauchemars. Il en a encore, parfois, mais ils ne sont plus aussi violents qu'avant. J'aime à penser que le temps qu'il a passé ici l'a aidé. Il n'apprécie pas d'être trop loin de moi, quand il le peut, mais j'essaie bien sûr de lui enseigner l'indépendance. Il… Il a encore des progrès à faire. »

Il ouvrit la porte de son bureau. La pièce était plus petite que Linus l'avait imaginée et pleine à craquer. Cela en devenait même inconfortable. Un secrétaire trônait au centre, entouré de piles de livres dont la majorité menaçait de s'effondrer. Une fenêtre unique ouvrait sur l'océan. Ainsi, la nuit, il semblait s'étendre à l'infini. Au loin, Linus remarqua le clin d'œil lumineux d'un phare esseulé.

M. Parnassus referma la porte derrière eux et signala à Linus de s'asseoir. Il s'exécuta et sortit le petit carnet qu'il gardait toujours dans sa poche, rempli de notes concernant chacune de ses enquêtes. Jusqu'à présent, il s'était relâché par rapport à ses fonctions, car la découverte d'un lieu comme celui-ci l'avait désarçonné, mais il comptait bien se reprendre. Il s'était toujours félicité de la multitude de notes qu'il prenait. S'il devait rendre des rapports hebdomadaires aux Cadres Extrêmement Supérieurs, il s'assurerait que ce soient les meilleurs qu'il ait jamais écrits.

« Je peux ? demanda-t-il en désignant un crayon à papier épais sur le bureau.

— Bien entendu. Ce qui est à moi est à vous. »

Linus ressentit une drôle de sensation au niveau du ventre. Sans doute quelque chose qu'il avait mangé. Il ouvrit son carnet et lécha la pointe du crayon, une vieille habitude dont il n'avait jamais réussi à se débarrasser. « Maintenant, si vous le voulez bien, discutons...

— Sal est le dernier arrivé », déclara M. Parnassus comme si Linus n'avait pas parlé. Il s'installa en face de lui, derrière son bureau, et appuya son menton sur ses mains. « Il y a trois mois.

— Oh ? Il me semble que je l'ai lu dans son dossier. Il paraît nerveux, mais je suppose que les adolescents le sont souvent en présence d'un représentant de l'autorité. »

Le directeur ricana. « Nerveux. C'est une façon de le dire. Avez-vous également lu dans son dossier que c'est la première fois qu'il reste aussi longtemps dans un orphelinat depuis ses 7 ans ?

— Je... Non. Je ne pense pas avoir atteint cette partie. J'étais distrait par... l'énormité de cette mission. »

Il eut un sourire compatissant. « Ils ne vous ont pas prévenu dans quoi vous mettiez les pieds, n'est-ce pas ? Les Cadres Extrêmement Supérieurs ? Pas avant votre arrivée, en tout cas. »

Linus se dandina sur son siège. « Non. On m'a simplement informé qu'il s'agissait d'un dossier classifié. » Et que les enfants étaient problématiques, mais il ne lui semblait pas judicieux de le répéter.

« Vous avez sans doute compris pourquoi.

— Bien sûr, acquiesça-t-il. Ce n'est pas tous les jours qu'on rencontre l'antéchrist. »

M. Parnassus lui adressa un regard dur. « Nous n'utilisons pas ce terme ici. Je comprends que vous avez un travail à faire, monsieur Baker, mais je suis le directeur de cette maison. Vous vous conformerez à mes règles. Est-ce clair ? »

Linus hocha lentement la tête. Il ne s'était pas attendu à être remis à sa place aussi sévèrement, surtout de la part de quelqu'un qui dégageait un tel calme. Il l'avait sous-estimé. Il ne devrait plus commettre cette erreur. « Je ne voulais pas lui manquer de respect. »

M. Parnassus se détendit. « Non, bien évidemment. Comment auriez-vous pu le savoir ? Vous ne le connaissez pas. Vous ne *nous* connaissez pas. Vous avez bien des dossiers entre les mains, mais à mon avis, ils ne comportent que des éléments très basiques. Monsieur Baker, ce qui est écrit dans ces dossiers n'est qu'un squelette. Nous sommes bien plus que nos squelettes, n'est-ce pas ? » Il s'interrompit et fit mine de réfléchir. « À l'exception de Chauncey, étant donné qu'il n'a aucun os. Mais mes arguments restent les mêmes.

— Qu'est-il ? demanda Linus, avant de se reprendre. Oh, Seigneur, cette question est très malpolie. Je ne veux offenser personne, mais je n'avais jamais… Je n'avais jamais vu quelque chose, non, quelqu'un comme lui auparavant.

— Cela n'est pas étonnant », répondit M. Parnassus. Il tourna la tête vers une pile de livres à sa droite et parcourut les titres du regard. Il sembla trouver ce qu'il cherchait à mi-hauteur. Quand il tapota sur la tranche pour le faire sortir, la pile tangua dangereusement. Il saisit le bouquin entre deux doigts et tira d'un coup. Le livre se dégagea. Le haut de la pile retomba parfaitement à sa place. Il ne sembla pas se rendre compte de l'expression ahurie de Linus tandis qu'il ouvrait l'ouvrage sur le bureau et tournait les pages. « Nous n'avons pas d'idée précise de ce qu'est Chauncey, ni même d'où il vient. C'est un vrai mystère, mais je pense… Aha ! Voilà. » Il tourna le livre en direction de Linus et tapota la page.

Linus se pencha en avant. « *Medusozoa* ? Une méduse ?

— Correct ! confirma M. Parnassus avec enthousiasme. Je pense que cela expliquerait les choses. En partie. Il ne pique pas et ne possède aucun poison. Il a peut-être également un ancêtre concombre de mer, mais cela ne nous dit pas d'où proviennent ses tentacules.

— Cela n'explique rien du tout, rétorqua Linus qui se sentait désarmé. D'où vient-il ? »

Le directeur récupéra le livre et le ferma. « Personne ne le sait, monsieur Baker. Il existe des mystères qui ne seront peut-être jamais résolus, peu importe le temps qu'on y consacre. Et si on perd trop de temps à tenter de les résoudre, on risque de passer à côté de ce qui se trouve devant nous.

— C'est comme cela que les choses fonctionnent dans la vraie vie, monsieur Parnassus. Tout a une explication. Il y a une raison pour tout. Ce sont les premières lignes des *RÈGLES ET RÈGLEMENTS* du Ministère de la Jeunesse Magique. »

L'homme haussa un sourcil. « Le monde est un endroit étrange et merveilleux. Pourquoi devons-nous trouver une explication à tout ? Pour notre satisfaction personnelle ?

— Parce que la connaissance est le pouvoir. »

Il eut un rire dédaigneux. « Ah. Le pouvoir. Vous parlez comme un vrai représentant du MJM. Pourquoi ne suis-je pas surpris d'apprendre que vous connaissez le règlement par cœur ? Au fait, je vous préviens : vous risquez de retrouver Chauncey sous votre lit à un moment ou à un autre. »

Ce changement de sujet prit Linus au dépourvu. « Quoi ? Pourquoi ?

— Parce que, pendant très longtemps, avant qu'il arrive ici, les gens, même ceux qui auraient dû faire preuve de discernement, l'ont traité de monstre. On lui a raconté des histoires de monstres qui se cachaient sous les lits, car leur but dans la vie était de faire peur aux autres. Il croyait que c'était ce qu'il était censé faire, lui aussi, que son travail était de terroriser les gens, parce qu'on lui a mis dans la tête qu'il ne serait jamais capable d'accomplir autre chose. Ce n'est qu'à son arrivée ici qu'il a compris qu'il pouvait faire ce qu'il voulait.

— Alors, il a choisi groom, conclut Linus d'un air hébété.

— Exactement. Il a découvert leur existence dans un film que nous avons regardé il y a quelques mois. Pour une raison que j'ignore, l'idée lui a beaucoup plu.

— Mais il ne pourra jamais… » Linus s'interrompit avant de prononcer les mots fatidiques.

Mais M. Parnassus savait parfaitement ce qu'il voulait dire. « Il ne sera jamais groom parce qu'aucun hôtel n'engagera quelqu'un comme lui ?

— Ce n'est pas… » Ce n'était pas quoi, exactement ? Bien ? Normal ? Juste ? Rien de tout cela ? Linus n'en était pas certain. Les lois existaient pour des raisons légitimes et même si Linus ne les avait jamais comprises, pas vraiment, il ne pouvait pas les changer. Les gens avaient tendance à craindre (mais il sentait que ce terme dissimulait autre chose) ce qu'ils ne connaissaient pas. Le Bureau du recensement était né de la nécessité de protéger les personnes extraordinaires. Durant les prémices, les enfants avaient été arrachés à leurs parents et placés dans des écoles, bien que ce terme fût inapproprié. Il s'agissait en réalité de prisons. Il n'y avait pas eu de barreaux aux fenêtres, mais le MJM avait été créé pour faire taire les cris de protestation à l'encontre de ces agissements. Lorsqu'ils s'étaient rendu compte qu'il y avait un très grand nombre d'orphelins, les employés avaient été divisés en deux groupes : ceux qui s'occupaient des familles enregistrées main dans la main avec le Bureau du recensement et ceux qui travaillaient avec les orphelins, dans les orphelinats.

Donc non, ce n'était pas juste.

« Non, vous avez raison, dit M. Parnassus alors qu'il n'avait pas parlé à voix haute. Mais je l'autorise à rêver, car il n'est qu'un enfant. Et puis qui sait ce que le futur nous apportera ? Les plus grands changements débutent parfois par le plus petit des murmures. Les personnes qui partagent les mêmes valeurs le transforment simplement en rugissement. Ce qui me ramène à Sal. Je peux me montrer franc avec vous, monsieur Baker ? »

Linus ne savait plus où donner de la tête. « Je n'en attends pas moins de votre part.

— Très bien. Vous l'effrayez. »

Linus cligna des yeux. « Moi ? Je ne pense pas avoir jamais fait peur à quelqu'un dans ma vie.

— Je doute que cela soit vrai. Vous travaillez pour le MJM, après tout.

— Quel rapport avec… ?

— Ce n'est pas de vous en particulier dont il est terrifié, mais de ce que vous représentez. Vous êtes un agent du ministère, monsieur Baker. La plupart des enfants ici comprennent vaguement ce que cela implique, mais Sal, lui, a l'habitude des gens comme vous. Il en est à son douzième orphelinat. »

Il sentit son estomac se tordre. « Le douzième ? C'est impossible ! Il aurait…

— Il aurait quoi ? Été envoyé dans l'une de ces écoles sous la coupe du gouvernement dont le MJM semble si fier, ces derniers temps ? C'est là-bas que finissent les enfants lorsque vous ne savez plus quoi faire d'eux. Je me trompe ? »

Linus avait commencé à transpirer. « Je ne... Je ne peux pas vous répondre avec certitude. Je... fais ce qui est requis de ma position. Rien de plus.

— Rien de plus, répéta M. Parnassus. C'est bien dommage. Vous êtes-vous déjà rendu dans l'une de ces écoles, monsieur Baker ? Avez-vous suivi le parcours des enfants dont vous vous êtes occupés ?

— C'est... C'est le travail des employés du dessus. Les superviseurs. Je ne suis qu'un agent de terrain.

— Vous vous sous-estimez. Pourquoi n'êtes-vous qu'un agent ? Pourquoi n'avez-vous jamais gravi les échelons ?

— Parce que c'est ce que je connais », répondit Linus alors qu'une goutte de sueur dégoulinait dans son cou. L'inversion des rôles s'était opérée de façon si subtile qu'il ne s'en était même pas rendu compte. Il fallait qu'il reprenne le contrôle de la situation.

« Vous n'êtes jamais curieux ? »

Linus secoua la tête. « Je ne peux pas me le permettre. »

Le directeur eut l'air surpris. « Pourquoi ?

— Cela ne sert à rien. Les faits, monsieur Parnassus. Je me préoccupe seulement des faits. La curiosité est la porte ouverte à toutes les fantaisies. Je ne peux pas me permettre d'être distrait.

— Je n'imagine pas une vie menée ainsi, dit M. Parnassus d'une voix douce. Cela ne ressemble pas à une vie du tout.

— Heureusement, alors, que je ne vous demande pas votre avis sur la question, rétorqua Linus.

— Je ne voulais pas vous offenser.

— J'ai été envoyé ici pour m'assurer que cet endroit est en règle. J'effectuerai un contrôle de vos méthodes pour déterminer si l'orphelinat de Marsyas suit le règlement instauré par le MJM et si les fonds alloués sont utilisés à bon escient... »

L'homme rit. « Les fonds alloués ? Je ne m'attendais pas à ce que vous ayez le sens de l'humour. Je suis agréablement surpris ! »

Linus avait des difficultés à garder le contrôle sur la conversation. « Ce n'est pas parce que vous accueillez des enfants plus… inhabituels qu'ailleurs que je vais me détourner de ma mission. Je me soucie des enfants, monsieur Parnassus. Rien d'autre. »

Il hocha la tête. « Et je le respecte. Nous ne sommes pas un orphelinat conventionnel, mais vous verrez que je fais tout ce qui est en mon pouvoir pour les protéger. Comme je vous l'ai fait remarquer tout à l'heure, le monde est un endroit étrange et merveilleux, mais cela ne signifie pas qu'il est sans danger. Il se retournera contre vous au moment où vous vous y attendez le moins. »

Linus ne savait pas comment répondre à cette remarque. « Vous ne quittez jamais l'île. Pas avec les enfants, en tout cas.

— Qu'est-ce qui vous fait dire ça ?

— Le minivan garé à l'avant. Les roues sont envahies par les herbes et les fleurs. »

M. Parnassus s'adossa à son siège avec un drôle de sourire aux lèvres. « Très observateur. Cela pourrait être l'œuvre de Phee ou Talia. Elles adorent faire pousser des plantes. Mais je pense que vous ne me croiriez pas.

— Non, en effet. Pourquoi cette voiture ne semble-t-elle pas avoir été utilisée depuis longtemps ?

— Vous avez traversé le village.

— Je… Oui. Avec Mlle Blanchapelle. » Il hésita. Que lui avait-elle fait savoir tandis qu'ils roulaient dans les rues de Marsyas ?

Les habitants de Marsyas n'apprécient pas les gens comme nous.

Les esprits de la nature ?

Les êtres doués de magie, en général, monsieur Baker.

M. Parnassus hocha la tête comme s'il pouvait lire dans les pensées de Linus. « Je ne prétendrais pas qu'on nous empêche de nous y rendre, mais on nous fait comprendre qu'il vaut mieux pour tout le monde qu'on reste chez nous. Les rumeurs se répandent vite. Tenter de les contrer, c'est comme essayer d'arrêter un mur de flamme dans un champ d'herbes sèches. Cela étant dit, je suppose que le fait que le gouvernement paie les habitants du village pour qu'ils gardent le silence au sujet de l'existence de cet endroit joue en notre faveur. Sans parler du fait que cette allocation s'accompagne d'une menace à peine voilée de persécution. Alors, c'est plus simple pour tout le monde si nous restons ici. Heureusement, l'île est plus grande qu'elle n'y paraît et offre aux enfants tout ce dont ils ont besoin. Mlle Blanchapelle se rend au village pour faire des courses toutes les semaines environ. Ils la connaissent autant que quelqu'un peut la connaître. »

La tête de Linus tournait. Il n'avait pas su que des gens étaient payés pour garder le silence. Dans un sens, même si la méthode était douteuse, cela paraissait logique. « Et vous, vous n'y allez jamais ? »

M. Parnassus haussa les épaules. « Je suis heureux où je suis, car ils sont heureux où ils sont. On pourrait bien entendu imaginer de voyager au-delà de Marsyas et du village, mais l'occasion ne s'est jamais présentée. Pas encore, du moins. Je suis sûr que je devrai y réfléchir un jour. »

Linus secoua la tête et leva de nouveau son carnet et son stylo. « Sal. Il se transforme en chien.

— En loulou de Poméranie pour être précis.

— Et vous dites que c'est la première fois qu'il reste aussi longtemps quelque part ?

— Tout à fait.

— Il existe des enfants avec la même capacité que lui dont le cas n'est pas classifié. J'ai rencontré un enfant qui se transformait en daim. Pourquoi est-il ici ? »

Le directeur l'observa avec méfiance. « Parce que son pouvoir se transmet. Par morsure. »

Linus sentit tout l'oxygène s'envoler de ses poumons. « Vraiment ?

— Oui. Il y a eu un… incident. Dans l'un de ses orphelinats précédents. Une employée de cuisine l'a frappé parce qu'il a essayé de manger une pomme. Il s'est défendu. Une semaine plus tard, elle s'est transformée à son tour. »

La pièce commençait à tourner dangereusement autour de Linus. « Je n'ai jamais… Je ne savais pas que c'était possible. Je croyais que c'était génétique.

— Ici, vous vous rendrez compte que l'impossible est bien plus réel qu'on ne vous l'a fait croire.

— Et Talia ?

— L'une des premières arrivées. Sa famille a trouvé la mort de façon tragique quand leur jardin a pris feu. Certains pensent qu'il s'agissait d'un incendie volontaire, mais personne ne s'en soucie assez pour mener l'enquête. »

Linus grimaça. Il repensa à la publicité accrochée à l'arrière du bus : ATTENTIFS ENSEMBLE. « Vous parlez gnome.

— Je parle plusieurs langues, monsieur Baker. J'aime apprendre de nouvelles choses. Cela m'aide à me rapprocher de mes protégés.

— Pourquoi son dossier est-il classifié ?

— Avez-vous déjà rencontré une gnome, monsieur Baker ? Une femme gnome ? »

Non. Jamais. La question ne lui avait même jamais traversé l'esprit. Linus la nota rapidement sur son carnet. « J'en arrive ensuite à Phee. »

M. Parnassus rit. « En voilà une qui adore son indépendance. Elle est ici avec nous parce que jamais un esprit de la nature si jeune n'avait fait montre de tels pouvoirs. Lorsqu'ils ont essayé de la sauver d'une situation… très grave, elle a transformé trois hommes en arbres. Un esprit plus âgé a réussi à leur redonner leur apparence… après quelque temps. J'ai la chance d'avoir Mlle Blanchapelle à mes côtés qui l'aide dans des domaines qui dépassent mon champ de compétences. Elle l'a prise sous son aile, littéralement et figurativement parlant. Phee a fait des progrès incroyables sous sa surveillance. Nous avons de la chance qu'elle ait accepté de nous aider.

— Pourquoi a-t-elle accepté, d'ailleurs ? demanda Linus. C'est son île. Les esprits de la nature, en général, sont fortement territoriaux. Pourquoi vous a-t-elle autorisé à vous installer ici ? »

Le directeur haussa de nouveau les épaules. « Pour le bien commun, je suppose. »

Cet homme parlait comme un esprit de la nature, de manière vague et en noyant le poisson. Cela ne plaisait pas à Linus. « Qu'est-ce que cela signifie, au juste ?

— Donner un lieu à ses enfants qui sont rejetés par tous pour qu'ils grandissent. Vous savez aussi bien que moi que le terme "orphelinat" est trompeur, monsieur Baker. Personne ne vient ici dans le but d'adopter qui que ce soit. »

Non, cela ne risquait pas d'être le cas, étant donné que l'orphelinat de Marsyas était caché aux yeux de tous, ou presque. Mais était-ce le véritable problème ? Avait-il déjà eu vent d'adoptions dans des orphelinats comme celui-ci ? Il n'en avait pas le souvenir. Pourquoi ne s'en était-il jamais rendu compte ? « Théodore ?

— Ces détails ne sont-ils pas consignés dans vos dossiers, monsieur Baker ? »

Non. Ils ne contenaient rien de tout cela. Cet homme avait eu raison de comparer ces dossiers à des squelettes. « Je préfère prendre mes informations à la source. On peut passer à côté de nuances lorsqu'on lit des mots sur du papier.

— Ce n'est pas qu'un animal, dit M. Parnassus.

— Je n'ai jamais prétendu le contraire. »

Il soupira. « Non. Vous avez raison. Excusez-moi. J'ai déjà eu affaire à des personnes comme vous et j'oublie que vous n'êtes pas tous les mêmes. Vous êtes un mystère à mes yeux. »

Linus avait l'étrange impression d'être mis à nu. « Ce que vous voyez est ce que je suis. Rien de plus.

— Oh, j'en doute beaucoup. Théodore est… spécial. Vous savez qu'il fait partie d'une espèce devenue très rare.

— Oui.

— Nous ne connaissons pas son âge exact, mais il est encore jeune. Il… raisonne différemment et, même si nous nous comprenons, sa pensée demeure abstraite. Vous saisissez ?

— Pas le moins du monde, admit Linus.

— Vous verrez, continua M. Parnassus. Après tout, vous allez rester tout un mois avec nous. Il n'y a plus qu'un enfant dont nous devons discuter, mais quelque chose me dit que vous avez repoussé l'échéance de façon intentionnelle. Mlle Blanchapelle m'a raconté que vous vous étiez évanoui en apprenant son existence. »

Le rouge aux joues, Linus s'éclaircit la gorge. « C'était… inattendu.

— Ce terme va à Lucy comme un gant, c'est certain.

— Est-il… » Linus hésita, puis reprit : « Est-ce correct ? Est-il réellement l'anté… Je veux dire, le fils du diable ?

— Je le pense, en effet », répondit M. Parnassus. Linus en eut le souffle coupé. « Toutefois, ce que l'on entend sur son avenir relève davantage de la fiction que de la réalité.

— Si c'est la réalité, il apportera la fin des temps ! s'exclama Linus.

— Il a 6 ans.

— Il a proclamé être les flammes de l'enfer et les ténèbres quand il m'a menacé ! »

Le directeur rit doucement. « C'était sa manière de vous dire bonjour. Il a un sens de l'humour assez noir pour un enfant de son âge. C'est adorable quand on est habitué. »

Bouche bée, Linus le dévisagea.

M. Parnassus soupira et se pencha en avant. « Écoutez, monsieur Baker. Je sais que c'est difficile à comprendre. Lucy est avec moi depuis un an. Il était question de... Disons que cette maison était sa dernière chance. Peu importe qui sont ses parents. Il n'est qu'un enfant et je refuse de croire que le chemin de vie d'une personne est gravé dans la pierre. On est bien plus que nos origines.

— Notre héritage ne nous définit pas. »

Il hocha la tête. « Oui, exactement. Lucy est craint dans le monde entier, mais moi, je n'ai pas peur de lui. J'ai vu de quoi il est capable. Si l'on regarde au-delà de ses yeux et du démon à l'intérieur de son âme, c'est un garçon charmant, amusant et surtout très intelligent. Je me battrai pour lui comme pour tous mes autres enfants. »

Cette remarque ne plut pas à Linus. « Ce ne sont pas vos enfants. Vous êtes le directeur d'un orphelinat, pas leur père. Ils sont seulement vos protégés. »

M. Parnassus eut un sourire crispé. « Bien sûr. Le mot m'aura échappé. La journée a été longue et je suis certain que demain sera tout aussi mouvementé. Mais ça en vaut la peine.

— Vous trouvez ?

— Bien sûr. Je ne m'imagine pas faire autre chose. Vous si ?

— Nous ne sommes pas ici pour parler de moi, monsieur Parnassus », lui rappela Linus.

Le directeur écarta les bras. « Pourquoi pas ? Vous semblez tout savoir à notre sujet. Et si ce n'est pas encore le cas, je ne doute pas que vous trouverez ce que vous cherchez dans vos dossiers qui sont, j'en suis sûr, détaillés.

— Ils ne disent pas tout, avoua Linus en fermant son carnet. Il ne semble pas, par exemple, y avoir beaucoup de renseignements à votre sujet. En fait, votre dossier est plutôt maigre. Quelle en est la raison ? »

Son interlocuteur retrouva son air amusé. Linus se demanda ce qu'il avait dit de drôle. « Ne devriez-vous pas poser cette question aux Cadres Extrêmement Supérieurs ? Ce sont eux qui vous ont envoyé ici. »

Il avait raison, bien entendu, mais le manque d'information à son sujet était déstabilisant. Le dossier de M. Arthur Parnassus indiquait seulement son âge et son parcours scolaire. À la fin était inscrite une remarque surprenante : *Grâce à ses capacités, M. Parnassus sera le candidat idéal pour s'occuper des enfants les plus problématiques*. Linus n'avait pas su qu'en penser en la lisant. À présent, face à cet homme, il avait encore plus de questions. « Quelque chose me dit qu'ils ne m'en apprendront pas plus.

— Moi non plus, vous avez raison. »

Linus se leva. « Je vous demanderai votre coopération, ainsi qu'une transparence totale durant toute la durée de mon enquête. »

M. Parnassus rit. « Ce n'était pas censé être une simple visite ?

— Ce sont vos paroles, monsieur, pas les miennes. Nous savons tous les deux quelles sont les raisons de ma présence ici. Le MJM m'a missionné, car ils sont inquiets. Je comprends pourquoi. Vous avez une poudrière sous votre toit, un enfant plus puissant qu'il ne devrait jamais exister.

— Est-ce sa faute s'il existe ? A-t-il seulement eu le choix ? »

Cette discussion aurait dû être reportée à un moment ultérieur, lorsqu'il aurait retrouvé son sang-froid. Ou à jamais. Tout ce que cela impliquait lui donnait envie de s'évanouir. « Je suis venu déterminer si de nouvelles mesures étaient nécessaires.

— De nouvelles mesures, répondit son interlocuteur sur un ton qui, pour la première fois, trahissait une certaine frustration. Ils n'ont personne d'autre, monsieur Baker. Personne d'autre que moi. Croyez-vous réellement que le MJM autorisera quelqu'un comme Lucy à intégrer l'une de leurs écoles ? Réfléchissez sérieusement avant de répondre.

— Ce n'est pas la question », éluda Linus avec raideur.

M. Parnassus regarda le plafond. « Bien sûr que non. Parce que cela se décidera après votre départ et que cela ne vous concernera plus. » Il secoua la tête. « Si vous saviez !

— Si tout est en règle, vous n'avez aucun souci à vous faire. Vous me trouvez peut-être insensible, monsieur Parnassus, mais je vous assure que je me soucie de ces enfants. Je n'exercerais pas ce métier si ce n'était pas le cas.

— Je ne doute pas que vous le croyiez. » Il reporta son attention sur Linus. « Toutes mes excuses, monsieur Baker. Oui, vous ferez votre travail, d'une manière ou d'une autre. Mais je pense que si vous ouvrez les yeux, vous verrez ce qui se trouve devant vous, plutôt que ce qui est écrit dans vos dossiers. »

La peau de Linus le démangeait. Il fallait qu'il sorte de ce bureau. Il avait l'impression que les murs se refermaient sur lui. « Je vous remercie pour votre hospitalité, même si vous n'avez pas eu d'autre choix que de m'accueillir. Je me retire pour la nuit. La journée a été pleine de surprises et je ne doute pas que demain en apportera son lot également. »

Il se tourna et ouvrit la porte. Avant qu'il la referme derrière lui, il entendit : « Bonne nuit, monsieur Baker. »

À la dépendance, Calliope l'attendait de l'autre côté de la porte. En quittant le bureau, il n'avait croisé personne, mais il avait entendu des voix résonner derrière les portes closes. Il s'était fait violence pour ne pas se mettre à courir.

La chatte le regarda à peine avant de sortir pour s'occuper de ses petites affaires. L'air était froid. Pendant qu'il attendait son retour, il observa la maison principale. Les fenêtres de l'étage étaient éclairées et il crut apercevoir du mouvement derrière les rideaux tirés. S'il se rappelait correctement l'agencement des pièces, il s'agissait de la chambre de Sal.

« Douze orphelinats différents. Une information de cette importance aurait dû être consignée dans son dossier. Pourquoi n'a-t-il pas été envoyé dans une école officielle ? »

Calliope rentra et se frotta à ses jambes en ronronnant. Après avoir fermé la porte, il la verrouilla par simple acquit de conscience. Il savait que si quelqu'un voulait vraiment rentrer, il y arriverait quand même.

Une fois dans la chambre, il se souvint de l'avertissement de M. Parnassus selon lequel Chauncey se cachait parfois sous les lits pour faire peur aux gens. L'énorme plaid pendait sur les côtés et dissimulait l'espace sombre sous le cadre et matelas.

Il se passa la main sur le visage. « Je réfléchis trop. Il n'est pas là. C'est ridicule. »

Il se dirigea vers la salle de bains pour s'occuper de sa routine du soir.

Il était en train de se laver les dents, de la mousse de dentifrice coulait sur son menton, quand il retourna dans sa chambre. Il s'agenouilla, souleva le drap et jeta un coup d'œil sous le matelas.

Aucun monstre (enfant ou non) n'était caché dessous.

« Voilà, dit-il avec la bouche pleine de dentifrice. Tu vois ? Tout va bien ! »

Il aurait presque pu y croire.

Quand il eut enfilé son pyjama, il s'allongea sur le lit, persuadé qu'il allait passer une nuit blanche. Il ne dormait jamais très bien en dehors de chez lui et ce qu'il avait appris ce jour-là ne l'aiderait pas à trouver le sommeil. Il essaya de lire *RÈGLES ET RÈGLEMENTS* (car contrairement à ce que M. Parnassus avait dit, il ne le connaissait pas par cœur), mais se surprit à penser à des yeux sombres et à un léger sourire… puis tout devient blanc.

Huit

Le lendemain matin, il ouvrit lentement les yeux. Les rayons chauds du soleil filtraient à travers la fenêtre. L'air charriait un parfum iodé.

On aurait dit un très beau rêve.

Puis la réalité le rattrapa et il se rappela où il était.

Et ce qu'il avait vu.

« Oh, Seigneur », grommela-t-il en s'asseyant et en se frottant le visage.

Calliope était roulée en boule au bout du lit, près de ses pieds. Elle avait les yeux fermés, mais sa queue battait de droite à gauche.

Il bâilla et repoussa les couvertures. Une fois assis sur le bord, les pieds par terre, il s'étira et fit craquer son dos. Peu importait la situation dans laquelle il se trouvait. Il devait admettre que cela faisait longtemps qu'il n'avait pas aussi bien dormi. Si l'on ajoutait à ça le soleil matinal et le son distant des vagues, il aurait presque pu imaginer qu'il s'agissait de vacances bien méritées et qu'il…

Quelque chose de froid et humide s'enroula autour de sa cheville.

Il hurla et retira vivement sa jambe. Malheureusement, il sous-estima sa propre force et avec l'élan, se retrouva à faire une cabriole qui le propulsa hors du lit. Il atterrit sur le dos dans un choc brutal qui lui coupa le souffle de manière spectaculaire.

Il tourna la tête pour regarder sous la couche.

« Bonjour ! s'exclama Chauncey dont les yeux frétillaient sur ses antennes. Je ne voulais pas vous faire peur. Le petit-déjeuner sera bientôt servi. Il y a des œufs, ce matin ! »

Linus reporta son attention sur le plafond et attendit que les battements de son cœur ralentissent.

Ministère de la Jeunesse Magique
Rapport n° 1 – Orphelinat de Marsyas
Linus Baker, agent BY78941

Je jure solennellement que le contenu de ce rapport est exact et authentique. Je comprends que, selon le règlement du Ministère de la Jeunesse Magique, tout mensonge avéré résultera en un blâme et pourra mener à mon licenciement.

Ce rapport et ceux qui le suivront contiendront les observations que j'aurai réalisées durant chaque semaine.

L'île de Marsyas et l'orphelinat qu'elle abrite ne ressemblent pas à ce que j'avais imaginé.

Il doit être souligné que les dossiers que l'on m'a confiés pour cette mission sont terriblement incomplets et omettent des informations pertinentes qui auraient pu me préparer à cette enquête. Il semblerait que des passages des dossiers soient manquants ou qu'ils aient été effacés. S'il s'agit de la première explication, cela correspond à une grave infraction au règlement, s'il s'agit de la seconde, mon niveau de classification temporaire aurait dû me permettre d'accéder aux fichiers complets. Je recommande de revoir le protocole pour les futures missions de niveau quatre, pour vous assurer que les agents ne rencontrent aucune situation grave sans posséder les connaissances nécessaires.

Je m'excuse si ma requête est déplacée. Je crois simplement que l'on aurait dû me confier davantage de détails.

L'orphelinat de Marsyas n'est pas ce que je pensais. La maison qui l'accueille a une allure inquiétante, mais est bien entretenue. Elle est grande et l'intérieur est très encombré, mais elle ne ressemble pas pour autant à l'antre d'un collectionneur compulsif. Au contraire, c'est un foyer dans lequel on vit. Bien sûr, dans cette remarque, je ne prends pas en considération la collection, ou plutôt le trésor, qui appartient à Théodore, la vouivre, car je n'ai pas encore pu me rendre compte par moi-même en quoi elle consistait.

Les enfants ont chacun une chambre. Durant ces premiers jours, j'ai eu l'occasion d'inspecter celles du gnome Talia (il semble y avoir plus de fleurs sur ses murs que dans le jardin tout entier), de l'esprit de la forêt Phee (je crois sérieusement que son lit est en réalité un arbre qui pousse à travers le plancher, mais je ne comprends pas comment une telle chose est possible), de Chauncey (de l'eau de mer stagnante recouvre le sol, mais l'on m'a assuré qu'il était nettoyé une fois par semaine) et celle de Théodore (il s'est construit un nid dans le grenier auquel je n'ai eu accès qu'après lui avoir offert un autre bouton ; comme je n'en avais pas de rechange, j'ai dû en découdre sur une de mes chemises. J'espère que je serai dédommagé).

Je ne suis pas encore entré dans la chambre de Sal. Il n'a pas confiance en moi. En fait, il semblerait que je le terrifie, mais ce n'est pas sa faute. Il s'exprime rarement en ma présence et, connaissant son passé, je le comprends. Un passé, dois-je préciser, dont ne m'a pas informé son dossier qui parle exclusivement de sa capacité à se transformer (et omet, bien entendu, le détail le plus important). On m'a appris qu'il s'agit du treizième orphelinat dans lequel il a vécu. Si j'avais eu accès à cette information avant mon arrivée, j'aurais mieux abordé sa situation.

Je n'ai pas non plus vu la chambre de Lucy. Je n'ai pas demandé. Il me l'a proposé à maintes reprises. Une fois, il m'a même acculé dans un coin et a murmuré que je n'en croirais pas mes yeux. Je ne pense pas être prêt à m'y rendre pour le moment. Bien entendu, je m'assurerai de la visiter avant mon départ. Si vous ne recevez plus de mes nouvelles, sachez que mon testament et mes dernières volontés sont consignés au bureau des ressources humaines. Si vous retrouvez une partie de mon corps, je vous prie d'avoir recours à une crémation.

Il est important de signaler qu'en plus des enfants, j'ai rencontré l'esprit de l'île. Elle se nomme Zoé Blanchapelle. Le fait que je n'ai pas été mis au courant de sa présence avant mon arrivée est hautement inhabituel. Les esprits de la nature, vous le savez bien, sont extrêmement territoriaux. Je me suis rendu sur cette île qui lui appartient sans avoir reçu d'invitation de sa part. Elle aurait été dans son droit de m'y refuser l'accès, voire pire. Cela suggère que le Ministère de la Jeunesse Magique n'était pas au courant de son existence ou qu'il n'a pas ressenti le besoin de m'en faire part.

Ce qui nous amène à M. Parnassus ; son dossier ne contient qu'une page qui ne m'apprend rien au sujet du directeur de l'orphelinat de Marsyas. Ce n'est pas normal. J'ai conscience que je peux l'interroger directement, mais je préférerais lire à son sujet plutôt que d'engager la conversation. Mon rôle est d'observer et d'écrire un compte-rendu. Prendre part à des discussions au lieu de me charger de mes tâches actuelles pourrait s'avérer problématique.

Il y a quelque chose chez lui, chez M. Parnassus, qui m'intrigue. Je n'arrive pas à mettre le doigt dessus. Il paraît parfaitement compétent. Les enfants ont l'air heureux, voire épanouis. M. Parnassus a l'étonnante capacité de savoir à tout moment où se trouvent les enfants et ce qu'ils font, même s'ils sont hors de son champ de vision. Je n'ai jamais rencontré quelqu'un comme lui.

Lui parler ne sera peut-être pas si difficile, en réalité. Et il faudra que je le fasse. Car même si les enfants paraissent épanouis, la maison semble au bord du chaos. À mon arrivée, les enfants erraient seuls sur l'île. On m'a assuré qu'ils étaient encouragés à s'adonner à des activités personnelles pendant un certain laps de temps chaque soir, mais cela me paraît… imprudent de laisser ces enfants, en particulier, sans surveillance. Après tout, il a été prouvé que les jeunes doués de magie ne contrôlent pas leurs pouvoirs, et certains encore moins que d'autres.

Cela étant dit, compte tenu de l'identité de ces enfants, je comprends la nécessité de garder leur existence secrète, mais je dois admettre que la réalité a été un peu exagérée. Après tout, quelles que soient leurs origines, ils restent des enfants.

Comment pourraient-ils être problématiques s'ils suivent les directives établies par *RÈGLES ET RÈGLEMENTS* ?

« Le feu et la cendre ! hurla Lucy en faisant les cent pas. Mort et destruction ! Moi, messager des calamités, je répandrai les maladies et les épidémies sur le monde. Le sang des innocents me nourrira et vous tomberez à genoux pour me vénérer, car je suis votre dieu ! »

Il salua.

Les enfants et M. Parnassus applaudirent poliment. Théodore décrivit un cercle en pépiant.

Linus, lui, était bouche bée.

« C'était une très belle histoire, Lucy, le félicita M. Parnassus. J'ai particulièrement apprécié ton utilisation des métaphores. Garde à l'esprit que maladies et épidémies veulent techniquement dire la même chose, donc sur la fin, c'était un peu plus répétitif, mais à part ça, c'était assez impressionnant. Bravo. »

Ils se trouvaient dans un salon de la maison principale convertie en salle de classe. Six petits bureaux étaient alignés face à un plus grand. Un vieux tableau noir était installé à côté de la fenêtre et semblait avoir été nettoyé récemment avec soin. De grosses craies étaient rangées dans une boîte près du sol. Il y avait une carte de la Terre sur un mur et un projecteur posé sur un stand en métal dans un coin. Des bibliothèques recouvraient une grande partie des murs, à l'image du bureau du directeur. On y trouvait des encyclopédies, des romans et des livres sur les dieux et les déesses grecs et les noms scientifiques de la flore et de la faune. Linus pensait avoir aperçu des lettres d'or sur une tranche qui disait : *Histoire des gnomes : pertinence culturelle et place dans la société*. Il semblait faire plus de mille pages. Linus mourait d'envie de le lire.

Lucy se rassit à sa place, l'air plutôt fier de lui. Il avait été l'avant-dernier à se produire durant un segment connu sous le sobriquet de « Exprimez-vous » durant lequel M. Parnassus incitait les enfants à se mettre en scène ou à dire ce qu'ils avaient sur le cœur. Ils se tenaient alors devant toute la classe et racontaient une histoire de leur propre création, vécue ou imaginée. Talia leur avait conté l'aventure d'un intrus sur une île dont on n'avait plus jamais entendu parler. Théodore (selon M. Parnassus) leur avait récité un poème très amusant qui avait fait rire tout le monde (à l'exception de Linus) aux larmes. Phee avait parlé d'un arbre qu'elle faisait pousser dans les bois et de ses espoirs pour ses racines. Quant à Chauncey, il les avait régalés grâce à l'histoire des grooms (un thème récurrent, avait compris Linus).

Puis il y avait eu Lucy.

Lucy s'était mis debout sur le bureau de M. Parnassus et avait essentiellement menacé la planète entière d'extermination, ses petits poings levés et ses yeux rougeoyants.

Selon le directeur, « Exprimez-vous » était une idée qui permettait aux enfants de gagner confiance en eux. Linus ne connaissait que trop bien l'horreur de prendre la parole devant une audience. Deux fois par semaine, les enfants devaient parler devant les autres d'un sujet qui leur plaisait. En plus de leur donner l'occasion de s'entraîner à s'exprimer en public, il s'agissait également d'un exutoire créatif. « L'esprit des enfants est merveilleux, avait-il dit à Linus tandis qu'ils suivaient les autres en direction du salon. Certaines de leurs idées défient l'imagination. »

Linus en avait parfaitement conscience. Il croyait fermement que Lucy était capable de faire tout ce qu'il avait hurlé.

L'agent du MJM était assis sur une chaise au fond du salon. On lui avait offert un siège plus près, mais il avait refusé en insistant sur le fait qu'il devait prendre de la distance pour observer. Il avait son carnet et son stylo à portée de main, sur sa copie de *RÈGLES ET RÈGLEMENTS* (il avait pensé à le laisser dans sa chambre, mais avait finalement décidé de le prendre ; mieux valait l'avoir à proximité au cas où il était nécessaire de vérifier une règle), mais il les avait rapidement oubliés lorsque le premier enfant s'était levé. Pourtant, il fallait qu'il prenne de nombreuses notes pour s'assurer que ses rapports n'omettent aucun détail… sans parler du fait que rien dans *RÈGLES ET RÈGLEMENTS* n'autorisait les enfants à s'exprimer d'une telle manière.

Étant donné que Lucy avait terminé, cela signifiait que cinq enfants avaient parlé.

Il ne restait que…

« Sal ? C'est à toi. »

Le garçon se recroquevilla sur sa chaise comme pour se faire plus petit, ce qui, vu sa taille, était presque comique. Il jeta un coup d'œil derrière lui, en direction de Linus, puis, en voyant qu'il était observé, se retourna de nouveau. Il marmonna quelque chose qui ne parvint pas jusqu'à Linus.

M. Parnassus vint se poster devant son bureau. D'un doigt, il lui tapota l'épaule et dit : « Les choses que nous craignons le plus sont souvent les choses que nous devrions craindre le moins. C'est irrationnel, mais c'est ce qui nous rend humains. Et si nous parvenons à surmonter ces peurs, il n'y a rien que nous ne puissions faire. »

Depuis son bureau, Théodore battit des ailes en émettant un cri aigu.

« Théodore a raison, opina Phee en posant son menton contre ses mains. Tu peux le faire, Sal. »

Les yeux de Chauncey rebondirent. « Oui ! Vas-y !

— Tu es très fort, à l'intérieur, renchérit Talia. Et c'est ce qui est à l'intérieur qui compte. »

Lucy pencha la tête en arrière et regarda le plafond. « Mes entrailles sont pourries et suppurent comme une plaie infectée.

— Tu vois ? dit M. Parnassus à Sal. Tout le monde croit en toi. Maintenant, il faut simplement que tu croies en toi-même. »

Sal regarda de nouveau Linus qui tenta de lui adresser ce qu'il espérait être un sourire encourageant. Ce ne fut pas un succès. Sal grimaça, mais il trouva le courage ou se résigna, car il souleva le battant de son pupitre et en sortit une feuille de papier. Il se leva lentement et se dirigea d'un pas raide vers l'avant de la classe. M. Parnassus s'assit sur le bord de son bureau. Son pantalon, toujours trop court, révélait des chaussettes orange vif qui agressaient les yeux.

Sal se tenait devant la classe et fixait le papier qu'il tenait à la main. La feuille tremblait légèrement. Linus faisait de son mieux pour ne pas bouger, car il était persuadé qu'au moindre mouvement de sa part, Sal s'enfuirait en courant.

Les lèvres de ce dernier se mirent à bouger. Ses murmures étaient à peine audibles.

« Un peu plus fort, dit M. Parnassus avec bienveillance. Tout le monde veut t'entendre. Projette ta voix, Sal. Ta voix est ton arme. Ne l'oublie jamais. »

Ses doigts se crispèrent sur sa feuille. Linus eut peur qu'il la déchire.

Toutefois, Sal s'éclaircit la voix et recommença.

« Je suis du papier. Fin et fragile. Si l'on me brandit vers le soleil, il brille à travers moi. Si l'on écrit sur moi, je deviens inutilisable. Ces marques ont une histoire. Elles forment une histoire, racontent des choses que les autres lisent, mais ils ne voient que les mots et pas ce sur quoi ils sont écrits. Je suis du papier et même si j'ai de nombreux semblables, aucun n'est exactement comme moi. Je suis un parchemin parcheminé. J'ai des lignes. Des trous. Si tu me mouilles, je fonds. Si tu m'enflammes, je brûle. Si tu me tiens dans des mains trop dures, je tombe en morceaux. Je me déchire. Je suis du papier. Fin et fragile. »

Il courut se rasseoir.

Tout le monde applaudit.

Linus resta bouche bée.

« Fantastique, s'exclama M. Parnassus d'un air approbateur. Merci, Sal. J'ai beaucoup aimé que tu compares les marques à des histoires. Ça m'a parlé, parce que nous avons tous vécu quelque chose de similaire, même si bien sûr, comme tu l'as très bien mentionné, nous sommes tous différents. Bravo. »

Linus aurait juré voir Sal sourire, mais l'expression disparut avant qu'il ait pu s'en assurer.

M. Parnassus tapa dans ses mains. « Très bien. On continue ? Comme nous sommes mardi, nous commençons la matinée par des mathématiques. »

Tout le monde grogna. Théodore se tapa la tête plusieurs fois contre son bureau.

« Vous pouvez râler. Nous devons le faire quand même, dit M. Parnassus d'un air amusé. Phee ? Tu peux distribuer les manuels ? Aujourd'hui, nous allons nous replonger dans le monde merveilleux et sauvage de l'algèbre. Niveau avancé pour certains, et l'occasion de se rafraîchir la mémoire pour les autres. Quelle chance ! »

Cette fois, même Linus grogna.

Après le déjeuner, Linus quitta la dépendance et se préparait à retourner au salon pour ce qui promettait d'être un débat passionnant au sujet de la *Grande Charte* lorsque Mlle Blanchapelle apparut de nulle part. Sa surprise fut tellement forte qu'il manqua tomber à la renverse contre le perron.

« Non, mais ça ne va pas ! s'exclama-t-il, la main sur le torse pour vérifier que son pauvre cœur n'allait pas exploser. Ma tension est déjà bien assez élevée comme ça ! Vous essayez de me tuer ?

— Si je voulais vraiment vous tuer, je connais des moyens plus efficaces, répondit-elle sans ciller. Il faut que vous me suiviez.

— Il en est hors de question. J'ai des enfants à observer et un rapport à écrire que j'ai à peine commencé. Sans parler du fait que *RÈGLES ET RÈGLEMENTS* stipule qu'un agent ne doit pas se laisser distraire durant une mission…

— C'est important. »

Il la dévisagea avec méfiance. « Pourquoi ? »

Ses ailes battirent derrière elle. Même si c'était impossible, elle sembla grandir jusqu'à le surplomber de toute sa hauteur. « Je suis l'esprit de Marsyas. Ceci est mon île. Vous êtes ici grâce à mon bon vouloir. Vous feriez mieux de vous en souvenir, monsieur Baker.

— Oui, oui, bien sûr, répondit-il aussitôt. Je voulais dire que je vous suivrai n'importe où, bien entendu. » Il déglutit. « Dans la limite du raisonnable. »

Elle ricana et fit un pas en arrière. « Votre courage est sans pareil. »

Il fulmina. « Écoutez, ce n'est pas parce que…

— Avez-vous une autre paire de chaussures ? »

Il baissa les yeux vers ses pieds. « Oui. Mais ce sont plus ou moins les mêmes. Pourquoi ?

— Nous allons marcher à travers la forêt.

— Oh. Eh bien, peut-être devrions-nous remettre ça à un autre jour… »

Malheureusement, elle avait déjà fait volte-face et avait commencé à s'éloigner. Il réfléchit sérieusement à l'ignorer et à retourner dans la sécurité relative de la maison principale, puis il se rappela qu'elle pouvait le bannir si elle le désirait.

De toute façon, une partie de lui, une infime partie certes, était curieuse de voir ce qu'elle voulait lui montrer. Il y avait longtemps qu'il n'avait pas ressenti de curiosité.

En plus, c'était une magnifique journée. Cela lui ferait sans doute du bien de passer un peu de temps dehors, sous le soleil.

Dix minutes plus tard, il rêvait déjà qu'on l'achève.

Si Talia l'avait approché avec une pelle, il ne l'aurait sans doute pas repoussée.

Si Lucy s'était tenu au-dessus de lui, les yeux rougeoyants, entouré de flammes, il l'aurait accueilli à bras ouverts.

Tout plutôt que de continuer de marcher dans ces bois.

« Je pense, haleta-t-il, la sueur au front, qu'une pause est de mise. Qu'en dites-vous ? Je crois qu'ici serait parfait. »

Mlle Blanchapelle se retourna vers lui, les sourcils froncés. Elle ne paraissait pas essoufflée le moins du monde. « Ce n'est plus très loin.

— Oh, souffla Linus. Très bien. Très bien ! C'est… très bien. » Il trébucha sur la racine d'un arbre, mais réussit, contre toute attente, à garder l'équilibre. « J'espère que la notion de temps et de distance est la même pour les esprits de la nature que pour les humains et que nous avons la même idée de "plus très loin".

— Vous ne sortez pas beaucoup, je me trompe ? »

Il s'essuya le front avec sa manche. « Autant qu'il le faut dans mon métier.

— Dans la nature, j'entends.

— Oh. Alors non. Je préfère le confort et, oserais-je dire, la sécurité de la maison. J'aime autant rester assis dans mon fauteuil et écouter de la musique, merci bien. »

Elle écarta une grosse branche pour lui. « Vous avez toujours voulu voir l'océan.

— Les rêves ne sont que ça. Des rêves. Ce sont des choses que l'on imagine. Ils ne sont pas toujours faits pour devenir réalité.

— Et pourtant, vous êtes là, au bord de la mer, loin de votre fauteuil et de votre maison. » Elle s'arrêta et leva la tête. « La musique est partout, monsieur Baker. Vous devez simplement apprendre à l'écouter. »

Il suivit son regard. Au-dessus d'eux, les arbres ondulaient sous la force du vent qui faisait bruisser leurs feuilles. Les branches craquaient. Les oiseaux chantaient. Il crut même entendre des écureuils discuter entre eux. Plus loin, la mélodie de l'océan, les vagues contre la grève, le parfum puissant de l'iode dans l'air.

« C'est agréable, admit-il. Pas la randonnée. J'aurais pu m'en passer, si je suis totalement honnête avec vous. C'est assez inconfortable pour quelqu'un comme moi.

— Vous portez une cravate au milieu des bois.

— Je n'avais pas prévu de me retrouver au milieu des bois, rétorqua-t-il. En ce moment, je suis censé être dans la maison à prendre des notes. »

Elle reprit son chemin à travers les arbres. Ses pieds touchaient à peine le sol. « Pour votre enquête.

— Oui, pour mon enquête. D'ailleurs, si je découvre que vous essayez de me mettre des bâtons dans les roues...

— M. Parnassus a-t-il le droit de lire vos rapports avant que vous les envoyiez ? »

Les yeux plissés, Linus enjamba un tronc recouvert de mousse. Entre les branches, il apercevait le sable blanc et l'océan. « Absolument pas. Ce serait contraire au règlement. Je...

— C'est parfait », répondit-elle.

Sa réponse le laissa perplexe. « Vous trouvez ?

— Oui.

— Pourquoi ? »

Elle reporta son attention sur lui. « Parce que vous allez vouloir rapporter ceci et je n'ai pas envie qu'il soit au courant. » Et sur ce, elle s'engagea sur la plage.

Il la regarda s'éloigner un moment avant de la suivre.

Marcher sur la plage avec des mocassins n'était pas l'activité préférée de Linus. Il songea brièvement à les retirer, ainsi que ses chaussettes, et à laisser ses orteils s'enfoncer dans le sable, mais quand il vit ce qui les attendait sur la plage, l'idée s'envola.

Le radeau avait été construit à la hâte. Il était constitué de quatre rondins retenus ensemble par une ficelle jaune épaisse. Il y avait un petit mât sur lequel ondulait ce qui semblait être un drapeau.

« Qu'est-ce que c'est ? » demanda Linus en approchant. Ses chaussures s'enfoncèrent dans le sable mouillé. « Y a-t-il quelqu'un d'autre sur cette île ? Ce n'est pas assez grand pour un homme ou une femme. Est-ce un enfant ? »

Mlle Blanchapelle secoua la tête d'un air grave. « Non. Il a été envoyé depuis le village. Quelqu'un l'a lâché d'un bateau. Je pense qu'il était censé atteindre le ponton comme le dernier, mais la marée l'a fait dériver jusqu'ici.

— Le dernier ? s'enquit Linus, perplexe. Combien y en a-t-il eu ?

— C'est le troisième.

— Pourquoi quelqu'un... Oh. Oh, Seigneur. »

Elle avait déroulé le parchemin accroché au mât. Il y était écrit, en majuscules : PARTEZ. NOUS NE VOULONS PAS DE GENS COMME VOUS ICI.

« Je n'en ai pas parlé à M. Parnassus, dit-elle doucement. Mais cela ne m'étonnerait pas qu'il soit au courant. Il est très... observateur.

— À qui est-ce destiné ? Les enfants ? M. Parnassus ? Vous ?

— Nous tous, je crois, mais je vis ici depuis plus longtemps que les autres. » Elle laissa le drapeau retomber contre le mât. « Et s'il n'y avait eu que moi, ils l'auraient déjà regretté. »

La menace glaçante lui fit froncer les sourcils. « Pourquoi quelqu'un agirait-il de la sorte ? Ce ne sont que des enfants. Oui, ils sont... différents, mais cela ne devrait pas avoir d'importance.

— Non, vous avez raison », acquiesça-t-elle en reculant. Elle s'essuya les mains comme si le fait d'avoir touché le parchemin les avait salies. « Mais pour certains, cela a de l'importance. Je vous ai parlé du village, monsieur Baker. Et vous m'avez demandé pourquoi ils agissent ainsi.

— Et si ma mémoire est bonne, vous avez contourné la question. »

Elle avait les lèvres pincées. Ses ailes étincelaient sous la lumière du soleil. « Vous n'êtes pas idiot. C'est une évidence. Les villageois agissent ainsi parce que nous sommes différents. Rappelez-vous, vous m'avez vous-même demandé si j'étais recensée quelques minutes seulement après notre première rencontre.

— C'est du harcèlement, déclara Linus d'un ton ferme sans prêter cas à la pique qu'elle lui avait lancée. Pur et simple. Les gens du village ne savent probablement pas qui habite exactement sur l'île et c'est sans doute mieux ainsi. Dans tous les cas, personne ne mérite d'être humilié de cette manière. » Il fronça les sourcils. « Surtout quand on sait que le gouvernement les paie pour garder le silence. C'est forcément une entorse au contrat.

— Ce village n'est pas un cas unique, monsieur Baker. Ce n'est pas parce que vous ne faites pas l'expérience des préjugés dans votre vie quotidienne qu'ils n'existent pas pour nous. »

ATTENTIFS ENSEMBLE, disait le panneau sur le bus. Il y avait ce genre de publicité dans tous les coins. De plus en plus, ces derniers temps. Sur les bus. Dans les journaux. Sur les panneaux d'affichage. À la radio. Il avait même vu ce slogan sur des sacs de course.

« Non, vous avez raison », répondit-il lentement.

Elle le dévisagea. Les fleurs dans ses cheveux semblaient éclore. Il n'avait pas l'impression qu'il s'agissait d'un effet d'optique. « Et pourtant, ces enfants sont séparés de leurs semblables.

— Pour la sécurité des autres, bien sûr…

— Ou pour leur propre sécurité.

— N'est-ce pas la même chose ? »

Elle secoua la tête. « Non et je crois que vous le savez aussi. »

Comme il ignorait comment répondre, il ne dit rien.

Elle soupira. « Je voulais que vous le voyiez de vos propres yeux. Pour que vous ayez d'autres éléments que ceux inscrits dans vos dossiers. Les enfants ne sont pas au courant et il vaut mieux que cela reste ainsi.

— Savez-vous qui l'a envoyé ?

— Non.

— Et M. Parnassus ? »

Elle haussa les épaules.

Soudain nerveux, il examina les alentours. « Vous croyez qu'ils sont en danger ? Quelqu'un pourrait-il débarquer sur l'île pour s'en prendre à eux ? » Cette simple pensée le révoltait. C'était impossible. La violence faite aux enfants était impardonnable, peu importait de quoi étaient capables lesdits enfants. Un jour, il avait vu un directeur d'orphelinat donner une claque à un petit garçon parce qu'il avait changé un morceau de fruit en glaçon. L'établissement avait été fermé et le directeur jugé.

Il s'en était sorti avec une tape sur la main.

Linus ignorait ce qu'il était advenu du garçon.

Le sourire qui apparut sur les lèvres de Mlle Blanchapelle était dépourvu d'humour. En fait, Linus le trouva presque féroce. « Ils n'oseraient pas, dit-elle en dévoilant ses dents. À l'instant où ils poseront le pied sur mon île avec l'intention de blesser quelqu'un dans cette maison, leur dernière heure aura sonné. »

Il n'en doutait pas un instant. Il réfléchit sérieusement avant de dire : « Vous devriez peut-être leur envoyer votre propre message en guise de réponse. »

Elle pencha la tête sur le côté. « N'est-ce pas contre les règles et le règlement ? »

Il n'osa pas croiser son regard entendu. « Je ne crois pas qu'il existe une section à ce sujet, non.

— Qu'avez-vous en tête ?

— Vous êtes l'esprit de l'île.

— Vos facultés d'observation sont stupéfiantes. »

Il rit. « Cela signifie que vous pouvez contrôler les courants autour de votre île, je me trompe ? Ainsi que le vent.

— Vous avez l'air d'en connaître un rayon sur les êtres magiques, monsieur Baker.

— Je prends mon travail très à cœur », rétorqua-t-il avec raideur. Il sortit son stylo de sa poche. « Tenez le parchemin pour moi, voulez-vous ? »

Elle hésita un instant avant d'obtempérer.

L'opération lui prit plusieurs minutes. Il dut repasser chaque lettre plusieurs fois pour s'assurer que le message était clair. Quand il eut terminé, le sourire de Mlle Blanchapelle s'était adouci. C'était sans doute l'expression la plus sincère qu'il avait vue sur son visage depuis qu'il l'avait rencontrée.

« Je ne vous pensais pas capable d'une telle chose, monsieur Baker, dit-elle d'un ton amusé.

— Moi non plus, répondit-il en s'essuyant le front. Il vaudrait mieux ne plus jamais en parler. »

Il l'aida à pousser le radeau dans l'eau, mais il n'était pas dupe : elle aurait très bien pu le faire toute seule. Elle n'avait pas besoin de son assistance. Quand la petite embarcation s'éloigna enfin, le parchemin ondulant comme un drapeau, ses chaussures étaient mouillées, ses chaussettes trempées et il respirait fort.

Pourtant, il se sentait plus léger. Pour une fois, il n'avait pas l'impression de faire tapisserie.

Il se sentait réel.

Présent.

Comme si on pouvait le voir.

Le vent souffla plus fort et le radeau navigua en direction du continent, au loin.

Il ne savait pas si quelqu'un le trouverait, ni même s'il parviendrait à destination.

Et même s'ils le trouvaient, ils n'y prêteraient sans doute pas cas.

Au bout du compte, cela n'avait presque pas d'importance.

PARTEZ. NOUS NE VOULONS PAS DE GENS COMME VOUS ICI, disait un côté du parchemin.

SANS FAÇON, MERCI, disait l'autre.

Ils restèrent côte à côte sur le sable, l'eau léchant leurs pieds pendant un long moment.

Neuf

Lors du premier vendredi que Linus Baker passa sur l'île, il reçut une invitation. Il ne s'y était pas attendu et en entendant de quoi il s'agissait, il ne fut pas certain de vouloir l'accepter. Il y avait cinq ou six choses, voire une centaine, qu'il aurait préféré faire à la place. Toutefois, il se rappela qu'il était sur l'île de Marsyas pour une raison et qu'il était important qu'il observe chaque facette de l'orphelinat.

Tout avait commencé par un coup sur la porte de la dépendance où il essayait de terminer son premier rapport sur son séjour sur l'île. Le ferry viendrait le chercher le lendemain pour qu'il puisse poster la lettre au MJM. Il était concentré sur sa tâche et s'assurait de ne faire qu'un reproche par page concernant le manque de transparence dont les Cadres Extrêmement Supérieurs avaient fait preuve avant de l'envoyer en mission. Cela était presque devenu un jeu : essayer de condamner leurs transgressions de la manière la plus subtile possible. Quand on avait frappé à la porte, l'interruption avait été la bienvenue, car la dernière phrase qu'il avait écrite était : *De plus, l'idée même que les Cadres Extrêmement Supérieurs se permettent des caprices et dupent purement et simplement leurs agents n'est pas très respectueuse.*

Mieux valait qu'il la reformule.

Il fut agréablement surpris de trouver le directeur de l'orphelinat sous le porche de la maison, les cheveux en bataille, rayonnant sous le soleil de l'après-midi. Linus commençait à s'habituer à sa compagnie, mais également à accepter qu'il la recherchait. Il se disait que c'était parce que M. Parnassus était un homme enjoué et que dans la vraie vie, ils auraient peut-être pu être amis, et des amis, Linus n'en avait pas beaucoup. Voilà tout.

Peu importait que M. Parnassus ne possédât aucun pantalon qui lui allait et couvrait l'intégralité de ses longues jambes. Ce jour-là, il portait des chaussettes bleues ornées de petits nuages. Linus refusait d'être charmé.

Il y parvint presque.

Malgré tout, lorsque le directeur lança son invitation, Linus sentit sa gorge se serrer et sa langue devenir aussi sèche qu'un toast brûlé. « Pardon ? » réussit-il à articuler.

M. Parnassus lui adressa un sourire amusé. « Je disais que ce serait une bonne idée que vous assistiez à mon cours particulier avec Lucy. Ainsi, vous aurez profité de tout ce que l'île de Marsyas a à offrir. J'imagine que les Cadres Extrêmement Supérieurs attendent vos observations à ce sujet, n'est-ce pas ? »

Il pensait la même chose. En fait, il commençait à croire que les Cadres Extrêmement Supérieurs s'intéressaient davantage à Lucy qu'aux autres personnes présentes sur l'île. Oh, cela n'était pas écrit ainsi dans les dossiers qu'on lui avait donnés, mais Linus faisait ce métier depuis un certain temps et était plus perspicace que la plupart des gens ne le croyaient.

Cela ne voulait pas dire qu'il avait sauté de joie à l'idée de cette invitation.

Depuis son arrivée sur l'île, il avait fait quelques progrès. Sal était toujours terrifié et Phee ne lui accordait pas la moindre attention, mais, désormais, Talia ne le menaçait de l'enterrer dans le jardin qu'une ou deux fois par jour et Chauncey, lui, ne se départait jamais de son air joyeux (surtout quand il avait le droit d'apporter des draps et des serviettes propres à Linus ; alors, il n'oubliait jamais de tousser poliment pour demander un pourboire). Théodore, bien sûr, semblait croire que le soleil se levait et se couchait grâce à Linus. Cela n'aurait pas dû le toucher autant. Après tout, il lui avait seulement donné un bouton (quatre en fait ; Linus avait décidé de mettre l'une de ses chemises à la retraite et d'en découdre un bouton tous les matins). Qu'ils soient en plastique et non pas en cuivre ne semblait pas le gêner.

Lucy, quant à lui, restait une énigme. Une énigme terrifiante, étant donné qu'il était l'antéchrist, mais une énigme tout de même. La veille, Linus avait visité la bibliothèque de la maison principale, une pièce ancienne au rez-de-chaussée, remplie de livres du sol au plafond. Il passait en revue les étagères lorsqu'un mouvement au coin de son œil avait attiré son attention. Il s'était retourné vivement. Rien.

Du moins, il le croyait, jusqu'à ce qu'il lève la tête et aperçoive le garçon accroupi au sommet de l'une des bibliothèques qui le regardait avec des yeux pétillants de malice et un sourire moqueur aux lèvres.

Linus hoqueta de surprise. Son cœur battait la chamade.

« Bonjour, monsieur Baker, le salua-t-il. N'oubliez pas que pour un être tel que moi, les âmes humaines sont des babioles. » Il glousa et sauta du meuble. Après s'être réceptionné sur ses pieds, il leva la tête et murmura : « J'adore les babioles. » Puis il sortit de la bibliothèque en courant. Une heure plus tard à peine, il mangeait un cookie aux raisins secs dans la cuisine en secouant la tête en rythme avec The Coasters. *« Gonna find her, searchin' every which a-way*[1]*. »*

Alors non, cette invitation n'était pas très alléchante aux yeux de Linus.

Mais il avait une mission à mener à bien.

C'était la raison même de sa présence ici.

Et puis, plus il en apprenait au sujet de Lucy, mieux il serait préparé pour son compte-rendu aux Cadres Extrêmement Supérieurs.

(Cela n'avait bien entendu aucun rapport avec l'idée de mieux connaître M. Parnassus. Et même si cela avait été le cas, il le faisait seulement parce que le dossier du directeur ne lui apprenait rien et qu'il devait acquérir une connaissance approfondie du sujet, comme le préconisait les *RÈGLES ET RÈGLEMENTS*, page 138, paragraphe six, et il suivait le guide à la lettre.)

« Il est au courant de ma venue ? » demanda Linus en épongeant la sueur sur son front.

M. Parnassus rit doucement. « C'était son idée.

— Oh, Seigneur, souffla Linus.

— Dois-je lui annoncer que nous vous attendrons ? »

Non. Il ne pouvait pas faire cela. Au contraire, mieux valait qu'il dise au petit garçon que Linus était malade et qu'il resterait au lit pour la soirée. Puis Linus passerait son vendredi soir à écouter la petite radio dans le salon et à faire semblant d'être de retour chez lui. Ce n'était pas un tourne-disque, mais elle ferait l'affaire. « Oui, répondit-il. Je serai là. »

Le sourire du directeur s'élargit. Linus se sentit rougir en conséquence. « Merveilleux ! s'exclama-t-il. Je pense que vous allez être surpris. 17 heures, monsieur Baker, ne soyez pas en retard. »

---

1. « Je vais la trouver, je vais la chercher partout. » (Ndlt)

Sur ces paroles, il se retourna et repartit en direction de la maison principale en sifflant un air gai. Linus referma la porte et s'y adossa. « Bravo, mon vieux, tu viens de te jeter dans la gueule du loup. »

Assis sur le rebord de la fenêtre, Calliope cligna lentement des yeux dans la lumière du soleil.

Linus n'avait jamais été religieux. La foi ne le dérangeait pas, mais ce n'était pas fait pour lui. Sa mère, en revanche, avait été… fanatique, ou presque, mais à ce niveau d'endoctrinement, le « presque » ne faisait pas beaucoup de différence. Tous les dimanches, elle l'avait emmené à l'église. Il s'asseyait sur le banc avec sa chemise fraîchement amidonnée qui le grattait terriblement et se levait quand il était censé se lever et s'agenouillait quand il était censé s'agenouiller. Il aimait les hymnes, même s'il était bien incapable de chanter juste, mais cela s'arrêtait là. Les flammes, le soufre, l'idée que les pécheurs aillent en enfer alors que tous les autres se rendaient au paradis… il trouvait tout cela grotesque. De plus, la notion de péché était très subjective. Bien sûr, il fallait condamner les meurtriers et ceux qui faisaient du mal aux autres, mais pouvait-on les mettre dans le même panier qu'un enfant de 9 ans qui avait volé un bonbon à la supérette du coin ? Dans ce cas, Linus irait tout droit en enfer. Il avait été ce garçon qui avait glissé une friandise dans sa poche et l'avait mangée, tard le soir, caché sous sa couette.

Lorsqu'il était devenu assez grand pour comprendre le pouvoir du mot « non », il n'avait plus jamais remis les pieds dans une église. « Non, avait-il dit à sa mère. Non, je n'ai pas envie d'y aller. »

Bien entendu, cela ne lui avait pas plu. Elle s'était inquiétée pour son âme et l'avait averti qu'il empruntait un chemin dont il ne pourrait jamais revenir. Néanmoins, après les ravages opérés par l'alcool, la drogue et les filles, elle aurait été présente pour ramasser les morceaux (et pour lui dire : *Je te l'avais bien dit*, sans doute), parce que c'est ce que font les mamans.

Mais, en fin de compte, la drogue n'avait jamais été un problème pour lui et même si Linus appréciait un verre de vin avec son dîner une fois par mois, il n'avait jamais bu plus que cela.

Quant aux filles… sa mère n'aurait pas dû s'inquiéter. À cette époque, Linus avait déjà remarqué qu'il se sentait toute chose dès que Timmy Wellington, son voisin de 17 ans, passait la tondeuse torse nu. Les filles ne causeraient pas la perte de Linus Baker.

Alors non, Linus n'était pas du tout religieux.

Toutefois, c'était avant qu'il apprenne que l'antéchrist existait, qu'il avait 6 ans et qu'il vivait sur l'île de Marsyas. Pour la première fois de sa vie, Linus regrettait de ne pas posséder de crucifix, de bible ou n'importe quel objet qui aurait pu le protéger au cas où Lucy décidait d'avoir recours à un sacrifice humain pour accéder à l'intégralité de ses pouvoirs.

Le fait qu'en traversant le jardin Phee et Talia l'observèrent se diriger vers la maison principale ne l'aida pas à se calmer. « Un homme mort, déclara Talia d'une voix monotone. Un homme mort qui marche. »

Phee dissimula son éclat de rire en toussant.

« Bonsoir, dit-il, un peu raide.

— Bonsoir, monsieur Baker », répondirent les enfants d'une voix enjouée, mais Linus commençait à les connaître.

Elles se mirent à chuchoter dans son dos quand il atteignit le perron. Il se retourna vers elles. Les effrontées lui firent un signe de la main.

Étonnamment, en les voyant, Linus se surprit à réprimer un sourire.

Il le transforma en grimace.

En entrant dans la maison, il entendit Mlle Blanchapelle qui chantait dans la cuisine. Depuis leur petite promenade sur la plage, elle se montrait plus chaleureuse à son égard. Quand elle le saluait d'un geste de la tête, elle ne semblait plus se forcer.

Lorsqu'il referma la porte derrière lui, il entendit un pépiement qui provenait du canapé devant la cheminée. En baissant la tête, il vit une queue couverte d'écailles qui en dépassait. « Bonsoir, Théodore ! » le salua-t-il.

La queue disparut et Théodore sortit la tête en tirant la langue. Il poussa de nouveau un cri. Cette fois, il s'agissait d'une question. Linus n'avait pas besoin de parler vouivre pour comprendre ce qu'il voulait. « Je t'en ai déjà donné un ce matin. Si je t'en donne trop, tu n'apprécieras plus leur valeur. » Il se sentait un peu bête de parler ainsi de boutons en plastique qui ne valaient pratiquement rien, mais il lui paraissait important de lui enseigner cette leçon.

Clairement déçu, le garçon soupira et disparut sous le canapé en grommelant.

Linus gravit l'escalier. Le bois craquait de façon menaçante sous son poids et la lumière des chandeliers accrochés au mur semblait vaciller. Linus se rassura en se disant que la maison était ancienne et que l'installation électrique aurait sans doute mérité un entretien. Dans sa tête, il prit note de demander dans son rapport quel était le statut des fonds versés à l'orphelinat de Marsyas. Quand il avait abordé le sujet devant M. Parnassus, celui-ci avait sous-entendu qu'il n'en recevait pas. Il avait sans doute mal compris.

Au premier étage, les portes étaient fermées des deux côtés, à l'exception de celle de Chauncey. Linus allait dépasser sa chambre quand il l'entendit parler. Il se figea et jeta un coup d'œil par l'ouverture. Chauncey se tenait dans de l'eau de mer, devant un grand miroir près de la fenêtre, une casquette de groom sur la tête, entre ses deux antennes. « Comment allez-vous, monsieur et madame Worthington ? demanda Chauncey en soulevant sa casquette avec l'un de ses tentacules et en décrivant une profonde révérence. Nous sommes ravis de vous accueillir de nouveau à l'hôtel *Everland* ! Oh, je vous remercie de l'avoir remarqué, madame Worthington ! Oui, j'ai bien reçu un uniforme tout neuf. Il faut ce qu'il y a de mieux pour vous servir. Je vous souhaite un excellent séjour ! »

Linus le laissa tranquille.

Il se demanda si offrir une veste à Chauncey pour compléter son costume serait déplacé de sa part. Peut-être qu'au village, il trouverait quelque chose...

Non. Il n'était pas là pour cela. Il était censé observer et rien d'autre. Il ne devait pas influencer l'orphelinat. Ce ne serait pas conforme aux consignes. *RÈGLES ET RÈGLEMENTS* était clair à ce propos.

Il crut entendre du bruit derrière la porte de Sal, mais elle était fermée. Mieux valait ne pas essayer de lui dire bonsoir. Il ne voulait pas faire peur au garçon.

Sa chambre n'était pas la seule qu'il n'avait pas visitée. Il n'avait pas non plus franchi la dernière porte au fond du couloir. M. Parnassus ne l'avait jamais invité, alors que Lucy, lui, l'avait fait à de multiples occasions, au grand dam de Linus. Il avait conscience qu'il devrait inspecter les deux pièces avant son départ de l'île, mais cette semaine, il avait repoussé l'inévitable, ce qui n'était pas très professionnel de sa part.

Il resta immobile un long moment devant la porte avant de prendre une grande inspiration et de lever une main tremblante pour frapper.

Toutefois, avant qu'il ait pu le faire, la porte s'ouvrit de quelques centimètres.

Linus recula. Aucune lampe ne semblait allumée à l'intérieur.

Il s'éclaircit la voix. « Il y a quelqu'un ? »

Aucune réponse.

Alors, il prit son courage à deux mains et poussa la porte.

Le soleil de fin d'après-midi avait été très lumineux lorsqu'il était entré dans la maison et l'air marin avait été chaud. L'intérieur de la pièce lui donnait l'impression d'être de retour en ville. Elle était sombre, froide et humide. Il fit un pas en avant, puis un autre.

Puis un autre.

La porte claqua derrière lui.

Le cœur au bord des lèvres, il se retourna vivement. Il avait posé la main sur la poignée lorsque des bougies s'allumèrent autour de lui, avec des flammes mesurant plus d'un mètre.

« Bienvenue dans mon domaine ! s'exclama une voix d'enfant derrière lui. Vous êtes entré ici à mon invitation. » Un rire diabolique résonna. « Soyez témoin de la véritable ampleur de mon pouvoir ! Je suis Lucifer ! Je suis Belzébuth, prince des démons ! Je...

— Si tu continues, tu vas perdre un certain nombre de tes privilèges », l'interrompit M. Parnassus.

Les bougies s'éteignirent.

L'obscurité se dissipa.

Les rayons du soleil traversèrent de nouveau la fenêtre.

La lumière vive fit cligner Linus des yeux.

L'air amusé, M. Parnassus était assis sur un fauteuil à haut dossier près de la fenêtre, avec les jambes croisées et les mains sur ses genoux. Il y avait un siège vide en face de lui, destiné sans nul doute au petit garçon allongé sur le dos sur l'épais tapis.

« Il vous a entendu approcher, expliqua-t-il en haussant les épaules. Je lui ai déconseillé de vous accueillir ainsi, mais comme c'est le moment de la journée durant lequel il peut faire ce qu'il veut, j'ai préféré ne pas le brimer. »

Lucy leva la tête vers Linus qui était toujours plaqué contre la porte de la chambre. « Je suis comme je suis.

— Clairement », couina Linus en trouvant la force de s'arracher à la porte.

La pièce en elle-même était large et spacieuse. Il y avait un lit à baldaquin en bois sombre contre le mur du fond. Du lierre et des feuilles étaient sculptés sur ses pieds. Un bureau, bien plus ancien que les autres de la maison, était couvert de rames de papier et de piles de livres. En face du lit, une cheminée éteinte. Si Linus n'avait pas été mort de peur, il aurait trouvé cela parfait pour les froides nuits d'hiver.

« Veux-tu montrer ta chambre à M. Baker ? demanda le directeur au petit garçon. Cela lui plairait beaucoup. N'est-ce pas, monsieur Baker ? »

Non. Cela ne lui plairait pas. Pas du tout. « O… Oui, répondit Linus. Cela me semble certainement… faisable. »

Lucy se retourna sur le ventre et prit son visage entre ses mains. « Vous êtes sûr, monsieur Baker ? À vous entendre, on ne dirait pas.

— Je suis sûr », dit Linus avec fermeté.

Le petit garçon se leva du sol. « Vous ne pourrez pas dire que je ne vous ai pas prévenu. »

M. Parnassus soupira. « Lucy, si tu continues, M. Baker va avoir une mauvaise image de toi.

— Pourquoi ?

— Tu le sais très bien. »

Lucy leva les bras en l'air. « J'essaie juste de faire monter le suspens. Attendez-vous à l'inattendu ! Tu m'as appris que la vie était censée être pleine de surprises. Alors, j'essaie de le surprendre.

— À mon avis, tu vas être déçu. »

Le garçon fronça les yeux. « À qui la faute ? Si tu avais accepté mes conseils de décoration, il ne serait pas question de déception. Il n'y aurait de place que pour la joie. » Il jeta un coup d'œil à Linus. « Enfin, pour moi. »

M. Parnassus écarta les mains dans un geste qui se voulait apaisant. « Je ne pense pas que des têtes coupées soient l'idéal pour trouver le sommeil, ni pour la santé mentale de M. Baker, même si elles sont faites en papier mâché.

— Des têtes coupées ? » répéta Linus d'une voix étranglée.

Lucy soupira. « Seulement des représentations de mes ennemis. Le pape. Des évangélistes qui fréquentent les méga-églises. Comme tous les gens normaux, quoi. »

Il était clair que le garçon n'avait pas la moindre idée de ce que signifiait la normalité, mais Linus réussit à garder cette remarque pour lui. « Alors, pas de têtes ?

— Aucune, répondit Lucy avec une moue déconfite. Pas même le crâne d'un animal trouvé dans les bois que je n'ai même pas tué. » Il adressa un regard agacé au directeur.

« Qu'ai-je déjà dit à propos des animaux ? » demanda celui-ci.

Lucy se dirigea d'un pas rageur vers la porte close derrière les fauteuils. « Je ne suis pas censé les tuer, car c'est un truc de tueurs en série. Et s'ils sont déjà morts, je ne peux pas jouer avec les restes parce que je vais empester.

— Et ?

— Et parce que c'est mal.

— Commence par cela, la prochaine fois, lui conseilla M. Parnassus. Tu paraîtras plus humain.

— Tu brides ma créativité », grommela Lucy. Il posa la main sur la poignée avant de regarder en arrière vers Linus. Son expression mécontente s'envola et laissa place au sourire mielleux qui donnait des frissons à Linus. « Vous venez, monsieur Baker ? »

Linus essaya d'avancer, mais ses pieds demeurèrent cloués au sol de la chambre. « M. Parnassus se joint à nous ? » demanda-t-il.

L'intéressé secoua la tête. « Je le laisse vous faire visiter, comme les autres enfants. » Il s'interrompit avant d'ajouter : « Je n'ai toujours pas réussi à convaincre Sal.

— Super, répondit Linus sans grand enthousiasme. Et... ce n'est pas grave.

— Pourquoi transpirez-vous ? demanda Lucy dont le sourire s'élargit. Quelque chose ne va pas, monsieur Baker ?

— Non, non. J'ai juste... un peu chaud. C'est à cause du climat tempéré. En tant que citadin, je n'ai pas l'habitude.

— Oh, bien sûr, répondit le garçon avec malice. C'est sans doute ça. Venez, monsieur Baker. J'ai quelque chose à vous montrer. »

La gorge nouée, Linus se dit qu'il exagérait. M. Parnassus était juste là et Lucy n'aurait pas osé faire quoi que ce soit en sa présence.

Malheureusement, le cerveau de Linus choisit ce moment précis pour se demander si d'autres agents avaient visité l'île et, si oui, ce qu'il était advenu d'eux. Il y en avait forcément eu d'autres, non ? Il ne pouvait pas être le premier. Cela aurait été présomptueux de sa part.

Et s'il y en avait réellement eu d'autres avant lui, qu'étaient-ils devenus ? Avaient-ils disparu après avoir pénétré dans la chambre de Lucy ? En franchissant la porte, Linus découvrirait-il les carcasses de ses prédécesseurs cloués au plafond au-dessus du lit ? Il pouvait se montrer ferme lorsqu'il le désirait, mais il était de faible constitution et la vue du sang lui faisait tourner la tête. Il ignorait comment il réagirait en découvrant des guirlandes fabriquées avec des intestins encore humides.

Il consulta M. Parnassus du regard qui hocha de la tête dans un geste qui se voulait encourageant. Cela n'apaisa pas Linus le moins du monde. Au contraire. Après tout, il était bien possible qu'il soit aussi malveillant que Lucy. Ses chaussettes bariolées et son merveilleux sourire n'étaient pas un gage d'honnêteté.

Il faillit tomber à la renverse. « Merveilleux sourire » ? D'où lui venait cette pensée ?

Il la repoussa dans un coin de son esprit.

Il pouvait y arriver.

Il *pouvait* y arriver.

Ce n'était qu'un enfant.

Il se força à prendre un air agréable (mais qui ressemblait probablement à une grimace) et dit : « Je serais ravi de visiter ta chambre, Lucy. J'espère qu'elle est bien rangée. Une chambre en désordre est le signe d'un esprit en désordre. Il est toujours mieux de faire de l'ordre régulièrement. »

Un éclat malicieux brilla dans le regard de l'enfant. « Vous croyez, monsieur Baker ? Alors, voyons dans quel état est mon esprit. »

Linus était certain qu'il était face à l'un des facteurs de stress dont lui avait parlé son médecin. Malheureusement, il ne pouvait rien y faire à cet instant.

Il s'arrêta à côté de Lucy.

Il baissa la tête vers lui.

Le garçon sourit. Il semblait avoir plus de dents qu'un être humain.

Il tourna la poignée.

Il poussa la porte.

Celle-ci grinça sur ses gonds et...

Révéla un petit espace avec un lit deux places collé contre un mur, surmonté d'une couette et d'un oreiller à la taie blanche. Il y avait assez d'espace pour un bureau, pas grand-chose d'autre.

Dessus était rangée toute une collection de pierres brillantes veinées de quartz.

Sur les murs, des vinyles avaient été suspendus à l'aide de punaises placées au niveau du trou. Il y avait Little Richard, The Big Bopper, Frankie Lymon and The Teenagers, Ritchie Valens et Buddy Holly. En fait, il y avait davantage de disques de Buddy Holly que des autres.

Leur présence prit Linus par surprise. Il les reconnaissait pratiquement tous, car il les avait chez lui, dans sa propre maison. Il avait passé de nombreuses soirées à écouter *Peggy Sue*, *That'll Be the Day* ou encore *Chantilly Lace*.

Mis à part Little Richard et Frankie Lymon, ces chanteurs ou groupes avaient tous un point commun. C'était relativement morbide quand on y réfléchissait, mais logique.

Lucy avait fermé la porte derrière eux. Il ne s'en était pas rendu compte. « Le jour où la musique est morte. »

Linus se retourna vivement. Son cœur venait de faire un tour sur lui-même. Lucy était adossé à la porte. « Quoi ? »

Il désigna les disques d'un geste de la main. « Buddy Holly, Ritchie Valens et The Big Bopper.

— Un accident d'avion », murmura Linus.

Lucy hocha la tête et s'écarta de la porte. « Vous étiez au courant que Ritchie et le Bopper n'étaient pas censés prendre ce vol ? »

Oui, il le savait, mais il répondit : « Ça me dit quelque chose.

— Le Bopper était malade. Il a pris la place de quelqu'un d'autre. »

Waylon Jennings, se remémora Linus, mais il le garda pour lui.

« Ritchie, lui, a gagné son siège à pile ou face. Buddy ne voulait pas prendre le bus parce qu'il faisait froid et qu'ils devaient se rendre dans le Montana. » Lucy tendit la main vers *Chantilly Lace*. Il l'effleura avec une certaine révérence.

« Le pilote n'a pas reçu les bonnes informations météorologiques et l'avion ne possédait pas les instruments adéquats pour le vol. Bizarre, non ? » Il sourit. « J'aime la musique qui me rend heureux. Et j'aime la mort. C'est marrant comme certaines personnes combinent les deux. Ils sont tous morts par hasard et après, des gens ont chanté leur histoire. J'aime bien ces chansons, mais pas autant que les chansons chantées par les morts. »

Linus fut pris d'une quinte de toux. « Je… J'aime la musique, moi aussi. J'ai certains de ces disques à la maison. »

Cela sembla faire plaisir à Lucy. « La musique des gens morts ? »

Il haussa les épaules. « Je… suppose ? Plus la chanson est vieille, plus il y a de chances pour que le chanteur soit mort.

— Oui », souffla Lucy. Ses yeux commençaient à se teinter de rouge. « C'est vrai. La mort rend la musique merveilleuse. On dirait que les chanteurs sont des fantômes. »

Linus se dit qu'il était sans doute temps de ramener la conversation à un sujet moins morbide. « J'aime beaucoup ta chambre. »

Lucy regarda autour de lui. Ses yeux reprirent leur couleur normale. « Elle est super. J'aime avoir ma propre chambre. Arthur prétend que c'est important d'avoir son indépendance. » Il jeta un coup d'œil en direction de Linus avant de se détourner. On aurait presque pu croire qu'il était nerveux. « Mais je préfère qu'il ne s'éloigne pas trop. » Il écarquilla les yeux. « Je ne suis pas un bébé ! Je me débrouille très bien tout seul ! Je suis tout le temps seul ! »

Linus haussa un sourcil. « Tout le temps ? Oh non. Non, non, non. Ça ne va pas du tout. Si c'est le cas, il faut que j'en parle avec M. Parnassus. Un enfant de ton âge ne devrait pas être seul tout le temps…

— Ce n'est pas ce que je voulais dire ! s'écria Lucy. Je voulais dire que je ne suis jamais seul ! Jamais ! Il me suit partout. Comme mon ombre. C'est très agaçant.

— Bon. Si tu le dis. »

Lucy hocha vivement la tête. « Oui. Je le dis. Alors, ce n'est pas la peine d'en parler à Arthur ou d'écrire de mauvaises choses à mon sujet dans votre rapport. » Son sourire se fit parfaitement angélique. « Je vous promets que je suis une bonne personne. » Son expression changea soudain. « Ne regardez pas sous mon lit, ce n'est pas la peine. Mais si vous le faites, le squelette d'oiseau n'est pas à moi. Je ne sais pas qui l'a mis là, mais ils devraient être punis, parce que c'est mal. »

Son sourire réapparut.

Linus le dévisagea.

« OK ! conclut-il en l'attrapant par la main. Voilà ! C'était la visite de ma chambre ! Il n'y a rien d'autre à voir ! » Il tira Linus vers la porte et l'ouvrit à la volée. « Arthur ! Il a vu ma chambre et il a dit qu'elle était super et qu'il n'y avait rien de mauvais et que j'étais une bonne personne. Il aime aussi la même musique que moi ! La musique de gens morts. »

M. Parnassus leva les yeux du livre posé sur ses genoux. « C'est bien vrai ? La musique de gens morts ? »

Lucy leva la tête pour regarder Linus. Il tenait toujours sa main fermement dans la sienne. « On aime tous les deux les trucs morts, pas vrai, monsieur Baker ? »

Linus bafouilla une réponse inintelligible.

Lucy le lâcha et alla se rallonger par terre au pied du directeur, à l'endroit où il s'était trouvé lorsque Linus était arrivé. Il posa les mains sur son ventre et fixa le plafond. « Mon cerveau est rempli d'araignées qui pondent leurs œufs dans ma matière grise. Bientôt, ils écloront et les bébés me dévoreront. »

Lucy n'avait pas la moindre idée de ce qu'il devait répondre à ça.

Heureusement, M. Parnassus, lui, semblait savoir comment réagir. Il ferma son livre et le posa sur la petite table à côté des fauteuils. Du bout de sa chaussure, il tapota l'épaule de Lucy. « C'est très imagé. On en parlera plus en profondeur plus tard. D'abord, M. Baker voudrait observer la séance. Est-ce que tu es d'accord ? »

Lucy jeta un coup d'œil en direction de Linus avant de reporter son attention sur le plafond. « OK. Il aime les trucs morts presque autant que moi. »

C'était loin d'être la vérité.

« Tout à fait, affirma M. Parnassus en faisant signe à Linus de s'installer sur le fauteuil libre. Quel heureux hasard ! Où en étions-nous avant l'arrivée de M. Baker ? »

Linus s'assit. Il sortit son carnet ainsi que son stylo. Il ne savait pas pourquoi ses doigts tremblaient.

« L'impératif catégorique, répondit Lucy. Kant.

— Ah oui, c'est exact. Merci de me l'avoir rappelé. » Pour Linus, il était clair qu'il n'avait pas eu besoin qu'on le lui rappelle. Il s'en souvenait très bien. « Et qu'a dit Kant au sujet de l'impératif catégorique ? »

Lucy soupira. « Qu'il s'agit du principe de moralité suprême. C'est un objectif à atteindre. Un principe inconditionnel, nécessaire, que nous devons toujours suivre malgré les désirs et les inclinations naturels qui nous pousseraient à faire le contraire.

— Et est-ce que Kant avait raison ?

— Sur le fait qu'être immoral signifie être irrationnel ?

— Oui. »

Lucy fronça les sourcils de concentration. « Non ?

— Pourquoi ?

— Parce que les gens ne sont pas tout noir ou tout blanc. Même avec la meilleure des volontés, il est très difficile d'avancer tout droit et de refuser les diversions. Ça ne veut pas dire que l'on est une mauvaise personne. »

M. Parnassus hocha la tête. « Même si la personne a des araignées dans le cerveau ?

— Peut-être. Kant parlait des gens normaux. Je ne suis pas normal.

— Et pourquoi ça ? »

Il se tapota le ventre. « À cause de l'endroit d'où je viens.

— D'où viens-tu ?

— D'un vagin qui a été pénétré par un pénis.

— Lucy », le réprimanda le directeur alors que Linus s'étranglait.

Lucy leva les yeux au ciel. Il se tortilla légèrement comme s'il était mal à l'aise. « Je viens d'un endroit où les choses n'étaient pas agréables.

— Et maintenant, ça va mieux ?

— En grande partie.

— Qu'est-ce qui a changé ? »

Lucy plissa les yeux vers Linus avant de tourner la tête vers M. Parnassus. « Ici, j'ai ma propre chambre. Et des disques. Et je t'ai toi, et les autres, même si Théodore ne veut pas me montrer son trésor.

— Et les araignées ?

— Elles sont toujours là.

— Mais ?

— Mais elles peuvent rester dans ma tête du moment qu'elles ne me consument pas et ne me forcent pas à détruire le monde tel que nous le connaissons. »

Linus avait du mal à respirer.

Le directeur de l'orphelinat ne semblait pas avoir ce problème. Il souriait. « Exactement. Faire des erreurs, c'est être humain, que cela soit irrationnel ou pas. Certaines erreurs sont plus graves que d'autres, mais si nous apprenons d'elles, nous devenons de meilleures personnes. Même avec des araignées dans le cerveau.

— Je suis impie.

— C'est ce que disent certains. »

Lucy fronça les sourcils de concentration. « Arthur ?

— Oui ?

— Tu sais que ton nom ressemble à celui d'une montagne ? »

M. Parnassus cligna des yeux. Il paraissait déstabilisé. « Oui. Où l'as-tu appris ? »

Lucy haussa les épaules. « Je suis au courant de tas de choses, mais je ne sais pas toujours d'où me viennent les informations. Tu vois ce que je veux dire ?

— Plus ou moins.

— Le mont Parnasse était sacré pour Apollon.

— Je sais.

— Et tu connais Linos de Thrace ? »

M. Parnassus parut soudain mal à l'aise. « Je ne... crois pas.

— Oh ! Alors... Apollon a tué Linos avec ses flèches parce qu'il disait être aussi doué que lui pour la musique. Linos, Linus, c'est pareil. Tu vas t'en prendre à M. Baker ? » Lucy tourna lentement la tête pour regarder Linus. « Dans ce cas-là, tu peux utiliser des flèches ? Comme ça, lui aussi, il sera impie... qué. Un piqué ! »

Il éclata de rire.

M. Parnassus soupira tandis que Linus prenait une grande inspiration. « Est-ce que tu as raconté cette histoire seulement pour faire cette blague ?

— Oui, répondit Lucy en s'essuyant les yeux. Parce qu'une fois, tu m'as dit que si l'on est incapable de rire de nous-mêmes, c'est que quelque chose ne va pas. » Il fronça les sourcils. « Est-ce qu'il y a un truc qui ne va pas ? Tu ne ris pas.

— J'ai bien peur que l'humour soit quelque chose de très subjectif, rétorqua M. Parnassus.

— C'est dommage, dit le garçon en reportant son attention sur le plafond. Les humains sont bizarres. Si l'on ne rit pas, on pleure ou on s'enfuit pour échapper à des monstres qui essaient de nous manger. Et ce ne sont pas forcément de vrais monstres. Parfois, on les invente dans nos têtes. Tu ne trouves pas ça étrange ?

— Je suppose. Mais c'est toujours mieux que l'alternative.

— C'est-à-dire ?

— Ne rien ressentir du tout. »

Linus détourna le regard.

Lucy fut ravi que M. Parnassus termine la session plus tôt, à 18 h 15. On le chargea d'aller voir en cuisine si Mlle Blanchapelle avait besoin d'aide. Il se leva d'un bond, décrivit un petit cercle, puis se précipita vers la porte, non sans crier à Linus qu'il espérait qu'il avait trouvé ce moment passé ensemble inspirant.

Linus n'était pas certain qu'il aurait utilisé ce terme.

Les deux adultes restèrent assis en silence tandis que Lucy dévalait l'escalier en faisant beaucoup de bruit pour un garçon de sa taille. On aurait dit qu'il rebondissait sur toutes les surfaces qu'il trouvait sur son chemin.

Linus savait que M. Parnassus attendait qu'il prenne la parole, mais il prit son temps pour rassembler ses pensées autant que possible. Son carnet était vide. Il avait oublié de prendre la moindre note. Ce n'était pas une bonne chose pour quelqu'un dans sa position, mais avec tout ce qu'il avait vu et entendu depuis son arrivée sur l'île, il avait bien le droit de commettre quelques écarts.

« Il n'est pas ce à quoi je m'attendais, dit-il au bout d'un moment, les yeux dans le vague.

— Ah non ? »

Il secoua la tête. « Il y a une certaine… connotation derrière ce nom. Antéchrist. » Il adressa un regard d'excuses à M. Parnassus. « Je préfère faire preuve de franchise.

— Ah oui ? rétorqua le directeur d'un ton sec. Je ne m'en étais pas rendu compte.

— Je ne m'excuserai pas pour ça.

— Et je ne vous demande pas de le faire. » M. Parnassus baissa les yeux vers ses mains. « Puis-je vous confier un secret ? »

Cette requête désarçonna Linus. Quelque chose lui disait que le directeur de l'orphelinat de Marsyas ne partageait pas souvent ses secrets. C'était rageant, mais compréhensible. « Oui ? Bien sûr.

— J'étais inquiet, moi aussi, quand on m'a dit qu'on l'envoyait ici. »

Linus resta bouche bée. « Vous étiez *inquiet* ? »

Son interlocuteur haussa un sourcil. Linus dut se rappeler que selon son dossier, cet homme n'avait que cinq ans de plus que lui. Il paraissait étonnamment jeune. Linus ne savait pas pourquoi, mais il se redressa et s'il rentra légèrement son ventre, personne ne le saurait jamais. « Pourquoi avez-vous l'air aussi offensé ?

— Je m'inquiète quand le bus est en retard. Je m'inquiète quand j'ai une panne de réveil. Je m'inquiète quand je vais au supermarché le week-end et que les avocats sont trop chers. Ça, ce sont des sources d'inquiétude, monsieur Parnassus.

— Ce sont des inquiétudes mondaines, le corrigea-t-il doucement. Les habitudes d'une vie normale. Il n'y a rien de mal là-dedans. Je parle d'inquiétude, car c'est la meilleure façon d'exprimer mes sentiments. Je m'inquiétais parce que j'étais seul, mais cela a été le cas chaque fois que j'ai accueilli un enfant. Je me suis inquiété parce que je ne savais pas s'ils allaient s'entendre. Je me suis demandé si j'étais capable de lui offrir tout ce dont il avait besoin.

— Et ce qu'il était ? voulut savoir Linus. Vous êtes-vous inquiété pour ça également ? Il me semble que cela aurait dû être votre souci principal. »

Le directeur haussa les épaules. « Bien sûr, mais cela n'a pas pesé plus lourd dans la balance. Je comprenais le sérieux de la situation, monsieur Baker, mais je ne pouvais pas uniquement me concentrer sur ce point. Il n'a jamais connu que ça. Les gens se font du souci à cause de ses origines et de ses pouvoirs. Mais ce terme cache en réalité de la peur et du dégoût. Les enfants sont bien plus observateurs qu'on ne le pense. S'il avait vu en moi la même chose que chez les autres, quel espoir aurait-il eu ?

— Quel espoir ? répéta Linus sans comprendre.

— Oui, de l'espoir. C'est ce que nous devons lui donner, ce que nous devons donner à tous ces enfants. De l'espoir, de l'aide et un foyer. Une maison dans laquelle ils peuvent être eux-mêmes sans crainte et sans répercussion.

— Pardonnez-moi, mais il me semble que comparer Lucy aux autres est un peu irréfléchi. Il n'est pas comme les autres.

— Talia non plus, rétorqua M. Parnassus. Ni Théodore. Ni Phee, Sal ou Chauncey. S'ils sont ici, c'est justement parce qu'ils ne sont pas comme les autres. Mais cela ne veut pas dire qu'il en sera toujours ainsi.

— Vous êtes naïf.

— Je suis en colère ! Ces enfants n'ont jamais rien connu que les préjugés que les gens ont à leur égard. Quand ils seront adultes, ce sera pareil. Vous l'avez affirmé vous-même : Lucy n'est pas ce à quoi vous vous attendiez. Cela veut dire que dans votre esprit, vous vous étiez déjà fait une idée sur lui. Comment pouvons-nous combattre les préjugés si nous ne faisons rien pour les changer ? Si nous les autorisons à se répandre, quel est l'intérêt ?

— Et pourtant, vous restez sur cette île, fit remarquer Linus, sur la défensive. Vous ne la quittez jamais. Vous ne les laissez pas la quitter.

— Je les protège d'un monde qui les rejette. Un pas à la fois, monsieur Baker. Si je réussis à leur faire prendre confiance en eux et à leur faire comprendre qu'ils sont uniques, ils auront, je l'espère, les capacités nécessaires pour se confronter au monde réel, parce que cela sera encore plus dur pour eux. Le fait que le MJM nous envoie quelqu'un comme vous pour interférer n'aide pas.

— Quelqu'un comme moi ? s'indigna Linus. Qu'est-ce que vous… »

M. Parnassus souffla. « Pardon. Ce n'est pas juste de ma part. Je sais que vous ne faites que votre travail. » Son sourire paraissait forcé. « Peu importe qui vous emploie. Je ne doute pas que vous êtes capable de voir au-delà d'un dossier ou d'une nomenclature particulière. »

Linus ne savait pas s'il devait se sentir insulté ou complimenté. « Est-ce qu'il y en a eu d'autres ? Avant moi ? Des agents ? »

Le directeur hocha lentement la tête. « Un seul. À l'époque, je n'avais que Talia et Phee avec moi. Zoé, Mlle Blanchapelle, m'avait déjà proposé son aide. Il y avait des rumeurs concernant d'autres enfants, mais rien de concret. J'ai construit cette maison pour elles et en prévision de ceux qui allaient arriver. Votre prédécesseur… il a changé. Il était très gentil et j'ai cru qu'il resterait. Mais il a changé. »

Linus entendit tout ce qu'il ne lui disait pas. Il comprenait maintenant pourquoi Mlle Blanchapelle avait ri lorsqu'il lui avait gauchement demandé si M. Parnassus et elle se fréquentaient. Et même si cela ne le concernait pas, il demanda : « Que lui est-il arrivé ?

— Il a été promu, répondit M. Parnassus d'une voix effacée. D'abord à la supervision. Et, aux dernières nouvelles, au rang de Cadre Extrêmement Supérieur. Comme il en avait toujours rêvé. J'ai alors appris une leçon très dure. Il ne faut pas formuler ses vœux à voix haute. Sinon, ils ne se réalisent jamais. »

Linus cligna des yeux. Il était impossible qu'il parle de… « Ce n'est pas l'homme aux bajoues ? »

M. Parnassus ricana. « Non.

— Celui qui porte des lunettes ?

— Non, monsieur Baker. Il ne porte pas de lunettes. »

Il ne restait que le bel homme aux cheveux ondulés. M. Werner. Celui qui avait rapporté à Linus qu'il s'inquiétait des capacités d'Arthur Parnassus. Linus était scandalisé, mais il n'aurait pas su dire pourquoi. « Mais il est tellement… tellement…

— Tellement ? » demanda M. Parnassus.

Linus se raccrocha à la première pensée qui lui traversa l'esprit. « Il sert du jambon rôti trop sec au repas de Noël ! C'est dégoûtant ! »

M. Parnassus le dévisagea un long moment avant d'éclater de rire. Le son chaud, un peu éraillé, étonna Linus. On aurait dit le bruit des vagues qui s'abattent sur des rochers polis. « Oh, mon cher monsieur Baker. Vous êtes vraiment une énigme. »

Linus se sentit étrangement fier. « Je fais de mon mieux.

— Je vois ça », dit-il en s'essuyant les yeux.

Le silence retomba. Linus ne s'était pas senti aussi à l'aise sur l'île depuis son arrivée. Il n'osait pas en examiner les raisons, de peur de tomber sur quelque chose qu'il n'était pas prêt à regarder en face, mais il savait que c'était là. Malheureusement, comme toute chose, celle-ci était temporaire. Son temps ici, comme son temps en ce monde, était limité. Il ne fallait pas qu'il se surprenne à penser autrement.

Puis, sans réfléchir, il lança : « Kant, Arthur ? Sérieusement ? Vous auriez pu choisir un autre philosophe ! »

Les yeux du directeur brillaient dans la lumière du soleil couchant. « Il a ses torts, c'est vrai.

— C'est le moins que l'on puisse dire ! Schopenhauer…

— Schopenhauer ? Je retire tout ce que j'ai raconté sur vous, Linus. Vous êtes banni de cette île. Partez sur-le-champ.

— Il avait des critiques très pertinentes ! Et il s'en est servi pour valider le travail de Kant ! »

M. Parnassus eut l'air outré. « Kant ne se souciait pas…

— C'est là que vous vous trompez, mon bon monsieur. »

Et ils échangèrent ainsi pendant très longtemps.

Dix

Le ferry attendait le long du ponton lorsque Mlle Blanchapelle arrêta la voiture. Linus voyait Merle s'affairer sur le pont. Il leur fit un signe agacé, un rictus mécontent sur le visage. « Il est plutôt du genre impatient, hein ? fit remarquer Linus tandis que la rampe d'accès s'abaissait.

— Vous n'imaginez même pas, maugréa-t-elle. À l'entendre, on dirait qu'il est occupé, mais en réalité, M. Parnassus est le seul qui paie pour utiliser sa vieille épave et il le sait. Nous pourrions faire sans, mais c'est un moyen de maintenir une entente cordiale.

— Comment feriez-vous… ? Vous savez quoi ? Je ne veux pas savoir. Nous y allons ? »

Elle soupira. « Puisqu'il le faut.

— J'en ai bien peur », répondit sagement Linus.

Elle jeta un coup d'œil dans sa direction avant de redémarrer lentement. Il était persuadé qu'elle avait été sur le point d'ajouter quelque chose, mais elle resta silencieuse. Il se demanda s'il ne se faisait pas des idées.

Quand la voiture monta en son bord, le ferry pencha légèrement et, même si Linus avait une pointe d'appréhension, elle n'était pas aussi terrible que la peur qu'il avait ressentie une semaine plus tôt. Cette pensée l'interpella. Ne s'était-il réellement écoulé qu'une semaine ? Il était arrivé un samedi et... oui. Cela faisait exactement une semaine qu'il était ici. Il ignorait pourquoi cela l'étonnait. Sa maison lui manquait toujours, mais son mal du pays s'était réduit à une douleur sourde au creux du ventre.

Ce n'est sans doute pas bon signe.

Mlle Blanchapelle coupa le moteur alors que la rampe d'accès se relevait derrière eux. Quelque part au-dessus d'eux, un avertisseur sonore retentit et le bateau se mit en branle. Linus passa la main en dehors de la voiture pour sentir le vent marin souffler entre ses doigts.

Seulement quelques minutes s'étaient écoulées lorsque Merle les rejoignit. « Tu as mon argent ? demanda-t-il. Et rappelle-toi, le tarif a doublé. »

Elle eut un rire dédaigneux. « Je m'en souviens, papy. » Elle se pencha pour atteindre la boîte à gants.

Linus paniqua. « Qui conduit le ferry ? »

Merle fronça les sourcils. « Ces engins se pilotent quasiment tout seuls. Grâce aux ordinateurs, c'est dingue, non ?

— Oh, fit Linus sans réfléchir, alors à quoi servez-vous ? »

Le capitaine le fusilla du regard. « Qu'est-ce que vous avez dit ?

— Ton argent, intervint Mlle Blanchapelle d'une voix mielleuse en lui fourrant une enveloppe entre les mains. M. Parnassus m'a chargée de te remettre un message. Il espère que tes prix ne doubleront pas de nouveau dans un futur proche. »

La main de Merle tremblait quand il lui arracha l'enveloppe des mains. « Ça ne m'étonne pas. Mais c'est la loi du marché, j'en ai bien peur. L'économie est rude.

— Ah bon ? Je ne m'en étais pas rendu compte. »

Le sourire du marin se fit cruel. « Évidemment. Les gens de votre espèce pensent qu'ils sont au-dessus de nous...

— Vous feriez mieux de ne pas continuer cette phrase, lui conseilla Linus. Et tâchez de ne pas boire tout cet argent. Vous aurez du mal à survivre à cette économie, sinon. Ce serait dommage. »

Merle lui adressa un regard assassin avant de faire volte-face et de partir d'un pas rageur vers le poste de commande.

« Salaud », grommela Linus. Quand il jeta un coup d'œil en direction de Mlle Blanchapelle, il s'aperçut qu'elle le dévisageait. « Quoi ? »

Elle secoua la tête. « Vous... Peu importe.

— Allez, répondez-moi, mademoiselle Blanchapelle.

— Appelez-moi Zoé. Je commence à en avoir marre d'entendre mon nom de famille.

— Zoé, dit lentement Linus. Je... n'y vois pas d'inconvénients.

— Et je vous appellerai Linus.

— Je ne vois pas ce que cela pourrait vous apporter », balbutia-t-il, mais il ne refusa pas.

Elle le déposa devant le bureau de poste et désigna une épicerie à quelques mètres de là. « Venez me rejoindre quand vous aurez terminé. Je vais essayer de faire vite. Je veux me dépêcher de rentrer sur l'île. Il ne faudrait pas qu'on soit en retard.

— En retard pour quoi ? » demanda-t-il, une main sur la poignée, une grande enveloppe plate dans l'autre.

Elle lui sourit. « On est le deuxième samedi du mois.

— Et alors ?

— Alors, on part à l'aventure avec les enfants. C'est la tradition. »

L'idée ne plaisait pas beaucoup à Linus. « Quel genre d'aventure ? »

Elle le détailla de la tête aux pieds. « Je vais devoir vous acheter quelques petites choses. Ce que vous portez ne va pas du tout et je suis sûre que vous n'avez rien apporté d'autre. Quel est votre tour de taille ? »

Il prit un air effaré. « Je ne vois pas en quoi cela vous regarde ! »

Elle le poussa hors de la voiture. « Ce n'est pas grave. J'ai ma petite idée. Je m'en charge. On se retrouve à l'épicerie ! »

Elle redémarra en trombe dans un crissement de pneus et un nuage de fumée noire. Sur le trottoir, les passants le dévisageaient. Il toussa et tenta de repousser la fumée devant son visage. « Bonjour ! » dit-il à un couple qui se promenait bras dessus bras dessous. Ils relevèrent le menton et se dépêchèrent de s'éloigner.

Il baissa les yeux pour vérifier qu'il était décent. Comme à son habitude, il portait un pantalon droit et une chemise avec une cravate. Il n'était pas certain de vouloir savoir ce que Mlle Blanchapelle – Zoé – avait derrière la tête. Peu importait. Il lui en parlerait plus tard, lorsqu'il la retrouverait.

À l'instar du reste du village, l'intérieur du bureau de poste était clair et lumineux. Les murs étaient peints en couleur pastel et décorés de coquillages géants. Sur le panneau d'affichage était accroché un flyer familier ATTENTIFS ENSEMBLE. LE RECENSEMENT EST POUR NOTRE BIEN À TOUS.

Derrière le comptoir, un homme l'observait avec méfiance. Il avait de petits yeux et des poils épais et frisés qui sortaient des oreilles. Son visage était buriné et sa peau hâlée. « Je peux vous aider ?

— Tout à fait, répondit Linus en avançant vers lui. Il faut que j'envoie ceci au Ministère de la Jeunesse Magique. » Il tendit l'enveloppe qui contenait son rapport hebdomadaire. Il était très détaillé, peut-être trop. Il n'avait pratiquement rien retiré de ses vingt-sept pages manuscrites.

« Ah, le MJM ? » répéta l'homme. Sa curiosité était tellement évidente qu'elle rendait Linus nerveux. « J'ai entendu dire qu'ils avaient envoyé un représentant ici. Il était grand temps, si vous voulez mon avis.

— Je ne vous l'ai pas demandé », fit remarquer Linus avec raideur.

L'homme ne réagit pas. Il se contenta de poser l'enveloppe sur la balance avant de reporter son attention sur Linus. « J'espère que vous prendrez la bonne décision. »

Il fronça les sourcils. « C'est-à-dire ?

— Fermer cet endroit. C'est un danger pour la société.

— Pourquoi ? » Il se félicitait de réussir à garder son calme.

Le postier se pencha en avant et baissa la voix. Son haleine empestait les bonbons au sureau. « Vous savez... il y a des rumeurs qui courent. »

Linus se fit violence pour ne pas s'écarter. « Non, je n'en ai pas la moindre idée. Quel genre de rumeurs ?

— On parle de choses malfaisantes. Diaboliques. Ces trucs-là, ce ne sont pas des enfants. Ce sont des monstres qui font des choses terribles. Les gens qui se rendent sur cette île n'en reviennent jamais.

— Les gens ? »

Il haussa les épaules. « Vous voyez ce que je veux dire. Les gens en général. Ils vont là-bas et on n'entend plus jamais parler d'eux. Et puis il y a ce Parnassus. Je n'ai jamais vu un homme aussi étrange. Allez savoir ce qu'il leur fait faire. » Il s'interrompit avant d'ajouter : « J'en ai déjà vu certains.

— Des enfants ? »

Il s'esclaffa. « Ouais, si on peut appeler ça comme ça. »

Linus pencha la tête sur le côté. « On dirait que vous les observez de près.

— Bien sûr ! s'exclama l'homme. Ils ne sont plus venus depuis longtemps, mais quand ils s'amusaient à se promener ici, je les gardais à l'œil !

— Intéressant, dit Linus. Je devrais pouvoir rectifier mon rapport pour apprendre au MJM qu'un homme de votre âge montre un intérêt malsain envers des orphelins. Qu'en dites-vous ? Ils vous paient pour garder le silence… mais vous n'en semblez pas capable. »

Le concerné recula, les yeux écarquillés. « Ce n'est pas ce que je…

— Je ne suis pas venu ici pour vous demander votre opinion, monsieur. J'aimerais envoyer cette enveloppe. Rien d'autre. »

L'homme plissa les yeux. « 3,25.

— Il me faudra une facture, ajouta Linus en payant. Pour me faire rembourser. L'argent ne pousse pas sur les arbres, après tout. »

Le postier abattit la facture avec violence sur le comptoir. Linus la signa et était sur le point de se retourner pour partir quand l'homme reprit la parole. « Vous êtes Linus Baker ? »

Il jeta de nouveau un coup d'œil dans sa direction. « Oui.

— J'ai un message pour vous.

— Si cela a un rapport avec ce que vous venez de me dire, je n'en ai pas besoin. »

Il secoua la tête. « Vous êtes inconscient. Vous feriez mieux d'écouter si vous ne voulez pas être le prochain à disparaître, mais non. C'est un message officiel. De la part du MJM. »

Linus ne s'était pas attendu à recevoir des nouvelles venant d'eux. Du moins, pas aussi rapidement. Il patienta pendant que l'homme farfouillait dans une caisse à côté de lui. Il en sortit une petite enveloppe qu'il lui tendit. Comme son interlocuteur le lui avait dit, elle provenait du MJM. Sceau officiel et tout le toutim.

Il allait l'ouvrir quand il sentit le regard du postier sur lui.

Tout à coup, une pensée lui vint à l'esprit. « Dites-moi, vous ne sauriez pas construire un radeau, par hasard ? »

L'homme eut l'air perplexe. « Un radeau, monsieur Baker ? »

Linus lui adressa un sourire forcé. « Ce n'est pas grave. » Il se retourna et quitta le bureau de poste.

Une fois dans la rue, il ouvrit l'enveloppe. À l'intérieur, il y avait une seule feuille de papier.

Il la déplia.

Elle disait :

MINISTÈRE DE LA JEUNESSE MAGIQUE
MESSAGE DES CADRES EXTRÊMEMENT SUPÉRIEURS

Monsieur Baker,

Nous attendons vos rapports avec impatience et voulions vous rappeler de n'omettre aucun détail.

Aucun.

Bien cordialement,

CHARLES WERNER
CADRE EXTRÊMEMENT SUPÉRIEUR

Linus fixa la lettre du regard pendant un long moment.

Il retrouva Zoé dans l'épicerie, où elle avait indiqué se rendre. Un caddie plein devant elle, elle semblait se disputer avec le boucher au sujet d'un morceau de viande. « Tout va bien ? lui demanda-t-il en se postant à côté d'elle.

— Ça va, marmonna-t-elle en adressant un regard assassin au vendeur. Je négocie, c'est tout.

— Pas négocier, rétorqua le boucher avec un accent à couper au couteau que Linus ne parvint pas à replacer. Pas négocier. Les prix tous augmenter ! »

Zoé fronça les sourcils. « Pour tout le monde ?

— Oui ! Pour tout le monde !

— Je ne vous crois pas.

— Je reprendre viande, alors. »

Zoé s'empressa d'attraper le paquet sur le comptoir. « Non. C'est bon. Mais je n'oublierai pas ce moment, Marcel. Ne croyez pas vous en tirer comme ça. »

Il grimaça, mais ne répondit pas.

Elle plaça la viande dans le caddie et le poussa. Linus la suivit. « Qu'est-ce qui s'est passé ? »

Elle lui adressa un sourire désabusé. « Rien. Je me suis débrouillée. Vous avez pu envoyer votre rapport ?

— Oui.

— Je suppose que vous ne pouvez pas me dire ce qu'il contient ? »

Sa question le laissa bouche bée. « Bien sûr que non ! C'est un courrier top secret destiné à… »

Elle l'interrompit d'un geste de la main. « J'aurais essayé.

— De plus, comme il est écrit dans *RÈGLES ET RÈGLEMENTS*, page 519, paragraphe douze, sous-partie… »

Elle soupira. « Je ne peux m'en prendre qu'à moi-même. »

Il hésita à parler à Zoé (l'appeler par son prénom était encore étrange) de ce que lui avait dit l'homme au bureau de poste, mais il décida de ne pas le faire. Il ignorait pourquoi. Peut-être parce qu'il avait l'impression que ce genre de commérage n'était pas nouveau pour elle. Et puis, se dit-il, le soleil brillait. C'était une journée magnifique. Il aurait été dommage de la gâcher à cause des paroles d'un idiot qui coûtait beaucoup trop cher à la société.

Malheureusement, la journée fut tout de même gâchée au moment où ils reposèrent le pied sur l'île.

Cela n'aurait pas dû l'étonner.

Merle n'avait pas beaucoup parlé. Il avait simplement un peu chouiné parce qu'ils avaient mis plus de temps que prévu, mais Zoé et lui ne lui avaient pas accordé la moindre attention. Pendant la traversée, Linus avait observé une mouette qui les suivait dans les airs. Il se rappela alors son tapis de souris dans son bureau du MJM, la photo de cette plage qui lui demandait s'il aimerait être ici.

Et à présent, il y était. Il était dans ce paysage de carte postale.

Il était risqué de penser ainsi. Car il ne s'agissait pas de vacances, ni d'un voyage bien mérité après avoir travaillé durement. Il était en mission. Peu importait où il se trouvait, il ne devait pas l'oublier. Il s'était déjà autorisé plus de libertés que d'habitude – cette histoire de Zoé et Arthur n'était pas très professionnelle – mais ce ne serait que pour les trois semaines à venir. Sa maison l'attendait, tout comme ses tournesols. Calliope avait sans doute envie de rentrer, même si elle restait allongée des heures au soleil dans le jardin sans bouger. Le fait qu'elle avait miaulé pour la première fois lorsqu'il l'avait caressée d'un doigt entre les oreilles, tout en se demandant s'il allait perdre la main, ne changeait rien à l'affaire. Cela ne voulait rien dire.

Linus avait une vie.

Une vie qui, malheureusement, semblait faire reculer les limites de sa santé mentale un peu plus chaque jour.

Devant le miroir de sa chambre, dans la maison destinée aux invités, il observait son reflet. « Oh, Seigneur. »

À leur arrivée, Zoé lui avait fourré un sac entre les mains en lui disant qu'elle lui avait trouvé une tenue pour leur aventure de l'après-midi. Elle n'avait prêté aucun cas à ses protestations et avait sorti tous les sacs de course de la voiture comme s'ils avaient été légers comme des plumes. Elle l'avait abandonné dans l'allée.

Il avait eu l'intention de ne pas ouvrir le sac et de le laisser dans sa petite maison.

S'il faisait semblant qu'il n'était pas là, il n'aurait pas envie de regarder à l'intérieur.

Pour penser à autre chose, il avait rangé les vêtements qui avaient été nettoyés et déposés sur son lit. Un mot avait été laissé dessus : *Voici le service de nettoyage que vous avez demandé ! Merci de séjourner sur l'île de Marsyas ! Votre groom, Chauncey.* Chauncey semblait avoir lavé tous ses vêtements, y compris ses sous-vêtements. Cela n'allait pas du tout. Linus allait devoir lui expliquer le concept du respect de l'intimité. Il ne faisait aucun doute que le petit garçon s'attendait à recevoir un pourboire.

Alors qu'il défroissait ses cravates, il s'était rendu compte que seulement trois minutes s'étaient écoulées et qu'il n'arrêtait pas de penser à ce satané sac.

« Juste un petit coup d'œil. »

Il avait lorgné à l'intérieur.

« Qu'est-ce que ça signifie ? avait-il demandé à personne en particulier. C'est une plaisanterie. C'est tout à fait déplacé. Il est hors de question que… Pour qui se prend-elle ? Ah, les esprits de la nature ! On ne peut vraiment pas compter sur eux ! »

Il avait lancé le sac par terre, dans un coin.

Il s'était assis sur le bord du lit. Peut-être devait-il relire son exemplaire de *RÈGLES ET RÈGLEMENTS* pour se rafraîchir la mémoire ? Il en avait clairement besoin. Il commençait à devenir trop… familier avec les habitants de l'île. Un agent se devait de maintenir une certaine distance. Cela leur permettait de se montrer objectifs et de ne pas se laisser influencer ni se montrer accommodants. Cela pourrait porter préjudice à un enfant. Il fallait qu'il demeure professionnel.

Il s'était levé avec la ferme intention de respecter cette promesse. Il pouvait, par exemple, passer l'après-midi à lire au soleil sur le perron. Cela paraissait parfait.

Aussi, il fut surpris lorsqu'à la place d'aller ramasser l'épais ouvrage, il s'était emparé du sac abandonné sur le sol. Il l'avait ouvert et avait regardé à l'intérieur. Son contenu n'avait pas changé.

« Cela ne me va sans doute même pas, avait-il grommelé. Elle ne peut pas avoir estimé ma taille à vue de nez. Elle n'aurait même pas dû essayer, d'ailleurs. C'est très impoli. »

Évidemment, il s'était senti obligé de lui prouver qu'elle avait tort. Ainsi, la prochaine fois qu'il verrait Zoé (plus tard, car il ne comptait absolument pas prendre part à cette aventure futile), il pourrait lui dire qu'elle ne devait pas essayer de se lancer dans une carrière de *personal shopper*, parce qu'elle n'était vraiment pas douée pour cela.

Voilà. C'était exactement ce qu'il comptait faire.

Il avait enfilé les vêtements.

Ils lui allaient comme un gant.

Gêné, il s'était observé dans le miroir.

On aurait dit qu'il était prêt pour se joindre à un safari dans les plaines sauvages de Serengeti ou pour explorer la jungle du Brésil. Il portait un short beige avec une chemise à manches courtes de la même teinte. Les boutons du haut avaient été retirés (ou plutôt arrachés), pour dégager sa gorge et révéler sa peau blanche. En fait, cette tenue dévoilait davantage son corps qu'il ne l'avait jamais fait. Ses jambes étaient blanches comme un cachet d'aspirine. Et pour ne rien arranger, l'ensemble était complété par des chaussettes marron qui couvraient la moitié de ses mollets et des bottes robustes inconfortables qui semblaient ne jamais avoir été portées.

Mais le pire était sans doute le chapeau qui ressemblait à un casque. Il paraissait étrange sur sa tête.

Voilà pourquoi il se tenait devant son miroir, face à son reflet, à se demander pourquoi il ressemblait davantage à un œuf marron sur pattes qu'à un explorateur tiré des histoires d'aventure qu'il avait lues étant enfant (comme sa mère les avait détestées, il les avait cachées sous son lit et les avait lues la nuit, sous les couvertures, à la lumière d'une lampe torche).

« Non, déclara-t-il en secouant la tête. Il en est hors de question. Je n'accepterai pas. Jamais. C'est ridicule. C'est tout simplement… »

Quelqu'un frappa à la porte.

Les sourcils froncés, il détourna le regard du miroir.

Les coups reprirent.

Il soupira. C'était bien sa chance.

Il se dirigea vers la porte, prit une grande inspiration, puis ouvrit.

Là, sur le perron, se trouvaient cinq enfants, tous vêtus d'un costume d'explorateur similaire au sien. Même Théodore portait une sorte de gilet sans manches beige qui avait été modifié pour ne pas gêner ses ailes. Il se redressa et poussa un cri aigu avant de se mettre à décrire des cercles avec excitation.

« Waouh ! souffla Talia en le détaillant de la tête aux pieds. C'est vrai que vous êtes rond. Comme moi ! »

Phee se pencha pour inspecter ses genoux d'un œil critique. Ses ailes battaient dans son dos. « Pourquoi êtes-vous si pâle ?

Vous ne sortez pas ? Jamais ? Vous êtes presque aussi transparent que Chauncey. »

Les yeux de celui-ci frétillèrent au bout de ses antennes. « Bonjour ! J'espère que vous avez trouvé votre linge bien propre. S'il manque quelque chose, je l'ai sûrement perdu et je m'en excuse. N'hésitez pas à me mettre un dix sur dix pour le service. » Il tendit son tentacule.

Linus haussa un sourcil.

Chauncey soupira et recula son tentacule. « J'aurais essayé. »

Lucy sourit à Linus derrière une fausse moustache bien trop grande pour son visage. Lui aussi portait une tenue d'explorateur, mais elle était rouge, et il avait également un cache-œil. Linus ne tenait pas à savoir pourquoi. « Bonjour, monsieur Baker. C'est moi qui vais mener l'expédition aujourd'hui. Nous partons à la recherche du trésor de l'esprit de l'île. Je suis content que vous ayez décidé de vous joindre à nous ! Il se pourrait que vous mouriez dans d'horribles circonstances, aux mains de cannibales qui vous feront rôtir vivant à la broche et qui lécheront le jus directement sur votre peau craquelée. Si vous avez de la chance, vous périrez de la fasciite nécrosante à la suite d'une morsure d'insecte. Votre corps pourrira sur place jusqu'à ce que vous ne soyez plus qu'un tas d'os et de pus. Ça va être génial ! »

Linus resta figé.

« Les enfants ! s'exclama une autre voix. Laissez M. Baker respirer, voulez-vous ? »

Linus leva la tête. Arthur se tenait devant la maison. Sal, clairement nerveux, se trouvait derrière lui. Il était habillé de la même façon que les autres enfants et en voyant que Linus le regardait, il tenta de se cacher derrière Arthur. Vu sa taille, il n'y arriva pas, bien sûr. Le directeur était fin comme une brindille.

D'ailleurs, en voyant l'allure qu'avait ce dernier dans son ensemble, Linus sentit sa gorge se nouer. Il ne portait pas de beige comme les autres. Son short et sa chemise étaient noirs et il avait une sacoche rouge en travers du torse. À sa taille, dans un fourreau, semblait se trouver une machette. Comme Lucy, il arborait une fausse moustache, mais sur lui, c'était beaucoup moins ridicule. Elle ondula lorsque Arthur lui sourit. Linus rougit et détourna le regard. Il avait soudain très chaud. Il s'était transformé en œuf à pattes tout rond et chaud.

Il n'avait jamais porté la moindre attention à son apparence. Il n'allait pas commencer maintenant. C'était une visite comme les autres.

Une mission, se rappela-t-il.

Ce n'étaient pas des vacances.

Il ouvrit la bouche pour décliner l'invitation (il ne croyait pas à l'existence de cannibales sur l'île, mais avec Lucy, on ne pouvait être sûr de rien).

Mais avant qu'il ait pu ouvrir la bouche, Lucy sauta du perron et prit la pause, les mains sur les hanches. « Que l'aventure commence ! » cria-t-il. Il se mit alors à avancer vers les arbres épais en levant les genoux très hauts à chaque pas.

Les autres enfants le suivirent. Théodore s'envola et resta au-dessus de leurs têtes. Sal jeta un coup d'œil à Linus avant de courir les rejoindre.

« Vous venez, Linus ? demanda Arthur.

— Votre moustache est ridicule », bredouilla-t-il en descendant les marches et en empruntant la même direction que les enfants.

Il fit semblant de ne pas entendre le léger rire qui résonnait derrière lui.

« Bon », fit Lucy en s'arrêtant à l'orée de la forêt. Les yeux grands ouverts, il se tourna vers le groupe. « Comme vous le savez tous, il y a un esprit de la nature diabolique...

— Hé ! s'indigna Phee.

— Lucy, on ne dit pas aux gens qu'ils sont diaboliques, lui rappela Arthur tandis que Théodore s'installait sur son épaule. Ce n'est pas poli. »

Lucy leva les yeux au ciel. « D'accord. Je retire ce que j'ai dit. Il y a un esprit de la nature meurtrier... » Il s'interrompit, comme s'il s'attendait à une protestation. Il n'en reçut aucune. Même Phee paraissait ravie. Aux yeux de Linus, les termes étaient des synonymes, mais il préféra se taire. « Un esprit meurtrier a caché un trésor au fond des bois. Si nous le trouvons, il est à nous. Je ne peux pas vous promettre que vous survivrez à l'aventure. Et même si vous parvenez jusqu'au bout, il y a de grandes chances pour que je vous trahisse et vous jette en pâture aux alligators. Je rirai en les voyant réduire vos os en bouillie...

— Lucy », l'interpella de nouveau Arthur.

Le garçon soupira. « C'est à mon tour de commander ! » Il fit la moue. « Tu avais dit que je pouvais faire ce que je voulais !

— C'est vrai, acquiesça-t-il, mais je ne parlais pas de trahison.

— Mais je suis un méchant caché parmi vous !

— On pourrait peut-être tous être des méchants, glouglouta Chauncey.

— Tu ne sais pas faire le méchant, lui fit remarquer Talia. Tu es trop gentil.

— Ce n'est pas vrai ! Je peux être méchant ! Regarde ! » Ses yeux pivotèrent vivement avant de se poser sur Linus. « Monsieur Baker ! Je ne ferai pas votre lessive la semaine prochaine ! Ah ah ah ! » Puis, d'une voix paniquée, il murmura : « Je plaisante. Je le ferai. Ne m'enlevez pas ce plaisir, s'il vous plaît !

— Je veux être une méchante, déclara Phee. On est face à un esprit de la nature meurtrier et au cas où vous ne l'auriez pas remarqué, je suis un esprit, moi aussi. Donc logiquement, je dois être meurtrière.

— J'ai toujours rêvé de tuer quelqu'un, dit Talia en se caressant la barbe. Vous croyez que j'ai le temps d'aller chercher ma pelle ? »

Théodore retroussa les babines et cracha d'un air menaçant.

« Sal ? demanda Lucy d'une voix grave. Tu veux être un méchant, toi aussi ? »

Sal le regarda par-dessus l'épaule d'Arthur. Il hésita avant de hocher la tête.

« D'accord ! s'écria-t-il en levant les mains en l'air. On sera tous méchants. » Il leur sourit. « Mais je vous trahirai peut-être parce qu'en fait, j'étais un gentil depuis le début et... » Il grimaça. Un rictus déforma son visage et il tira la langue. « Non, je ne peux pas. Beurk. Argh. Bah. »

Linus avait un très mauvais pressentiment.

Lucy ouvrit le chemin. Il criait si fort que les oiseaux s'envolaient de leur perchoir dans les arbres en manifestant leur mécontentement. Il demanda à Arthur s'il pouvait utiliser sa machette pour couper les lianes épaisses accrochées aux arbres. La question inquiéta fortement Linus. Heureusement, à son grand soulagement, le directeur refusa en lui expliquant que les enfants ne devaient pas manipuler ce genre d'outils.

Toutefois, l'utilisation de la machette n'était pas nécessaire. Chaque fois qu'ils semblaient bloqués et incapables d'avancer à cause de la végétation, Phee prenait les choses en main. Ses ailes battaient et brillaient intensément tandis qu'elle levait les bras en l'air. Alors, les lianes glissaient des arbres, comme si elles avaient été vivantes, et révélaient le chemin de l'autre côté.

Les enfants criaient leur joie et Phee prenait un air très fier. Linus se demanda si elle avait rendu le terrain impraticable pour pouvoir montrer ses talents. Même Sal souriait face aux lianes qui se carapataient.

Très vite, Linus se rendit compte que même s'il avait passé davantage de temps au grand air cette semaine que durant toute une année, il n'était toujours pas en forme. Il se retrouva rapidement hors d'haleine, avec de la sueur coulant sur son front. Il fermait la marche avec Arthur qui ne semblait pas lui en vouloir de ralentir le rythme et il lui en était reconnaissant.

« Où allons-nous ? » Il avait l'impression que des heures s'étaient écoulées alors qu'en réalité, ils étaient partis depuis moins d'une heure.

Arthur haussa les sourcils. Il ne paraissait pas essoufflé le moins du monde. « Je n'en ai pas la moindre idée. N'est-ce pas excitant ?

— Je crois que nous n'avons pas la même définition du mot “excitant”. Y a-t-il la moindre structure derrière cette sortie ? »

Son interlocuteur rit. Linus aimait tellement ce son que cela le mettait mal à l'aise. « Ils ont une structure de jour comme de nuit. Petit-déjeuner à 8 heures pile, puis école. Déjeuner à midi. Ensuite, on continue l'instruction. Temps personnel en fin d'après-midi. Dîner à 19 h 15. Coucher à 21 heures. Je suis persuadé que casser la routine de temps en temps ne peut faire que du bien.

— Selon *RÈGLES ET RÈGLEMENTS*, les enfants ne devraient pas... »

Arthur enjamba sans problème un large tronc tombé à terre dont l'un des côtés était couvert de mousse, puis il se retourna et lui tendit la main. Linus hésita un instant avant de la prendre.

Ses mouvements à lui étaient moins gracieux, mais grâce à son soutien, il ne tomba pas tête la première en avant. Lorsque les enfants crièrent devant eux, Arthur lui lâcha la main. « Je crois que vous basez un peu trop votre vie sur ce livre. »

La remarque ne plut pas du tout à Linus. « Ce n'est pas vrai ! Et même si c'était le cas, il n'y aurait rien de mal à ça. Il prône l'ordre nécessaire à l'épanouissement des enfants.

— Vous en êtes bien sûr ? »

Linus crut d'abord qu'il se moquait de lui avant de se rendre compte que la question paraissait sincère. Il doutait qu'Arthur Parnassus soit capable de la moindre méchanceté ou cruauté. « Ce guide n'existe pas pour rien, Arthur. Il offre une structure pour les jeunes doués de magie. Des experts de différents domaines ont été consultés pour...

— Des experts humains. »

Linus se figea. Il posa la main contre un arbre pour reprendre son souffle. « Quoi ? »

Le directeur de l'orphelinat leva la tête en direction de la canopée de la forêt. Un rayon de lumière transperçait les feuilles et les branches et venait éclairer son visage. Ainsi, il avait l'air d'un ange. « Des experts humains, répéta-t-il. Aucune personne possédant de la magie n'a eu son mot à dire durant l'écriture de ce livre. La moindre lettre provient de l'esprit et de la main d'un humain. »

Linus eut un mouvement de recul. « Non... Ce n'est pas possible. Il y a forcément quelqu'un de la communauté magique qui a donné son avis. Il ne peut pas en être autrement. »

Arthur baissa la tête pour regarder Linus droit dans les yeux. « En quelle qualité ? Aucun être magique n'a jamais occupé de position de pouvoir. Pas au MJM. Ni au sein du gouvernement. Ils n'en ont pas le droit. Ils sont toujours mis de côté, quel que soit leur âge.

— Mais… certains d'entre eux sont médecins. Et… avocats ! Oui, avocats. Je connais une avocate parfaitement charmante qui est une banshee. Très respectable.

— Quel genre d'affaires traite-t-elle ?

— Elle s'occupe d'êtres magiques qui refusent de… se faire recenser…

— Ah, je vois, dit Arthur. Et les médecins ? »

Linus sentit son ventre se serrer. « Ils ne soignent que des êtres magiques. » Il secoua la tête pour essayer de mettre de l'ordre dans ses idées confuses. « Il y a une raison pour toute chose, Arthur. Nos prédécesseurs savaient que la seule façon d'aider les personnes douées de magie à s'intégrer dans notre société était de suivre des directives strictes créées dans le but d'assurer une transition en douceur. »

Le regard du directeur se fit légèrement plus froid. « Et qui a dit qu'ils devaient s'intégrer ? Ont-ils eu le moindre choix ?

— Eh bien… Non. Je ne pense pas. Mais c'est pour le bien de tous !

— De tous ? Vous êtes sûr ? Que se passe-t-il quand ils grandissent, Linus ? Les choses ne changeront pas. Ils seront quand même enregistrés. Ils seront surveillés. Quoi qu'ils fassent, il y aura toujours quelqu'un qui épie le moindre de leurs faits et gestes. Cela ne s'arrêtera pas quand ils quitteront cet endroit. C'est toujours pareil. »

Linus soupira. « Je ne vais pas me disputer avec vous à ce sujet. »

Arthur hocha la tête. « Bien évidemment. Si nous nous disputions, cela voudrait dire que nous sommes tellement convaincus d'avoir raison que nous serions incapables d'entendre ce que l'autre a à dire. Et moi, je ne suis pas entêté à ce point.

— Précisément », affirma Linus, rassuré, avant de comprendre. « Hé ! »

Mais Arthur se frayait déjà un chemin à travers les arbres.

Linus prit une grande inspiration, s'épongea le front et le suivit.

« Cela nous ramène à Kant, déclara Arthur quand Linus le rattrapa.

— Bien sûr et c'est ridicule, si vous voulez mon avis. »

Il rit doucement. « Peu importe qu'il ait eu raison ou non. Il a mis en lumière de manière très intéressante ce qui est moral et ce qui ne l'est pas.

— La définition de l'amoralité est la méchanceté, rétorqua Linus.

— C'est vrai, acquiesça Arthur, mais qui sommes-nous pour le décider ?

— Nous avons des millions d'années d'évolution biologique derrière nous. On ne met pas la main dans des flammes parce qu'on sait qu'elles brûlent. On n'assassine pas les gens, parce que c'est mal. »

Arthur s'esclaffa. Il avait l'air ravi. « Pourtant, certains le font. Quand j'étais enfant, je connaissais un phénix qui adorait la sensation du feu sur sa peau. Et des meurtres sont perpétrés tous les jours.

— Cela n'en fait pas une généralité.

— C'est pourtant ce que vous avez fait avec les données qui vous arrangeaient, lui fit remarquer Arthur. Mon argument reste le même que lors de ma session avec Lucy. Le monde aime voir les choses en noir et blanc, morales et amorales. Mais il y a des nuances de gris entre les deux. Ce n'est pas parce qu'une personne est capable de cruauté qu'elle en fera preuve. Il ne faut pas non plus oublier le concept d'immoralité perçue. Je doute que Chauncey ait l'idée de lever le moindre de ses tentacules sur quelqu'un, même pour se protéger. Et pourtant, à cause de son apparence, on le voit comme un monstre.

— Ce n'est pas juste, admit Linus. Même s'il se cache sous mon lit un matin sur trois pour me faire peur.

— Il agit seulement ainsi parce qu'il lutte encore entre celui qu'il est censé être et celui qu'il est réellement.

— Je ne comprends pas : il a trouvé sa place, ici », dit Linus en se baissant pour passer sous une branche.

Arthur hocha la tête. « C'est vrai, mais il ne restera pas ici éternellement. Même si dans votre infinie sagesse, vous décidez de nous laisser continuer sur la même voie, l'île n'est qu'un passage pour eux, Linus. Un jour, il devra affronter le monde seul. La meilleure chose que je puisse faire pour lui, c'est de l'y préparer.

— Comment est-ce possible si vous ne le laissez jamais quitter l'île ? »

L'air renfrogné, Arthur se retourna vivement vers lui. « Il n'est pas prisonnier ! »

Linus recula. « Je ne voulais pas... Ce n'est pas ce que je... Je le sais très bien. Je m'excuse si je vous ai donné l'impression du contraire.

— Je les prépare, reprit Arthur, mais dans un sens, je les protège aussi. C'est vrai. Ils... Peu importe ce qu'ils sont ou ce dont ils sont capables, ils restent très fragiles. Ils sont perdus, Linus. En dehors de leur groupe, ils n'ont personne d'autre sur qui compter.

— Si, vous, le contredit Linus d'une voix douce.

— Oui, moi, acquiesça Arthur. Et même si je comprends votre position, j'espère que vous pouvez voir la mienne. Je sais comment le monde fonctionne. Je connais ses dents acérées. Il vous mord au moment où vous vous y attendez le moins. Est-ce si terrible de ma part de vouloir les en tenir éloignés le plus longtemps possible ? »

Linus n'en était pas certain. Alors, il le lui fit savoir. « Plus ils restent à l'écart, plus la confrontation sera difficile. Cet endroit... Cette île... Vous l'avez dit vous-même. Ils n'y vivront pas éternellement. Le monde est vaste au-delà de cet océan. Il n'est pas toujours juste, mais il faut que les enfants le connaissent. Leur existence ne peut pas se limiter à ça.

— J'en ai conscience, avoua Arthur d'un air indéchiffrable en regardant les arbres au loin. Mais j'aime faire semblant, parfois. Certains jours, j'ai l'impression que l'on pourrait s'en contenter. »

Linus n'aimait pas l'entendre parler ainsi. Il paraissait presque… découragé. « En tout cas, je n'aurais jamais imaginé débattre de la philosophie morale au milieu de la forêt en short beige. »

Arthur éclata de rire. « Je vous trouve fascinant. »

Linus eut soudain très chaud. Sans doute à cause de l'exercice. Il déglutit difficilement. « Alors comme ça, vous avez connu un phénix ? »

Le directeur lui adressa un regard entendu, mais ne sembla pas vouloir le pousser dans ses retranchements. « Oui. Il était… très curieux. Il lui est arrivé beaucoup de mésaventures, mais il a toujours gardé la tête haute. Je pense souvent à l'homme qu'il est devenu. » Arthur eut un sourire crispé. Linus savait qu'il ne lui en dirait pas plus.

Ils continuèrent leur avancée dans les bois.

Ils émergèrent sur une plage de l'autre côté de l'île. Elle était étroite et davantage couverte de pierres blanches et noires que de sable. Quand les vagues remontaient sur le rivage, elles s'entrechoquaient et émettaient un son agréable.

« Tout doux, les garçons, les avertit Lucy en observant la plage. Quelque chose de terrible se prépare.

— On n'est pas tous des garçons, rétorqua Talia avec une grimace. Les filles peuvent être exploratrices, elles aussi. Comme Gertrude Bell.

— Et Isabella Bird, ajouta Phee.

— Et Mary Kingsley.

— Et Ida Laura Pfeiffer.

— Et Robyn...

— OK, OK, j'ai compris, grommela Lucy. Les filles peuvent faire les mêmes choses que les garçons. Pff. » Il se retourna vers Linus, un sourire diabolique aux lèvres. « Vous aimez les filles, monsieur Baker ? Les garçons ? Ou les deux ? »

Les enfants tournèrent lentement la tête pour le dévisager.

« J'aime tout le monde, réussit-il à répondre.

— C'est nul comme réponse, ronchonna Talia.

— Je suis un garçon ! » s'exclama Chauncey. Il fronça les sourcils. « Enfin, je crois.

— Tu peux être qui tu veux, lui assura Arthur en le tapotant entre les antennes.

— Est-ce qu'on pourrait revenir au problème qui nous intéresse ? supplia Lucy. Si vous continuez de parler comme ça, on va tous se faire tuer. »

Sal regarda autour de lui d'un air nerveux. Théodore était perché sur son épaule. Sa queue s'était enroulée souplement autour de son cou. « Par qui ?

— Je ne sais pas, répondit Lucy en reportant son attention sur la plage. Mais comme je le disais, quelque chose de terrible se prépare ! Je le sens. »

Tous les enfants sans exception se mirent à renifler l'air. Même Théodore leva la tête et ses narines palpitèrent.

« La seule chose terrible que je sens, c'est M. Baker, dit Phee. Il transpire beaucoup.

— Je n'ai pas l'habitude de faire autant d'exercice, se défendit Linus.

— Oui, intervint Talia. Ce n'est pas sa faute s'il est rond. Pas vrai, monsieur Baker ? Les gens ronds doivent se serrer les coudes. »

Cela ne remonta pas le moral à Linus, mais il dit : « Exactement. »

Talia parut très fière.

Lucy leva les yeux au ciel. « Il n'y a que moi qui peux le sentir ! Parce que je suis le chef. Ça vient de là-bas. » Il pointa un bosquet du doigt sur le côté de la plage. Il était sombre et peu accueillant.

« Qu'est-ce que c'est, Lucy ? demanda Chauncey. Il y a des cannibales ? » L'idée ne semblait pas l'emballer.

« Sûrement. Ils sont peut-être en train de faire cuire quelqu'un au moment où l'on parle. On devrait aller voir. J'ai toujours voulu voir à quoi ressemblait une personne qui cuit.

— On pourrait aussi rester ici », dit Talia en prenant la main de Linus. Il baissa la tête, mais n'essaya pas de s'écarter. « Ce serait plus sûr. »

Lucy secoua la tête. « Un explorateur ne recule devant rien. Les exploratrices encore moins.

— Il a raison, renchérit Phee d'une voix grave. Il faut y aller, même s'il y a des cannibales. »

Théodore gémit et se cacha sous son aile. Sal lui caressa la queue.

« Le courage est une vertu, affirma Arthur. Face à l'adversité, il différencie les forts et les faibles.

— Ou les intelligents et les idiots, marmonna Talia en serrant la main de Linus un peu plus fort. Les garçons sont bêtes. »

Linus était tout à fait d'accord avec elle, mais il ne le dit pas à voix haute.

Lucy bomba le torse. « Je suis courageux ! Et comme je suis le chef, j'ordonne courageusement à Arthur d'avancer en premier pour vérifier que la voie est libre pendant qu'on l'attend ici. »

Tout le monde hocha la tête.

Même Linus.

Arthur lui adressa un regard amusé.

« Il a raison, admit Linus. Et puis le courage est une vertu. »

Arthur sembla réprimer un sourire. « Si je dois le faire...

— Oui, répondit Lucy. Si tu croises des cannibales, crie quand ils commencent à te manger. Comme ça, on pourra s'enfuir.

— Et s'ils mangent ma bouche en premier ? »

Lucy plissa les yeux. « Euh, essaie de les en empêcher ? »

Arthur carra les épaules. Il sortit sa machette de son fourreau et sauta sur un large rocher. Les vagues vinrent s'abattre autour de lui. Ainsi, il était très impressionnant. Il ressemblait aux héros des temps anciens. Il pointa son arme en direction du bosquet. « Pour l'expédition ! cria-t-il.

— Pour l'expédition ! » répétèrent les enfants.

Arthur fit un clin d'œil à Linus, puis sauta de son rocher et se précipita vers les arbres en courant. L'ombre l'enveloppa rapidement... et il disparut.

Ils attendirent.

Rien ne se passa.

Ils patientèrent davantage.

Toujours rien.

« Oh non, murmura Talia. Ils ont dû commencer à le manger par la bouche.

— Qu'est-ce qu'on fait ? On rentre ? s'inquiéta Chauncey, les yeux remuants.

— Je ne sais pas », répondit Lucy. Il leva la tête vers Linus. « Je suis content que vous soyez là. »

Linus fut très touché. « Merci, Lucy...

— Si les cannibales nous prennent en chasse, ils vous remarqueront en premier. On est petits et vous avez beaucoup de chair sur vos os. Ça nous laissera le temps de nous enfuir. Votre sacrifice sera apprécié à sa juste valeur. »

Linus soupira.

« Alors, qu'est-ce qu'on fait ? demanda Phee, inquiète.

— Je pense qu'il faut aller le chercher », dit Sal.

Tout le monde se tourna vers lui.

Il croisa un instant le regard de Linus avant de se détourner. Ses lèvres tombaient vers le bas. Il prit une grande inspiration qu'il relâcha lentement. « Lui, il ne nous abandonnerait pas. »

Théodore émit un son aigu et pressa son museau contre l'oreille de Sal.

« Il a raison, déclara Lucy. Arthur viendrait nous chercher. J'ai pris ma décision. Nous allons partir à sa recherche. M. Baker passera en premier.

— Tu sais, pour un chef, je trouve que tu délègues beaucoup et que tu ne fais pas grand-chose », lui fit remarquer Linus.

Lucy haussa les épaules. « J'ai 6 ans. Enfin, ce corps. Moi, je n'ai pas d'âge… mais ce n'est pas le problème. »

Linus sentit le sol se dérober sous ses pieds, mais il réussit à garder l'équilibre. « Si tu insistes.

— J'insiste, répondit Lucy qui parut soulagé. Très fort. »

Talia lâcha la main de Linus et se plaça derrière lui. Elle se mit à pousser sur ses jambes. « Allez. C'est parti ! Arthur est peut-être en train de se faire manger et vous, vous restez planté là ! »

Linus soupira encore une fois. « J'y vais. »

C'était ridicule, évidemment. Il n'y avait pas de cannibales sur l'île. Ce n'était qu'une histoire inventée par Lucy. Ce n'était même pas une bonne histoire.

Pourtant, Linus transpirait à grosses gouttes tandis qu'il traversait la plage pour rejoindre le bosquet. Les arbres n'étaient pas les mêmes que ceux de la forêt qu'ils avaient parcourue. Ils paraissaient beaucoup plus anciens et denses. Il n'y avait pas de cannibales, mais s'ils avaient existé, il ne faisait aucun doute qu'ils auraient choisi cet endroit pour y vivre. C'était le lieu idéal pour consommer de la chair humaine.

Le courage des enfants était sans égal. Il le suivait… plusieurs mètres en arrière, serrés les uns contre les autres, les yeux grands ouverts.

Linus ne ressentit aucune tendresse envers eux. Aucune.

Il reporta son attention sur les arbres. « Arthur ! cria-t-il. Vous êtes là ? »

Pas de réponse.

Il fronça les sourcils. Arthur prenait ce jeu un peu trop au sérieux. Il n'y avait pas d'autre explication.

Il réessaya.

Rien.

« Oh non, entendit-il Lucy souffler derrière lui. Il a sans doute déjà été réduit en pièces.

— Qu'est-ce que ça veut dire ? demanda Chauncey. Il a été payé ? J'adore les pièces.

— Ça veut dire qu'il a été découpé, expliqua Talia. En morceaux.

— Oh ! murmura Chauncey. Ça, je n'aime pas. »

C'était idiot. Il n'y avait aucun cannibale. Linus prit une grande inspiration et pénétra dans la forêt.

Sous le couvert des arbres, il faisait plus froid. La température n'aurait pas dû être aussi basse, même à l'ombre. L'humidité semblait s'être évaporée. Linus frissonna. Un sentier étroit sinuait entre les arbres. Rien ne paraissait avoir été coupé (ni la végétation ni Arthur). Pour Linus, c'était bon signe.

Il avança et ne s'arrêta qu'une seule fois pour regarder derrière lui. Les enfants se tenaient à l'orée du bosquet. Apparemment, ils avaient décidé qu'ils n'iraient pas plus loin.

Phee leva les pouces.

« Vous n'êtes pas mort ! dit Lucy qui paraissait étonnamment déçu.

— Les chefs sont censés encourager leurs recrues, lui fit remarquer Talia.

— Oh. Bravo, vous n'êtes pas mort !

— C'est mieux », trancha Talia.

Les antennes de Chauncey se réduisirent jusqu'à ce que ses yeux touchent le sommet de son corps. « Ça ne me plaît pas du tout.

— Venez, indiqua Sal tandis que Théodore lui mordillait l'oreille. On y va tous ensemble. » Lorsqu'il avança entre les arbres, les enfants le suivirent, agglutinés à lui.

L'image serra doucement le cœur de Linus.

Il se retourna et se força à reprendre de la contenance. Qu'est-ce qui clochait chez lui ? Il n'était pas censé réagir ainsi. Il n'était pas censé...

Soudain, un arbre poussa à la vitesse de la lumière devant lui dans un rugissement et souleva un gros nuage de poussière.

Linus sursauta et trébucha en arrière.

Les enfants hurlèrent.

Une voix résonna autour d'eux. « Qui ose s'aventurer dans mon bois ? »

Linus reconnut presque aussitôt Zoé. Il soupira. Il allait avoir une petite discussion avec Arthur et elle plus tard.

Les enfants se précipitèrent vers lui et le regardèrent avec des yeux arrondis par la peur.

« Qui est-ce ? murmura Lucy de toutes ses forces. Les cannibales ?

— Je ne sais pas, répondit Linus. Sans doute. Avec moi, ils feraient un repas complet, mais après avoir mangé Arthur, ils n'ont peut-être plus très faim. Ils cherchent peut-être des personnes... plus petites, en guise d'encas. »

Talia hoqueta de surprise. « Mais... je suis toute petite !

— On l'est tous, gémit Phee.

— Oh non ! » s'exclama Chauncey qui essayait de se cacher entre les jambes de Linus avec plus ou moins de succès.

Les yeux plissés, Sal observait les arbres autour de lui. Théodore avait enfoui sa tête dans sa chemise. « Il faut qu'on se montre courageux, dit-il.

— Il a raison, acquiesça Lucy en se postant près de son camarade. On sera les plus courageux du monde.

— Moi, je vais être courageux ici, déclara Chauncey depuis sa cachette, sous Linus.

— J'aurais dû apporter ma pelle, grommela Talia. J'aurais pu m'en servir pour assommer ces idiots de cannibales.

— Qu'est-ce qu'on fait ? s'enquit Phee. On monte à la charge ? »

Lucy secoua la tête avant de se mettre à crier : « Je demande à savoir qui demeure ici ! »

Zoé prit une voix grave, mais Linus sentait qu'elle souriait. « Qui es-tu pour me demander quoi que ce soit, enfant ?

— Je suis le commandeur Lucy, le chef de cette expédition ! Montrez-vous. Je vous promets que nous ne vous ferons aucun mal. Si vous avez encore faim et souhaitez nous attaquer, sachez que M. Baker s'est proposé pour être sacrifié et nous permettre de survivre.

— Je n'ai jamais rien proposé de la sorte…

— Le commandeur Lucy ? » demanda Zoé. Ses mots résonnèrent autour d'eux. « Ça alors. J'ai entendu parler de vous. »

Lucy cligna des yeux. « C'est vrai ?

— Bien sûr. Vous êtes très célèbre.

— Ah bon ? Je veux dire : évidemment ! C'est bien moi ! Le célèbre commandeur Lucy !

— Qu'attendez vous de moi, commandeur Lucy ? »

Il consulta les autres du regard.

« Un trésor, décida Phee.

— Et Arthur, ajouta Chauncey.

— Et si on nous demande de n'en choisir qu'un ? » interrogea Talia. Elle avait repris la main de Linus.

« On choisira Arthur, répondit Sal qui paraissait plus sûr de lui que Linus ne l'avait jamais vu.

— Quoi ? Vous êtes certains ? intervint Lucy en donnant un coup de pied dans la terre. Mais… un trésor !

— Arthur », insista Sal. Théodore manifesta son accord sous la chemise de Sal. Linus ignorait quand il avait commencé à comprendre ce qu'il disait.

Lucy soupira. « Très bien. » Il se tourna de nouveau vers l'avant. « Nous voulons Arthur Parnassus !

— C'est tout ? tonitrua Zoé.

— Eh bien, je ne dirais pas non à un trésor…

— Lucy ! » siffla Chauncey.

Lucy grogna. « Non, juste Arthur !

— Alors qu'il en soit ainsi ! »

L'arbre diminua et disparut dans le sol en un clin d'œil.

La voie était libre.

« Voulez-vous passer en premier, commandeur Lucy ? » demanda Linus.

Le garçon secoua la tête. « Vous avez fait du bon boulot jusqu'à présent. Et je pense que ce n'est pas quelque chose que vous entendez souvent. Donc je ne veux pas vous enlever ce plaisir. »

Faisant appel à toute sa patience, Linus reprit la tête de l'expédition. Talia lui tenait toujours la main. Les autres enfants s'entassèrent derrière lui. Sal et Théodore fermèrent la marche.

Heureusement, ils n'eurent pas à avancer beaucoup. Le sentier donnait sur une petite clairière. En son centre se dressait une maison en bois de plain-pied recouverte de lierre. Elle paraissait ancienne. Des herbes hautes et denses poussaient au bas de ses murs. La porte était ouverte. Linus repensa aux histoires de son enfance, aux sorcières qui attiraient les bambins dans leur antre. Toutefois, les sorcières qu'il connaissait dans la vraie vie n'étaient pas cannibales.

Du moins, en majorité.

Il comprit alors à qui appartenait cette maison et l'honneur qu'on lui faisait en lui en accordant l'accès. Le foyer d'un esprit de la nature adulte était sa plus chère possession. C'était là qu'ils conservaient leurs secrets. Les esprits de la nature étaient connus pour leur discrétion. Il ne doutait pas un instant que Phee en ferait preuve un jour, mais il espérait qu'elle se souviendrait du temps qu'elle avait passé sur l'île de Marsyas. Elle n'était pas obligée d'être seule.

Le fait que Zoé Blanchapelle les invite à l'intérieur n'était donc pas anodin. Il se demanda si Arthur y était déjà entré (sans doute) et pourquoi Zoé avait permis à Linus de poser les pieds sur son île en premier lieu. Et à qui appartenait la maison dans laquelle se trouvait l'orphelinat. Tant de questions qui demeuraient sans réponses.

Avait-il le droit de les poser ? Après tout, cela n'avait aucun rapport avec le bien-être des enfants.

« Waouh, souffla Lucy. Regardez ! »

Des fleurs apparaissaient entre les vrilles de lierre. On aurait dit qu'elles poussaient directement sur la maison. Des couleurs vives – rose, or, rouge et bleu comme le ciel et la mer – se répandaient le long de branches noueuses. En quelques minutes, la maison tout entière en fut recouverte, même le toit.

Phee soupira d'un air rêveur. « C'est tellement joli. »

Linus ne pouvait qu'acquiescer. Il n'avait jamais rien vu de tel. En comparaison, ses tournesols lui paraissaient bien fades. Comment avait-il pu penser qu'ils étaient lumineux ?

Le retour chez lui allait être un choc.

Une silhouette apparut dans l'encadrement de la porte.

Les enfants se rapprochèrent de Linus.

Zoé sortit dans le soleil. Elle portait une robe blanche qui créait un très beau contraste avec sa peau sombre. Les fleurs dans ses cheveux étaient les mêmes que celles qui poussaient le long de sa maison. Les ailes écartées, elle leur sourit. « Explorateurs ! Je suis ravie que vous ayez trouvé votre chemin.

— Je le savais ! fanfaronna Lucy en levant les mains en l'air. Il n'y a jamais eu de cannibales. C'était Zoé depuis le début ! » Il secoua la tête. « Moi, je n'ai pas eu peur. Les autres si. Ce sont de gros bébés. »

Étant donné les exclamations d'indignation que poussèrent les autres enfants, ils ne semblaient pas d'accord avec lui.

« Arthur est vivant ? demanda Chauncey. Personne ne l'a mangé, ni rien ?

— Personne ne l'a mangé », lui assura Zoé. Elle s'écarta de la porte. « Il vous attend à l'intérieur. Avec le déjeuner… peut-être. Et de la tarte ? Vous allez devoir mener l'enquête. »

La promesse de nourriture avait dissipé les dernières bribes de frayeur. Ils se précipitèrent tous vers la porte, Sal y compris. Théodore poussa un cri indigné, mais réussit à maintenir sa prise.

Linus ne bougea pas. Il ne savait pas quoi faire. Zoé avait lancé une invitation, mais elles concernaient les enfants. Il ignorait si elle s'étendait à lui.

Zoé s'écarta de la maison. À chacun de ses pas, l'herbe poussait sous ses pieds. Elle s'arrêta devant lui et le dévisagea avec curiosité.

« Zoé », la salua-t-il avec un geste de la tête.

Elle avait l'air amusée. « Linus. On m'a dit que vous aviez vécu une sacrée aventure.

— Tout à fait. Je suis un peu sorti de ma zone de confort.

— Je pense que tous les explorateurs ressentent la même chose lorsqu'il s'éloigne du monde qu'il connaisse pour la première fois de leur vie.

— Vous dites souvent des choses qui ont un double sens, je me trompe ? »

Elle sourit. « Je ne vois pas de quoi vous parlez. »

Il ne la croyait pas du tout. « Arthur va bien ? »

Elle plissa légèrement les yeux. « *Arthur* va très bien. »

Linus hocha lentement la tête. « Ce n'est pas la première fois qu'il vient ici.

— Vous avez une question à me poser, Linus ? »

S'il n'en avait eu qu'une… « Non. Je fais… la conversation, c'est tout.

— Vous n'êtes pas très doué.

— Ce n'est pas la première fois qu'on me le dit, pour être honnête. »

Son expression s'adoucit. « Non, je m'en doute. Oui. Il est déjà venu ici.

— Mais pas les enfants ? »

Elle secoua la tête. « Non. C'est la première fois.

— Pourquoi aujourd'hui ? »

Elle le dévisagea. Il y avait un éclat dans ses yeux qu'il n'arrivait pas à définir. « L'île leur appartient autant qu'à moi. Il était temps. »

Il fronça les sourcils. « Ce n'est pas à cause de moi, j'espère.

— Non, Linus. Ce n'est pas à cause de vous. Je l'aurais fait même si vous n'étiez pas ici. Voulez-vous entrer ? »

Il tenta de masquer sa surprise, mais échoua misérablement. « L'île ne m'appartient pas. »

Elle hésita. « Non, mais je ne voudrais pas vous laisser dehors tout seul. N'oublions pas les cannibales.

— C'est vrai, acquiesça-t-il. Merci.

— Pourquoi me remerciez-vous ? »

Il n'en était pas vraiment sûr. « Pour tout, je suppose.

— Vous ne vous mouillez pas trop.

— Au moins, je ne risque pas d'oublier quoi que ce soit. »

Elle rit. Les fleurs dans ses cheveux et sur la maison prirent une teinte plus éclatante encore. « Vous êtes adorable, Linus Baker. Vous avez une carapace, mais elle est fêlée par endroits. Il suffit de creuser plus profondément pour trouver une personne pleine de vie. Vous êtes une énigme. »

Il rougit. « Je ne sais pas trop.

— Je vous ai entendu philosopher dans les bois. Je crois qu'Arthur s'est bien amusé. »

Linus se mit à bafouiller. « Ce n'est pas… Je pense qu'on… Cela ne voulait pas dire grand-chose.

— Je pense qu'au contraire, cela voulait dire beaucoup. » Et sur ces paroles, elle se retourna et rentra dans la maison. Linus la regarda s'éloigner.

L'intérieur de la maison était en quelque sorte l'extension de ce qui se trouvait à l'extérieur. À la place du parquet, il y avait de la terre et de l'herbe qui formait un tapis épais. Des pots remplis de fleurs pendaient du plafond. De minuscules crabes bleus et des escargots aux coquilles vert et or s'accrochaient au mur. Les fenêtres étaient ouvertes et au loin, Linus pouvait entendre l'océan. C'était un son auquel il s'était habitué. Il lui manquerait lorsqu'il serait temps pour lui de partir.

Sur un comptoir en bois étaient étalées toutes sortes de nourriture. Les enfants tenaient dans la main des espèces d'énormes coquillages qu'ils remplissaient d'aliments. Il y avait des sandwichs, de la salade de pommes de terre et des fraises si rouges que Linus crut qu'elles étaient fausses jusqu'à ce que Théodore morde dans l'une d'elles. Elles semblaient tellement bonnes que ses yeux roulèrent dans leurs orbites.

Arthur Parnassus était assis dans un vieux fauteuil, les mains croisées sur les genoux. Il observait d'un air amusé les enfants qui se gavaient alors que Zoé leur demandait de ralentir. Les expéditions creusaient l'appétit. Linus aussi avait le ventre vide.

« Content de voir que vous avez survécu », dit Linus, gêné, en se postant près du fauteuil.

Arthur rejeta la tête en arrière pour le regarder. « C'était très courageux de ma part, je sais. »

Linus rit. « Cela ne fait aucun doute. On écrira des poèmes épiques à votre sujet.

— Je crois que ça ne me déplairait pas.

— Cela ne m'étonne pas. »

Le sourire d'Arthur s'élargit tellement que des rides se formèrent au coin de ses yeux. « Avant qu'ils ne se jettent sur leur trésor, on m'a rapporté que vous vous étiez bien occupé d'eux en mon absence. »

Linus secoua la tête. « Lucy a sans doute voulu vous faire une plaisanterie...

— Le compliment venait de Sal. »

Linus cligna des yeux. « Pardon ?

— Sal m'a raconté que vous aviez tenu la main de Talia sans qu'elle ne vous le demande. Et que vous les aviez écoutés et les aviez laissés prendre leurs propres décisions. »

Linus ne savait plus où se mettre. « Ce n'était pas... J'ai simplement joué mon rôle.

— Dans tous les cas, je vous remercie. Comme vous le savez sans doute, venant de lui, c'est un gros compliment. »

Linus en avait conscience. « Je pense qu'il commence à s'habituer à moi. »

Arthur secoua la tête. « Ce n'est pas ça. Il... Il voit des choses. Peut-être plus que nous tous réunis. Le bien chez les gens. Ou le mal. Il a rencontré beaucoup de monde dans sa courte vie. Il est capable de détecter ce que nous ne pouvons pas.

— Je suis moi-même, dit Linus qui ne comprenait pas où il voulait en venir. Je ne sais pas comment être quelqu'un d'autre. J'ai toujours été comme ça. Ce n'est pas l'idéal, mais je fais de mon mieux avec ce qu'on m'a donné. »

Arthur le regarda avec tristesse. Il posa la main sur celle de Linus et la serra doucement avant de le lâcher. « Nous ne vous en demandons pas plus. » Il se leva en souriant, mais son sourire avait perdu de son éclat habituel. « Comment est votre trésor, explorateurs ?

— Délicieux ! » s'exclama Chauncey en avalant un sandwich entier en une seule bouchée. Il s'enfonça à l'intérieur de lui et commença à se décomposer.

« J'aurais préféré un vrai trésor, se plaignit Lucy.

— Et si le vrai trésor, c'était le renforcement de votre amitié grâce à ce que vous avez vécu ? » demanda Arthur.

Lucy grimaça. « C'est le trésor le plus nul du monde. On était déjà amis. Moi, je veux des rubis. »

Aussitôt, Théodore releva la tête et pépia une question.

« Non », répondit Talia autour d'une bouchée de salade de pommes de terre. Des morceaux d'œufs et de moutarde s'étaient accrochés à sa barbe. « Il n'y a pas de rubis. »

Ses ailes s'affaissèrent.

« Mais il y a de la tarte, intervint Zoé. Préparée exprès pour vous. »

Lucy soupira. « Si je dois me dévouer pour la manger…

— Oui, c'est une obligation, rétorqua Arthur. Et quelque chose me dit qu'elle te plaira autant que des rubis. » Il jeta un coup d'œil en direction de Linus. « Vous avez faim, cher explorateur ? »

Linus hocha la tête et se joignit à la troupe.

Au milieu du vacarme causé par le repas (Chauncey mangeait bruyamment penché, tête la première, sur sa part de tarte) et les rires (Chauncey avait recraché des morceaux de tarte lorsque Lucy avait raconté une blague assez grivoise, très inappropriée pour son âge), Linus remarqua que Zoé et Phee s'éclipsaient. Arthur et les autres enfants étaient distraits (« Chauncey ! cria Lucy d'une voix enjouée. Tu as réussi à m'envoyer un morceau de tarte dans le nez ! ») et Linus ressentit l'envie étrange et irrépressible d'aller voir ce qu'elles faisaient.

Il les trouva à l'orée des bois derrière la maison. Zoé avait la main posée sur l'épaule de Phee. Ses ailes étincelaient dans les rayons de soleil qui transperçaient la canopée.

« Qu'as-tu ressenti ? » voulut savoir Zoé. Elles ne regardaient pas dans sa direction, mais elles s'étaient probablement rendu compte de sa présence. Cela faisait bien longtemps que Linus n'arrivait plus à se montrer furtif.

« La terre », répondit aussitôt Phee. Dans la lumière, ses cheveux avaient la couleur des flammes. « Les arbres. Le réseau de leurs racines sous le sable et la terre. On aurait dit… qu'ils attendaient mes ordres. Qu'ils écoutaient. »

Zoé avait l'air contente. « Exactement. Il existe tout un monde sous ce que nous voyons. La plupart des gens n'en saisissent pas l'importance. Je trouve que nous avons de la chance. Nous ressentons plus de choses que les autres. »

Phee regarda la forêt. Ses ailes battaient la cadence. « J'aime les arbres. Je les préfère à beaucoup de personnes. »

Linus fut incapable de retenir son éclat de rire. Il tenta de le recouvrir, mais il était trop tard. Elles tournèrent lentement la tête vers lui. « Pardon, s'empressa-t-il de s'excuser. Je suis vraiment désolé. Je ne voulais pas… Je n'aurais pas dû vous interrompre.

— Vous voulez dire quelque chose ? » demanda Zoé et même si sa voix était neutre, il était clair qu'elle était agacée.

Il allait secouer la tête, lorsqu'il s'arrêta. « C'est juste que… J'ai des tournesols. Chez moi, en ville. » Il ressentit un pincement au cœur qu'il frotta pour faire disparaître. « De grandes tiges qui ne font pas toujours ce que je leur ordonne, mais je les ai plantés moi-même et je m'en suis occupé pendant qu'ils poussaient. Moi aussi, je les préfère à beaucoup de personnes. »

Phee plissa les yeux. « Des tournesols ? »

Linus s'essuya le front. « Oui. Ils ne sont pas… Disons qu'ils n'ont rien à voir avec tout ce que l'on trouve dans le jardin de Talia, ou avec les arbres qui sont ici, mais ils sont une jolie pointe de couleur au milieu du gris du métal et de la pluie. »

La fillette l'examina. « Et vous aimez la couleur ?

— Beaucoup, répondit Linus. Ce n'est qu'un détail, mais pour moi, les plus petites choses sont tout aussi importantes que les grandes.

— Tout doit commencer quelque part, dit Zoé en tapotant Phee sur la tête. Et tant qu'on s'occupe d'elles, elles continueront de grandir au-delà de nos espérances. N'est-ce pas, Linus ?

— Bien sûr », affirma celui-ci en sachant pertinemment qu'elles décortiquaient toutes ses paroles. La moindre des choses était de dire la vérité. « J'avoue que mes tournesols me manquent plus que je ne l'aurais imaginé. C'est bizarre, non ?

— Non, le contredit Phee. Moi aussi, cet endroit me manquerait si je devais le quitter. »

Oh, Seigneur. Ce n'était pas le chemin qu'il avait espéré emprunter, mais il était trop tard pour faire marche arrière. « Je comprends, fit-il en observant les arbres. Cela a son charme. Je te l'accorde.

— *Populus tremuloides* », récita Phee.

Linus fronça les sourcils. « Je te demande pardon ? »

Zoé rit derrière le dos de sa main.

« *Populus tremuloides*, répéta Phee. J'ai lu un livre à leur sujet. On les appelle peupliers faux-trembles dans le langage commun. On les trouve généralement rassemblés en bosquets. Leur tronc est blanc en grande partie, mais leurs feuilles sont d'une teinte jaune très vif, presque dorée. Comme le soleil. » Elle regarda de nouveau en direction de la forêt. « Presque comme des tournesols.

— Ils sont sûrement très beaux, supposa Linus qui ne savait pas quoi dire d'autre.

— Ils le sont, confirma Phee, mais c'est ce qui se trouve sous terre qui est le plus important. Les rassemblements comptent des milliers d'arbres, parfois même des dizaines de milliers. Ils sont différents, pourtant, le secret, c'est qu'ils sont tous pareils. »

Linus cligna des yeux. « C'est-à-dire ? »

Phee s'accroupit et laissa courir ses doigts dans la terre meuble. « Ce sont des clones les uns des autres, un organisme unique géré par un réseau de racines imposant sous la surface. Sur le plan génétique, les arbres sont identiques, mais ils possèdent leur propre personnalité, comme c'est souvent le cas chez les arbres. Avant de pousser, leurs racines peuvent rester en dormance pendant des décennies en attendant que les conditions soient propices à leur développement. Cela prend du temps. Il existe un clone qui, selon la légende, aurait presque 8 000 ans. C'est peut-être l'organisme vivant le plus ancien du monde. »

Linus hocha lentement la tête. « Je vois.

— Vraiment ? demanda Phee. Si vous détruisez le bosquet et si vous arrachez les arbres sans vous soucier des racines, ils renaîtront. Ils repousseront comme avant. Ils ne seront peut-être pas identiques, mais au bout d'un moment, leurs troncs deviendront blancs et leurs feuilles dorées. J'aimerais les voir, un jour. Je pense qu'ils ont beaucoup de choses à me raconter.

— Bien sûr, dit Zoé. Encore plus que tu ne l'imagines. Ils ont une très, très grande mémoire.

— Vous en avez déjà vu ? demanda Linus.

— Ça se pourrait.

— Les esprits de la nature, marmonna Linus dans sa barbe. S'ils sont tous pareils, comment faites-vous pour les différencier ?

— Il faut regarder ce qu'il y a en dessous », répondit Phee. Elle enfonça les mains dans la terre. « Comprendre ce qui les rend différents prend du temps. C'est laborieux, mais la patience sert à ça. Les racines peuvent vivre pour l'éternité dans l'espoir du bon moment. » Elle fronça les sourcils en direction de la terre. « Je me demande si je peux... »

Quand elle grogna, comme si elle s'était fait mal, Linus fit mine de s'approcher d'elle. Zoé l'en empêcha en secouant la tête. Il se figea aussitôt. La qualité de l'air changea légèrement. On aurait dit qu'il était plus lourd. Les ailes de Phee se mirent à battre rapidement. La lumière qui se reflétait dessus créait de petits arcs-en-ciel. De la sueur glissa du bout de son nez jusqu'au sol. Elle plissa le front, puis soupira et leva les mains.

Bouche bée, Linus regarda une tige verte s'élever de la terre. Des feuilles longues et fines se déployèrent. La tige se mit à se balancer sous les paumes de la fillette. Ses doigts tremblaient. Quelle ne fut pas sa surprise lorsqu'une fleur jaune aux pétales vifs s'ouvrit. La plante poussa quelques centimètres de plus avant que Phee en écarte les mains.

« Ce n'est pas un tournesol, dit-elle calmement. Je ne pense pas qu'ils survivraient ici, malgré toutes les meilleures intentions. Celle-ci fait partie de la famille des euryops. »

Linus eut du mal à retrouver l'usage de la parole. « Tu as... C'était... C'est toi qui l'as fait pousser ? »

Elle se dandina d'un pied nu sur l'autre. « Ce n'est pas spectaculaire, je sais. Talia est beaucoup plus douée avec les fleurs. Moi, je préfère les arbres. Ils vivent plus longtemps.

— Pas spectaculaire ? répéta Linus, perplexe. Phee, c'est merveilleux ! »

Clairement surprise, elle regarda Linus, puis Zoé. « Vous trouvez ? »

En quelques pas, il se retrouva accroupi à côté de la fleur. La main tremblante, il la toucha avec précaution, à moitié convaincu qu'elle n'était pas réelle et qu'il s'agissait d'une illusion d'optique. Lorsqu'il sentit la texture soyeuse des pétales entre ses doigts, il hoqueta de surprise. C'était une toute petite fleur, mais quelques minutes plus tôt, l'espace où elle se trouvait avait été vide. Il leva la tête vers Phee qui l'observait en se mordillant la lèvre inférieure. « Oui, affirma-t-il d'un ton ferme. C'est tout à fait merveilleux. Je n'avais jamais vu une telle chose. Je dirais même que c'est bien mieux qu'un tournesol.

— Ne nous emballons pas, protesta Phee qui avait l'air de se faire violence pour ne pas sourire.

— Comment as-tu fait ? » demanda-t-il sans lâcher les pétales.

Elle haussa les épaules. « J'ai écouté la terre. Elle chante. La plupart des gens ne le savent pas. Il faut écouter de toutes ses forces. Certains ne l'entendront jamais, malgré tous leurs efforts. Moi, je l'entends aussi bien que vous. Elle a chanté pour moi et je lui ai promis de m'occuper d'elle si elle me donnait ce que je voulais. » Elle considéra de nouveau la fleur. « Vous l'aimez vraiment ?

— Oui, murmura Linus. Beaucoup. »

Elle lui sourit. « Tant mieux. Si vous voulez tout savoir, je l'ai appelée Linus. Vous devriez vous sentir honoré.

— Je le suis, répondit-il que le geste touchait de manière disproportionnée.

— C'est le nom idéal, déclara-t-elle. Elle n'est pas très robuste et, pour être franche, pas très agréable à regarder. Elle mourra sans doute si personne ne s'occupe d'elle régulièrement. »

Linus soupira. « Ah. Je vois.

— Tant mieux », dit-elle en souriant de plus belle. Toutefois, elle reprit rapidement son sérieux et regarda la fleur. « Elle est très bien quand même, si on y réfléchit. Elle n'était pas là et maintenant, elle existe. En définitive, c'est tout ce qui importe.

— Tu es capable de créer quelque chose en ne partant de rien, s'émerveilla Linus. C'est impressionnant.

— Je ne pars pas de rien, lui fit-elle remarquer d'un ton sans mordant. Les éléments étaient juste… cachés. J'ai su où les trouver parce que j'ai tendu l'oreille. Quand on écoute, on entend des tas de choses dont on ne connaît même pas l'existence. Maintenant, si vous voulez bien m'excuser, je dois aller me gaver de tarte jusqu'à me faire vomir. Et après j'en mangerai encore. Je jure que si Lucy ne m'en a pas laissé, je ferai pousser un arbre dans ses oreilles. »

Sur ces bonnes paroles, elle se dirigea vers la petite maison, ses ailes battant dans son dos.

Linus la regarda s'éloigner. « C'est… une menace efficace. »

Zoé s'esclaffa. « N'est-ce pas ?

— Elle est douée.

— Ils le sont tous. Il suffit d'oublier ce qu'on voit et de jeter un œil aux racines.

— La métaphore est facile.

— C'est vrai, lui accorda Zoé, mais quelque chose me dit qu'il ne faut pas être trop subtil avec vous. » Elle se tourna vers la maison et marcha dans les pas de Phee. « Vous venez Linus ? Après cette nouvelle leçon, vous avez mérité une autre part de tarte.

— Dans un instant », répondit-il. Il reprit la contemplation de la fleur pendant que Zoé rentrait. Il pressa un doigt contre le cœur aussi légèrement que possible. Quand il l'écarta, l'extrémité était jaunie par le pollen. Sans réfléchir, il porta le doigt à sa bouche. Le pollen avait un goût amer, sauvage, au combien vivant.

Il ferma les yeux et respira.

Onze

Ministère de la Jeunesse Magique
Rapport n° 2 – Orphelinat de Marsyas
Linus Baker, agent BY78941

Je jure solennellement que le contenu de ce rapport est exact et authentique. Je comprends que, selon le règlement du Ministère de la Jeunesse Magique, tout mensonge avéré résultera en un blâme et pourra mener à mon licenciement.

Ma deuxième semaine au sein de l'orphelinat de Marsyas m'a permis d'observer différentes facettes de ses habitants. Là où je ne voyais alors que du chaos, j'entrevois petit à petit un ordre pertinent. Cela ne concerne en aucun cas des changements précipités qui auraient pu être opérés après mon arrivée (même s'il y en a certainement eu : c'est souvent le cas lorsqu'un agent franchit la porte d'une institution). Je commence simplement à m'habituer et à comprendre leur organisation.

Mlle Blanchapelle, même si elle ne reçoit aucune rémunération de la part du MJM, s'occupe de ces enfants comme des siens. Étant donné sa nature d'esprit de la nature, cela peut surprendre.

En effet, ses pairs sont connus pour mener des existences solitaires et pour se montrer extrêmement protecteurs du territoire dont ils s'occupent. En fait, je n'ai jamais rencontré un esprit qui ne protégeait pas son intimité à tout prix. Mlle Blanchapelle n'est pas ce que j'appellerais une personne chaleureuse, mais elle travaille main dans la main avec le directeur de l'orphelinat pour s'assurer que les enfants ne manquent de rien. On la trouve souvent dans la cuisine, en train de préparer les repas, et elle aide les petits à réviser les leçons que M. Parnassus leur enseigne. Elle possède des connaissances sur de nombreux sujets. Son implication permet aux enfants d'approfondir ce qu'ils apprennent. Les enseignements en eux-mêmes semblent dénués de propagande, mais il est possible que cela soit à mon bénéfice.

J'ai enfin pu visiter la chambre de Lucy et assister à l'une de ses sessions avec M. Parnassus. Lorsqu'on oublie ce que l'on sait du garçon – qui il est censé être –, on découvre un enfant très curieux qui dit certaines choses pour choquer son interlocuteur sans pour autant les penser. Il possède une intelligence presque terrifiante et s'exprime avec aisance. Si le MJM n'était pas certain qu'il soit l'antéchrist – un terme banni au sein de l'orphelinat de Marsyas –, je l'aurais simplement vu comme un garçon avec un don pour décrire des situations effrayantes. Toutefois, il est possible que ce soit ce qu'il veut me faire croire. Mieux vaut que je reste sur mes gardes. Ce n'est pas parce qu'il a l'apparence d'un enfant qu'il n'est pas capable des pires calamités.

Sa chambre est petite. Il s'agit du dressing de M. Parnassus qui a été converti à son intention. Il s'est montré étonnamment timide à l'idée de me montrer son espace de vie, mais son amour pour la musique m'a permis d'établir une connexion avec lui. Je suis persuadé – s'il est correctement accompagné, bien sûr – qu'il est capable de devenir un membre productif de notre société. Du moment qu'il ne laisse pas sa vraie nature reprendre le dessus. Cela soulève la question de l'inné et de l'acquis. Le mal en lui peut-il être vaincu par une éducation normalisée ? Peut-il être réhabilité ? Intégré ? Cela reste à prouver.

Je n'ai pas encore vu la chambre de Sal, mais il me semble que, petit à petit, je commence à gagner sa confiance. Je dois me montrer prudent en sa présence. Il me fait penser à un poulain craintif. Cela étant dit, je l'ai davantage entendu parler aujourd'hui que durant tout mon séjour sur l'île. Il ne s'est pas adressé à moi directement. Il discutait avec les personnes autour de moi. Mais cela n'a pas d'importance. Je pense qu'il est comme un tournesol. À force de soin et de douceur, il finira par montrer son vrai visage.

Théodore – la vouivre – possède un trésor que je n'ai pas encore aperçu. Je sais simplement qu'une dizaine de mes boutons sont allés le rejoindre. Je ne le verrai peut-être jamais, mais pour le moment, cela ne me pose pas de problème. Ce ne sont que des boutons, après tout. J'ai l'intention de garder un œil sur lui pour m'assurer que son comportement n'est pas dangereux.

Le plus gros problème à ce jour semble être l'isolation. L'île est étendue, mais les enfants ne la quittent jamais. Cela s'explique, mais l'explication en question ne me plaît pas. Cela m'aurait été utile de savoir avant mon arrivée que les villageois sont payés par le gouvernement pour garder le silence. Ce genre de détails ont leur importance et le fait que je ne sois pas au courant met en péril mon professionnalisme. Une question me vient tout de suite à l'esprit : d'où proviennent ces paiements ? Sont-ils prélevés sur la somme allouée à l'orphelinat ? Si tel est le cas, il me semble qu'un contrôleur ne le verrait pas d'un très bon œil.

Le village semble plutôt hostile face aux pensionnaires de l'orphelinat. Je pense que les campagnes d'information menées par le Bureau du recensement ne jouent pas en faveur du MJM. On trouve le message ATTENTIFS ENSEMBLE aux quatre coins du village. Il en va de même pour la ville, même si, ici, ils semblent davantage regroupés. Si les enfants ne se sentent pas les bienvenus dans le monde réel, comment pouvons-nous espérer les intégrer à notre société ?

Je réfléchis à les emmener dans le village pour la journée. Pour faire un test. Il faut bien entendu que j'en discute avec M. Parnassus au préalable. Je pense que cela ferait du bien aux enfants et avec un peu de chance, les villageois se rendront compte que leurs peurs sont infondées. Si Arthur refuse, je devrai me plier à sa décision.

Arthur est vraiment un homme étrange. Il se soucie des enfants. On ne peut pas dire le contraire. Et même s'il ne suit pas à la lettre (voire pas du tout) le guide *RÈGLES ET RÈGLEMENTS*, je trouve que ses méthodes ont un certain mérite. Les relations qu'entretiennent les enfants entre eux sont très fortes et je suis persuadé qu'Arthur y est pour quelque chose.

Quand bien même, il reste une énigme à mes yeux. J'ai beaucoup appris sur les habitants de l'île depuis mon arrivée, mais il me semble que c'est celui que je connais encore le moins. Il faut que j'y remédie.

Pour le bien des enfants, évidemment.

Aujourd'hui, Talia m'a montré une autre partie de son jardin. Les gnomes sont connus pour leurs prouesses en horticulture, pourtant, elle réussit à m'émerveiller...

Lors de la deuxième semaine du séjour de Linus sur l'île de Marsyas, le mardi plus précisément, Calliope décida qu'elle avait envie qu'on la prenne en chasse, après avoir commis un vol.

Linus n'en avait pas la moindre envie ; il venait de manger son déjeuner et somnolait tranquillement au soleil sur son perron. Il lui restait encore quelques instants avant de devoir retourner dans la maison principale pour observer la classe. Autant dire qu'il utilisait ce moment à bon escient.

Et puis l'idée de courir après un chat ne lui plaisait pas beaucoup. Linus, en dépit de toute bonne volonté, détestait courir après les choses. Car cela impliquait de courir, justement, et il y avait bien longtemps qu'il avait décidé que la course à pied n'était pas pour lui. Il n'avait jamais compris les gens qui se réveillaient avant le lever du soleil, enfilaient des baskets hors de prix et allaient courir par plaisir. C'était vraiment étrange.

Calliope bondit hors de la maison, toute gonflée, les yeux écarquillés, comme le faisaient parfois les félins sans raison apparente. Elle le regarda d'un air un peu fou, la queue raide comme un piquet, les griffes enfoncées dans le plancher.

Avec une de ses cravates entre les crocs.

Linus fronça les sourcils. « Qu'est-ce que tu... »

La chatte s'élança en direction du jardin.

Linus manqua tomber de sa chaise mais, par miracle, il réussit à garder l'équilibre. Il regarda Calliope s'enfuir avec le tissu de la cravate noire qui traînait derrière elle. « Hé ! cria-t-il. Satané chat ! Qu'est-ce que tu fais ? Arrête tout de suite ! »

Elle ne s'arrêta pas et disparut derrière une haie.

Pendant un instant, Linus pensa à la laisser tranquille. Ce n'était qu'une cravate, après tout, et cela faisait une semaine qu'il n'en portait plus. Il faisait bien trop chaud pour cela. Phee lui avait demandé pourquoi il ne s'en départait jamais. Quand il lui avait expliqué que quelqu'un dans sa position se devait de s'habiller ainsi, elle l'avait dévisagé longuement avant de s'éloigner en secouant la tête.

Le dimanche suivant, pour la première fois, il avait décidé de s'en passer... sans que cela n'ait rien à voir avec la remarque de la petite fille, bien entendu. Puis le lundi, il avait décrété que sa cravate resterait au placard, du moins, pour le moment. Lorsqu'il retournerait en ville, il devrait en porter une... mais ici ?

Ce n'était pas comme s'il était surveillé.

Qui le saurait ?

(Phee, apparemment, si son sourire satisfait était une quelconque indication.)

Malgré tout, cette cravate lui avait coûté davantage qu'il ne souhaitait l'admettre et ce n'était pas parce qu'il ne la portait pas à cet instant précis que cela donnait le droit à Calliope de la lui voler. Il en aurait besoin une fois rentré à la maison.

Alors, il se mit à la poursuite de son chat.

Quand il atteignit le jardin, il transpirait déjà. Sa taille et sa corpulence, confrontées à la résistance du vent, rendaient la course difficile. Bon d'accord, il ne courait pas vraiment, mais des petites foulées n'étaient pas plus faciles pour lui.

Il pénétra dans le jardin en appelant Calliope et en exigeant qu'elle se montre. Elle n'obéit pas, bien entendu, car elle était un chat et donc, par définition, n'écoutait jamais les gens autour d'elle. Il inspecta les haies et les parterres de fleurs, persuadé de la trouver accroupie, la queue battante, en train de mâchonner sa cravate.

« Je ne sais pas pourquoi cette île te rend comme ça, dit-il d'une voix forte en se redressant, mais je te promets que les choses changeront lorsqu'on rentrera à la maison. Ce comportement est inacceptable. »

Il s'enfonça davantage dans le jardin et atteignit une partie qu'il n'avait jamais visitée. Elle était sur le côté de la maison où la végétation était plus dense que dans tous les endroits que Talia lui avait montrés. Ici, les fleurs paraissaient plus sauvages, leurs pétales plus vifs, presque aveuglants. Le soleil étant passé de l'autre côté de la maison, les ombres étaient nombreuses. Il y avait beaucoup de cachettes pour un chat.

Il contourna un arbre ancien aux branches noueuses et aux feuilles repliées lorsqu'il vit…

« Ah, tu es là ! s'exclama-t-il avec un soupir. Qu'est-ce qui t'a pris, bon sang ? »

Calliope était assise, la cravate posée devant elle. Elle le regarda d'un air entendu et miaula. Il n'y était toujours pas habitué.

« Je m'en moque, répondit-il. Tu n'as pas le droit de voler mes affaires. C'est impoli et je n'aime pas te... courir... après. »

Il cligna des yeux.

Là, derrière la chatte, au pied de la maison, se trouvait ce qui semblait être la porte d'une cave. Les fondations étaient en pierre et la porte faite dans un bois épais. Les sourcils froncés, il s'en approcha. Il y avait des traces de brûlure sur la porte, comme si la cave avait été le théâtre d'un incendie. Il réfléchit un instant et tenta de se rappeler si on lui avait parlé d'un sous-sol. Il n'en avait pas le souvenir. À part la chambre de Sal, il avait inspecté le moindre recoin de l'orphelinat. Du moins, il l'avait cru. S'il y avait un sous-sol, il n'existait pas d'accès direct depuis l'intérieur du bâtiment.

Un cadenas rouillé fermait la porte. Ce qui se cachait derrière, s'il s'y cachait quoi que ce soit, resterait un mystère pour le moment. Pendant un instant, Linus pensa à aller chercher l'une des pelles de Talia et à forcer le passage, mais il y renonça. Cette porte était verrouillée pour une bonne raison. Sans doute pour éviter que les enfants ne l'ouvrent. S'il y avait eu un incendie, il y avait de grandes chances pour que l'espace soit dangereux. Arthur avait probablement mis le cadenas en place lui-même. On aurait dit que personne ne l'avait ouvert depuis longtemps. D'ailleurs, le chemin qui menait à cette cave était recouvert d'herbes. Cela contrastait avec le jardin bien entretenu de Talia.

« On y entreposait sans doute du charbon. Cela expliquerait les marques de brûlure. Et comme on ne se sert pratiquement plus de charbon, il était plus sage de condamner l'accès. »

Il se pencha pour ramasser sa cravate.

Calliope l'observait avec de grands yeux vifs.

« C'est à moi, lui dit-il. Ce n'est pas bien de voler. »

Elle se lécha la patte et se la passa sur la tête.

« Non. Ça n'a rien à voir. »

Il jeta un dernier coup d'œil à la porte avant de revenir sur ses pas.

Il devrait se souvenir de questionner Arthur lorsqu'ils se retrouveraient seuls.

Ce qui, à son désarroi grandissant, ne se produisit pas. Il ne comprenait pas pourquoi cela le touchait autant. Linus se rendait bien compte que les sentiments qu'il ressentait envers Arthur Parnassus étaient temporaires. Ils étaient le résultat d'une proximité forcée. Linus n'avait pas beaucoup d'amis (s'il était honnête avec lui-même, il aurait même pu dire qu'il n'en avait aucun), et imaginer qu'Arthur Parnassus puisse devenir son ami était agréable, bien que peu réaliste. Ils ne pouvaient pas entretenir la moindre relation. Linus était agent pour le MJM. Il menait une enquête. Se permettre des familiarités avec l'un des sujets de cette enquête n'était pas professionnel. *RÈGLES ET RÈGLEMENTS* était clair à ce sujet : *Un agent,* disait-il, *doit rester objectif. L'objectivité est de la plus haute importance pour assurer la santé et le bien-être de la jeunesse magique. Les enfants ne doivent pas dépendre de l'agent, car l'agent n'est PAS LEUR AMI.*

Linus avait un travail à faire, ce qui signifiait qu'il ne pouvait pas attendre patiemment qu'Arthur daigne lui parler sans que les petites oreilles écoutent. Et même si Linus trouvait les sessions entre Arthur et Lucy fascinantes, il ne pouvait pas passer toutes ses fins de journée avec eux. Il y avait cinq autres enfants. Il ne voulait pas qu'on croie qu'il s'adonnait à du favoritisme.

Il rendit d'abord visite à Talia dans son jardin et l'écouta exposer les différents bénéfices (les très nombreux bénéfices) qu'il y avait à travailler les sols.

Il suivit ensuite Phee et Zoé dans les bois où cette dernière parla de l'importance d'écouter la terre autour d'eux, les arbres, l'herbe et les oiseaux.

Chauncey lui raconta des histoires de grooms connus (dont la plupart, selon Linus, étaient probablement fictifs) qui ouvraient les portes, s'occupaient des bagages et résolvaient des crimes comme des vols de bijoux ou se chargeaient du *room service*. Il sortit un énorme livre (presque aussi épais que *RÈGLES ET RÈGLEMENTS*) de sous son lit, enveloppé dans du plastique pour éviter qu'il ne se mouille. Il le souleva en grognant au-dessus de sa tête pour montrer le titre à Linus. Le plastique crissa. *L'Histoire des grooms à travers les âges*.

« Je l'ai déjà lu quatre fois et demie, annonça-t-il fièrement.

— C'est vrai ? demanda Linus.

— Oh oui. Je veux être certain de savoir ce que je fais.

— Pourquoi ? »

Chauncey cligna lentement des yeux, d'abord le droit, puis le gauche. « Pourquoi quoi ?

— Pourquoi veux-tu devenir groom ? »

Il sourit. « Parce qu'ils aident les gens.

— Et c'est ce que tu aimerais faire ? »

Son sourire perdit un peu de son éclat. « Plus que tout au monde. Je sais que je suis... » Il serra ses dents noires. « ... différent. »

Linus sursauta. « Non. Ce n'est pas ce que je... Il n'y a absolument rien qui cloche chez toi.

— Je sais, répondit Chauncey. La différence n'est pas forcément une mauvaise chose. Arthur dit que parfois, être différent est même mieux qu'être comme les autres. » Il contempla le livre entre ses tentacules. « Quand les gens arrivent dans un hôtel, en général, ils sont fatigués. Ils veulent que quelqu'un les aide à porter leurs bagages. Et moi, je suis doué pour ça. Talia me demande tout le temps de l'aider à porter de lourdes charges pour elle, pour que je m'entraîne. » Il plissa les yeux sans les détourner du livre. « Ce n'est pas parce que j'ai cette apparence que je ne peux pas aider les autres. Je sais que certaines personnes me trouvent effrayant, mais en vrai, je ne le suis pas. Je le promets.

— Bien sûr que non », dit Linus d'une voix douce. Il désigna le livre d'un geste du menton. « Allez, vas-y. Parle-moi de ces grooms à travers les âges. Je suis sûr que c'est fascinant. »

Les antennes de Chauncey ondulèrent sous le coup de l'excitation. « C'est génial ! Vous saviez que le mot "groom" avait été utilisé pour la première fois en 1897 ? On les appelle aussi des porteurs ou bagagistes. N'est-ce pas incroyable ?

— Si, répondit Linus. C'est la chose la plus incroyable que j'aie jamais entendue. »

Il s'assit enfin avec Théodore à côté de son nid (jamais à l'intérieur, il ne voulait pas se faire mordre), et écouta la vouivre pépier en lui montrant chacun de ses petits trésors : un bouton, une pièce en argent, un autre bouton, un morceau de papier plié sur lequel il crut reconnaître l'écriture de Sal (mais Linus n'arrivait pas à déchiffrer le message), et encore un bouton.

À tous, il leur demanda s'ils étaient heureux. S'ils avaient la moindre inquiétude. Si quelque chose leur faisait peur sur cette île.

Il avait posé des questions similaires dans les orphelinats qu'il avait inspectés lors de ses missions précédentes. Chaque fois, il avait réussi à déterminer si les enfants avaient appris des réponses toutes faites pour lui faire plaisir. Il y avait toujours une inflexion artificielle dans leur voix enjouée et dans leurs paroles de bonheur et de joie : *Non, monsieur Baker, tout va très bien ! Je ne pourrais pas être plus heureux !*

Ici, c'était différent. Ici, Talia l'avait regardé d'un air suspicieux et lui avait demandé pourquoi il posait une telle question et si elle devait aller chercher sa pelle. Ici, Phee avait ri et lui avait répondu qu'elle n'aurait voulu être nulle part ailleurs, car ici, elle était avec ses arbres et les siens. Ici, Lucy avait souri et lui avait dit : *Oh oui, monsieur Baker, j'aimerais aller ailleurs, un jour,* mais seulement si les autres l'accompagnaient et s'ils étaient d'accord pour qu'il domine le monde. Ici, avec les yeux remuant d'excitation, Chauncey avait répliqué qu'il adorait l'île, mais qu'il regrettait qu'il n'y ait pas d'hôtel, car il aurait voulu porter des bagages. Ici, Théodore se prenait les pattes dans ses ailes tellement il était heureux de voir Arthur alors qu'il l'avait seulement perdu de vue pendant quelques minutes.

Et ici, le jeudi, à la fin de la deuxième semaine, Sal apparut sur le perron de la dépendance à 17 h 15, tellement nerveux qu'il se mordillait la lèvre inférieure.

Après avoir entendu un coup sur la porte, Linus était allé ouvrir. Il avait été surpris de voir Sal seul. Il s'était penché pour vérifier que d'autres enfants ne se cachaient pas dehors, mais ce n'était pas le cas.

Il n'y avait que Sal.

Linus se força à cacher sa surprise pour éviter de lui faire peur. « Bonsoir, Sal. »

Le garçon écarquilla les yeux et fit un pas en arrière. Il jeta un coup d'œil derrière lui. Même si Linus ne le voyait nulle part, il était certain qu'Arthur observait la scène. Il ignorait comment il le savait, mais il avait la sensation qu'il se passait rarement quelque chose sur cette île sans la supervision du directeur.

Sal reporta son attention sur Linus, puis baissa les yeux vers le sol. Il avait les poings serrés contre ses flancs et respirait fort. Linus commençait à se demander si quelque chose n'allait pas. Puis Calliope se faufila entre les jambes de Linus et alla se frotter contre Sal. Elle miaula très fort, se cambra et remua les oreilles.

Le garçon lui sourit et sembla se détendre un peu.

« C'est un gentil chat, dit-il d'une voix douce. Elle me rend chèvre de temps en temps, mais ce n'est pas si grave.

— J'aime les chats, murmura Sal. La plupart du temps, ce n'est pas réciproque à cause de cette histoire de chien.

— Calliope est un peu différente. Elle t'aime bien. »

Sal leva enfin les yeux vers lui. « C'est vrai ? »

Linus haussa les épaules. « Tu entends comme elle te parle ? »

Sal hocha la tête.

« Je ne l'avais jamais entendu faire ça. Oh, elle ronronne comme tous les chats, mais elle ne miaule jamais. Du moins, ce n'était pas le cas avant notre arrivée ici. Avant qu'elle te rencontre. »

Sal parut choqué. « Waouh, souffla-t-il en observant l'animal. Je me demande bien pourquoi.

— J'aime croire qu'elle sait cerner les gens, qu'elle a senti quelque chose chez toi qui l'a mise suffisamment en confiance pour parler. Les chats sont très intelligents. S'ils sentent que quelqu'un n'est pas une bonne personne, ils les évitent ou même les attaquent.

— Elle ne m'a jamais attaqué, remarqua le garçon.

— Je sais. Elle t'aime bien. »

Sal se gratta le côté du cou. « Je l'aime beaucoup, moi aussi.

— Tant mieux, dit Linus, parce que si les chats sont de bons juges de caractère, il est aussi possible de connaître une personne en regardant comment elle traite les animaux. Si elle fait preuve de cruauté, évite-la à tout prix. Si au contraire, elle montre de la bonté, j'aime penser qu'elle possède une belle âme.

— Je suis gentil avec les animaux, indiqua Sal qui semblait bien plus enthousiaste que Linus ne l'avait jamais vu. Et ils ont toujours l'air de m'apprécier.

— C'est vrai ? demanda Linus, amusé. Je suis ravi de l'apprendre. »

Le rouge aux joues, Sal détourna le regard. Lorsqu'il reprit la parole, il marmonna quelque chose dans sa barbe que Linus ne parvint pas à entendre.

« Est-ce que tu peux répéter, s'il te plaît ? Je n'ai pas compris. »

Sal prit une grande inspiration qu'il relâcha lentement. « Je me demandais si je pouvais vous montrer ma chambre. »

Linus réussit à garder sa voix neutre. Pourtant, à l'intérieur, il ressentait une joie indescriptible. Il ne s'était pas attendu à ressentir une telle chose. « Ça me ferait très plaisir. » Il hésita. « Est-ce que quelqu'un t'a envoyé ici ? Je ne veux pas que tu te forces si tu n'es pas prêt. »

Sal haussa les épaules, visiblement gêné. « Avant votre arrivée, Arthur m'avait prévenu que vous voudriez la voir, mais depuis, il ne m'en a plus reparlé. »

Linus fut rassuré. « Et aucun de tes camarades… »

Il secoua la tête. « Non. Enfin, je sais que vous avez déjà vu leurs chambres, mais… ils ne m'ont rien dit. »

Linus aurait voulu lui demander ce qui l'avait décidé, mais il se retint de poser la question. Il ne voulait pas mettre davantage de pression sur les épaules du garçon. « Alors, j'en serais ravi.

— Est-ce que Calliope peut venir, elle aussi ? demanda Sal en mangeant presque ses mots dans la précipitation. Si cela vous va, bien sûr. Je ne veux déranger personne… »

Linus l'interrompit en levant la main. « Cela ne me pose pas de problème, mais on va lui laisser le choix. Si elle nous suit, et je ne doute pas qu'elle le fasse, c'est qu'elle accepte.

— OK.

— On y va ? »

Le garçon se mordilla de nouveau la lèvre avant de hocher la tête.

Linus referma la porte de la petite maison derrière lui.

Comme l'avait prédit Linus, Calliope les accompagna. Elle avançait de quelques pas, puis revenait en arrière pour marcher aux côtés de Sal. Linus était presque vexé devant un tel étalage d'affection, mais étant donné qu'il avait 40 ans et qu'il n'était pas un adolescent boudeur, il n'en souffla pas mot. Et puis, se rappela-t-il, elle l'aidait à communiquer avec Sal. Il ne pouvait pas passer à côté de cette occasion.

Dans le jardin, ils dépassèrent Talia qui leur fit un signe de la main avant de retourner s'occuper de ses fleurs. Chauncey était avec elle. Il disait, très fort, que ses fleurs étaient les plus belles qu'il n'avait jamais vues et que si elle acceptait, il adorerait en manger quelques-unes. Phee et Zoé étaient dans les bois. Lucy était avec Arthur dans sa chambre. Avant qu'ils atteignent l'escalier, Théodore émit un son aigu. En levant la tête, Linus se rendit compte que la vouivre était accrochée à une poutre, la tête en bas, comme s'il se prenait pour une chauve-souris. Il poussa un autre cri auquel Sal répondit : « Tout va bien, Théodore. Je lui ai demandé de venir. » Théodore pépia une dernière fois avant de fermer les yeux. Linus suivit Sal à l'étage.

Ils s'arrêtèrent devant la porte de sa chambre. Sal qui avait toujours l'air nerveux posa une main tremblante sur la poignée.

Linus refusait de le forcer. « Si tu n'es pas prêt, lui dit-il, ce n'est pas grave. Je ne te forcerai pas, Sal. Ne le fais pas pour moi. »

Sal fronça les sourcils, puis regarda de nouveau Linus. « Je le fais forcément pour vous. »

Linus resta perplexe. « Euh… Oui. Bien sûr. Mais nous avons tout le temps du monde. » Ce n'était pas le cas, bien entendu. La moitié de son séjour sur l'île de Marsyas s'était déjà écoulée. Cette idée le prit par surprise.

Sal secoua la tête. « Je… J'aimerais qu'on le fasse maintenant. »

Linus n'omit aucune objection. « Si tu veux. Si ça te rassure, je ne toucherai rien de ce qui t'appartient. Si tu veux me montrer certaines choses, j'en serai ravi, mais je ne suis pas là pour te juger, Sal. Pas du tout.

— Qu'est-ce que vous faites ici, si vous ne jugez pas ? »

La remarque toucha Linus en plein cœur. « Je… Eh bien, je veux m'assurer que cette maison est un vrai foyer et que vous vous sentez chez vous. Que vous y êtes tous en sécurité. »

Sal lâcha la poignée. Il se tourna complètement vers Linus. Calliope, assise à ses pieds, leva la tête vers lui. C'était la première fois que Linus se trouvait aussi près du garçon. Il était aussi grand que lui et même si Linus était plus enrobé, Sal était massif. Il se dégageait de lui une force qui contrastait avec la façon dont il tentait de se faire tout petit parfois.

« Est-ce que vous allez me forcer à partir ? » demanda-t-il en fronçant davantage les sourcils.

Linus hésita. Il n'avait jamais menti à un enfant. Il préférait ne rien dire plutôt que de déformer la vérité. « Je ne veux pas t'obliger à faire quelque chose si tu n'en as pas envie, répondit-il lentement. Et je pense que personne ne devrait en avoir le droit. »

Sal l'examina avec attention. « Vous n'êtes pas comme les autres.

— Les autres ?

— Agents.

— Oh. Je suppose que non. Je suis Linus Baker. Tu n'as jamais rencontré un Linus Baker avant. »

Sal le dévisagea quelques instants de plus avant de reporter son attention sur la porte. Il l'ouvrit, puis recula. Il se mordilla de nouveau la lèvre. Linus aurait voulu lui dire qu'il allait se faire mal, mais à la place il demanda : « Je peux ? »

Sal hocha vivement la tête.

La chambre n'avait rien d'extraordinaire. En fait, elle ne ressemblait pas à Sal. Les autres enfants s'étaient approprié leur espace, pour le meilleur ou pour le pire. Ici, les murs étaient blancs. Le lit était fait à la perfection. Il y avait un tapis sur le parquet, mais il était gris pâle. Il y avait la porte d'un placard et… rien d'autre.

Ou presque.

Dans un coin, des livres s'empilaient. Linus pensa tout de suite à Arthur et à l'état de son bureau. En lisant les titres, il s'aperçut qu'il s'agissait de classiques de la fiction – Shakespeare, Poe, Dumas et Sartre. Ce dernier lui fit hausser un sourcil. Il n'avait jamais vraiment compris le concept de l'existentialisme.

Mais à part ça, la chambre était une toile blanche qui semblait attendre qu'un artiste lui donne vie. Cela fit de la peine à Linus, car il croyait connaître la raison de ce manque de décoration.

« C'est charmant », déclara-t-il en faisant semblant d'admirer la pièce. Du coin de l'œil, il vit Sal regarder à l'intérieur et suivre le moindre de ses mouvements. « Plutôt spacieux. Et regarde cette fenêtre ! J'ai l'impression qu'on peut voir le village d'ici. Quelle vue magnifique !

— On voit les lumières du village, la nuit, dit Sal en restant à la porte. Elles scintillent. J'aime imaginer que ce sont des bateaux sur la mer.

— C'est une jolie pensée », remarqua Linus. Il s'éloigna de la fenêtre pour se diriger vers le placard. « Je peux l'ouvrir ? »

Le garçon ne répondit pas tout de suite, puis : « Oui. »

Le placard était plus grand que Linus ne l'avait imaginé. C'était un petit dressing. À côté d'une commode avaient été installés un petit bureau et une chaise à roulettes. Dessus était posée une machine à écrire, une vieille Underwood. Une feuille de papier était déjà installée à l'intérieur. « Oh, qu'est-ce que c'est ? » demanda Linus d'un ton léger.

Il n'entendit pas de réponse. Quand il tourna la tête, il vit que Sal se tenait à présent près de son lit. Il avait l'air d'un petit garçon perdu. Calliope bondit sur le lit et se frotta à sa main. Il la caressa sur le dos.

« Sal ?

— C'est ici que j'écris, avoua celui-ci avec un éclat d'inquiétude dans le regard. J'aime... écrire. Je ne suis pas... très doué et je ne devrais sans doute pas...

— Ah. Je m'en souviens. La semaine dernière, tu as lu un texte devant tout le monde. C'est toi qui l'avais écrit ? »

Sal hocha la tête.

« C'était très bon. Bien mieux que tout ce que je pourrais écrire, j'en ai bien peur. Pour remplir un rapport, je suis votre homme, mais mon talent pour l'écriture s'arrête là. Tu n'as pas d'ordinateur ?

— La lumière de l'écran me fait mal aux yeux. Et puis j'aime le bruit de la machine à écrire. »

Linus sourit. « Je comprends. Il y a une magie dans le claquement des touches qu'un ordinateur ne pourra jamais reproduire. Je le sais mieux que quiconque. Je passe mes journées assis devant un écran. Parfois, cela me fait mal aux yeux, à moi aussi, mais je pense que ta vue est bien plus aiguisée que la mienne.

— Je ne veux pas parler de ce que j'écris, précisa soudain Sal.

— Aucun problème, le rassura Linus. C'est privé. Je ne te demanderai jamais de faire quelque chose si tu n'es pas prêt à le faire. »

Cela sembla apaiser le garçon. « C'est juste que... parfois, ça n'a aucun sens. Mes pensées. J'essaie de les écrire pour les mettre en ordre, mais... » Il leva les yeux. On aurait dit qu'il avait du mal à trouver les bons mots.

« C'est personnel, insista Linus. Tu réussiras à les mettre dans l'ordre le moment venu. Et si cela ressemble à ce que tu as lu la dernière fois, je suis sûr que ce sera très émouvant. Depuis combien de temps écris-tu ?

— Deux mois. Peut-être un peu moins. »

Autrement dit, depuis qu'il était arrivé sur l'île. « Tu n'écrivais pas avant ? »

Sal secoua la tête. « Je ne… Personne ne m'a jamais autorisé à le faire. Avant que j'habite ici.

— Arthur ? »

Il fit glisser le bout de sa chaussure sur le tapis. « Il m'a demandé ce que je désirais plus que tout. Le premier mois, il m'a posé la question tous les jours et m'a dit que lorsque je serais prêt à répondre, il ferait ce qu'il pourrait pour m'aider, dans la limite du raisonnable.

— Et tu as demandé une machine à écrire ?

— Non. » Il baissa les yeux vers Calliope. « Je lui ai dit que je ne voulais plus jamais déménager, que je voulais rester ici. »

Contre toute attente, Linus sentit des larmes lui brûler les yeux. Il battit des paupières pour les chasser et se racla la gorge. « Et comment a-t-il réagi ?

— Il a répondu qu'il ferait tout son possible pour s'en assurer. Ce n'est qu'après que je lui ai demandé une machine à écrire. Zoé l'a apportée le lendemain. Les autres ont trouvé le bureau dans le grenier et l'ont nettoyé. Talia m'a raconté qu'elle a cru que sa barbe allait tomber à cause de tous les produits qu'ils ont utilisés. Puis ils m'en ont fait la surprise. » Un léger sourire étira ses lèvres. « C'était une belle journée. J'ai eu l'impression que c'était mon anniversaire. »

Linus croisa les bras pour empêcher ses mains de trembler. « Et tu l'as mis dans le placard ? Moi, je trouve qu'il irait très bien sous la fenêtre ! »

Sal haussa les épaules. « C'est que… dans le placard, j'ai l'impression d'être plus petit. Je n'étais pas encore prêt à être plus imposant que ça.

— Je me demande si tu es prêt, maintenant, s'enquit Linus à voix haute. Ta chambre est un peu plus grande que le placard, mais on sent quand même la présence des murs autour de soi. C'est comme le village la nuit. Tu peux le voir, mais pas lui grâce à tout l'espace qu'il y a entre vous. C'est la magie de la perspective. »

Sal baissa les yeux. « Je n'avais jamais... Je ne voyais pas les choses comme ça.

— Ce n'est qu'une idée. Le bureau est très bien où il est, s'il te plaît ainsi. Personne ne t'oblige à le déplacer tant que tu ne seras pas prêt à le faire et peut-être que tu ne le seras jamais. Ce n'est pas grave. Après tout, la fenêtre pourrait être une trop grande distraction.

— Vous avez une fenêtre à l'endroit où vous travailler ? »

Linus secoua la tête. La conversation devenait un peu personnelle, mais cela était-il vraiment si grave ? « Non. Le MJM n'est pas... Eh bien, disons qu'ils n'aiment pas trop les fenêtres.

— Le MJM », cracha Sal. Linus se maudit intérieurement. « Ils... Ils sont... Je ne...

— C'est pour eux que je travaille, lui rappela Linus. Tu le sais. Et tu as dit toi-même que je n'étais pas comme les autres. »

Sal avait de nouveau les poings serrés. « Comment est-ce que je peux le savoir ?

— Tu ne le peux pas, admit Linus. Après tout ce que tu as traversé, je comprends ta méfiance, mais tu n'as rien à me prouver. Au contraire, c'est à moi de faire mes preuves, de te montrer que je ne pense qu'à votre bien-être.

— Arthur est quelqu'un de bien, dit Sal. Il ne... Il n'est pas comme ceux que j'ai connus, avant. Les directeurs. Il n'est pas... méchant.

— Je le sais.

— Vous avez dit que vous enquêtiez sur lui. »

Linus fronça les sourcils. « Je ne crois pas en avoir parlé en dehors d'une conversation privée. Comment...

— Je suis un chien, rétorqua Sal d'un ton sec. Mon ouïe est meilleure que les autres. Je vous ai entendu. Vous avez dit qu'il ne s'agissait pas d'une simple visite, mais d'une enquête. Je ne... Je n'ai pas fait exprès d'écouter. Les autres disaient exactement la même chose. Qu'ils enquêtaient. C'est pour ça que je n'ai jamais décoré ma chambre comme Talia ou Lucy, parce que je savais que c'était temporaire. Chaque fois que j'ai cru que j'avais enfin trouvé une maison, on m'y arrachait. »

Il se maudit intérieurement. « Tu n'étais pas censé entendre cette conversation. » Sal se recroquevilla sur lui-même comme si Linus avait levé la main sur lui. « Non, reprit-il rapidement. Ce n'est pas... Je veux dire que j'aurais dû me rendre compte de ce que je disais. J'aurais dû faire attention à mes paroles.

— Alors, vous n'enquêtez pas sur Arthur ? »

Linus commença à secouer la tête, puis s'arrêta. Il soupira. « Je n'enquête pas sur Arthur, Sal. Du moins, pas seulement sur lui. J'observe l'orphelinat dans son ensemble. Je sais que tu as eu des expériences... assez déplorables par le passé, mais je te jure que cette fois, ce sera différent. » Il ne savait pas s'il croyait à ses propres paroles.

Sal le dévisagea avec scepticisme. « Et si vous décidez de nous faire partir d'ici ? En quoi est-ce que ce sera différent ?

— Je l'ignore, répondit Linus d'une voix étouffée. J'espère que si une telle mesure se révélait nécessaire, tu en connaîtrais la cause. »

Sal demeura silencieux.

Linus sentait qu'il n'était plus le bienvenu. Il s'écarta du placard. Calliope le regardait d'un air mauvais. Il ne pouvait pas lui en vouloir. L'entrevue ne s'était pas passée aussi bien qu'il l'avait espéré. Même s'il avait fait croire à Sal qu'ils avaient tout le temps du monde devant eux, ce n'était pas la vérité.

Le temps, comme toujours, passait beaucoup plus vite qu'on l'imaginait. D'ici deux semaines, il devrait délivrer ses conclusions et laisser l'île derrière lui.

Il contourna Sal en essayant de ne pas trop s'approcher de lui (ce qui était difficile dans une chambre aussi étroite pour deux personnes imposantes comme eux). Il lui sourit et allait franchir la porte quand Sal reprit la parole. « Vous voulez bien m'aider ?

— Bien sûr, répondit aussitôt Linus. Pour quoi faire ? »

Sal regarda Calliope. Elle sauta de nouveau sur le lit et pressa la tête contre la main du garçon. Un sourire étira de nouveau ses lèvres. Il reporta son attention sur Linus. « Déplacer mon bureau. Je suis sans doute capable de le faire tout seul, mais je ne veux pas rayer le parquet ni les murs. »

Linus ne laissa paraître aucune émotion. « Si c'est ce que tu veux. »

Sal haussa les épaules comme si cela lui était égal, mais Linus ne faisait pas ce travail pour rien. Il voyait à travers les façades des gens.

Linus déboutonna ses manches et les roula jusqu'à ses coudes. « Je suppose qu'il passe la porte du placard sans problème, étant donné que tu as réussi à l'installer à l'intérieur. »

Sal hocha la tête. « C'était juste. Il faut faire attention. Dans son excitation, Chauncey a abîmé le coin du bureau. Il s'en est beaucoup voulu, mais je lui ai dit que ce n'était pas grave. Ce n'est pas parce que les choses sont abîmées ou cassées qu'elles n'ont plus de valeur.

— Ça ajoute du caractère, je trouve, acquiesça Linus. Et cela donne des souvenirs à raconter. Prêt ? »

Sal l'était. Il entra dans le placard en premier et poussa la chaise sur laquelle il déposa délicatement la machine à écrire. Il plaça l'ensemble vers le fond, à côté de la commode. Puis il se posta au bout du bureau et attendit que Linus le soulève de l'autre côté. C'était un petit meuble, mais il était ancien. Linus s'attendait à ce qu'il soit lourd.

Ils se penchèrent et Sal compta jusqu'à trois. Quand ils le soulevèrent, la théorie de Linus se vérifia. Le bureau était très lourd. Il se souvint de sa mère qui lui disait : *Lève les genoux, Linus, un peu de nerf !* Une légère douleur au niveau du dos lui rappela qu'il ne rajeunissait pas. En revanche, Sal n'avait pas l'air de devoir fournir beaucoup d'effort. Il était clair qu'il aurait été capable de se débrouiller seul. Cette idée fit sourire Linus.

Avec précaution, ils portèrent le bureau à travers la porte du placard. Tout en reculant lentement, il observa la partie abîmée, dans le coin, à cause de Chauncey. Il ne restait qu'un centimètre ou deux de chaque côté de l'encadrement de la porte pour passer, mais cela fonctionna.

« Là, indiqua Linus en haletant. Juste ici. Devant la fenêtre. »

Ils le déposèrent avec soin en évitant de se coincer les doigts. Lorsqu'il se releva, Linus poussa un grognement théâtral et posa les mains contre ses reins. Il entendit Sal rire doucement, mais ne le lui fit pas remarquer. Il voulait être certain de pouvoir réentendre ce son dans le futur.

Linus recula et observa leur travail d'un œil critique. Les mains posées sur les hanches, il pencha la tête sur le côté. « Il manque quelque chose. »

Sal fronça les sourcils. « Ah bon ?

— Oui. » Il retourna dans le placard et en sortit la chaise. Il posa ensuite la machine à écrire au milieu du bureau devant la fenêtre et plaça la chaise devant. « Voilà, maintenant, c'est terminé. Alors ? Qu'est-ce que tu en penses ? »

Sal fit courir un doigt sur les touches avec affection. « C'est parfait.

— Je trouve aussi. Je pense que ta créativité va s'épanouir grâce à la muse de l'autre côté de la vitre. Bien sûr, si cela te distrait trop, on pourra toujours tout remettre à sa place. Il n'y a rien de mal à ça, du moment que tu n'oublies pas qu'il existe un monde au-delà de ces murs. »

Sal l'observa un instant. « Vous êtes au courant pour la femme ? Dans la cuisine ? »

Il y a eu un… incident. Dans l'un de ses orphelinats précédents. Une femme qui travaillait dans les cuisines l'a frappé parce qu'il avait volé une pomme. Il a répondu de la seule façon qu'il le pouvait. La semaine suivante, elle se transformait pour la première fois.

Linus réfléchit soigneusement à sa réponse. « Oui. »

Sal hocha la tête avant de reporter son attention sur la machine à écrire. « Je ne voulais pas ça.

— Je sais.

— Je… Je n'étais pas conscient de ce qui allait se passer.

— Je le sais aussi. »

Sal inspira profondément. « Je ne l'ai plus jamais fait. Et je ne recommencerai plus jamais. Je le promets. »

Linus posa la main sur son épaule et la serra, un peu comme il avait vu Arthur le faire. Il n'aurait pas dû se livrer à des gestes d'une telle familiarité, mais pour une fois, il se moquait bien de ce que disait *RÈGLES ET RÈGLEMENTS*. « Je te crois. »

Et même s'il tremblait, le sourire de Sal fut radieux.

Douze

Plus tard, ce soir-là, on frappa à la porte de la dépendance. Surpris, Linus leva les yeux de son rapport pour consulter l'horloge. Il était presque 22 heures et il n'allait pas tarder à se coucher. Il avait presque terminé d'écrire, mais ses paupières commençaient à se fermer toutes seules. Son dernier bâillement avait bien failli lui décrocher la mâchoire. Il avait déjà décidé de terminer son compte-rendu le lendemain, avant de le poster le jour suivant.

Il se leva de son fauteuil. Perchée sur le bord de la fenêtre, Calliope ne lui prêta pas beaucoup d'attention. Elle cligna lentement des yeux avant d'enfouir la tête sous ses pattes.

Linus frotta son visage fatigué avant d'aller ouvrir la porte. Il se félicita de ne pas avoir déjà enfilé son pyjama, car, pour lui, il n'était pas respectable d'accueillir des visiteurs en vêtements de nuit, à part, bien entendu, si lesdits visiteurs restaient dormir.

Quand il ouvrit la porte, il découvrit Arthur, debout sur le perron, chaudement enveloppé dans un caban. Les nuits étaient de plus en plus fraîches. Le vent apporté par la mer rendait l'air plus mordant. En voyant les cheveux en bataille d'Arthur, Linus se demanda ce que cela ferait de passer ses mains dedans.

« Bonsoir », le salua le directeur d'une voix douce.

Linus hocha la tête. « Arthur ? Quelque chose ne va pas ?

— C'est tout à fait l'inverse.

— Oh ? Alors que...

— Cela vous dérange si... ? demanda Arthur en désignant l'intérieur de la maison. Je vous ai apporté quelque chose. »

Linus plissa les yeux. « Vraiment ? Je n'ai rien demandé, pourtant.

— Je sais. Ce n'est pas votre genre. »

Avant que Linus ait eu le temps de demander ce qu'il voulait dire par là, son visiteur se pencha pour ramasser une boîte en bois posée à ses pieds sur le perron. Linus s'écarta et le laissa entrer dans la dépendance.

Il referma la porte derrière lui tandis qu'Arthur pénétrait dans le salon. Il remarqua visiblement le rapport, mais n'essaya pas de lire ce qui était écrit dessus. « Vous travaillez si tard ?

— Oui, répondit lentement Linus. J'étais sur le point d'arrêter. J'espère que vous n'êtes pas venu me demander ce que j'avais écrit. Vous savez que je ne peux pas vous le dire. Vous n'aurez accès aux rapports qu'après la fin de l'enquête, comme il est indiqué dans...

— Je ne suis pas venu vous parler de vos rapports. »

Sa réponse déstabilisa Linus. « Ah non ? Alors que faites-vous ici ?

— Je vous l'ai déjà dit. Je vous ai apporté quelque chose. Un cadeau. Tenez. Laissez-moi vous montrer. » Il posa la boîte qu'il portait sur la table basse à côté du fauteuil de Linus. Il en souleva le couvercle avec ses doigts agiles.

Linus était intrigué. Il ne se rappelait pas la dernière fois qu'il avait reçu un cadeau. Au bureau, chaque année, on s'échangeait des cartes d'anniversaire signées par tous les collègues avec les mêmes vœux de bonheur que personne ne pensait vraiment. Les cartes étaient bon marché et impersonnelles, mais c'était le geste qui comptait, après tout. Et à part le repas de Noël offert par les Cadres Extrêmement Supérieurs, qui n'était pas un cadeau, Linus n'avait rien reçu de la part de quiconque depuis très longtemps. Sa mère était décédée, mais de son vivant, elle lui avait toujours offert des chaussettes, des bonnets ou des pantalons trop grands en lui disant que, comme ça, ils lui dureraient plusieurs années, car *l'argent ne pousse pas sur les arbres, Linus !*

« Qu'est-ce que c'est ? » demanda-t-il avec plus d'enthousiasme qu'il ne l'aurait voulu. Il toussa pour masquer sa gêne. « Bien entendu, je voulais dire : je n'ai besoin de rien venant de vous. »

Arthur haussa un sourcil. « Ce n'est pas une question de besoin, Linus. Un cadeau ne sert à rien, à part à vous faire plaisir parce que quelqu'un a pensé à vous. »

Linus se sentit rougir. « Vous... pensez à moi ?

— Constamment. Malheureusement, je ne peux pas m'attribuer le mérite de ce présent. Non, c'était l'idée de Lucy.

— Oh, souffla Linus. Je ne sais pas si j'ai envie de recevoir un animal mort ou quelque chose dans ce genre. »

Arthur s'esclaffa et regarda le contenu de la boîte. « Tant mieux. Si vous vouliez un animal mort, je me serais trompé sur toute la ligne. Je suis ravi de vous apprendre que cette chose n'a jamais été vivante, même si parfois, on pourrait croire qu'elle l'est. »

Linus n'était pas certain de vouloir voir ce qu'il y avait exactement dans la boîte. Arthur la dissimulait derrière sa silhouette dégingandée. Même si Linus ne sentait aucune mauvaise odeur et n'entendait rien qui aurait pu trahir la présence d'un énorme rat aux yeux globuleux, il restait sur ses gardes. « Bon, alors. Qu'est-ce que c'est ?

— Pourquoi ne pas venir voir par vous-même ? »

Linus prit une grande inspiration et s'avança lentement vers Arthur. Il maudit la taille de cet homme. Il était tellement grand que s'il voulait voir la boîte, il allait être obligé de se tenir à côté de lui.

Dans tous les cas, il se réprimanda intérieurement. Arthur n'aurait jamais laissé Lucy agir de manière irrespectueuse. Pendant le dîner, Lucy n'avait pas cessé de sourire à Linus, et même si son expression avait eu quelque chose de diabolique, il n'avait pas semblé avoir de mauvaises intentions. Cependant, cet enfant était, littéralement, le fils du diable et avait sans doute appris à jouer l'innocence à la perfection.

Il espérait simplement que cela n'exploserait pas. Il n'aimait pas les explosions, surtout à une telle distance.

Toutefois, il ne s'agissait pas d'une bombe. Ce n'était pas un rat ni une carcasse en décomposition.

C'était une platine portative vintage. À l'intérieur du couvercle de la boîte était écrit ZÉNITH. Le Z était en forme d'éclair.

Linus hoqueta de surprise. « Regardez-moi ça ! C'est incroyable ! Cela fait une éternité que je n'en avais pas vu et à l'époque, c'était à travers la vitrine d'un magasin ! Le Victrola que j'ai à la maison est bien trop large. Je sais que le son n'est pas aussi bon sur ce genre d'appareils portatifs, mais je me suis toujours demandé ce que cela faisait d'emporter sa musique avec soi n'importe où. Pour un pique-nique, par exemple. » Il ne savait pas pourquoi il racontait tout ça. Il referma la bouche si vite que ses dents claquèrent.

Arthur sourit. « Lucy espérait ce genre de réaction de votre part. Il voulait vous l'offrir lui-même, mais il s'est dit que vous verriez d'un meilleur œil que cela soit moi qui le fasse. »

Linus secoua la tête. « C'est adorable. Remerciez-le de ma part... Non. Je le ferai moi-même demain. À la première heure. Au petit-déjeuner ! » Alors, un détail le frappa. « Oh, mais je n'ai pas de disques. Je n'ai pas pensé à en apporter de chez moi. Et même si j'y avais pensé, je n'aurais sans doute pas pris le risque. C'est fragile. Je n'aurais pas voulu qu'ils se cassent.

— Ah, fit Arthur. Lucy y a pensé. » Il pressa un loquet avec son pouce à l'intérieur du couvercle. Un petit compartiment s'ouvrit. Dedans se trouvait une pochette blanche vierge qui contenait un disque noir.

« Quelle merveille ! s'enthousiasma Linus en touchant la boîte. D'où vient-elle ? Elle a l'air neuve.

— Je vous assure qu'elle ne l'est pas. Elle est même plutôt vieille. Je suis sûr que vous avez vu les nombreuses boîtes entreposées dans le grenier lorsque vous êtes allé visiter le nid de Théodore. »

En effet, il les avait remarquées. Elles étaient empilées, dans les coins, dans l'ombre. Il s'était interrogé à leur sujet, mais il avait conclu qu'elles étaient les reliques d'une vieille maison. Les possessions matérielles s'accumulaient sans que l'on s'en rende compte. « Oui, je les ai vues. »

Arthur hocha la tête. « Cette platine est restée dans un carton au fond du grenier pendant très longtemps. Nous n'en avons pas l'utilité, car nous en avons déjà trois autres disséminées dans la maison. Lucy, comme à son habitude, a découvert son existence en fouillant. Elle était pleine de poussière et avait besoin d'être cirée, mais il s'en est occupé avec soin. Sal l'a aidé. » Il baissa les yeux vers l'appareil. « Maintenant que j'y pense, nous aurions peut-être dû la tester avant de vous l'offrir. Je ne suis pas certain qu'elle fonctionne.

— Et le disque ? »

Arthur haussa les épaules. « Lucy n'a pas voulu me le montrer. Il a dit que ce serait une surprise et qu'il pensait que cela vous ferait plaisir. »

Cette remarque mit Linus sur ses gardes, mais il était beaucoup moins inquiet que lorsqu'il avait posé les pieds sur l'île pour la première fois. « Alors, voyons s'il a vu juste. »

Le directeur fit un pas en arrière. « Vous voulez le faire vous-même ?

— Avec plaisir. » Il prit la place d'Arthur et sortit la pochette du compartiment. Il fit glisser le disque avec soin. Rien n'était écrit dessus. Il n'y avait pas non plus d'image en son centre. Il posa la pochette sur le côté et déposa le vinyle sur la platine, sur la petite tige. Il pressa un petit bouton sur le côté de l'appareil et se réjouit de voir le disque se mettre à tourner et à crépiter. « Je crois que ça fonctionne, murmura-t-il.

— On dirait bien », répondit Arthur.

Il baissa l'aiguille. Les enceintes crépitèrent de plus belle et alors…

Un homme se mit à chanter : *« Darling, you send me, I know you send me*[1]*. »*

« Sam Cooke », murmura Linus. Il laissa sa main retomber contre son flanc. « Oh. Oh. C'est merveilleux. »

En relevant la tête, il se rendit compte qu'Arthur l'observait alors que Sam chantait qu'au départ, il avait pensé que son béguin n'était pas sérieux. Pourtant il n'avait jamais pris fin.

Linus recula.

Son visiteur lui sourit. « On s'assied ? »

Linus hocha la tête. Tout à coup, il n'était plus très sûr de lui, mais ce n'était rien de nouveau. L'air lui paraissait étouffant. La tête lui tournait. Probablement la fatigue. La journée avait été longue.

Il souleva son rapport qui était posé sur le fauteuil pour s'y asseoir et le plaça sur la table à côté de la platine tandis que Sam continuait ses « houhouuu ». Arthur s'installa sur l'autre

---

1. « Chéri, tu me plais, je sais que tu me plais. » (Ndlt)

siège. Leurs pieds étaient si proches, remarqua Linus, que s'il tendait un peu la jambe, leurs orteils se seraient touchés. Du moins, leurs chaussures.

« J'ai entendu une chose très étonnante, ce soir », dit Arthur.

Linus leva les yeux vers lui. Il espérait que ses pensées n'étaient pas écrites sur son front. « Ah oui ? Qu'est-ce que c'était ?

— Je souhaitais bonne nuit aux enfants. Je le fais dans l'ordre, vous voyez. D'un côté du couloir à l'autre. Lucy est toujours le dernier, étant donné que sa chambre est à l'intérieur de la mienne. Mais Sal est l'avant-dernier. Au moment où j'allais frapper à sa porte, j'ai perçu de petits bruits joyeux auxquels je ne m'attendais pas. »

Mal à l'aise, Linus changea de position. « Je suis sûr qu'il n'y a rien d'anormal à ça. C'est un adolescent, après tout. Ils aiment… explorer. Du moment que vous lui rappelez que…

— Oh, mon Dieu, non ! s'exclama Arthur en réprimant un sourire. Non, ce n'était pas ça. »

Linus écarquilla les yeux. « Oh, Seigneur. Je ne voulais pas… Ce n'est pas… Bon sang. Qu'est-ce qui cloche chez moi ? »

Arthur tenta de dissimuler un éclat de rire en toussant. « Je suis ravi de savoir que vous êtes aussi ouvert d'esprit. »

Linus sentait qu'il était rouge comme une tomate. « Je n'en reviens pas d'avoir dit une chose pareille.

— Pour être franc, moi non plus. Qui aurait cru que Linus Baker serait aussi… vous.

— Oui, eh bien, j'apprécierais que cette conversation ne sorte pas de cette maison. N'en parlez pas à Zoé. Et encore moins aux enfants. Sal, bien entendu, serait assez grand pour comprendre, mais je suis sûr que cela détruirait l'innocence de Chauncey. » Il fronça les sourcils. « Même si je ne suis pas persuadé qu'il puisse… A-t-il seulement un… Oh non. Non, non, non. »

Arthur rit doucement. « Lucy est plus jeune que Chauncey. Vous ne pensez pas que vous devriez également vous préoccuper de son innocence ? »

Linus leva les yeux au ciel. « Nous savons tous les deux qu'en ce qui le concerne, ce n'est pas un problème.

— C'est la vérité, malheureusement. Mais, comme vous le savez désormais, je ne parlais pas de… ça. » Il prononça ce mot d'une voix très basse, comme s'il l'avait enroulé autour de sa langue et de ses dents avant qu'il franchisse ses lèvres. Linus se sentit transpirer instantanément. « Je parlais du bruit de la machine à écrire. »

Linus cligna des yeux. « Oh. C'est… logique, maintenant que vous le dites.

— Je n'en doute pas une seconde. Cela m'a étonné. Pas le bruit en lui-même qui était déjà là, mais plutôt son volume qui était plus fort que d'habitude. En général, je l'entends en sourdine parce qu'il écrit dans son placard, porte fermée. »

Linus comprenait mieux à présent. « Je… Si j'ai commis une maladresse, je m'en excuse. »

Arthur leva la main tout en secouant la tête. « Au contraire. Je n'en… demandais pas autant. J'aime croire que cela signifie qu'il guérit, petit à petit. Et c'est un peu grâce à vous. »

Linus baissa le regard vers ses mains. « Oh non, je ne pense pas. Il avait simplement besoin…

— Il avait besoin de l'entendre à voix haute, le coupa Arthur. Et je ne vois pas qui d'autre que vous aurez pu lui faire ouvrir les yeux. »

Linus redressa vivement la tête. « Vous plaisantez ? Vous auriez très bien pu le faire. » Il grimaça. « Pardon. Ce n'était pas un reproche. Je voulais simplement dire que ce n'était pas mon rôle. »

Arthur pencha la tête sur le côté. « Pourquoi ?

— Parce que je ne suis pas… Je ne suis pas censé interférer. Pas à un niveau aussi personnel.

— C'est contre vos *RÈGLES ET RÈGLEMENTS*. »

Linus hocha la tête tandis que Sam Cooke cédait sa place aux Penguins qui entonnèrent *Earth Angel*. Son cœur eut un soubresaut. « Exactement.

— Pourquoi, à votre avis ?

— C'est le code de conduite nécessaire pour une personne dans ma position. Cela me permet de rester impartial. Objectif. »

Arthur secoua la tête. « Ces enfants ne sont pas des animaux. Ce n'est pas un safari où vous les regardez de loin avec des jumelles. Comment pouvez-vous évaluer des enfants si vous n'apprenez pas à les connaître ? Ce sont des gens, Linus. Même si certains n'en ont pas l'apparence. »

Il se rebiffa. « Je n'ai jamais suggéré le contraire. »

Arthur soupira. « C'est… Je vous demande pardon. J'ai un peu trop simplifié la chose. Cela fait longtemps que je fais face aux préjugés. Il faut sans arrêt que je me rappelle que tout le monde ne pense pas de cette manière. Ce que je voulais dire, c'est que vous avez fait quelque chose de remarquable pour un garçon qui, avant d'arriver ici, ne connaissait que la méchanceté. Il vous a écouté, Linus. Il a appris de vous et c'était une leçon qu'il fallait lui enseigner. Je ne crois pas qu'il aurait pu rêver d'un meilleur professeur.

— Je n'en suis pas si sûr, répondit Linus, crispé. Je n'ai fait que ce que je pensais être juste. J'imagine à peine ce qu'il a traversé, vous également, en tant que directeur de cet orphelinat, auprès d'enfants si uniques.

— C'est vrai », concéda Arthur. Sa voix possédait une inflexion étrange que Linus ne comprenait pas. « En tant que directeur de cet orphelinat, bien sûr. C'est la raison pour laquelle – comment aviez-vous dit à votre arrivée ? – je ne les laisse pas partir.

— J'aurais pu formuler ça de façon plus heureuse, admit Linus. Surtout maintenant que je connais toute l'histoire.

— Non. C'était parfait ainsi. Vous avez mis le doigt sur le problème. Je préfère que l'on soit franc, plutôt qu'évasif. Sinon, on ne se comprend pas vraiment. Quand je vous dis que je pense que vous avez aidé Sal, je le pense. Je ne lui ai pas demandé pourquoi il avait déplacé son bureau. Je lui ai seulement demandé si on l'avait aidé. Il m'a répondu oui. Vous. Après ça, je n'ai pas eu de mal à assembler les pièces du puzzle.

— Ce n'était qu'une suggestion, répliqua Linus que les compliments mettaient mal à l'aise. Je lui ai dit que même s'il a le droit de vouloir se sentir plus petit, il ne devait pas oublier qu'il avait également le droit d'être aussi grand qu'il le voulait. J'espère que ce n'était pas déplacé de ma part.

— Au contraire. Je pense que c'étaient les bons mots au bon moment. Comme je l'ai dit tout à l'heure, il guérit petit à petit. Il commence à refaire confiance... si la personne le mérite vraiment. Et je crois que vous êtes sur la bonne voie.

— Alors, j'en suis honoré.

— Vraiment ? Ce n'est pas très professionnel. Je suis sûr que *RÈGLES ET RÈGLEMENTS* dirait... »

Linus s'étouffa sur un éclat de rire. « OK. OK. J'ai compris. »

Arthur sourit. « C'est vrai ? Tant mieux. Je suis content, merci.

— Pourquoi ? »

Il haussa les épaules. « Pour ce que vous faites.

— C'est plutôt... vague, comme réponse. Comment pouvez-vous savoir que je n'écris pas dans mes rapports que cet orphelinat n'est pas conforme ? Que vous n'êtes pas compétent ?

— Est-ce que c'est ce que vous faites ? »

Linus hésita. « Pas du tout. Mais cela ne veut pas dire que je n'ai pas d'inquiétudes ni que j'ai déjà pris ma décision.

— Bien entendu.

— Cela m'amène à un point en particulier. Si vous souhaitez toujours que je me montre franc. »

Arthur croisa les mains sur ses genoux. « J'y tiens.

— Vous n'avez pas la moindre idée de ce que je vais dire.

— Non, c'est vrai, mais vous, si et cela m'étonnerait que vous disiez quoi que ce soit sans y avoir longuement réfléchi avant. Je vous écoute. »

Linus jeta un coup d'œil au disque. Buddy Holly fredonnait : *« Why you and I by and by will know true love ways*[2]*. »* Le fait qu'il s'agissait encore une fois d'une chanson d'amour ne frôla pas l'esprit de Linus ; il était davantage intrigué par le fait que ces différents chanteurs apparaissent sur le même disque. Il n'avait jamais entendu parler d'une telle compilation.

« Je crois que nous devrions emmener les enfants en sortie hors de l'île. »

La voix de Buddy Holly emplit le silence jusqu'à ce que... « Nous ? »

Gêné, Linus haussa les épaules. « Vous, Zoé et les enfants. Je pourrais vous accompagner pour observer. Je pense que cela leur ferait du bien. Pour qu'ils ne soient pas si... » Il jeta un regard en coin à son rapport. « ... isolés.

— Et où les emmènerions-nous ? »

Linus joua le jeu, même si le directeur de l'orphelinat connaissait bien mieux le village que lui. « J'ai aperçu un glacier lorsque je suis allé en ville la semaine dernière. Une petite douceur leur ferait plaisir. Il y a aussi un cinéma... mais je ne sais pas si cela plaira à Sal. Son ouïe est peut-être trop sensible. Étant donné que le village est en bord de mer, il est sans doute une destination touristique prisée, mais nous sommes hors saison. Il ne devrait pas y avoir foule. On pourrait aussi les emmener au musée s'il y en a un. Pour leur inculquer un peu de culture. »

---

2. « Toi et moi, nous connaîtrons bientôt les voies du véritable amour. » (Ndlt)

Arthur le dévisageait.

Son expression mettait l'agent du MJM mal à l'aise. « Quoi ?

— Un peu de culture.

— Ce n'est qu'une idée. » Il était de nouveau sur la défensive. Il aimait les musées. Il essayait de se rendre au musée d'histoire près de chez lui plusieurs fois par an, le week-end. Il découvrait toujours de nouvelles choses parmi les objets pourtant si anciens.

Pour la première fois depuis qu'il connaissait Arthur, ce dernier se montrait hésitant. « Je ne veux pas qu'il leur arrive quoi que ce soit.

— Moi non plus, dit Linus. Et si vous m'y autorisez, je serai présent, moi aussi. Je peux me montrer très protecteur quand je veux. » Il tapa son ventre. « Je suis plutôt difficile à terrasser. »

Le regard d'Arthur s'aventura le long de son torse et s'attarda sur ses doigts. Linus posa immédiatement la main sur ses genoux.

Arthur releva la tête. « Je suis au courant pour le radeau. »

Linus cligna des yeux. « Ah… bon ? Comment ? Zoé a dit…

— Cela n'a aucune importance. J'ai apprécié votre réaction et la réponse que vous avez écrite. Plus que vous ne pouvez l'imaginer. Je parlerai aux enfants. Nous nous y rendrons peut-être samedi prochain. Ce sera le dernier samedi complet que vous passerez ici. Après, ce ne sera plus possible. Vous serez parti. »

Oui. Pour toujours. Le temps ne s'arrêtait jamais, même si parfois, il semblait s'étendre à l'infini. « Je suppose que oui. »

Arthur se leva. « Merci. »

Linus l'imita. « Vous n'arrêtez pas de me remercier. Je ne sais pas si je le mérite. »

À présent, le bout de leurs chaussures se touchait. Leurs genoux se frôlèrent. Pourtant, Linus ne recula pas. Arthur non plus.

« Je sais que vous ne vous en sentez pas digne. Mais je ne dis jamais quelque chose si je ne le pense pas. La vie est bien trop courte pour ça. Vous aimez danser ? »

Linus inspira vivement sans quitter Arthur du regard. Derrière eux, les Moonglows susurraient les dix commandements de l'amour.

« Je ne... sais pas. Pour être honnête, je pense avoir deux pieds gauches.

— J'en doute », répondit Arthur en secouant la tête. Il leva la main comme pour la poser contre la joue de Linus, mais au dernier moment, il serra le poing et s'écarta. Il sourit d'un air crispé. « Bonne nuit, Linus. »

Puis il partit et ce fut comme s'il n'avait jamais été là. Linus entendit à peine la porte se refermer derrière lui.

Il resta planté là, dans la maison vide, tandis que le vinyle tournait lentement et diffusait des chansons parlant d'amour et de désir.

Alors qu'il allait éteindre la platine, il crut apercevoir un éclair lumineux de couleur orange à travers la fenêtre.

Il se précipita vers elle et observa l'obscurité.

Il distinguait la silhouette des arbres. De la maison principale. Du jardin.

Rien d'autre.

Il était sans doute fatigué. Ses yeux lui jouaient des tours.

Quand il éteignit la platine et se prépara pour la nuit, il ne lui vint pas à l'esprit qu'il avait oublié d'interroger Arthur au sujet de la porte de la cave.

Il était toujours préoccupé lorsque Zoé les conduisit au village, deux jours plus tard. Merle ne s'était pas montré très bavard et Linus lui en était reconnaissant. Il ne s'était pas senti d'humeur à supporter les remarques déplacées du capitaine du ferry.

Malheureusement, à la place, il s'était perdu dans ses pensées. Il n'aurait pas su dire à quoi il réfléchissait, en particulier ; il avait l'impression que son esprit tourbillonnait, qu'il était emporté par des lames de fond.

« Vous êtes très silencieux. »

Il sursauta légèrement et se tourna vers Zoé. Les fleurs dans ses cheveux avaient toutes la même teinte dorée. Elle portait une robe longue blanche et était pieds nus, comme à son habitude. « Pardon. Je… réfléchis. »

Elle rit. « À quoi ?

— Pour être franc, je ne sais pas vraiment.

— Pourquoi est-ce que je ne vous crois pas ? »

Il lui adressa un regard agacé. « Vous n'avez pas à me croire ou non. C'est comme ça, c'est tout. »

Elle émit un son interrogateur. « Les hommes sont vraiment des créatures stupides.

— Hé !

— C'est vrai. Je ne sais pas pourquoi. Ils sont têtus, obstinés et… stupides. Cela serait adorable, si ce n'était pas aussi frustrant.

— Je ne comprends rien à ce que vous dites.

— Ça, je veux bien y croire. Malheureusement.

— Contentez-vous de conduire, Zoé », marmonna-t-il tandis que la rampe se baissait devant eux. Merle leur fit signe de la main sans grande conviction et pour une fois, il ne leur cria pas de se dépêcher.

Le postier se montra aussi grossier que la semaine précédente. Il grogna lorsque Linus lui tendit l'enveloppe scellée contenant son rapport. Linus le paya et lui demanda s'il y avait une lettre pour lui.

« Oui, grommela l'homme. Elle est arrivée il y a deux jours. Si vous n'étiez pas là-bas, sur l'île, vous l'auriez eue plus tôt.

— Si vous distribuiez le courrier sur l'île comme partout ailleurs, nous n'aurions pas cette conversation », rétorqua Linus.

L'individu ronchonna, mais remit tout de même la fine enveloppe qui lui était adressée à Linus.

Il ne prit pas la peine de le remercier. Tout à coup, il se sentait particulièrement vindicatif. Il ne lança même pas un « au revoir » en sortant du bureau de poste. C'était absolument scandaleux de sa part.

Ça lui servira de leçon, se dit-il en posant le pied sur le trottoir. Il faillit retourner à l'intérieur pour s'excuser, mais réussit à s'en empêcher. Au lieu de ça, il déchira l'enveloppe avec soin et en sortit une unique feuille de papier.

MINISTÈRE DE LA JEUNESSE MAGIQUE
MESSAGE DES CADRES EXTRÊMEMENT SUPÉRIEURS

Monsieur Baker,

Nous vous remercions pour votre premier rapport. Il était très instructif par rapport au fonctionnement de l'orphelinat de Marsyas. Comme toujours, vous n'avez pas lésiné sur les détails concernant les sujets de votre enquête.

Cependant, nous vous prions de vous abstenir de donner votre opinion sur nos méthodes. Nous comprenons tout à fait votre frustration de ne pas avoir reçu davantage d'informations préalables, mais nous souhaitons vous rappeler que nous ne sommes pas en présence d'enfants ordinaires. Et qu'une personne de votre rang ne devrait pas remettre en question les décisions prises par les Cadres Extrêmement Supérieurs.

Ensuite, nous nourrissons quelques inquiétudes au sujet de Zoé Blanchapelle. Même si nous étions au courant de sa présence sur l'île (comment avez-vous pu penser le contraire, monsieur Baker ?), nous ignorions qu'elle était aussi investie dans la vie des enfants. Entretient-elle une relation amoureuse avec M. Parnassus ? Passe-t-elle du temps seule avec les enfants ? Phee, l'esprit de la nature, apprendra sans doute plus facilement aux côtés de l'une des siens, mais si Mlle Blanchapelle se livre à d'autres activités au sein de l'orphelinat, cela pourrait poser un problème. Après tout, elle n'est pas recensée. Elle est peut-être en dehors de notre juridiction, mais l'orphelinat ne l'est pas. Un seul faux pas pourrait s'avérer désastreux. S'il se passe des choses contraires au règlement dans cette maison, il faudra les documenter. Pour la sécurité des enfants, bien sûr.

Enfin, une requête : votre rapport incluait de nombreux détails sur les enfants de l'orphelinat, mais très peu sur M. Parnassus. Si votre deuxième rapport ne comporte pas plus d'information au sujet du directeur, nous vous demandons d'en écrire davantage dans le troisième, tout en restant totalement objectif. Soyez vigilant, monsieur Baker. Arthur Parnassus habite l'île de Marsyas depuis longtemps. Il la connaît dans tous ses recoins. Restez sur vos gardes. Même les individus les plus charmants ont des secrets.

Nous attendons vos prochains rapports avec impatience.

Bien cordialement,

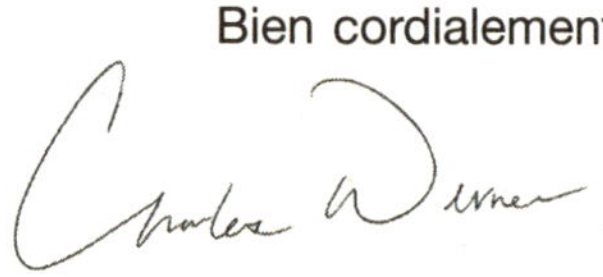

CHARLES WERNER
CADRE EXTRÊMEMENT SUPÉRIEUR

Linus observa un long moment la lettre illuminée par le soleil d'automne.

Si longtemps, en fait, qu'il sursauta lorsqu'il entendit le klaxon d'une voiture résonner. En levant la tête, il vit Zoé, garée devant lui, qui le regardait à travers le pare-brise. Des sacs de courses étaient posés sur la banquette arrière. Elle avait eu le temps de faire ses achats et de revenir le chercher. Linus n'avait pas bougé de devant le bureau de poste.

« Tout va bien ? lui demanda-t-elle quand il s'avança vers la voiture.

— Très bien », répondit-il. Avant d'ouvrir la portière, il plia la lettre et la rangea dans son enveloppe. « Tout va bien. » Il s'installa sur le siège. Tout allait tellement bien qu'il était incapable de la regarder dans les yeux. Alors, il fixait un point droit devant lui.

« On ne dirait pas.

— Ne vous inquiétez pas, la rassura-t-il d'une voix bien trop enjouée. Rentrons plutôt à la maison.

— À la maison », répéta-t-elle dans un murmure. Elle redémarra et ils laissèrent le village derrière eux.

Tout à coup, il dit : « Arthur.

— Qu'est-ce qu'il a ?

— Il est... différent. »

Il sentit le regard de Zoé sur lui, mais il refusa de se tourner vers elle. « Ah bon ?

— Oui, je le pense. Et je suis sûr que vous aussi.

— Il ne ressemble à personne, acquiesça-t-elle.

— Vous le connaissez depuis longtemps ?

— Suffisamment.

— Les esprits de la nature..., marmonna-t-il. Il était au courant pour le radeau. »

Du coin de l'œil, il vit ses mains se crisper sur le volant. « Évidemment.

— Vous n'avez pas l'air surprise.

— Non, répondit-elle avec lenteur. Pas vraiment. »

Il attendait qu'elle s'explique.

Elle n'en fit rien.

Linus agrippa l'enveloppe un peu plus fort. « Qu'avez-vous prévu aujourd'hui ? demanda-t-il pour dissiper la tension. Une aventure, comme la semaine dernière ? Vous pourriez me convaincre d'enfiler de nouveau mon costume. Je ne suis pas un très grand amateur de ce genre de vêtements, mais le porter m'a moins dérangé que je ne l'aurais pensé.

— Non, dit Zoé dont les cheveux volaient dans le vent. On est le troisième samedi du mois.

— Ce qui veut dire… ? »

Un sourire étira les lèvres de la conductrice, mais il n'était pas aussi éclatant que d'habitude. « Pique-nique dans le jardin. »

Linus cligna des yeux. « Oh, cela n'a pas l'air si…

— C'est au tour de Chauncey de choisir le menu. Il aime le poisson cru. Il teste une recette expérimentale. »

Il soupira. « Ça ne m'étonne pas. » Il se surprit à combattre un sourire. Une fois de retour sur le ferry, même Merle ne réussit pas à lui faire perdre sa bonne humeur. La lettre des Cadres Extrêmement Supérieurs était oubliée. Il espérait simplement qu'il n'y aurait pas de poisson-lune au menu. Il avait entendu dire qu'ils étaient toxiques.

Treize

Ministère de la Jeunesse Magique
Rapport n° 3 – Orphelinat de Marsyas
Linus Baker, agent BY78941

Je jure solennellement que le contenu de ce rapport est exact et authentique. Je comprends que, selon le règlement du Ministère de la Jeunesse Magique, tout mensonge avéré résultera en un blâme et pourra mener à mon licenciement.

Ce rapport renferme les observations que j'ai réalisées durant la troisième semaine de mon séjour sur l'île.

Au regard du contenu de mon précédent rapport, j'ai soulevé une question spécifique auprès de M. Parnassus : l'isolation apparente des enfants de Marsyas. Je comprends son hésitation ; comme je l'ai indiqué dans mon rapport n° 2, une étrange aura de préjugés plane sur le village. Si ce comportement paraît plus généralisé ici qu'en ville, par exemple, il me semble que c'est à cause de la proximité de l'orphelinat.

J'essaie de me mettre à la place des villageois ; ils vivent près d'une maison ancienne construite sur une île dans laquelle habitent des enfants doués de magie. Étant donné qu'ils ne les voient jamais, les rumeurs les plus folles se répandent à leur sujet. Ce n'est pas parce que certains de ces enfants sont atypiques qu'ils n'ont pas le droit de se rendre au village quand ils le désirent.

M. Parnassus a paru hésitant, mais il a promis d'y réfléchir. Je trouve fascinant le lien qu'il a créé avec les enfants. Ils l'apprécient énormément. Je pense même qu'ils le considèrent comme une figure paternelle. N'ayant jamais occupé la position de directeur d'orphelinat moi-même, je ne peux pas juger de la force mentale nécessaire pour prendre en charge une telle maisonnée. Le fonctionnement de celle-ci est inhabituel, mais il semble fonctionner pour eux.

Toutefois, ce système pourrait se retourner contre eux. Un jour ou l'autre, les enfants devront quitter l'île. Ils ne pourront alors plus dépendre de M. Parnassus. Par le passé, lors de mes entretiens avec divers directeurs, j'ai observé des comportements très différents envers les protégés, allant de l'indifférence totale à une cruauté sans bornes. Même si je respecte notre guide *RÈGLES ET RÈGLEMENTS*, il me semble qu'il s'agit davantage de conseils que des lois à part entière. De plus, ces règles ont été écrites il y a des dizaines d'années et n'ont jamais été mises à jour. Comment sommes-nous censés faire appliquer un règlement qui n'a pas évolué avec son temps ?

Vous m'avez demandé de vous fournir davantage de détails au sujet de M. Parnassus. Voilà ce que j'ai appris :

Phee est un esprit de la forêt qui reçoit parfois des conseils de Zoé Blanchapelle. Grâce à son aide, la petite fille réussit à contrôler ses pouvoirs de façon remarquable, bien mieux que la plupart des enfants de son espèce que j'ai pu rencontrer, certes peu nombreux. Bien que cela lui prenne du temps, elle est capable de faire pousser des arbres et des fleurs avec une facilité que je ne pensais pas possible. L'influence de Mlle Blanchapelle y est sans doute pour beaucoup.

Théodore est une vouivre, oui, et il est un des rares représentants de son espèce. Nous avons tous tendance (oui, tous) à les considérer comme des animaux. Je peux assurer les Cadres Extrêmement Supérieurs que ce n'est pas le cas. Théodore est doué de réflexion et de sentiments, comme tout être humain. Il est intelligent et très malin. Hier, après que je me suis rétabli d'un empoisonnement alimentaire à cause d'un poisson cru, il est venu me voir, seul, dans la dépendance que j'occupe pour me demander s'il pouvait me montrer une partie de son trésor. Vous remarquerez que j'ai employé le mot « demander ». Il possède un langage. Simplement, cela ne ressemble en rien à ce dont nous avons l'habitude. Durant le peu de temps que j'ai séjourné sur l'île, j'ai réussi à comprendre la signification de ses pépiements.

Talia est une enfant assez grognon, mais il s'agit sans doute de sa nature de gnome. Du moins, c'est ce que j'ai pensé en la rencontrant, par rapport à ce que j'avais appris sur son espèce. J'ai découvert que notre perception était influencée par ce que l'on nous a enseigné. En tant qu'enfants, nous apprenons que le monde fonctionne d'une certaine manière et qu'il y a des règles à observer. C'est ainsi. J'ai donc toujours cru que les gnomes avaient mauvais caractère et qu'ils étaient capables de vous assommer avec leur pelle sans explication. D'un point de vue superficiel, cela pourrait décrire Talia… mais on pourrait argumenter que la plupart des préadolescentes se comportent ainsi. Ce n'est pas une spécificité de l'espèce. Ce sont seulement les hormones. Il suffit de passer du temps avec elle pour plonger sous la surface de ses vagues de bravade et se rendre compte qu'elle protège avec ferveur ceux qu'elle aime. Les gnomes, comme nous le savons tous, vivent dans des cités souterraines. Du moins, c'était le cas lorsque leur nombre était plus important. Talia a recréé sa propre grotte ici.

Chauncey vit sur cette île uniquement à cause de ce qu'il est. Étant donné que le MJM ne connaît pas son espèce, il avait besoin d'un endroit où le placer. Je crois – et je ne donne pas vraiment mon avis ; il s'agit d'une remarque basée sur mon expérience – que c'est seulement son apparence qui lui vaut une catégorisation de niveau quatre. De nombreuses personnes lui ont répété qu'il était un monstre : des enfants, des directeurs, des individus qui, du fait de leur position, auraient dû savoir qu'il s'agissait d'une erreur. Quand vous battez un chien, il finira par avoir peur dès que vous levez la main. Et pourtant, malgré les abus verbaux dont a été victime Chauncey avant son séjour à Marsyas (je ne pense pas qu'il ait été battu, mais les mots peuvent blesser tout autant), c'est un enfant enjoué et affectueux. Il a des rêves. Je me demande si l'on s'en rend vraiment compte. Il rêve d'un futur qu'il n'aura peut-être jamais. Ses aspirations peuvent paraître ridicules, mais ce sont les siennes et on ne peut pas les lui enlever.

Sal est le plus craintif du groupe. Lui a reçu des sévices corporels avant son arrivée sur l'île. Les incidents ont clairement été documentés, mais il n'en a pas été fait mention dans le dossier que j'ai reçu à son sujet. M. Parnassus m'a montré les rapports signés par le MJM concernant ces épisodes spécifiques. Leurs suites n'ont été qu'une mascarade. Faire subir ce genre de choses à un garçon timide et renfermé sur lui-même est inacceptable. Sal est le dernier arrivé. Il aura besoin de beaucoup de temps pour guérir totalement. Pourtant, il y parviendra. Même si le moindre bruit le fait sursauter, je le vois s'épanouir sous mes yeux. Il aime écrire. J'ai eu l'honneur de pouvoir lire quelques pages de son travail. Je suis sûr que si on l'encourage à poursuivre cette voie, il accomplira de grandes choses. Je n'apprécie pas d'établir ce parallèle une seconde fois, mais je le répète : Si vous le poussez à bout, un chien mordra, si ce n'est que pour se défendre. Il doit être encouragé et non pas être craint.

Vous vous demandez sans doute, j'en suis sûr, quel rapport cela a avec M. Parnassus. Rien à voir avec lui, à proprement parler… mais tout ceci ne serait pas possible sans lui. Il ne s'agit pas d'un orphelinat classique. C'est une maison où les enfants viennent panser leurs blessures et à mon sens, son existence est essentielle. Une poétesse, Emma Lazarus, a un jour écrit : « Envoyez-moi vos fatigués, vos pauvres, vos masses innombrables aspirant à vivre libres. »

Vous aurez remarqué, j'en suis persuadé, que je n'ai pas encore mentionné Lucy.

Cela fait deux jours que j'ai commencé ce rapport. Je prends mon temps, car le choix des mots est de la plus haute importance. Il s'est passé quelque chose la nuit dernière. Un incident des plus étranges m'a tiré de mon sommeil…

« Incident », le mot était faible.

Le souffle court, Linus se redressa d'un bond dans son lit, la main crispée contre sa poitrine, le cœur battant à cent à l'heure. Désorienté, il ne comprenait pas ce qui se passait. Ses yeux s'habituèrent lentement à l'obscurité. Il lui fallut un moment pour rationaliser ce qu'il voyait.

La maison semblait rapetisser autour de lui.

Le plafond paraissait bien plus proche qu'il ne l'avait été lorsqu'il s'était endormi.

« Que se passe-t-il ? » s'exclama-t-il.

Tout à coup, il entendit un miaulement en contrebas. Il regarda par-dessus son matelas et se rendit alors compte que la maison ne rapetissait pas. Non, la raison pour laquelle le plafond paraissait plus proche était parce que le lit flottait à deux mètres au-dessus du sol.

« Oh, Seigneur », souffla Linus en s'accrochant à sa couette. Calliope le regardait avec de grands yeux brillant dans la nuit et en battant la queue.

Linus ne s'était jamais trouvé sur un lit volant. Il se pinça très fort pour être sûr qu'il ne rêvait pas.

Ce n'était pas le cas.

« Oh, Seigneur », répéta-t-il.

Alors, un grondement tonitruant résonna à l'extérieur.

Le lit ondula légèrement. Il releva les couvertures jusqu'à son menton. Cela lui paraissait plus sûr.

Calliope l'appela encore une fois.

« Je sais, réussit-il à dire, la voix étouffée par l'épaisse couverture. Ce n'est sans doute pas grand-chose, pas vrai ? Je devrais me rendormir. Ce sera mieux pour tout le monde. Peut-être que cela se produit régulièrement. »

Le lit pencha dangereusement sur la droite. Linus parvint à peine à pousser un cri avant de s'effondrer par terre et se retrouver enseveli sous coussins et draps.

Il roula sur le dos en grognant.

Calliope lécha ses cheveux clairsemés. Il n'avait jamais compris pourquoi les chats faisaient ça.

« Bon. Maintenant, je suis levé, fit-il en observant le lit qui flottait au-dessus de lui. Autant aller voir ce qui se passe. Ce n'est peut-être qu'un… tremblement de terre. Oui. Un tremblement de terre. Et il est presque terminé. »

En se redressant, il se cogna contre le bas du lit. Il se frotta le front en pestant. Il réussit à trouver ses chaussures qui, Dieu merci, étaient restées clouées au sol. Il les enfila, puis sortit de la chambre, suivi de près par Calliope.

Dans le salon, le fauteuil flottait et tournoyait lentement dans les airs. La platine portative s'allumait et s'éteignait. La lumière clignotait.

« Je peux supporter beaucoup de choses, murmura-t-il à l'intention de Calliope, mais les fantômes, c'est au-dessus de mes forces. Je n'apprécie pas l'idée que ma maison soit hantée. »

Le grondement retentit une seconde fois. Le parquet vibra sous sa force. Il semblait provenir de l'extérieur, alors, même si Linus n'en avait pas la moindre envie, il ouvrit la porte d'entrée.

Une lumière venait de la maison principale. Il se rappela l'éclat orange qu'il avait aperçu lorsque M. Parnassus l'avait quitté quelques nuits plus tôt, mais ce n'était pas la même chose. On aurait dit qu'il se passait quelque chose entre les murs. Il aurait rêvé de refermer la porte et de faire semblant qu'il ne se passait rien. Malgré tout, il descendit du perron, s'enfonça dans l'herbe…

Et hurla en sentant une main se poser sur son épaule.

Il se retourna vivement et vit Zoé qui se tenait derrière lui, le visage déformé par l'inquiétude.

« Pourquoi avez-vous fait ça ? gronda-t-il. Vous essayez de me tuer ? On dirait que vous adorez me terroriser !

— C'est Lucy », répondit-elle d'une voix faible. Ses ailes reflétaient le clair de lune. Elle paraissait presque irréelle. « Il fait un cauchemar. Vous devez venir au plus vite. »

À l'intérieur de la maison principale, les enfants étaient regroupés dans le hall d'entrée. Tous observaient le plafond, collés contre Sal qui fronçait les sourcils. Lorsqu'ils aperçurent Linus et Zoé, leur soulagement fut palpable.

« Tout le monde va bien ? demanda Linus. Quelqu'un est blessé ? »

Ils secouèrent la tête.

« Ça arrive, parfois, expliqua Phee en serrant les bras contre son torse fin. On sait ce qu'il faut faire, dans ce genre de cas… mais ça ne s'était plus produit depuis des mois.

— Ça ne signifie pas qu'il est mauvais ! » s'écria Chauncey d'une voix humide. Ses yeux partaient dans tous les sens. « Il fait juste… trembler les choses. Comme nos chambres. Et la maison.

— Et ce n'est pas parce qu'il fait trembler la maison qu'il cherche à nous blesser », ajouta Talia en plissant les yeux.

Perché sur l'épaule de Sal, Théodore vocalisa son assentiment.

« On sait qu'il ne nous ferait aucun mal, renchérit Sal d'un ton calme. Cela peut paraître effrayant, mais ce n'est pas sa faute. Il n'a pas choisi d'être qui il est. »

Il fallut un moment à Linus pour comprendre ce qui se passait. Ils pensaient qu'il allait utiliser cet évènement contre Lucy. Contre eux. Cela le blessa plus qu'il ne l'aurait imaginé. Pourtant, il les comprenait. Même s'il réussissait à obtenir leur confiance petit à petit, il restait un agent du MJM. Il enquêtait toujours. Et ceci, quelle que soit l'explication, ne ferait pas forte impression dans un rapport.

« Vous allez bien, c'est le plus important », dit-il en ignorant son cœur qui se serrait.

Phee parut surprise. « Bien sûr qu'on va bien. Lucy ne nous ferait jamais de mal.

— Je le sais », répondit Linus.

Ils ne semblaient pas le croire.

Un nouveau grondement résonna au sommet de l'escalier. On aurait dit qu'une chose monstrueuse s'était éveillée.

Linus soupira. Pourquoi avait-il décidé de prendre son courage à deux mains, pour une fois ? « Vous restez ici avec eux ? » demanda-t-il à Zoé.

Elle eut l'air de vouloir protester, mais finit par hocher la tête. « Si c'est ce que vous voulez. »

Ce qu'il voulait, c'était retourner dormir tranquillement dans son lit, mais il en était hors de question. Alors, il répondit : « Oui. Vous pensez qu'il faut les faire sortir de la maison ? »

Il jeta un coup d'œil aux meubles qui flottaient avec inquiétude.

« Non. Il ne leur fera aucun mal. »

Pour une raison qu'il n'aurait su expliquer, il lui faisait confiance. Il leur faisait confiance à tous.

Il adressa un maigre sourire aux enfants avant de se diriger vers l'escalier.

« Monsieur Baker ! »

Il tourna la tête.

Chauncey lui fit un petit signe de la main. « J'aime beaucoup votre pyjama !

— Euh… Merci, c'est très… Baisse le bras, veux-tu ! On ne reçoit pas de pourboire pour des compliments ! »

Le garçon soupira et fit tomber son tentacule contre son flanc.

Talia se gratta la barbe. « N'oubliez pas. Si vous voyez… des choses étranges, ce sont des hallucinations. »

Il déglutit avec peine. « Oh. Très… bon conseil. Je t'en suis reconnaissant. »

Elle eut l'air très fière d'elle.

Il gravit les marches une à une. La rampe semblait vibrer sous sa paume. Les cadres et les toiles accrochés aux murs décrivaient de lents cercles. Des bribes de musique s'élevaient, des morceaux de dizaines de différentes chansons qu'ils reconnaissaient. Big band, jazz, rock'n'roll, des échos du jour où la musique était morte, The Big Bopper, Buddy Holly, Ritchie Valens, tous chantaient autour de lui, avec des voix fantomatiques.

Il atteignit le palier. L'intégralité des portes, à part celle tout au fond du couloir, était ouverte. Quand il avança d'un pas, elles claquèrent toutes d'un seul coup. Il sursauta et recula. Le couloir se mit à onduler. Le parquet craqua. Il ferma les yeux, compta jusqu'à trois et les rouvrit.

Le couloir était de nouveau normal.

OK, mon vieux. Tu peux le faire.

À son passage, les portes demeurèrent closes, mais, derrière elles, les lampes s'allumaient et illuminaient le sol de façon éphémère. À mesure qu'il s'approchait de celle du fond, la musique se faisait plus forte. On aurait dit que tous les disques jamais enregistrés étaient joués en même temps. La cacophonie était si terrible que Linus sentait ses dents s'entrechoquer avec ses gencives.

Lorsqu'il atteignit la porte, il eut le réflexe stupide de vouloir frapper. Il secoua la tête, prit une grande inspiration, puis posa la main sur la poignée et la tourna.

Dès que la porte s'ouvrit, la musique s'arrêta.

Linus perçut un éclat de lumière orange du coin de l'œil, mais il disparut avant qu'il en ait déterminé l'origine.

La porte de la chambre de Lucy était grande ouverte et sortait à moitié de ses gonds.

Lucy, lui, était debout au centre de la pièce, les bras tendus de chaque côté de son corps, comme des ailes, les doigts raidis. Les vinyles qui avaient décoré ses murs tournoyaient lentement autour de lui. Certains étaient cassés ou fendus. Le garçon avait la tête rejetée en arrière et ses yeux étaient ouverts… mais ils paraissaient vides, comme s'il ne voyait rien. Sa bouche était ouverte, elle aussi, et les tendons de son cou, saillants.

Arthur était agenouillé devant lui et avait une main posée sur la nuque du garçon. Lorsqu'il se rendit compte de la présence de Linus, il écarquilla légèrement les yeux avant de reporter son attention sur Lucy. Il se mit alors à murmurer des paroles que Linus n'entendait pas, mais son ton était doux et rassurant. Il serra légèrement la nuque de Lucy.

Linus s'approcha.

« … et je sais que tu as peur, disait Arthur. Je sais que parfois, quand tu fermes les yeux, tu vois des choses que personne ne devrait jamais voir. Mais il y a du bon en toi, Lucifer. C'est flagrant. Je le sais. Tu es spécial. Tu es important. Pas seulement pour les autres, mais pour moi aussi. Il n'y a jamais eu quelqu'un comme toi et je te vois pour tout ce que tu es, mais aussi pour tout ce que tu n'es pas. Reviens-nous. Tout ce que je veux, c'est que tu rentres à la maison. »

Lucy arqua le dos comme s'il avait été électrocuté. Ses lèvres s'écartèrent davantage, à la limite du possible. Le rugissement résonna de nouveau. Il sortait de sa gorge. C'était un bruit sombre et effrayant. Une flamme rouge illumina soudain ses yeux. Elle paraissait si ancienne et si ancrée en lui que Linus frissonna.

Malgré tout, Arthur ne lâcha pas prise.

Et soudain, Lucy se détendit et tomba en avant. Arthur le rattrapa.

Le châssis de la fenêtre cessa de trembler.

Les disques s'écrasèrent sur le sol. Certains explosèrent en mille morceaux.

« Arthur ? demanda Lucy d'une voix qui se brisa. Arthur ? Qu'est-ce qui s'est passé ? Où... Oh. Oh, Arthur !

— Je suis là », répondit Arthur en le serrant dans ses bras. Lucy enfouit son visage dans son cou et se mit à pleurer. Les sanglots secouèrent son petit corps frêle. « Je suis là.

— C'était affreux, se plaignit Lucy. J'étais perdu et il y avait des araignées. Je n'arrivais pas à savoir où tu étais. Leurs toiles étaient énormes. J'étais perdu.

— Mais tu as fini par me retrouver, lui fit remarquer Arthur sur un ton plus léger. Puisque tu es ici. M. Baker est là, lui aussi.

— C'est vrai ? » Lucy renifla. Il tourna la tête en direction de la porte. Son visage était rougi et strié de larmes. « Bonjour, monsieur Baker. Je suis désolé de vous avoir réveillé. Je n'en avais pas l'intention. »

Linus secoua la tête et tenta de trouver des mots adéquats. « Ce n'est pas la peine de t'excuser, mon garçon. J'ai le sommeil léger. » C'était plutôt tout le contraire. Sa mère avait toujours dit qu'une cavalcade n'aurait pas suffi à le réveiller. « Je suis content de voir que tu vas bien. C'est le plus important. »

Lucy hocha la tête. « Parfois, je fais des cauchemars.

— Moi aussi.

— Vraiment ? »

Linus haussa les épaules. « Ça fait partie de la vie, je crois. Quand tu fais de mauvais rêves, rappelle-toi qu'ils ne sont que ça : des rêves. Tu finis toujours par te réveiller. Et, au bout d'un moment, ils s'estompent. Je trouve que lorsqu'on s'éveille après un cauchemar, la sensation de soulagement que l'on ressent est incomparable. Cela signifie que ce que tu as vu n'était pas réel.

— J'ai cassé mes disques », lui dit Lucy avec amertume. Il s'écarta d'Arthur et passa le bras sur son visage pour essuyer ses larmes. « Je les aimais tellement, et maintenant ils sont cassés. » Il regarda les éclats de plastique noir brillant qui jonchaient le sol d'un air bouleversant.

« Pas de ça, mon garçon, le réprimanda Linus. Il s'agit uniquement des disques qui étaient accrochés au mur, n'est-ce pas ? » Il pénétra un peu plus dans la pièce et s'accroupit à côté de Lucy pour ramasser un morceau de vinyle brisé.

« Pas tous, répondit Lucy. Certains, je les écoutais. C'étaient même mes préférés.

— Est-ce que je peux t'avouer quelque chose ? »

Lucy hocha la tête sans quitter les débris des yeux.

Linus ramassa une deuxième pièce. Elle semblait s'emboîter avec celle qu'il tenait déjà. Il les assembla devant Lucy. Elles allaient parfaitement ensemble. « Quand une chose se casse, tu peux la réparer. Elle ne sera peut-être pas exactement comme avant et ne fonctionnera pas aussi bien, mais cela ne veut pas dire qu'on ne peut plus s'en servir. Regarde, tu vois ? Un peu de colle, un peu de chance, et on n'y verra que du feu. Si tu les raccroches au mur, personne ne s'en rendra compte.

— Mais… et ceux que j'écoute ? demanda Lucy en reniflant. Ceux qui étaient accrochés au mur étaient déjà rayés. »

Linus hésita. Avant qu'il ait décidé d'une réponse, Arthur prit la parole.

« Il y a un magasin de disques dans le village. »

Linus et Lucy tournèrent vivement la tête vers lui. « C'est vrai ? » rayonna le petit garçon.

Arthur hocha lentement la tête. Il affichait une drôle d'expression. « Oui. On peut y aller, si tu veux. »

Lucy sécha de nouveau ses larmes. « Tu es sérieux ? Tu crois que c'est possible ?

— Oui », dit Arthur. Il se leva doucement. « Je pense que tout ira bien. On pourrait même y aller pour la journée. Tous ensemble.

— Avec M. Baker ?

— S'il le souhaite, répondit Arthur d'un air amusé. Peut-être que cela lui fera plaisir de choisir des disques avec toi, étant donné que vous avez tous les deux le goût de la musique. À côté de lui, je ne m'y connais pas du tout. »

Lucy se tourna aussitôt vers Linus d'un air enjoué. Sa résilience était remarquable. « Vous voulez bien nous accompagner, monsieur Baker ? On pourrait choisir les disques ensemble ! »

Pris au dépourvu par tant d'enthousiasme, il réussit à articuler : « Ou… oui, c'est certainement faisable.

— Pourquoi ne vas-tu pas dire aux autres qu'ils peuvent retourner au lit ? demanda Arthur. Je suis sûr qu'ils veulent savoir que tu vas bien. »

Lucy lui adressa un sourire si éclatant que Linus sentit son cœur se serrer. « D'accord ! » Il sortit de la pièce en courant. Dans le couloir, il s'écria qu'il n'était pas mort et que cette fois, il n'avait pas mis le feu à la maison, *n'était-ce pas fantastique ?*

Quand Linus se remit debout, son genou craqua. « Je me fais vieux, bafouilla-t-il, étrangement gêné. Mais je suppose que ça arrive aux meilleurs d'entre…

— Il ne fait de mal à personne. »

Surpris, il releva la tête. Arthur fronçait les sourcils. Il arborait de nouveau cette expression énigmatique que Linus était incapable de déchiffrer et son pyjama l'empêchait de se concentrer. Pourquoi ? Linus n'aurait su le dire. Arthur portait un short qui révélait ses genoux pâles et noueux et un tee-shirt froissé. Ainsi, il paraissait plus jeune que jamais. Presque… perdu. « C'est bon à savoir.

— Je sais que vous devrez en parler dans votre rapport, reprit Arthur comme si Linus n'avait pas ouvert la bouche. Je ne peux pas vous en vouloir et je n'essaierai pas de vous en empêcher, mais je vous demande de vous rappeler que Lucy n'a jamais blessé quiconque. Il est… Je pensais ce que j'ai dit. Il est bon. Il y a énormément de bon en lui. Mais je ne crois pas qu'il survivrait ailleurs qu'ici. Si cet orphelinat venait à être fermé ou s'il était déplacé, je ne sais pas si… »

Sans réfléchir, Linus lui prit la main. Leurs paumes se rencontrèrent et leurs doigts s'entremêlèrent. Arthur s'accrocha à lui avec force. « Je comprends ce que vous me dites. »

Cela parut le rassurer.

Toutefois, Linus devait aller au bout de sa pensée avant de le laisser reprendre la parole. « Il n'est pas un danger pour les autres, certes, mais qu'en est-il pour lui-même ? »

Arthur secoua la tête. « Ce n'est pas…

— C'est pour ça que vous le gardez ici, avec vous. Je me trompe ? Pour qu'il soit à portée de main, au cas où.

— Oui.

— S'est-il déjà blessé ? »

Arthur soupira. « Pas… Pas physiquement. Mais après ce genre d'épisodes, c'est un expert de l'autoflagellation. S'il casse un objet, peu importe à qui il appartient, il en porte le poids de la culpabilité sur les épaules.

— Quelque chose me dit que cela vous connaît. »

Les lèvres du directeur se retroussèrent en coin. « Un peu.

— Il avait l'air d'aller mieux quand il est parti.

— C'est un enfant. Peu importe leurs origines, ils rebondissent très vite. Je pense que ça ira. Du moins, jusqu'à la prochaine fois. » Arthur plissa légèrement les yeux. « Et je serai là pour l'aider également. »

C'était clairement une mise au défi, mais Linus ne pouvait pas lui répondre. Il écrivait les recommandations, mais, au bout du compte, c'était le MJM qui prenait les décisions. « Vous avez dit que cela n'arrivait pas souvent. En tout cas, plus maintenant. Je crois que je m'en serais aperçu si cela était arrivé depuis le début de mon séjour.

— J'ai cru… J'avais espéré que c'était terminé. » Arthur avait l'air frustré.

« Qu'est-ce qui a déclenché cette crise ? Vous le savez ? Il s'est passé quelque chose, aujourd'hui ? »

Arthur secoua la tête. « Pas que je sache. Je pense… Même si cela peut paraître grotesque, il ne ment pas quand il dit qu'il a des araignées dans la tête. Il y a tant de choses que l'on ignore au sujet de l'anté…

— Non, non, le réprimanda Linus en lui serrant la main. On n'utilise pas ce mot ici. »

Arthur lui sourit d'un air doux. « Non. Vous avez raison. Merci de me le rappeler. Les araignées ne sont pas des vraies, bien sûr, c'est une métaphore de ce qui se passe dans son esprit. Des faisceaux d'obscurité qui s'entremêlent à la lumière.

— Les parties d'un tout, comprit Linus. Nous avons tous des problèmes. J'ai une bouée autour de la taille. C'est le fils de Satan. Rien d'insurmontable en somme, si l'on y met du sien. »

Arthur rejeta la tête en arrière, vers le plafond, et ferma les yeux alors que son sourire s'élargissait. « Vous me plaisez tel que vous êtes. »

Une chaleur intense envahit de nouveau Linus. Il était certain que sa main était moite. Pourtant, il était incapable de lâcher celle d'Arthur. « Je... Eh bien, c'est... une bonne chose, je crois.

— Je crois aussi. »

Il fallait à tout prix qu'il change de sujet avant de dire quelque chose qu'il regretterait. C'était une bataille perdue d'avance, mais il se sentait dans l'obligation de la mener quand même.

Il libéra finalement la main d'Arthur et déclara : « Alors, le village ? Je vois que vous avez pris votre décision. »

Arthur rouvrit les yeux en soupirant. Il regarda Linus. « Vous avez raison. Le moment est sans doute venu. Je m'inquiète pour eux, mais cela ne changera jamais.

— Je suis certain que tout va bien se passer, l'encouragea Linus en reculant d'un pas. Et si ce n'est pas le cas, je peux vous assurer que je n'hésiterai pas à dire le fond de ma pensée. Je n'ai pas le temps ni la patience de supporter l'impolitesse. » Il se sentait étrangement déconnecté. Il avait l'impression de flotter en dehors de son corps. Il se demandait si, le lendemain, il se souviendrait de ce moment comme d'un rêve. « Il est temps d'aller au lit. Il sera bientôt l'heure de se lever. »

Il fit volte-face. Il était persuadé d'avoir les joues écarlates. Il était presque arrivé à la porte lorsque Arthur prononça son prénom.

Il s'arrêta, mais ne se retourna pas.

« Je pensais ce que j'ai dit, murmura Arthur.

— À quel propos ?

— Je vous apprécie tel que vous êtes. Je crois que je n'ai jamais pensé cela de quiconque auparavant. »

Linus agrippa la poignée de la porte. « C'est… Merci. C'est très aimable de votre part. Bonne nuit, Arthur. »

Ce dernier rit doucement. « Bonne nuit, Linus. »

Et sur ces paroles, Linus s'enfuit de la chambre.

Cette nuit-là, il fut incapable de se rendormir.

Une fois son lit remis à sa place, il s'était effondré dessus, persuadé qu'après une nuit comme celle qu'il venait de vivre, le sommeil s'emparerait aussitôt de lui.

Cela n'avait pas été le cas.

Au lieu de ça, il était resté éveillé à penser à la sensation de la main d'Arthur dans la sienne, à la façon dont elles s'étaient parfaitement emboîtées. C'était idiot, et sans doute dangereux de sa part, mais dans l'obscurité et le silence de sa chambre, il n'y avait personne pour l'en empêcher.

Quatorze

Merle était planté sur le pont de son ferry, la bouche ouverte sur le coup de la surprise.

Linus se pencha hors de la fenêtre ouverte de la voiture, côté passager. « Vous allez baisser la rampe, oui ou non ? »

Le capitaine ne bougea pas.

« Quel incapable ! grommela Linus. Comment est-ce qu'on peut l'autoriser à naviguer sur un aussi gros bateau ? Ça m'étonne qu'il n'ait encore tué personne.

— Vous croyez qu'on va couler dans l'océan et mourir ? s'enquit Chauncey. Ce serait trop cool. »

Linus soupira. Il devait apprendre à réfléchir avant de parler. Il se tourna vers l'arrière du minivan. Six enfants le regardaient avec divers degrés d'intérêt quant à l'idée de s'abîmer dans l'océan et de passer l'arme à gauche. Lucy et Chauncey paraissaient plus enthousiastes que les autres.

Assise sur la troisième rangée, Zoé haussa un sourcil à son attention pour lui signifier qu'il s'était mis tout seul dans le pétrin et qu'il s'en sortirait de la même manière.

Il espérait qu'il ne le regretterait pas.

Malheureusement, il y avait de grandes chances pour que cela soit le cas.

« On ne va pas couler et mourir, répondit Linus avec autant de patience que possible. C'est une expression utilisée par les adultes. Les enfants n'ont pas le droit de dire ce genre de choses. »

Arthur ricana derrière le volant, mais Linus ne lui prêta aucune attention. Depuis cette discussion, dans sa chambre, il ne savait plus comment se comporter avec lui. Auparavant, il n'avait jamais eu le moindre problème pour lui dire le fond de sa pensée. Désormais, il rougissait et bafouillait en sa présence comme un collégien. C'était ridicule.

« Est-ce que les adultes pensent souvent à la mort ? voulut savoir Lucy en penchant la tête à un angle étrange. Ça veut dire que je suis adulte, moi aussi, parce que j'y pense tout le temps. J'aime les trucs morts. Je vous aimerais bien quand même si vous étiez mort, monsieur Baker. Peut-être même encore plus. »

Zoé étouffa un éclat de rire avec sa main et se tourna pour regarder à travers la fenêtre.

Il n'y en avait pas un pour rattraper l'autre, Arthur et elle.

« Les adultes ne pensent pas souvent à la mort, lui expliqua Linus avec le plus grand des sérieux. En fait, on y pense à peine. Vous savez quoi ? Ça me traverse même rarement l'esprit.

— Alors pourquoi est-ce qu'il y a autant de livres écrits par des adultes sur la mortalité ? demanda Phee.

— Je ne... C'est parce que... Peu importe ! Ce que j'essaie de dire, c'est qu'il faut qu'on arrête de parler de la mort ou de mourir ! »

Talia hocha la tête d'un air sage tout en se grattant la barbe. « Exactement. Parce qu'il vaut mieux ne pas savoir quand on va mourir. Comme ça, on ne commence pas à crier tout de suite. Ce sera une surprise. On aura tout le temps de hurler le moment venu. »

Théodore poussa un cri inquiet et se cacha sous son aile, sur les genoux de Sal. Celui-ci lui caressa le dos pour le rassurer.

« Moi, je peux vous dire quand vous allez mourir », déclara Lucy. Il posa la tête contre le siège et fixa son regard sur le plafond du minivan. « Je crois que je pourrais voir le futur si j'essayais. Monsieur Baker ? Vous voulez savoir quand vous allez mourir ? Oh. Oui. Ça vient. Je vois ! Vous allez mourir dans un terrible...

— Stop ! le coupa Linus. Je te le répète : ne va pas proposer aux gens de lire leur avenir quand on sera dans le village ! »

Lucy soupira. « Comment est-ce que je suis censé me faire des amis si je ne peux pas leur dire comment ils vont mourir ? Quel est l'intérêt de cette sortie ?

— Manger une glace et acheter des disques, lui rappela Arthur.

— Oh. D'accord ! »

Cette expédition était une très mauvaise idée.

« Comment vous me trouvez ? demanda Chauncey pour ce qui était sans doute la centième fois de la journée. Je ne suis pas sûr d'avoir choisi la bonne tenue. »

Il portait un petit trench-coat et un chapeau haut de forme posé entre ses antennes. Cela avait été son idée. Il affirmait qu'il s'agissait d'un déguisement, mais ladite tenue ne cachait en rien sa vraie nature. Quoi qu'il en fût, Linus n'avait pas eu le cœur de l'en empêcher, surtout après l'avoir entendu s'exclamer qu'il ne pouvait quand même pas se rendre au village tout nu... alors qu'il se baladait presque toujours ainsi sur l'île. Linus n'avait jamais vu les choses sous cet angle. Désormais, il était incapable de s'ôter cette image de la tête.

« Tu es très bien, le rassura-t-il. Très élégant.

— Comme un espion caché dans l'ombre sur le point de révéler un énorme secret, ajouta Sal.

— Ou comme un pervers qui attend le bon moment pour ouvrir son manteau, fit remarquer Talia.

— Hé ! Je ne ferai jamais ça ! À part si vous me le demandez ! »

Zoé n'essayait même plus de dissimuler son hilarité.

Linus se rassit vers l'avant et regarda à travers le pare-brise. Merle continuait de les observer, bouche bée.

« Vous regrettez déjà votre proposition ? » demanda Arthur. Linus n'eut pas besoin de le regarder pour savoir qu'il souriait.

« Non, rétorqua-t-il. Bien sûr que non. Tout va bien se passer. Tout va… Bon sang, mon vieux ! Baissez cette putain de rampe !

— Oooh, soufflèrent les enfants.

— M. Baker a dit un gros mot », murmura Talia d'une voix impressionnée.

Tout allait bien se passer.

« On sera de retour en fin d'après-midi, dit Arthur à Merle lorsqu'ils descendirent du ferry. J'espère que ce ne sera pas un problème. Je veillerai à vous donner une prime pour votre temps. »

Le marin hocha la tête. Il semblait encore sous le choc. « C'est… parfait, monsieur Parnassus.

— Je me doutais que cela vous conviendrait. Je suis ravi de vous revoir. »

Il ne répondit pas. Il se contenta de partir se cacher à l'intérieur du bateau.

« C'est un homme étrange, n'est-ce pas ? » fit remarquer Arthur en prenant la direction du village.

Le mois de septembre touchait à sa fin. La haute saison venait de se terminer. Les rues de Marsyas étaient donc moins bondées qu'à l'accoutumée. Lorsque Linus était arrivé trois semaines plus tôt, il y avait eu davantage de monde sur les trottoirs en train de faire du lèche-vitrines. Des enfants en maillot de bain avaient suivi leurs parents qui portaient des tongs et transportaient parasols, serviettes et glacières pour se rendre à la plage.

La ville n'était pas « morte » à proprement parler, mais elle était calme, ce qui rassura Linus. Il souhaitait que les choses se passent le mieux possible pour que les enfants puissent retenter l'expérience après son départ. Dans son esprit, il était déjà évident qu'aucun changement ne serait apporté à l'orphelinat dans un futur proche, mais il n'en avait pas encore conscience. Cela ne viendrait que plus tard.

Néanmoins, les quelques personnes qu'ils croisaient ne se cachaient pas pour dévisager leur petite troupe.

Talia, qui était assise du côté de la vitre, fit un signe de la main à une femme et à ses deux enfants.

Les bambins le lui rendirent.

La mère les attrapa et les serra contre elle comme si elle avait peur qu'on les lui enlève.

Chauncey, qui était assis de l'autre côté de la banquette, pressa son visage contre la vitre. Ses yeux regardaient partout à la fois. « L'hôtel est là ! Je le vois ! Regardez... Oh. Mon. Dieu. Il y a un groom. Un vrai de vrai ! Regardez ! Regardez ! »

Il y en avait bien un. Un homme maigre aidait une vieille dame qui portait une quantité de fourrure extraordinaire sur le dos à sortir d'une voiture de luxe. Tous deux entendirent Chauncey glouglouter par la vitre ouverte. Quand Linus tourna la tête, il vit que le garçon avait pressé sa bouche contre la glace et qu'il avait soufflé une bulle d'air, ce qui avait fait grossir sa tête.

La vieille dame trébucha et porta la main à sa gorge. Le porteur la rattrapa avant qu'elle tombe.

« Waouh, s'exclama Chauncey en se redressant. Les grooms savent vraiment tout faire. »

Tout allait bien se passer.

Vraiment.

Arthur entra dans un parking réservé aux personnes qui se rendaient à la plage. Puisqu'on était hors saison, il était quasiment vide et il n'y avait personne dans la cabine de paiement qui avait été fermée pour l'hiver. Il se gara sur la première place libre et coupa le moteur. « Les enfants, dit-il avec douceur, descendez de la voiture et mettez-vous en rang par deux. »

Une horde de femelles rhinocéros enceintes auraient fait moins de bruit en nous chargeant.

Linus tint le rapport sur ses genoux tandis que le minivan tanguait. Ce troisième rapport se trouvait dans une enveloppe scellée, comme les autres l'avaient été, timbrée et adressée aux Cadres Extrêmement Supérieurs du Ministère de la Jeunesse Magique. Il hésita à se rendre d'abord au bureau de poste, mais décida qu'il valait mieux attendre la fin de leur excursion. Il voulait profiter de la journée sans distraction. Il posa la lettre sur le tableau de bord.

« Tout va bien ? » demanda Arthur à voix basse.

Linus jeta un coup d'œil dans sa direction. Il se rappela aussitôt la sensation de sa main dans la sienne et détourna le regard. Quelles pensées frivoles ! « Oui, répondit-il d'un ton un peu sec. Tout va bien.

— Cela semble être votre devise pour la journée. Vous n'avez pas cessé de le répéter.

— Oui, c'est le cas. À force de le répéter, ça deviendra peut-être vrai. »

Arthur lui toucha brièvement l'épaule. « Les enfants se comporteront au mieux.

— Ce ne sont pas eux qui m'inquiètent, admit-il.

— Je me souviens très bien d'un homme qui m'a dit qu'il ne tolérerait pas l'impolitesse. Cela forçait le respect. J'ai été impressionné.

— Si vous êtes impressionné par si peu, vous devriez peut-être sortir davantage. »

Arthur s'esclaffa. « Vous êtes amusant. D'ailleurs, regardez ! Je sors. Bon, maintenant, allons voir ce qui nous attend, là-dehors. On ne peut pas rester dans ce minivan éternellement. »

Non, ils ne le pouvaient pas, même si Linus en mourait d'envie. C'était idiot, mais il n'arrivait pas à se débarrasser d'un étrange pressentiment qui lui tordait l'estomac. Cela avait été son idée. Il avait insisté. Pourtant, à présent, ils se trouvaient là et...

Il regarda par le pare-brise. Sur le côté du bâtiment devant eux, sous une publicité pour du Costaud Cola – le soda des costauds ! –, il y avait une affiche rappelant aux gens : ATTENTIFS ENSEMBLE.

« Vous avez pris leurs papiers d'identification ? demanda Linus d'une petite voix.

— Oui.

— Très bien. »

Il ouvrit la portière et descendit du minivan.

Les enfants s'étaient mis en rang par deux derrière la voiture. Lucy avec Talia. Sal avec Théodore. Phee avec Chauncey. Ils avaient choisi leurs binômes eux-mêmes. Linus s'était douté que Sal et Théodore feraient équipe, mais imaginer Lucy et Talia ensemble lui donnait des sueurs froides. Ils avaient tendance à s'encourager dans la mauvaise direction. Il avait dû expliquer à Talia sans mâcher ses mots qu'elle ne pouvait pas apporter sa pelle. Cela ne lui avait pas plu du tout.

Aussi, il ne s'attendait pas à ce qu'Arthur déclare : « Phee et Chauncey, vous êtes avec Mlle Blanchapelle. Sal et Théodore, avec moi. Et Lucy et Talia, vous suivrez M. Baker. »

Ces deux derniers tournèrent lentement la tête, à l'unisson, vers Linus. Le même sourire malicieux ornait leurs lèvres. Il frissonna.

« Peut-être que nous devrions..., bafouilla-t-il. Je veux dire, nous n'avons pas besoin de... Je crois qu'il faudrait... Oh, Seigneur.

— Qu'est-ce qui ne va pas, monsieur Baker ? demanda Lucy d'une voix mielleuse.

— Oui, monsieur Baker, ajouta Talia, qu'est-ce qui ne va pas ?

— Je vais bien, répondit-il. Tout va très bien. Il me semble simplement que ce serait une bonne idée de rester tous ensemble.

— Nous le ferons autant que possible », dit Arthur. Son pantalon était encore une fois trop petit pour lui et révélait des chaussettes violettes. Linus trouvait cela adorable... Il était clairement fichu. « Mais je pense que la majorité d'entre eux va s'ennuyer à l'intérieur du magasin de disques. Et qui mieux que vous pour aider Lucy à choisir de la musique ? Les enfants, vous avez pensé à prendre votre argent de poche ? »

Tous hochèrent la tête, à l'exception de Chauncey qui s'exclama : « Non ! J'ai oublié ! J'étais trop occupé à m'habiller ! Maintenant je n'ai pas d'argent. Je ne pourrai rien acheter.

— Heureusement pour toi, j'y avais pensé, le rassura Arthur. J'ai confié ton argent de poche à Zoé. »

Le garçon se calma aussitôt et le regarda avec des yeux emplis d'admiration.

Le directeur consulta sa montre. « Si nous nous séparons, nous n'aurons qu'à nous retrouver devant le glacier à 14 h 30, d'accord ? »

Tout le monde acquiesça.

« Allons-y ! » s'écria-t-il d'un ton enjoué.

Lucy et Talia saisirent aussitôt les mains de Linus.

« Vous croyez qu'il y a un cimetière ici, monsieur Baker ? s'informa Lucy. Si oui, j'aimerais bien le visiter.

— Je vous avais dit que j'aurais dû prendre ma pelle, grommela Talia. Comment est-ce que je suis censée déterrer des corps sans pelle ? »

Quelque chose lui disait qu'il allait regretter d'être venu.

Même si Linus avait tenté de l'éviter, ils se retrouvèrent séparés du groupe au bout d'environ trois minutes et vingt-six secondes. Il ne savait pas ce qui s'était passé. Ils avaient été tous ensemble quand, tout à coup, Talia avait grogné quelque chose en langue gnome qui semblait être une expression de joie intense et elle les avait attirés dans une boutique. Un carillon avait retenti et, à présent, la porte s'était refermée derrière eux.

« Quoi ? » demanda Linus en regardant derrière lui. Les autres continuaient d'avancer dans la rue. Arthur lui fit un clin d'œil avant de reprendre sa route. « Attendez. Nous devrions peut-être… »

Malheureusement, Talia ne se décourageait pas si facilement. Elle lâcha la main de Linus et avança en grommelant dans sa barbe.

« Oh non, gémit Lucy. Elle a choisi le pire endroit du monde. On aurait pu aller n'importe où. »

Linus cligna des yeux.

Ils se trouvaient dans un magasin d'outillage.

Et Talia faisait les cent pas devant un rayon d'outils de jardinage. Elle se grattait la barbe tout en inspectant chaque déplantoir, bêche et houe. Tout à coup, elle se planta dans l'allée en hoquetant de surprise. « Ils ont la nouvelle B. L. Mack ! Je ne savais même pas qu'elle était sortie ! » Elle saisit une bêche à la forme originale et au manche décoré de fleurs. Elle la retourna et la montra à Linus. « C'est la bêche numéro un du classement d'*Outils de jardin magazine* ! Je ne pensais pas qu'elle allait sortir avant le printemps ! Vous savez ce que ça veut dire ? »

Linus n'en avait pas la moindre idée. « O… Oui ? »

Talia hocha vivement la tête. « Exactement ! Réfléchissez cinq minutes ! Si je l'achète, on pourra se rendre au cimetière comme Lucy en avait envie ! Je pourrai déterrer *tellement de choses* avec ça !

— Ne le dis pas si fort ! » souffla Linus. Elle ne lui prêta aucune attention et se mit à mimer l'action comme pour s'habituer au maniement de l'outil.

Même Lucy paraissait intéressé. « C'est un peu petit, dit-il, sceptique. Comment est-ce que tu comptes déterrer une tombe entière avec ce truc minuscule ?

— Ce n'est pas la taille qui compte ! rétorqua Talia, vexée. Mais la façon dont on s'en sert. Je n'ai pas raison, monsieur Baker ? »

Linus toussa. « Je… Je suppose que oui.

— Et je suis un gnome, Lucy. Tu sais que je suis douée pour creuser. »

Lucy approuva. Il paraissait rassuré. « Très bien. Parce qu'on devra peut-être déterrer au moins trois ou quatre corps…

— On ne déterrera aucun corps, les coupa Linus d'un ton ferme. Alors, ôtez-vous tout de suite cette idée de la tête.

— Ah non ? demanda Talia en observant la bêche. Alors à quoi ça sert ?

— Quoi ? De quoi parles-tu ?

— De se rendre dans un cimetière, répondit Lucy en tirant sur sa main.

— Personne n'ira au cimetière ! »

Talia plissa les yeux. « Mais vous aviez dit oui.

— Oh non, se plaignit Lucy. Est-ce qu'il perd la tête ? Il est tellement vieux qu'il devient sénile ! À l'aide ! Pitié, aidez-nous ! L'homme qui est censé nous surveiller est en train de perdre la boule. J'ai peur de ce qu'il pourrait faire ! »

Une femme trapue apparut à l'autre bout du rayon. Elle avait l'air inquiète et avait une trace de terre sur le front et des gants de jardinage à la main. Elle tenait également un sécateur. « Mon Dieu, que se passe-t-il ici ? Est-ce que vous… allez bien ? »

Elle se figea en voyant Talia avec la bêche. Lentement, elle se tourna vers Lucy qui lui sourit en dévoilant toutes ses dents.

Elle recula d'un pas. « Vous venez de l'île ?

— Oui, répondit Talia avec le plus grand des sérieux. J'aimerais vous parler de la B. L. Mack. Quand est-elle sortie ? Est-ce qu'elle vaut la note qu'elle a reçue ? Elle est plus légère que je ne le pensais.

— On va au cimetière, ajouta Lucy d'une voix monotone et inquiétante. Il y a beaucoup de gens qui meurent ici ? Sinon, ce serait dommage. »

La femme écarquilla les yeux.

« Il plaisante, intervint rapidement Linus. Talia possède un magnifique jardin dont elle s'occupe à la perfection. Je crois que je n'en ai jamais vu d'aussi bien entretenu. »

Cela ne sembla pas rassurer la femme, mais la fillette parut très fière.

« Merci, monsieur Baker ! » Elle reporta son attention sur la vendeuse. « Ce n'est pas toujours évident de s'en rendre compte, vu la manière dont il s'habille, mais M. Baker a très bon goût. »

La femme hocha la tête, mais ses mouvements étaient étrangement saccadés. « C'est… super. » Elle s'éclaircit la voix. « Un jardin, dites-vous ? Sur l'île ? Je croyais qu'elle était… » Elle pâlit.

Talia pencha la tête sur le côté. « Qu'elle était quoi ?

— Elle… euh. Aucune importance. » Elle jeta un coup d'œil rapide à Linus avant de se forcer, de manière très visible, à sourire. « Parle-moi de ton jardin et j'essaierai de trouver ce qui te conviendra le mieux.

— Oh non, gémit Lucy. On ne va plus pouvoir l'arrêter. »

Sans lui prêter la moindre attention, Talia se lança dans une description très fidèle de son jardin. Si fidèle en fait que Linus eut l'impression qu'elle en décrivait chaque centimètre carré. Et même s'il partageait l'absence d'enthousiasme de Lucy sur la question, il ne quittait pas la vendeuse des yeux à la recherche d'un signe qui prouverait qu'elle faisait marcher la petite pour qu'ils partent plus rapidement.

Cela avait sans doute commencé ainsi, mais, au fur et à mesure, elle se détendit et interrompit Talia pour lui poser des questions au sujet du pH du sol et des types de fleurs et de plantes qu'elle faisait pousser. Les connaissances de cette fillette et ce qu'elle avait accompli semblaient l'impressionner.

Au bout d'un moment, elle dit : « La B. L. Mack est considérée comme la numéro un, mais, personnellement, je trouve qu'elle s'abîme vite. Pour quelqu'un comme toi… » Elle toussa. « Qui sait ce qu'elle fait, une Foxfaire sera sans doute plus appropriée. Elle est plus solide et moins onéreuse. C'est ce que j'utilise ici et pour mon propre jardin. »

Talia reposa la bêche dans le rayon avec très grand soin. « Foxfaire ? *Outils de jardin magazine* dit que…

— *Outils de jardin magazine* ? s'étrangla la femme. Ma pauvre enfant… Ce magazine est devenu aussi obsolète qu'*Outils de jardin hebdo* ! Maintenant, on se réfère tous à *Outils de jardin, la revue bimensuelle* ! Les jardiniers sérieux ne lisent plus que ça. »

Talia hoqueta de surprise. « C'est vrai ? » Elle adressa un regard accusateur à Linus. « Pourquoi est-ce que vous ne me l'avez pas dit ? Que me cachez-vous d'autre ? »

Perplexe, Linus haussa les épaules. « Je ne comprends rien à ce qui se passe. »

La femme plissa les yeux dans sa direction. « Tout va bien, monsieur ? Vous ne perdez pas la tête, au moins ? »

Il soupira tandis que Lucy ricanait.

Une fois à la caisse, après calcul, la note se révéla astronomique. Linus n'avait jamais dépensé autant d'argent pour des outils de jardinage de toute sa vie.

Talia sourit à la vendeuse. « Vous pouvez nous excuser un instant ? »

La femme hocha la tête.

Talia lui tourna le dos et, aussitôt, sa bonne humeur s'évanouit. Elle paraissait au bord du désespoir. Elle attrapa la main de Linus et tira dessus pour qu'il se baisse. « Je n'ai pas assez d'argent, chuchota-t-elle. On ne peut pas la pousser et partir en courant avec ? Ce serait mal ?

— Il en est hors de question », objecta Linus.

Lucy leva les yeux au ciel. « J'étais sûr que vous diriez ça. » Les sourcils froncés, il plongea la main dans sa poche et en sortit une poignée de billets froissés. Il les tendit à Talia. « Ça suffirait, tu crois ? »

Talia secoua la tête. « Non, Lucy. Tu ne peux pas me les donner. C'est pour acheter tes disques. »

Lucy haussa les épaules. « Je sais. Mais ils ne sont pas tous cassés. Et de toute façon, c'est ma faute s'ils sont abîmés. Tiens. Je te les donne.

— Range tes sous, dit Linus d'une voix calme. Toi aussi, Talia.

— Mais, mes outils ! »

Il avança vers la caisse, lâcha leurs mains et sortit son propre portefeuille. Un maigre sourire aux lèvres, il tendit sa carte

American Express qu'il utilisait seulement en cas d'urgence. La vendeuse la fit coulisser dans le sabot à carte bancaire, puis déchira le ticket.

Des murmures résonnèrent derrière lui. Il se retourna pour s'assurer que les enfants n'avaient pas réellement l'intention de voler le magasin de jardinage. À son grand étonnement, il vit Talia qui souriait avec les larmes aux yeux et Lucy qui avait passé un bras autour de ses épaules.

La femme s'éclaircit la voix. Linus reporta aussitôt son attention sur elle. Elle lui rendit sa carte et plaça leurs achats dans des sacs. Il sentit Talia se placer à côté de lui et lever les mains au hasard, car elle ne voyait pas ce qui se passait sur le comptoir. La vendeuse lui tendit les sacs.

Elle hésita un instant avant de dire : « Ton jardin… Il a l'air très beau.

— Il l'est, confirma Talia sans se vanter.

— Serait-il possible… J'aime prendre en photo les jardins de Marsyas. » Elle désigna un panneau en liège fixé au mur sur lequel étaient accrochées des photographies de jardins. « Ils appartiennent aux clients du magasin. Chaque jardin est différent, je trouve. Ils reflètent la personnalité de celui ou celle qui s'en occupe.

— Il n'y a pas de cadavre dans notre jardin, lui assura Lucy. À part ça, il ressemble en tout point à celui de Talia.

— C'est bon à savoir », répondit la femme d'une petite voix. Elle secoua la tête. « Peut-être… si vous le voulez bien, monsieur Baker, peut-être pourrai-je visiter ton jardin, un de ces jours ? Au printemps, lorsque tout sera en fleurs ? Ou plus tôt, si vous préférez.

— Oui ! s'exclama Talia, les yeux brillants de joie. Bien sûr. Mais ce n'est pas M. Baker qui décide. Il faudra poser la question à Arthur. Je suis sûre qu'il acceptera. M. Baker est seulement venu s'assurer qu'on ne mourait pas de faim, qu'on ne nous battait pas ou qu'on ne nous gardait pas en cage. Il rentre bientôt chez lui. »

Linus leva la tête vers le plafond dans un geste désespéré pour trouver la force de continuer.

« Oh, fit la femme. C'est... bien ? »

Lucy hocha la tête. « Super bien. M. Baker n'est pas si mal. Bon, c'est vrai, j'ai essayé de lui faire peur à son arrivée sur l'île, mais, maintenant, je préfère qu'il soit vivant, plutôt que... l'autre possibilité. »

Linus soupira.

« Merveilleux, souffla la femme qui semblait à deux doigts de s'évanouir. Je suis ravie de l'apprendre. J'enverrai un message à Arthur quand je pourrai vous rendre visite. »

Talia lui adressa un sourire radieux. « J'espère que vous êtes prête à être époustouflée. À côté de mon jardin, ces photos ont toutes l'air minables. »

Il était temps de partir. « Merci, dit Linus, crispé, en attrapant les enfants par le bras et en les tirant vers la sortie.

— Au revoir, la dame des plantes ! cria Lucy. À très bientôt ! »

Ce ne fut que lorsqu'ils se retrouvèrent dehors, sous le soleil, que Linus parvint à reprendre sa respiration. Toutefois, avant qu'il ait pu les réprimander, il sentit de petits bras envelopper sa jambe droite. En baissant la tête, il se rendit compte que Talia se serrait contre lui. « Merci, monsieur Baker, murmura-t-elle. C'était très gentil de votre part. »

Il hésita, puis lui tapota le sommet de la tête à travers son bonnet, quelque chose qui lui aurait semblé impossible quelques jours plus tôt. « Ce n'est rien.

— Quel être généreux et merveilleux ! s'exclama Lucy en tournant sur lui-même, les bras tendus, pour une raison que Linus ne comprenait pas. J'espère qu'il se souviendra de faire la même chose pour moi, pour que je n'aie pas à dépenser mon propre argent et pour que je ne me sente pas défavorisé. Sinon, je devrais ouvrir une bouche de l'enfer et regarder le village se faire dévorer tout entier. Ce serait un jeu d'enfant. »

Linus eut à peine quelques secondes pour se demander pourquoi les menaces de Lucy ne l'effrayaient plus autant qu'avant. Ils s'étaient déjà remis en chemin.

« Délire », souffla le vendeur du magasin de disques. Il avait les yeux vitreux et injectés de sang et des cheveux longs qui tombaient sur ses épaules. Et il aurait eu besoin d'un bon bain.

Bien entendu, aux yeux de Lucy, cela le rendait fascinant. « Délire », acquiesça-t-il.

Il avait réussi à grimper sur le comptoir et s'était agenouillé face au vendeur – *Tu peux m'appeler A-Chiche.* Il y avait également un autre homme au fond de la boutique qui les regardait d'un air inquiet.

« C'est toi, le... » A-Chiche mima le bruit d'une explosion en écartant les mains.

« Oui, répondit Lucy. C'est moi. Boum ! »

A-Chiche – avec un nom pareil, Linus se méfia tout de suite de lui – baissa les yeux vers Talia qui était assise par terre et fredonnait en admirant ses nouveaux outils. « Le petit bonhomme a une barbe. Et c'est une nana.

— Sa barbe est très douce, lui dit Lucy. Elle la lave avec tout un tas de savons différents. Ils sentent les fleurs et les trucs de filles.

— Trop fort, souffla A-Chiche. Respect, petite nana.

— Ça, c'est une bêche, lui indiqua Talia. Et elle est à moi.

— Cool. » Il se tourna vers Lucy qui se trouvait à quelques centimètres seulement de son visage. « Qu'est-ce que je peux faire pour toi, petit gars ?

— Il me faut des disques ! annonça Lucy. J'ai cassé les miens en faisant un cauchemar où je me faisais manger par des araignées et il faut que je les remplace. C'est M. Baker qui paie, en plus, donc pas la peine de regarder à la dépense. »

A-Chiche hocha la tête. « J'ai rien compris, mais j'ai capté le mot "disque" et les disques, ça me connaît. » Il désigna l'homme qui s'affairait dans le fond du magasin. « Moi et Marty, on peut te fournir de la bonne came.

— Vous avez une drôle d'odeur, lui dit Lucy en se penchant en avant et en le reniflant bruyamment. On dirait… des plantes, mais ça ne ressemble pas à celles que Talia a dans son jardin.

— Euh, ouais. Je fais pousser et je fume ma propre…

— Stop ! le coupa Linus. Nous ne voulons pas savoir ce que vous faites pendant votre temps libre.

— C'est qui, le tocard ? murmura A-Chiche.

— M. Baker, chuchota Lucy à son tour. Il est là pour s'assurer que je ne brûle personne vivant avec le pouvoir de mon esprit et que je n'aspire pas leur âme de leur carcasse encore fumante.

— Waouh, tu déchires, petit gars ! » s'exclama le vendeur en levant la main. Lucy la tapa avec joie. « Je veux dire, j'espère que ça ne m'arrivera pas. Mais reste toi-même. » Il rejeta ses cheveux derrière son épaule. « Qu'est-ce que tu cherches ?

— The Big Bopper. Ritchie Valens. Buddy Holly.

— Oooh ! Des classiques !

— Ça éloigne les araignées.

— Je peux comprendre. Tu kiffes le King ? »

Lucy s'indigna en rebondissant sur ses genoux. « Est-ce que j'aime le King ? Évidemment que j'aime le King ! Je crois que mon vrai père l'a rencontré, une fois. »

Linus préféra ne pas exiger de précision.

« Ton vrai père, hein ? demanda A-Chiche en se penchant en avant.

— Oui. » Lucy regarda à droite, puis à gauche. « Il… n'est pas là.

— C'est un bon à rien ?

— On peut dire ça. Il a beaucoup de problèmes à régler.

— Je compatis, mec. Mon paternel, il trouve que je rate ma vie, tu vois ? Il pense que je devrais faire autre chose que travailler dans un magasin de disques. »

Lucy eut l'air scandalisé. « Mais… Mais les magasins de disques sont les meilleurs endroits du monde !

— Exactement ! Il voudrait que je sois un avocat spécialisé dans les préjudices corporels, comme lui. »

Lucy grimaça. « Mon vrai père connaît un tas de ce genre d'avocats. Croyez-moi, vous êtes bien mieux ici.

— C'est ce que je pense aussi. T'as déjà entendu parler de Santo & Johnny ?

— *Sleep Walk*, c'est ma came, mec ! s'écria Lucy. Mais je n'ai pas le disque.

— T'as de la chance. Je crois qu'il me reste un exemplaire en réserve. Viens, on va voir si on l'trouve. »

Lucy sauta du comptoir tandis que le disquaire en faisait le tour. Ensemble, ils se dirigèrent vers l'arrière du magasin. « Hé, Marty ! cria A-Chiche. Y a un petit gars qui cherche de vieilles pépites. On va voir si on peut l'aider.

— Trop fort ! s'exclama Lucy en le regardant avec adoration. Des vieilles pépites d'or ! »

Marty ne répondit pas à voix haute. Il se contenta de hocher la tête et de s'enfoncer plus profondément dans le magasin.

Linus n'aimait pas l'idée qu'ils s'éloignent autant. Il baissa la tête vers Talia. « Je vais voir si tout va bien. Ça ne te dérange pas de rester un peu toute seule ? »

Elle leva les yeux au ciel. « J'ai 263 ans. Je pense pouvoir me débrouiller.

— Ne sors pas du magasin. »

Elle ne lui prêta pas la moindre attention. Elle continua de caresser tendrement ses nouveaux outils du bout des doigts.

Lucy, A-Chiche et Marty avaient disparu. Linus suivit le chemin qu'ils avaient emprunté. Au fond du magasin, sur le côté, se trouvait une porte qui avait été fermée. Il tenta de l'ouvrir, mais elle était verrouillée. Étonné, il réessaya en appliquant plus de force.

Elle ne bougea toujours pas.

De l'autre côté, un cri retentit, suivi d'un grand fracas.

Linus n'hésita pas un instant. Il s'élança de tout son poids contre la porte. Lorsque le bois craqua, encouragé, il prit de l'élan et l'enfonça de nouveau d'un coup d'épaule.

La porte sortit violemment de ses gonds et s'écrasa sur le sol.

Linus faillit tomber avec, mais réussit à garder l'équilibre à la dernière minute.

À l'intérieur de la pièce, il découvrit Marty avachi contre le mur du fond. A-Chiche se tenait devant lui et le regardait d'un air dégoûté.

Lucy passait tranquillement en revue les disques rangés dans une caisse.

« Que s'est-il passé ? » demanda Linus.

Le petit garçon leva les yeux vers lui et haussa les épaules. « Oh, il s'est mis à parler de Jésus et de Dieu et à dire que j'étais une abomination ou un truc dans le genre. » Il désigna l'homme inconscient. Une croix en argent bariolée pendait autour de son cou. « Il a essayé de me coller ça au visage. » Lucy secoua la tête en riant. « Il m'a pris pour qui ? Un vampire ? C'est débile. J'adore les croix. Ce ne sont que deux bâtons accrochés ensemble et on en fait tout un plat. J'ai essayé de créer mon propre symbole avec des bâtons de glace pour les vendre et devenir riche, mais Arthur m'a dit que c'était mal. Regardez, Linus ! Chuck Berry ! Trop fort ! » s'exclama-t-il avec excitation en sortant le disque de la caisse.

« C'est pas cool, mec. » A-Chiche réprimandait Marty alors qu'il était inconscient. « Sérieux. La musique, c'est pour tout le monde. » Il poussa sa jambe du bout des pieds. « Waouh ! Tu l'as mis K-O. T'es trop hardcore, petit gars.

— Hardcore », acquiesça Lucy.

Linus observa de nouveau Marty. Ce dernier respirait. Il se réveillerait sans doute avec une migraine et rien d'autre. Linus réfléchit sérieusement à lui donner une deuxième bosse à la tête avec un coup bien placé, mais il avait mal à l'épaule et il avait dépensé suffisamment d'énergie pour le moment. « Est-ce qu'il t'a fait du mal ? »

Lucy détourna son attention du disque de Chuck Berry. « Pourquoi est-ce que vous parlez comme ça ?

— Comme quoi ?

— Comme si vous étiez en colère. Vous m'en voulez ? » Lucy fronça les sourcils. « Je n'ai rien fait. Je vous le jure.

— C'est vrai, confirma A-Chiche. C'est Marty qui a déconné. Je vais le virer. »

Linus secoua la tête. « Je ne pourrais jamais t'en vouloir. Pas pour ça. Si j'ai l'air en colère, c'est à cause de ce… de cet homme, pas de toi.

— Oh. Parce que vous m'aimez bien, c'est ça ? »

Oui. Mon Dieu, oui. Il s'était attaché à lui. À eux tous. « En quelque sorte. »

Lucy hocha la tête, puis reprit son exploration. « J'en ai trouvé six qui me plaisent. Je peux les avoir ?

— Alors, on prend les six. »

Linus s'approcha de Lucy pour l'aider à porter les vinyles qu'il avait sélectionnés avant qu'il les fasse tomber. Ils laissèrent Marty par terre et retournèrent dans la boutique…

Où les sacs de Talia étaient posés au sol. Mais Talia avait disparu.

Linus sentit son cœur remonter le long de sa gorge. Il avait tourné le dos une seconde et voilà que…

Il l'aperçut à l'avant du magasin. Elle regardait à travers la vitrine. Dehors, sur le trottoir, se trouvait une petite fille qui ne devait pas avoir plus de 5 ou 6 ans. Elle avait de longs cheveux bruns nattés et elle souriait. Elle posa la main contre la vitre. Talia fit de même. Leurs mains étaient de la même taille et se couvraient parfaitement. Talia rit. Le sourire de la petite fille s'élargit.

Elle sourit ainsi jusqu'à ce qu'une femme vienne vers elle en courant et l'éloigne de la vitrine d'un air horrifié. Elle serra la petite fille contre elle et la força à enfouir son visage contre son épaule. À travers la vitrine, elle adressa un regard meurtrier à Talia. « Comment oses-tu ? cria-t-elle. Laisse ma fille tranquille, sale monstre ! »

Furieux, Linus s'approcha. « Hé, vous n'avez… »

Toutefois, la femme cracha contre la vitre, se retourna et se dépêcha de partir, la petite fille pressée contre sa poitrine.

« Cette femme est méchante, murmura Lucy à Linus. Vous voulez que je la balance contre le mur comme Marty ? Ce ne serait pas trop cool ?

— Non, répondit Linus en prenant la main de Lucy. Ce ne serait pas trop cool. Tu n'as le droit de le faire que pour te défendre ou pour défendre les autres. Elle a dépassé les bornes, mais ce n'étaient que des mots.

— Les mots blessent aussi, lui dit Lucy.

— Je sais, mais il faut choisir ses batailles. Ce n'est pas parce que quelqu'un se comporte mal que l'on doit faire de même. Au contraire, c'est ce qui nous différencie. C'est ce qui nous rend meilleurs qu'eux.

— Le gros mec a raison, intervint A-Chiche qui arrivait derrière eux. Les gens craignent, mais il vaut mieux les laisser patauger dans leurs conneries plutôt que de les aider. »

Linus était persuadé que ce n'était pas ce qu'il avait voulu dire. Son nouveau surnom ne lui plaisait pas non plus.

Talia se tenait toujours devant la vitrine. Le crachat de la femme glissait sur la vitre. Elle ne semblait pas triste, mais il ne pouvait pas en être certain. Lorsque Lucy et Linus se postèrent à côté d'elle, elle parut surprise de les voir.

« C'était bizarre, hein ? » fit-elle. Elle secoua la tête. « Les gens sont étranges.

— Ça va ? »

Elle haussa les épaules. « La petite fille était gentille. Elle m'a dit qu'elle aimait ma barbe. C'est la dame qui s'est mal comportée.

— Elle… La dame n'était pas…

— Je sais très bien ce qu'elle est ou pas, répondit Talia d'un ton plus léger. Ce n'est pas la première fois que ça arrive. C'est affreux, mais j'ai l'habitude. En tout cas, c'est drôle, non ? »

Rien de cette situation ne semblait amusant aux yeux de Linus. « Qu'est-ce qui est drôle ?

— Le fait qu'il y a toujours de l'espoir même quand on a l'impression du contraire. »

Il ne s'était pas attendu à une telle réponse. Il était estomaqué. « Comment ça ?

— La petite fille. Elle n'a pas eu peur de moi. Elle était gentille. Elle se moquait bien de mon apparence. Ça veut dire qu'elle pourra se faire sa propre opinion. La dame lui dira sans doute que je suis mauvaise. Et elle le croira peut-être. Mais peut-être qu'elle ne le croira pas. Une fois, Arthur m'a dit que pour changer l'opinion du plus grand nombre, il fallait commencer par changer l'avis de quelques personnes. Elle n'est qu'une personne isolée, mais la dame aussi. » Talia sourit. « On peut aller au cimetière maintenant ? J'aimerais tester ma nouvelle bêche. Qu'est-ce que tu as acheté, Lucy ?

— Chuck Berry, répondit-il avec fierté. Et j'ai jeté Marty contre un mur !

— Il a craquelé le plâtre et tout ! confirma A-Chiche en riant. C'était mortel.

— Waouh, souffla Talia, impressionnée comme il le fallait. Il est mort ? Il faut l'enterrer ? Laissez-moi rassembler mes outils et...

— Non, il n'est pas mort. Je me suis dit que ça ne ferait pas très plaisir à M. Baker, alors je l'ai autorisé à garder ses entrailles à l'intérieur. »

Talia soupira. « C'est sans doute mieux ainsi. J'aime beaucoup Chuck Berry. J'ai hâte d'écouter ce disque avec toi.

— Moi aussi ! C'est trop cool ! » Il tourna la tête vers Linus. « On peut payer, maintenant ? On ne doit pas les voler, parce que A-Chiche n'est pas un tocard. Pas vrai ? »

À son ton, il était clair qu'il pensait qu'il aurait quand même pu les voler.

« Exactement. Il n'est pas un tocard, répondit Linus qui, en lui-même, se promit de ne jamais plus prononcer ce mot. On peut payer...

— Nan, le coupa l'intéressé. Je ne veux pas de votre argent. Je te les donne, petit gars. Désolé pour Marty qui a essayé de t'exorciser. Tope là. »

Lucy s'exécuta avec joie. « Linus ! Il me les a donnés ! C'est encore mieux que si je les avais volés ! »

Ce dernier soupira. « Ce n'est pas... Pourquoi est-ce que je me fatigue ?

— T'es vraiment un tocard, gros mec », lança Lucy, mais il donna un léger coup d'épaule à Linus, au niveau des hanches, comme pour lui montrer qu'il ne le pensait pas.

À 14 h 30, ils rejoignirent les autres devant le glacier. Les passants les évitaient et les dévisageaient sans s'en cacher, mais les enfants ne semblaient pas s'en rendre compte. Ils écoutaient Chauncey qui portait un chapeau différent de celui qu'il avait porté plus tôt. Sous le coup de l'excitation, il s'agitait dans tous les sens, tandis que Zoé et Arthur l'observaient d'un air amusé.

« Les voilà ! s'écria Chauncey. Lucy ! Talia ! Vous ne devinerez jamais ce qui s'est passé ! Regardez ce que j'ai. » Il souleva le chapeau de sa tête et ses antennes au bout desquelles se trouvaient ses yeux grandirent de joie. Entre ses tentacules, il tenait une casquette qui semblait familière. On aurait dit...

« Il me l'a donnée ! s'exclama Chauncey. Je n'ai même pas eu à demander ! J'ai juste dit au groom que je pensais qu'il était l'homme le plus génial qui avait jamais existé et que lorsque je serai grand, je voudrais être exactement comme lui et il me l'a donnée ! Vous vous en rendez compte ? » Il la reposa sur sa tête. « De quoi j'ai l'air ?

— Tu es très beau, répondit Linus. Je regrette de ne pas avoir de valise. Je t'aurais demandé de la porter à ma place. »

Chauncey cria de joie. « C'est vrai ? Vous ne dites pas ça pour me faire plaisir ?

— Ça te va bien, confirma Lucy en tapotant le haut du chapeau. On peut peut-être trouver un moyen de te faire un manteau assorti. Je crois que je le préfère à ton autre casquette, mais celle-ci est jolie aussi.

— Merci, Lucy ! À ton service !

— Alors, qu'est-ce que vous avez rapporté ? » demanda Arthur. Il se pencha pendant que Talia et Lucy leur montraient leurs trésors. « Oh ! Quelle jolie bêche ! Et tous ces disques ! Il faudra qu'on les écoute dès notre retour sur l'île.

— Tout s'est bien passé ? interrogea Zoé à voix basse lorsque les enfants furent occupés.

— Si vous voulez savoir si des crimes ont été commis... En quelque sorte. Mais je me suis débrouillé.

— Il faut s'inquiéter ? »

Linus secoua la tête. « Je vous en parlerai quand il y aura moins de petites oreilles qui traînent. Je ne crois pas qu'ils aient besoin de savoir que Lucy...

— J'ai jeté un ringard qui s'appelle Marty contre un mur parce qu'il a essayé de m'exorciser à l'intérieur d'une petite pièce fermée à clé ! Et après, A-Chiche m'a donné les disques gratuitement ! C'est pas trop cool ?

— Oooh ! » soufflèrent les autres enfants.

Linus soupira.

« C'est l'heure de la glace », déclara Arthur.

La boutique du glacier était joyeusement démodée. Des sièges pivotants en plastique rouge bordaient le comptoir et Little Richard chantait gaiement au sujet d'une fille prénommée Sue. *« Tutti frutti, oh rutti. »* L'espace était très éclairé et les murs peints en rouge et rose bonbon. Quand ils passèrent la porte, une cloche tinta.

Un homme leur tournait le dos, penché sur un réfrigérateur rempli de bacs à glace de couleurs et de consistances différentes. En les entendant entrer, il fit volte-face, un sourire naissant sur les lèvres. « Bienvenue ! Que puis-je... » Son sourire s'évanouit et il écarquilla les yeux.

Les enfants posèrent les mains contre la vitre du congélateur pour observer les glaces. « Waouh, souffla Phee. Je veux tout goûter ! Je vais m'écœurer des glaces !

— Tu as droit à deux parfums, lui dit Arthur. Pas plus. Sinon, tu n'auras pas faim ce soir.

— Ce n'est pas grave, rétorqua-t-elle. Ça ne me dérange pas.

— Vous êtes... Vous..., bafouilla l'homme derrière le comptoir.

— Oui, fit Linus. Je suis moi. Merci de l'avoir remarqué. Les enfants, mettez-vous en rang. Un par un, pour ne pas donner trop de travail au monsieur à la fois.

— Non ! le coupa le vendeur de glaces en secouant furieusement la tête. Pas question. Sortez d'ici. »

Les enfants se turent.

Linus sentit la crainte l'envahir. Il allait répondre, mais Arthur le fit avant lui. « Qu'avez-vous dit ? »

L'homme rougissait à vue d'œil. Une veine palpitait sur son front. « Je ne sers pas les gens comme vous, ici. »

Zoé cligna des yeux. « Pardon ? »

Le vendeur montra un mur du doigt. Dessus était accrochée la sempiternelle affiche : ATTENTIFS ENSEMBLE !

« Je me réserve le droit de refuser de servir quelqu'un. N'importe qui. Je suis attentif pour le bien de tous. Alors, vous n'obtiendrez rien de moi. » Il adressa un regard noir à Théodore qui était assis sur l'épaule de Sal. « Vous n'êtes pas les bienvenus dans ma boutique. Vous n'êtes pas les bienvenus dans ce village. Peu importe qu'on nous paie ou non pour garder le silence. Retournez sur votre satanée île.

— Vous allez la fermer ! rétorqua Linus. Vous n'avez pas le droit de...

— J'ai tous les droits », l'interrompit l'homme en abattant violemment les mains sur le comptoir. Le bruit résonna autour d'eux et...

Théodore poussa un cri de panique. Son perchoir venait de disparaître. Les vêtements de Sal étaient tombés en tas sur le sol, car il s'était transformé en loulou de Poméranie. Linus se souvenait de la première fois qu'il l'avait fait devant lui, lors de son arrivée sur l'île. Le déclencheur avait été la peur.

Cet individu avait tellement terrorisé Sal qu'il s'était transformé en chien.

De petits aboiements pathétiques s'élevaient du tas de vêtements dont Sal essayait de s'extirper. Phee et Talia l'y aidèrent tandis que Théodore rejoignait Zoé en volant. Chauncey se cacha derrière Linus et observa la scène entre ses jambes. Sa nouvelle casquette avait failli tomber par terre.

Lucy regardait Sal dont les pattes avant étaient coincées dans son tee-shirt. Phee et Talia lui murmuraient des paroles apaisantes, lui disaient que tout allait bien, qu'il fallait qu'il arrête de se débattre pour qu'elles puissent le libérer. Lucy reporta son attention sur l'homme derrière le comptoir. « Vous n'auriez jamais dû faire peur à mon frère, le menaça-t-il d'une voix monotone. Je peux vous obliger à faire des choses. Des choses terribles. »

L'homme ouvrit la bouche pour répondre, mais fut interrompu par Arthur Parnassus qui dit : « Lucy. »

Linus ne l'avait jamais entendu parler ainsi. Sa voix était froide et tranchante. Il n'avait prononcé qu'un seul mot, mais celui-ci avait été si acéré que Linus avait l'impression qu'il lui avait écorché la peau. Il se tourna vers lui. Arthur regardait l'homme avec les yeux plissés. Il serrait et desserrait les poings contre ses flancs.

L'homme derrière le comptoir ne semblait pas avoir peur des enfants.

En revanche, il était clair qu'Arthur le terrifiait.

« Comment osez-vous ? » demanda ce dernier. Il faisait penser à un lion en chasse. « Comment osez-vous leur parler ainsi ? Ce ne sont que des enfants.

— Je m'en moque, répondit l'homme en reculant un peu. Ce sont des abominations. Je sais de quoi ils sont capables… »

Arthur avança. « Vous devriez plutôt vous inquiéter de ce dont je suis capable, moi. »

L'atmosphère était soudain étouffante.

Il faisait beaucoup plus chaud que quelques minutes auparavant.

« Arthur, arrête, dit Zoé. Pas ici. Pas devant les enfants. Réfléchis, s'il te plaît. »

Il ne lui accorda pas la moindre attention. « Tout ce qu'ils voulaient, c'était manger une glace. Rien d'autre. Nous vous aurions payé, ils auraient été contents et nous serions repartis. Comment osez-vous, monsieur ? »

Linus s'interposa. Il tourna le dos au vendeur pour faire face à Arthur et prit son visage entre ses mains. Sa peau était si chaude qu'il avait l'air de brûler de l'intérieur. « Ce n'est pas la solution. »

Arthur tenta de se libérer, mais Linus tint bon. « Il n'a pas le droit de...

— Si, le coupa Linus. Ce n'est pas juste. C'est terrible. Mais vous ne devez pas oublier votre position. Vous ne devez pas oublier les enfants qui vous prennent pour exemple, les enfants auxquels vous tenez. Que vont-ils penser de tout ça ? La façon dont vous réagirez ici restera gravée dans leur mémoire pour toujours. »

Un éclat de colère brilla dans ses yeux, puis il se détendit. Il essaya de sourire et y parvint presque. « Bien sûr. Vous avez raison. Ce n'est pas... »

La cloche de la porte tinta de nouveau. « Que se passe-t-il ici ? »

Linus retira ses mains du visage d'Arthur et recula.

« Hélène ! hurla l'homme derrière le comptoir. Ces... Ces choses refusent de partir !

— Ce n'est pas étonnant, Norman. Ils n'ont pas encore eu leurs glaces. »

C'était la petite femme trapue du magasin d'outillage. Elle n'avait toujours pas nettoyé la trace de terre qu'elle avait sur le front, mais elle avait retiré ses gants de jardinage. Elle n'avait pas l'air contente. Linus espérait qu'ils n'allaient pas s'attirer davantage d'ennui.

« Je ne les servirai pas, gronda Norman. Il en est hors de question. »

La femme, Hélène, souffla gracieusement. « Ce n'est pas à toi de prendre cette décision. Je ne voudrais pas être obligée de dire que tu fais fuir les clients potentiels au prochain conseil. Ton bail arrive à terme l'année prochaine, il me semble ? Ce serait dommage qu'il ne soit pas renouvelé ! »

La veine sur le front de Norman était sur le point d'éclater. « Tu ne ferais pas ça. »

Hélène haussa un sourcil. « Tu veux vraiment prendre ce risque ?

— Je refuse de les servir !

— Alors, va à l'arrière. Je m'en occupe.

— Mais...

— Norman. »

Linus crut qu'il allait continuer de discuter. Au lieu de ça, il adressa un regard noir aux enfants et à Arthur avant de tourner les talons et de disparaître derrière une porte battante en faisant le plus de bruit possible. La porte claqua contre le mur avant de se refermer.

Hélène soupira. « Quel petit con !

— Je veux être comme vous quand je serai grande ! » souffla Talia d'une voix admirative. Phee, qui se tenait à côté d'elle, hocha vivement la tête. Elle tenait Sal dans ses bras. Il avait enfoui son visage dans son cou.

Hélène grimaça. « Oh, n'écoutez pas ce que je dis. Je n'aurais pas dû jurer ainsi. Il ne faut pas dire de gros mots, d'accord, les enfants ? »

Ils acquiescèrent, mais Linus voyait déjà Lucy articuler *petit con*, sans son, avec délectation.

« Qui êtes-vous ? » s'enquit Zoé avec méfiance.

Hélène lui sourit. « Je suis la propriétaire du magasin d'outillage. Talia et moi avons eu une discussion passionnante tout à l'heure à propos des jardins. Elle connaît bien le sujet.

— Hélène est aussi la maire de Marsyas », intervint Arthur. Le feu qui avait brûlé en lui plus tôt semblait s'être éteint. Il avait retrouvé sa contenance et paraissait aussi calme que d'habitude.

« C'est aussi vrai, admit Hélène. Je suis contente de te revoir, Arthur.

— La maire ? demanda Talia. C'est vous qui faites tout ? »

Linus se posait la même question. Il ne s'était pas attendu à ça.

« On dirait bien », répondit Hélène. Elle jeta un coup d'œil en direction de la porte battante qui se balançait toujours. « Apparemment, il faut même que je répare les bêtises des hommes. Franchement. Ils fanfaronnent beaucoup, mais, très souvent, leur courage fond comme neige au soleil. Ce sont de petites choses fragiles.

— Pas moi, lui dit Lucy très sérieusement. Encore un peu et je lui faisais croire que sa peau prenait feu. Et pourtant, je suis un homme. »

Hélène parut étonnée, mais se remit très vite du choc. « Alors, je suis contente d'être arrivée à ce moment. Et il me semble que tu as encore un peu de temps devant toi avant d'être un homme, mais je ne doute pas que tu seras meilleur que lui. Tu es bien entouré. »

Lucy lui fit un sourire éclatant.

Elle tapa dans ses mains. « Bon, et ces glaces, alors ? Vous n'êtes pas venus ici pour ça ?

— Vous savez même servir les glaces ? » s'étonna Talia.

Hélène hocha la tête et alla se placer derrière le comptoir pour prendre le poste que Norman avait déserté. « C'était mon premier boulot, à 17 ans. Ce n'était pas la même boutique, mais je devrais me rappeler comment on fait des boules. C'est comme ça que j'ai connu Arthur. Il venait souvent quand il était enfant. »

Ce détail attira l'attention de Linus.

« Arthur a été un enfant ? demanda Phee, surprise.

— Pourquoi es-tu aussi étonnée ? s'enquit Arthur en lui prenant Sal des bras.

— Je ne sais pas. Je... Je croyais que vous aviez toujours eu cette apparence.

— Oh, tu ne t'es pas beaucoup trompée, dit Hélène. Il s'habillait déjà comme ça. On aurait dit le plus petit adulte du monde. Il était toujours très poli. Si ma mémoire est bonne, son parfum préféré était la cerise. »

Tout le monde se tourna lentement vers Arthur. Même Linus.

Il haussa les épaules. « J'aimais la couleur rose de la glace. Allez, les enfants, en rang ! Linus, vous voulez bien aider Sal, s'il vous plaît ? Je crois que ça lui fera plaisir. »

Linus ne put rien faire d'autre que de hocher bêtement la tête. Son esprit fonctionnait à cent à l'heure. Tant de questions se battaient en duel dans sa tête qu'il avait du mal à réfléchir. Chauncey lui tendit ses vêtements. Il les glissa sous son bras et Arthur lui confia Sal.

Le garçon transformé en chien tremblait, mais il se pelotonna contre Linus.

« Il y a des toilettes derrière vous, leur indiqua Hélène alors que Lucy lui demandait s'il y avait des insectes dans la glace à la pistache. Pour plus d'intimité.

— Merci, murmura Arthur en faisant glisser un doigt le long du dos poilu de Sal.

— Pour quoi ? » voulut savoir Linus.

Arthur croisa son regard. « Vous le savez très bien. Je n'aurais pas dû laisser le comportement de cet homme m'atteindre de cette manière. »

Linus secoua la tête. « Ce n'est pas… Je n'ai rien fait de particulier.

— Si, le contredit Arthur. Vous êtes un homme bien, Linus Baker. Si vous ne me croyez pas, tant pis. J'y croirai suffisamment pour nous deux. Je suis très heureux de vous avoir rencontré. »

La gorge nouée, Linus déglutit difficilement avant de s'éloigner vers les toilettes.

Elles étaient unisexes et rudimentaires, composées simplement d'un cabinet et d'un lavabo. Il posa les affaires de Sal par terre et s'adossa au mur.

« Tout va bien, réconforta-t-il le chien qui tremblait dans ses bras. J'ai conscience que la vie peut parfois être effrayante, mais je sais aussi qu'Arthur et Zoé ne laisseront jamais rien t'arriver. Talia et Phee non plus. Ni Théodore, Chauncey ou Lucy. Au contraire, ils feront tout ce qui est en leur pouvoir pour te protéger. Lucy a dit que tu étais son frère. Tu as entendu ? Je crois que les autres pensent tous la même chose. »

Sal gémit doucement et pressa sa truffe froide dans le cou de Linus.

« Ce n'est pas juste, poursuivit Linus, le regard perdu dans le vide, la façon dont certaines personnes se comportent. Mais du moment que toi, tu te comportes bien et avec gentillesse, comme tu le fais déjà, ce que les gens pensent importera peu. La haine fait beaucoup de bruit, mais tu apprendras que ceux qui crient veulent juste se faire remarquer. Tu n'arriveras peut-être jamais à leur faire changer d'avis, mais tant que tu te rappelleras que tu n'es pas seul, tout ira bien. »

Sal aboya.

« Oui. C'est vraiment un petit con, hein ? Maintenant, je vais te laisser te changer et t'attendre de l'autre côté de la porte. Puis, ensemble, on ira chercher une glace. Je ne devrais même pas y penser – ce n'est pas bon pour mon tour de taille – mais la menthe aux pépites de chocolat me fait de l'œil. J'ai bien mérité une récompense. Et toi aussi. Qu'est-ce que tu en penses ? »

Il se débattit légèrement pour descendre.

« Très bien. J'aime mieux ça. Quand tu as peur, tu ne dois pas avoir honte de te transformer comme tu l'as fait aujourd'hui, du moment que tu retrouves ton chemin jusqu'à nous. » Il déposa Sal par terre. Celui-ci battit la queue. « Je serai juste de l'autre côté. »

Il sortit des toilettes et referma la porte derrière lui. Il entendit un bruit qui lui fit penser à des os qui craquaient, puis un lourd soupir. Dans la boutique, Lucy, Talia et Phee étaient assis dans un box. Lucy avait déjà réussi à se mettre de la glace dans les cheveux. Chauncey avançait vers eux, son pot de glace à la main et sa casquette en position précaire sur sa tête. Zoé se tenait à côté de la table et faisait manger Théodore à la cuillère. Chaque fois qu'il léchait un peu de glace, ses yeux roulaient dans leurs orbites sous le coup du plaisir.

Arthur, lui, était debout devant le comptoir où il parlait à voix basse à Hélène. Linus l'observa poser une main sur la sienne.

« C'est bon, dit une voix de l'autre côté de la porte. Je suis prêt.

— Parfait, déclara Linus. Voyons ça. »

La porte s'ouvrit. Sal avait l'air gêné. Il se frottait la nuque.

« Et voilà, déclara Linus. Comme s'il ne s'était jamais rien passé. »

Sal hocha la tête et détourna le regard. « Linus ?

— Oui ? »

Il serra les poings. « Qu'est-ce qu'il a voulu dire ?

— À quel sujet ? »

Le garçon jeta un coup d'œil dans sa direction avant de se détourner de nouveau. « Il a dit... Il a dit qu'il se moquait qu'ils soient payés pour garder le silence. Qu'est-ce que ça voulait dire ? »

Évidemment, Sal s'en était souvenu. Linus hésita. Il voulait trouver les bons mots. « Il... C'est idiot, vraiment. Mais vous êtes spéciaux, vous tous. Si les gens apprenaient à quel point, ils ne comprendraient peut-être pas. C'est pour votre sécurité. »

Sal hocha la tête, même s'il avait l'air troublé. « On achète leur silence. »

Linus soupira. « Apparemment. Mais ça n'a pas la moindre importance. Laisse-moi m'occuper de ça, d'accord ? Viens choisir une glace. »

En les voyant s'approcher, Hélène sursauta. Elle l'observa attentivement, regarda la porte des toilettes, puis revint vers Sal. « C'était toi ? »

Les épaules de Sal se crispèrent.

« C'est merveilleux ! s'exclama Hélène. Moi qui pensais avoir tout vu. Pour la peine, tu as droit à trois boules. Un grand garçon comme toi en pleine croissance ne mérite pas moins. Quels parfums te feraient plaisir ? »

Sal parut surpris. Il consulta Linus du regard. « Vas-y. Tu as droit à trois boules. »

Il choisit les parfums avec soin et les énonça d'une voix à peine plus forte qu'un murmure. Même s'il n'osait pas lever la tête, la façon affectueuse dont Hélène lui parlait le faisait sourire doucement. Lorsqu'elle lui tendit son pot, il la remercia d'une petite voix et se dirigea vers la table. À son approche, les autres exultèrent et se poussèrent pour lui faire de la place. Il s'installa à côté de Lucy et passa un bras autour de ses épaules pour le serrer contre lui. Lucy rit et le regarda avec des yeux brillants. Sal resta dans cette position pendant qu'ils mangeaient.

« J'étais en train de demander à Arthur si je pouvais venir voir le jardin de Talia, lui dit Hélène. Il paraît qu'il vaut le coup d'œil.

— Il est très beau, acquiesça Linus. Elle a travaillé dur. Je suis sûr qu'elle adorerait vous le montrer. Elle vous prend déjà pour le Messie. »

Hélène s'esclaffa. « N'exagérons rien.

— Toutefois, il faut que je vous pose la question. Pourquoi maintenant ? »

Elle eut l'air d'être prise au dépourvu. « Pardon ?

— Linus », le mit en garde Arthur.

Linus secoua la tête. « Non. C'est une question légitime. L'orphelinat n'est pas nouveau. Certains enfants vivent ici depuis longtemps. Et vous aussi, apparemment. » Il se tourna vers la maire. « Alors, pourquoi maintenant ? Pourquoi ne vous êtes-vous jamais rendue sur l'île ? Pourquoi a-t-il fallu que vous rencontriez les enfants pour prendre cette décision ?

— Je suis désolé, intervint Arthur. Il est très protecteur... »

Hélène leva une main pour l'interrompre. « Il a raison, Arthur. C'est une question légitime. » Elle prit une grande inspiration. « Et je n'ai pas d'excuses. Je me suis sans doute laissé... influencer. Ne dit-on pas : loin des yeux, loin du cœur ?

— Attentifs ensemble », murmura Linus.

Les sourcils froncés, Hélène jeta un coup d'œil à l'affiche accrochée au mur. « Oui. Aussi. C'est... malheureux. On se laisse enfermer dans sa propre petite bulle. Le monde est vaste et rempli de choses mystérieuses, mais on reste dans cette bulle parce qu'on y est en sécurité. À nos dépens. » Elle soupira. « On agit ainsi par facilité, puisque la routine a quelque chose de réconfortant. Jour après jour, jamais aucune surprise. Alors quand on nous force à changer, quand notre bulle éclate, il est parfois difficile de comprendre à côté de quoi l'on est passé. On peut en avoir peur. Certains se battent même pour rester dans cette sécurité. Moi, je ne me battrai pas pour elle, mais j'admets que j'ai vécu dans une bulle. » Elle sourit tristement. « Heureusement, vous l'avez fait éclater.

— Je n'aurais pas dû y être obligé, lui fit remarquer Linus. *Ils* ne devraient pas y être obligés.

— Non, c'est vrai. Et même si je ne peux parler que pour moi, je vous demande pardon. Je vous promets que je ne permettrai pas qu'une telle situation se reproduise. » Elle regarda derrière elle, vers la porte par laquelle Norman avait disparu. « Je ferai de mon mieux pour m'assurer que tout le monde dans le village sache que les enfants de l'orphelinat sont les bienvenus ici quand ils le désirent. J'ignore comment cette décision va être accueillie, mais je peux faire du bruit, quand je le veux. » Le regard pétillant de malice, elle ajouta : « Je ne voudrais pas être projetée contre un mur. »

Linus grimaça. « Marty ?

— Martin, le corrigea-t-elle en levant les yeux au ciel. Il m'a tout raconté. Mon neveu est un imbécile. A-Chiche l'a viré dès qu'il a repris connaissance. J'aurais réagi de la même manière.

— Je ne peux pas vous contredire. » Il hésita un instant. « Vous pensez qu'il va nous causer des problèmes ? » Si l'incident s'ébruitait, il pouvait demander aux Cadres Extrêmement Supérieurs de s'en mêler. Ils convoqueraient alors peut-être Lucy. Ce ne serait pas une première. Linus ne savait pas s'il s'inquiétait davantage pour Lucy ou pour les Cadres Extrêmement Supérieurs. Sans doute ces derniers, s'il était tout à fait honnête.

« Oh, fit-elle. Ne vous inquiétez pas pour Martin. J'en fais mon affaire. »

Il n'était pas certain de vouloir savoir ce que cela signifiait. « Est-ce qu'il vous écoutera ? »

Elle ricana. « C'est moi qui gère l'héritage qu'il a reçu de ses parents. Paix à leurs âmes. Il m'écoutera.

— Pourquoi ? s'enquit-il. Pourquoi faites-vous tout ça ? »

Elle enveloppa sa main entre les siennes. « Le changement intervient lorsque les gens le veulent vraiment, monsieur Baker.

Et moi, je le veux. Je vous le promets. Cela prendra sans doute un peu de temps, mais vous verrez. Aujourd'hui, j'ai reçu un bon coup de pied au postérieur. » Elle lui serra la main, puis le lâcha. « Bon, maintenant. Quel parfum vous ferait plaisir ?

— Cerise », répondit Linus sans réfléchir.

Elle s'esclaffa. « Ça ne m'étonne pas. Deux boules. Ce sera parfait. » Elle se mit à chanter en s'affairant pour les lui préparer.

Quand Linus releva la tête, il s'aperçut qu'Arthur le dévisageait. « Quoi ? »

Celui-ci secoua lentement la tête. « Je n'arrive pas à comprendre comment vous faites pour ne pas le voir.

— Voir quoi ?

— Vous. Tout ce que vous êtes. »

Linus se dandina nerveusement d'un pied sur l'autre. « Pas grand-chose, j'en ai bien peur, mais je me débrouille avec ce que j'ai. » Puis, il ajouta : « Je... Je n'aurais pas dû insister, vous forcer à venir ici comme je l'ai fait. J'aurais dû vous écouter. »

Arthur avait de nouveau l'air amusé. « Tout s'est arrangé, en fin de compte. Nous avons rencontré quelques problèmes, mais rien d'insurmontable. Lucy n'a tué personne. Ce n'est pas si mal.

— Deux boules de glace à la cerise, annonça Hélène. Un pot chacun. » La glace était rose vif et parsemée de petits morceaux de fruits rouges. « C'est moi qui régale.

— Oh non ! Tu n'es pas... », commença Arthur.

Elle balaya ses protestations d'un geste de la main. « Ne discute pas. C'est le moins que je puisse faire. En échange, je te demande simplement d'accepter que je vienne sur l'île pour admirer ce fameux jardin.

— Avec plaisir, accepta Arthur. Quand tu veux. Tu pourras rester déjeuner. »

Elle sourit. « Ça me semble parfait. Dans deux semaines, peut-être ? J'ai un employé pour m'aider au magasin, mais il est en vacances la semaine qui arrive. Je suis sûre que M. Baker et toi, vous serez de très bons hôtes...

— J'ai bien peur qu'il n'y ait que les enfants et moi », intervint Arthur en prenant sa glace. Sa voix avait pris une inflexion étrange. « Linus nous quitte dans une semaine très précisément. Merci pour la glace, Hélène. Ainsi que pour ta gentillesse. » Il se retourna et se dirigea vers la table.

Linus fronça les sourcils. C'était la première fois qu'il voyait Arthur mettre un terme à une conversation de manière aussi impolie.

« Vous partez ? demanda Hélène, l'air déroutée. Pourquoi ? »

Linus soupira. « Je suis en mission pour le MJM. Mon séjour ici n'a toujours été que temporaire.

— Mais vous reviendrez, j'espère ? »

Linus détourna le regard. « Pourquoi le ferais-je ? Une fois que j'aurai donné mes recommandations à mes supérieurs, cela ne sera plus nécessaire. Mon travail sera terminé.

— Votre travail, répéta-t-elle. Ce n'est rien d'autre à vos yeux ? Un travail ?

— Que voulez-vous que cela soit... »

Elle lui saisit de nouveau la main. Cette fois, sa poigne était ferme. « Arrêtez. Vous pouvez vous voiler la face aussi longtemps que vous le voudrez, monsieur Baker, mais n'essayez pas de me mentir. Je ne l'accepterai pas. Vous vous mettez en scène d'une certaine façon, mais dès que je vous ai vu dans mon magasin, j'ai vu à travers votre façade. La manière dont vous avez défendu les enfants n'a fait que conforter mon opinion. Vous savez très bien ce que je veux dire.

— Je ne suis pas chez moi, ici, admit-il d'une petite voix. J'habite en ville. »

Hélène souffla. « Un foyer, ce n'est pas qu'une maison. Ce sont aussi les personnes dont on choisit de s'entourer. Vous n'habitez peut-être pas sur cette île, mais n'essayez pas de me faire croire que vous ne vous y sentez pas chez vous. Votre bulle, monsieur Baker. Elle a éclaté. Pourquoi voudriez-vous la laisser se reformer autour de vous ? »

Sur ces paroles, elle se tourna en hurlant le prénom de Norman et disparut par la porte battante. Linus la regarda s'éloigner. Sa glace commençait à fondre.

L'employé du bureau de poste ne lui prêta que très peu d'attention. Il se contenta de grogner tandis que Linus payait pour envoyer son courrier.

« Vous avez quelque chose pour moi ? » lui demanda-t-il, lassé de son attitude.

L'homme lui adressa un regard noir avant de fouiller dans une boîte en plastique où se trouvaient des enveloppes. Cette fois, il en sortit une grande. Elle était bien plus épaisse que toutes celles qu'il avait reçues depuis le début de son séjour sur l'île. Quand l'homme la lui tendit, Linus fronça les sourcils.

Elle provenait du MJM.

« Merci », dit Linus, distrait. L'enveloppe était lourde et rigide entre ses mains. Il quitta le bureau de poste.

Une fois sous le soleil éclatant, il prit une grande inspiration. Les autres étaient retournés à la voiture où ils l'attendaient. Il n'aurait pas dû ouvrir l'enveloppe tout de suite, mais... il fallait qu'il sache ce qu'elle contenait.

Il déchira la partie supérieure avec soin.

À l'intérieur, il y avait un dossier similaire à ceux qu'on lui avait fournis lors de son arrivée sur l'île. Il n'y avait pas de nom sur la pochette. Aucun indice.

La première page était une lettre d'accompagnement.

Il la sortit et cligna des yeux. Quelque chose venait de rebondir sur son pied avant de tomber sur le trottoir.

Il baissa la tête.
Il s'agissait d'une vieille clé en métal.
Il la ramassa. Elle était plus légère qu'il n'y paraissait.
La lettre disait :

MINISTÈRE DE LA JEUNESSE MAGIQUE
MESSAGE DES CADRES EXTRÊMEMENT SUPÉRIEURS

Monsieur Baker,

Nous vous remercions pour votre deuxième rapport. Nous l'avons trouvé très détaillé, comme d'habitude, et vraiment instructif. Vos descriptions de la vie quotidienne des enfants nous ont déjà donné des pistes de réflexion.

Cependant.

Nous nourrissons quelques inquiétudes à votre encontre.

Comme vous vous en souvenez sans doute, nous vous avions demandé de rassembler davantage d'informations au sujet d'Arthur Parnassus. Vous vous êtes exécuté, mais nous n'avons pu nous empêcher de remarquer que vous paraissiez moins… objectif que prévu. En fait, votre dernier rapport ne ressemble aucunement à ceux que vous avez rédigés jusqu'à aujourd'hui. Si vous avez été choisi pour cette mission, c'est, en partie, grâce à votre impartialité. Jusqu'à présent, face à l'adversité, vous avez toujours été capable de garder un degré de séparation par rapport aux enfants et aux personnes sur lesquels vous enquêtiez.

Cela ne semble plus être le cas aujourd'hui.

Nous vous mettons en garde à ce sujet, monsieur Baker. Les gens sont capables de tout pour apaiser ceux qui détiennent le pouvoir. Les mots et les actes sont des armes que l'on peut manier avec dextérité. Les personnes qui ne sont pas immunisées contre ce genre de comportement risquent de se mettre à penser des choses qu'elles ne devraient pas penser. Votre séjour sur l'île de Marsyas prendra bientôt fin. Vous reviendrez en ville. Une nouvelle mission vous sera confiée et tout recommencera. Protégez votre cœur, monsieur Baker. C'est ce qu'ils visent en premier. Vous ne devez pas perdre le sens des réalités. Vous devez rester objectif. Comme vous le savez, *RÈGLES ET RÈGLEMENTS* stipule que toutes les relations formées dans le cadre d'une mission se doivent de demeurer strictement professionnelles. Il ne faut pas que vous ayez l'air compromis, surtout s'il s'avère que l'orphelinat doit fermer ses portes pour le bien des enfants.

Nous admettons avoir surestimé votre capacité à rester insensible aux attentions d'un homme tel que M. Parnassus. Étant donné que vous êtes célibataire, nous comprenons que vous puissiez vous sentir confus ou perturbé. Aussi, nous voulons vous rappeler que le MJM et les Cadres Extrêmement Supérieurs sont là pour vous. Nous nous soucions de vous. Dès votre retour, nous vous proposerons une évaluation psychologique obligatoire. Le bien-être de nos agents est l'une de nos plus grandes préoccupations. Vous êtes le cœur du MJM. Sans vous, nous n'existerions pas. Les enfants n'auraient aucun espoir. Vous êtes important, monsieur Baker.

Dans un effort de transparence, et pour vous aider à remettre de l'ordre dans vos idées, vous trouverez ci-joint le dossier semi-complet d'Arthur Parnassus. Vous vous rendrez bientôt compte qu'il n'est pas celui que vous pensez. L'orphelinat de Marsyas est, en quelque sorte, une expérimentation. Nous voulions déterminer si… quelqu'un comme lui était capable de s'occuper d'un groupe d'enfants particuliers. Les rassembler au même endroit permettait de conserver notre mode de vie. Il connaît bien l'île pour y avoir grandi. L'orphelinat qui s'y trouvait a été fermé à cause de lui. Ce dossier vous est personnellement adressé. Vous ne devez en parler à personne, pas même à M. Parnassus. Considérez-le comme un dossier classifié de niveau quatre.

Vous trouverez également une clé dans l'enveloppe. Si les serrures n'ont pas été changées, elle vous permettra d'ouvrir la porte de la cave dissimulée dans le jardin. Cela vous donnera une idée plus précise de ce dont est capable Arthur Parnassus.

N'oubliez pas, monsieur Baker. Vous rentrez bientôt.

Nous attendons votre prochain rapport avec impatience, ainsi que votre compte-rendu à votre retour.

Bien cordialement,

CHARLES WERNER
CADRE EXTRÊMEMENT SUPÉRIEUR

Quinze

Même si la curiosité le démangeait atrocement, Linus fit de son mieux pour penser à autre chose.

Il pensa à autre chose en rejoignant le minivan.

Il pensa à autre chose en prenant place à l'intérieur.

Il pensa à autre chose lorsque Arthur lui sourit et lui demanda s'ils pouvaient rentrer à la maison.

« Oui, répondit-il d'une voix monotone. C'est bon. »

Les enfants étaient surexcités à cause du sucre qu'ils avaient ingéré et de leur sortie. Ils parlèrent une bonne partie du chemin qui menait au ferry. Merle faisait la tête lorsqu'il fit descendre la rampe, mais personne ne lui porta la moindre attention. À la moitié de la traversée, les enfants s'étaient déjà assoupis, à l'exception de Sal. Théodore dormait en boule sur ses genoux, une aile sur les yeux pour se protéger du soleil.

« Tu t'es bien amusé ? voulut savoir Zoé.

— Je crois, oui, répondit Sal. M. Baker m'a aidé. Il m'a dit que j'avais le droit d'avoir peur, mais qu'il fallait que je me souvienne que j'étais plus que ça. » Il soupira. « Les gens peuvent être méchants et penser des choses idiotes à mon sujet, mais ce n'est pas grave, parce que je vous ai, vous. Pas vrai, monsieur Baker ? »

Linus songea qu'il était bien trop tard pour protéger son cœur.

Lorsque Arthur coupa le moteur du minivan devant la maison, les enfants se réveillèrent en battant lentement des paupières. Lucy bâilla et s'étira, cognant Talia au visage avec son coude par mégarde. Elle le repoussa vivement. « Pardon, s'excusa-t-il.

— On ferait peut-être bien de servir le dîner plus tôt ce soir, annonça Arthur. Je crois que certains d'entre nous ne vont pas faire long feu. Allez, on rentre. Prenez vos affaires et assurez-vous de bien les ranger. Talia, tu as le droit d'aller au kiosque, si tu veux aller y mettre tes nouveaux outils. »

Elle secoua la tête tandis que Zoé faisait glisser la porte pour l'ouvrir. « Je vais les garder avec moi, ce soir. C'est un truc de gnome. Je dois dormir avec mes outils la première nuit pour qu'ils sachent qu'ils m'appartiennent. »

Il lui sourit. « C'est drôle. Je ne savais pas que cela se faisait.

— C'est une très ancienne tradition gnome. Très secrète. Vous avez de la chance que je vous en parle.

— Vraiment ? Je tâcherai de m'en souvenir, alors. » Et sur ces paroles, il ouvrit la porte et sortit du minivan.

Linus ne se rendit pas tout de suite compte qu'il était seul dans la voiture. Quand sa portière s'ouvrit d'un coup, il sursauta. Il tourna la tête. Zoé le regardait. « Vous venez ? »

Il acquiesça et resserra sa prise sur l'enveloppe entre ses mains. Elle y jeta un coup d'œil et fronça les sourcils.

Il descendit du véhicule.

« Vous n'avez pas été très bavard sur le chemin du retour, fit-elle remarquer en refermant la portière derrière lui.

— La journée a été longue, répondit-il.

— C'est tout ? »

Il hocha la tête. « Je ne suis plus aussi jeune que je l'étais.

— Non, reconnut-elle après un instant d'hésitation. C'est vrai. Vous rentrez avec nous ? »

Il se força à sourire. « Je vais d'abord aller voir Calliope. Je veux être sûr qu'elle ait à manger et à boire. J'ai besoin d'un peu de calme avant le dîner.

— Pas de problème. J'enverrai l'un des enfants vous chercher quand il sera l'heure de passer à table. » Elle posa la main sur son bras et le serra. « Vous vous en êtes très bien sorti, aujourd'hui, Linus. Je ne sais pas ce que nous aurions fait sans vous. Merci. »

Pour la première fois depuis son arrivée sur l'île, il se demanda si l'on ne se servait pas de lui.

Cela le blessa plus qu'il ne l'aurait imaginé.

Il sourit. « Je suis certain que vous vous seriez débrouillés. »

Elle le dévisagea un instant avant de lui demander : « Vous êtes sûr que tout va bien ?

— Je suis fatigué, c'est tout, la rassura-t-il. Trop de soleil. J'ai davantage l'habitude de la pluie. »

Elle eut l'air de vouloir ajouter quelque chose, mais Phee l'appela pour lui dire que c'était à son tour de l'aider à préparer le dîner et *qu'elle avait des tonnes d'idées.*

Zoé le laissa donc seul à côté de la voiture et les deux esprits de la nature disparurent à l'intérieur de la maison.

Il ne restait plus qu'Arthur. Celui-ci se retourna vers Linus. « À tout à l'heure ? »

Il se contenta de hocher la tête.

Linus faisait les cent pas devant le lit. De temps en temps, il jetait un coup d'œil en direction du dossier qu'il avait posé dessus.

« Je me fais du souci pour rien, n'est-ce pas ? demanda-t-il à Calliope qui le toisait depuis son perchoir sur le bord de la fenêtre. Ils exagèrent sans doute. Si cette information était si importante, pourquoi ne me l'ont-ils pas donnée plus tôt ? Ils m'ont accusé d'avoir perdu mon objectivité, tu t'en rends compte ? Moi ! Je n'ai jamais rien entendu d'aussi ridicule. Les gens haut placés ont un de ces toupets ! »

Calliope miaula.

« Je sais ! s'écria-t-il. C'est grotesque. Et même s'ils disent vrai, j'ai bien le droit d'apprécier les qualités des gens qui habitent ici à leur juste valeur. Cela ne veut rien dire de plus. Non, cela ne veut rien dire du tout. »

La chatte battit la queue.

« Exactement ! C'est normal qu'Arthur ait des secrets. Tout le monde en a ! Moi aussi. » Il se figea et fronça les sourcils. « Bon. OK. J'exagère. Omettre de dire une chose n'en fait pas un secret. Mais je pourrais très bien en avoir un ! Et ce serait le plus secret des secrets ! »

Elle bâilla.

« Tu as raison. Qu'est-ce que ça peut faire ? Ce n'est rien, j'en suis sûr. Une tactique d'intimidation, tout au plus. Et même si ce n'est pas le cas, ça ne changera rien. Je n'entretiens aucun sentiment déplacé envers qui que ce soit. Dans une semaine, je serai parti et avec le temps, on repensera à notre séjour ici avec nostalgie, rien de plus. On ne regrettera certainement pas de ne pas avoir avoué nos sentiments inexistants à quiconque ! »

Calliope posa la tête sur ses pattes avant et ferma les yeux.

C'était une bonne idée. Linus aurait peut-être dû aller se coucher, lui aussi, et réfléchir à cette histoire à tête reposée.

Une sieste, peut-être ? Ou même une nuit complète ? Il n'avait pas menti. La journée avait été longue et il était réellement fatigué. Il s'était passé beaucoup de choses en peu de temps. Toutes n'avaient pas été positives, mais au bout du compte, il n'y avait pas eu de catastrophes. Lucy n'avait fait exploser personne et Talia n'avait assommé aucun passant avec sa nouvelle bêche.

« Oui, songea-t-il. Une douche, puis une sieste. Avec un peu de chance, je ne me réveillerai pas avant demain matin. Cela ne me fera pas de mal de manquer un repas, surtout après avoir mangé une glace à la cerise. » Il s'interrompit et se sentit obligé d'ajouter : « Que je n'ai même pas aimée ! »

C'était faux. Elle avait été délicieuse. Elle avait eu un goût d'enfance.

Il se tourna avec l'intention de se rendre dans la salle de bains.

Au lieu de ça, ses pas le menèrent jusqu'au bord du lit.

Il baissa les yeux vers le dossier. La clé était posée à côté.

Le consulter aurait été une erreur.

S'il voulait savoir quelque chose, il lui suffisait de demander.

Mais il se rappelait l'éclat qui avait illuminé les yeux d'Arthur.

La chaleur intense qui s'était échappée de sa peau.

Il se souvenait de son sourire, de son rire, de la façon dont il vivait ici, sur cette île, comme s'il n'avait pas besoin de plus. Et tout cela le touchait. Il repensa à son monde à lui qui avait été froid, humide et gris. À son arrivée, il avait eu l'impression de voir la couleur pour la première fois.

« N'aimeriez-vous pas être ici ? » murmura-t-il.

Oh oui. Il le désirait peut-être plus que tout au monde.

Il fallait qu'il sache. Si tout n'avait été qu'un mensonge, sans doute ne le supporterait-il pas.

Il ouvrit le dossier. Le début était similaire au précédent qu'il avait tenu entre ses mains.

NOM : ARTHUR PARNASSUS
ÂGE : 45 ANS
CHEVEUX : BLONDS
YEUX : MARRON FONCÉ

Le premier dossier avait commencé de la même manière, puis avait expliqué dans les grandes lignes qui était Arthur Parnassus et depuis combien de temps il dirigeait l'orphelinat de Marsyas.

Celui-ci, en revanche, continuait comme ceux des enfants.

MÈRE : INCONNUE (CONSIDÉRÉE DÉCÉDÉE)
PÈRE : INCONNU (CONSIDÉRÉ DÉCÉDÉ)

Qu'avait dit Hélène ?

C'était mon premier boulot, à 17 ans. Ce n'était pas la même boutique, mais je devrais me rappeler comment on fait des boules. C'est comme ça que j'ai connu Arthur. Il venait souvent quand il était enfant.

Puis il lut la ligne suivante, celle qui disait CATÉGORIE MAGIQUE, et alors, son monde se retrouva sens dessus dessous.

Le dîner fut, en un mot, gênant.

« Vous n'avez pas faim, monsieur Baker ? demanda Talia. Vous ne mangez pas. »

Linus s'étouffa avec sa propre salive.

Tout le monde se tourna vers lui.

Il s'essuya la bouche avec une serviette. « La glace m'a bien rassasié. »

Lucy fronça les sourcils. « C'est vrai ? Vous avez la place, pourtant ! Moi, j'ai mangé toute ma glace et j'ai encore faim. »

Comme pour le confirmer, il essaya de fourrer une côte de porc entière dans sa bouche. Sans grand succès.

Linus se força à sourire. « C'est comme ça. Ce n'est pas parce que j'ai... de la place, comme tu dis, que je suis obligé de la remplir. »

Théodore le regarda en coin. Un morceau de gras pendait de sa bouche.

« Et vous êtes terriblement silencieux, ajouta Phee en pourchassant une tomate cerise avec sa fourchette. C'est parce que Lucy a failli tuer quelqu'un tout à l'heure ?

— Je n'ai pas failli le tuer ! Je n'ai même pas essayé. Si je l'avais voulu, j'aurais pu le faire exploser d'une simple pensée ! »

Cela ne rassurait pas Linus, mais cela ne l'effrayait plus autant qu'au début de son séjour. Il se demanda si c'était ce que les Cadres Extrêmement Supérieurs avaient voulu dire dans leur lettre. Malgré toute sa bonne volonté, il s'était laissé charmer. Ce n'était pas très professionnel.

« Il ne faut pas tuer les gens », déclara Chauncey. Il n'avait toujours pas retiré sa casquette de groom. Exceptionnellement, Arthur l'avait autorisé à la garder. « C'est mal. Tu pourrais aller en prison. »

Lucy croqua violemment dans sa côte de porc. « Aucune prison ne pourra me retenir. Je m'échapperais et je reviendrais ici. Et comme je suis capable de réduire les organes en bouillie, personne n'oserait me poursuivre.

— On ne réduit pas les organes des gens en bouillie, lui rappela patiemment Zoé. C'est très impoli. »

De la viande plein la bouche, le garçon gonfla ses joues comme celles d'un hamster et soupira.

« Vous devriez manger, dit Sal à Linus d'une petite voix. Tout le monde a besoin de manger. »

Comment aurait-il pu contredire de telles paroles venant de Sal ? Linus se força à prendre une bouchée de sa salade.

Cela sembla apaiser tout le monde. Ou presque. De l'autre côté de la table, Arthur l'observait avec insistance. Linus faisait de son mieux pour ne pas croiser son regard. C'était plus sûr.

Après tout, il ne savait pas de quoi le directeur était capable.

Après dîner, Linus s'excusa en prétextant être plus fatigué qu'il ne l'avait pensé. Lucy parut un peu déçu qu'ils n'écoutent pas ses nouveaux disques ensemble, mais Linus lui promit que ce n'était que partie remise.

« C'est vrai que vous êtes un peu rouge, dit Zoé. J'espère que vous ne couvez rien. » Elle avait un éclat étrange dans les yeux. « Surtout qu'il s'agit de votre dernière semaine ici. »

Linus hocha la tête. « Je suis sûr que ce n'est rien. »

Elle débarrassa son assiette qui était encore presque pleine. « Alors, allez vous reposer, Linus. Ce serait dommage que vous tombiez malade. Nous avons besoin de vous, vous savez. »

Ah. Avait-il besoin de lui ? Réellement ?

Linus était sur le point d'atteindre la porte d'entrée lorsque Arthur l'interpella.

La main sur la poignée, il ferma les yeux. « Oui. Qu'y a-t-il ?

— Si vous avez besoin de quoi que ce soit, il vous suffit de le demander. »

Il serra la poignée tellement fort qu'il crut qu'il allait la briser. « C'est très aimable à vous, mais je n'ai besoin de rien. »

Arthur posa la main sur son épaule. « Vous en êtes sûr ? »

Comme il aurait été facile de se retourner. De regarder l'homme qui faisait battre son cœur. L'homme qui lui avait caché tout un pan de sa personnalité.

« J'en suis sûr », murmura Linus.

La main glissa de son épaule. « Prenez soin de vous, Linus. »

Il franchit la porte et sortit dans la nuit le plus vite possible.

La couette remontée jusqu'au menton, il fixait le plafond. Le sommeil ne venait pas. Ce satané dossier l'empêchait de dormir. Il pouvait presque sentir sa présence sous le matelas où il l'avait fourré un peu plus tôt. Il n'avait pas voulu que Chauncey tombe dessus en allant chercher son linge sale.

Tout à coup, une nouvelle question lui vint à l'esprit.

Étaient-ils au courant ? Les enfants savaient-ils qui était Arthur ? *Ce* qu'il était ?

Même s'il n'en avait pas la moindre envie, il imaginait très bien la scène dans son esprit : Arthur dans la salle de classe annonçant aux enfants qu'un homme allait venir depuis le continent. Un homme qui les évaluerait, qui les inspecterait. Un agent du ministère de la Magie qui avait le pouvoir de tout leur enlever. Lucy, bien entendu, proposerait d'écorcher l'intrus. Théodore pourrait manger les restes, puis les régurgiter dans un trou creusé par Talia. Le trou serait rebouché et Phee ferait pousser un arbre dessus. Lorsque quelqu'un viendrait les interroger, Chauncey s'occuperait des bagages de la personne et Sal déclarerait, avec toute sa candeur, qu'il ignorait qui était ce Linus Baker.

Évidemment, Arthur leur dirait, sans passer par quatre chemins, que le meurtre n'était jamais la solution. Au contraire, murmura-t-il dans la tête de Linus, il vaut mieux faire en sorte qu'il s'attache à nous. Il faut lui faire croire que pour la première fois de sa vie, il a trouvé un endroit où il pourrait avoir sa place.

Ces pensées étaient ridicules. De la première à la dernière. Mais on ne contrôlait pas son imagination, la nuit, lorsque le sommeil se faisait fugace. Dans le noir, tout cela aurait pu être réel.

Il était un peu plus de minuit lorsqu'il se redressa dans son lit. Calliope, couchée à ses pieds, bâilla.

« Et si tout n'était qu'une mise en scène ? lui demanda-t-il dans l'obscurité. Comment ai-je pu me compromettre au point où je ne le supporterai pas ? »

Elle ne répondit pas.

Avant, sa vie avait été ordinaire, sans grand intérêt. Il avait accepté sa place dans la société. De temps à autre, un rayon de soleil avait transpercé les nuages sombres et soulevé une question qu'il avait à peine osé se poser.

N'aimeriez-vous pas être ici ?

Plus que tout.

À cet instant, une autre pensée lui vint à l'esprit. Une idée si incongrue qu'il eut du mal à la maintenir à la surface de sa conscience. Elle sortait tant du domaine de ce qu'il croyait être possible qu'elle le laissait abasourdi.

Et si, pensa-t-il, ce n'était pas Arthur qui mentait ? Et si ce n'étaient pas les enfants ?

Si c'était le MJM ?

Il y avait une façon de le savoir.

Une seule façon.

« Non, déclara-t-il en se rallongeant. Il en est hors de question. »

Calliope ronronna.

« Je vais me rendormir et dans six jours, on rentrera à la maison et tout ça n'aura plus la moindre importance. Que dit la lettre, déjà ? Que je suis sensible à son charme ? N'importe quoi. C'est totalement absurde. »

Il se sentait mieux.

Il ferma les yeux.

Et vit Chauncey, caché sous son lit, lors de son premier matin sur l'île, Talia assise sur le sol du magasin de disques avec ses outils, Théodore qui recevait ses boutons comme s'ils avaient été le meilleur cadeau du monde, Phee soulevant un Sal tremblant de sa pile de vêtements, Lucy en pleurs après avoir cassé ses vinyles, Zoé qui l'avait accueilli dans sa maison…

Et, bien sûr, le sourire d'Arthur. Ce sourire discret et si beau qui lui donnait l'impression, à chaque fois, de voir l'océan pour la première fois.

Linus Baker ouvrit les yeux.

« Oh, Seigneur », murmura-t-il.

L'air nocturne était bien plus frais qu'il ne l'avait été à son arrivée. Les étoiles brillaient comme des éclats glacés dans le ciel noir au-dessus de sa tête. La lune était à peine visible. Il frissonna et resserra son manteau autour de lui par-dessus son pyjama. Il glissa la main dans sa poche pour s'assurer que la clé était toujours là.

Elle y était.

Il descendit les marches du perron.

La maison principale était plongée dans le noir, ce qui était normal à cette heure de la nuit. Les enfants dormaient sans doute d'un sommeil profond.

Il avança dans le jardin en faisant le moins de bruit possible. Malgré sa corpulence, il savait se montrer discret lorsqu'il le fallait. L'air sentait les embruns et semblait lui coller à la peau.

Il suivit le sentier qui sillonnait à travers le jardin en se demandant ce que penserait Hélène lorsqu'elle viendrait le visiter. Elle serait probablement impressionnée. Il l'espérait, en tout cas. Talia le méritait. Elle avait travaillé dur.

Il contourna la maison sur le côté. Il trébucha sur une racine épaisse, mais réussit à garder l'équilibre.

Devant lui se trouvait la porte de la cave.

Les traces de brûlures prenaient un tout autre sens à présent. Beaucoup plus terrible.

La gorge nouée, il déglutit. Linus avait conscience qu'il était encore temps de faire demi-tour et de tout oublier. Il pouvait retourner dans son lit et, durant les six jours restants, maintenir une distance professionnelle pour mener à bien sa mission. Puis il embarquerait une dernière fois sur le ferry et un train l'attendrait pour le ramener chez lui. Le soleil disparaîtrait derrière des nuages noirs et au bout d'un moment, il se mettrait à pleuvoir. C'était la vie telle qu'il la connaissait, une vie qui convenait à un homme comme Linus. Elle était morne et grise, mais il n'en avait jamais connu d'autres. Ce mois qu'il avait passé ici, cet interlude coloré, deviendrait un souvenir.

Il sortit la clé de sa poche.

« Elle ne rentrera sans doute même pas dans la serrure. Elle a sûrement été changée. »

Ce n'était pas le cas. La clé se logea dans la serrure à la perfection.

Il la tourna.

Le cadenas s'ouvrit dans un bruit presque inaudible et tomba dans l'herbe.

« Dernière chance, se dit-il. C'est ta dernière chance d'oublier cette folie. »

La porte était plus lourde qu'il ne l'avait imaginée. Il arrivait à peine à la soulever. Les muscles bandés, il tira de toutes ses forces. Ce n'est que lorsqu'il réussit à l'ouvrir qu'il comprit pourquoi elle pesait autant. Si l'extérieur de la porte était en bois, l'intérieur était recouvert d'une épaisse tôle en métal, comme si elle avait été renforcée.

Sous la lumière des étoiles, on apercevait des sortes de sillons peu profonds à sa surface.

Il tendit la main et pressa ses doigts contre les marques. Rapprochées, elles étaient au nombre de cinq. On aurait dit qu'une petite main avait gratté la porte.

Cette idée le fit frissonner d'horreur.

Face à lui, un escalier en pierre disparaissait dans une obscurité profonde. Il laissa le temps à ses yeux de s'habituer au manque de lumière. Il regrettait de ne pas avoir pensé à apporter une lampe de poche. Bien sûr, il aurait pu attendre et revenir au lever du jour pour poursuivre son exploration…

Il entra dans la cave.

Linus garda une main pressée contre le mur en pierre lisse pour se guider. Il compta chaque marche qu'il descendit. À la treizième, l'escalier s'arrêta. Il ne voyait rien. Il inspecta le mur à la recherche d'un interrupteur. Tout à coup, il se heurta à quelque chose. Une douleur vive remonta le long de son mollet et de sa cuisse. Il grimaça et continua de…

Là.

Un interrupteur.

Il l'actionna.

Une unique ampoule prit vie au milieu de la pièce.

La lumière terne lui fit cligner des yeux.

La cave était plus petite qu'il ne l'avait imaginée. Même sa chambre dans la dépendance où il avait séjourné ces trois dernières semaines était plus grande. Les murs et le plafond étaient en pierre et chaque centimètre ou presque était couvert de ce qui ressemblait à de la suie. En baissant la tête, il se rendit compte que ses mains étaient noires, elles aussi. Lorsqu'il se frotta les doigts, de la suie tomba par terre.

L'objet contre lequel il avait cogné son genou était un bureau placé contre le mur à côté de l'interrupteur. Il était en partie brûlé. Le bois était noirci et craquelé. Il y avait également un lit dont le cadre en métal était cassé. Il n'y avait pas de matelas, mais cela paraissait logique. C'était bien trop inflammable. À la place, des bâches épaisses avaient été superposées. Il s'agissait sans doute des retardateurs de flammes.

Il n'y avait rien d'autre.

C'était tout le contenu de la cave.

« Oh non, murmura-t-il soudain. Non, non, non. »

Du coin de l'œil, quelque chose attira son attention. L'ampoule unique de la pièce n'était pas très puissante. Il y avait beaucoup de zones d'ombre. Il s'avança vers le mur du fond. À mesure qu'il s'en approchait, il sentait ses genoux tenter de se dérober sous son poids.

Des traits.

Des traits avaient été gravés dans le mur.

Quatre par rangée, barrés d'un cinquième.

« Cinq, compta-t-il. Dix. Quinze. Vingt. Vingt-cinq. »

Il cessa de compter lorsqu'il atteignit soixante. Il ne pouvait pas en supporter davantage. Ces traits avaient sans doute été tracés pour garder une trace des jours qui passaient et cette idée lui tordait le cœur.

Il déglutit. Une boule lui obstruait la gorge. Les émotions qu'il ressentait face à l'injustice de cette situation menaçaient de le submerger.

Le MJM ne lui avait pas menti.

Le dossier avait dit la vérité.

« Cela fait des années que je ne suis pas descendu ici », fit une voix derrière lui.

Linus ferma les yeux. « Non. Cela me semble évident.

— J'avais bien vu que vous n'étiez pas… dans votre état normal, nota Arthur d'une voix calme. Lorsque vous nous avez rejoints après être passé au bureau de poste, quelque chose avait changé. Je ne savais pas quelle en était la cause, mais je l'ai senti. J'ai voulu vous croire quand vous avez prétendu que vous étiez fatigué, mais après, durant le dîner, vous aviez l'air d'avoir vu un fantôme.

— J'ai essayé de le cacher, admit Linus. Visiblement, je n'ai pas très bien réussi. »

Arthur rit doucement, mais c'était un rire triste. « Vous êtes beaucoup plus expressif que vous ne le pensez. C'est l'une des choses que… Peu importe. Ce n'est pas le problème. Pas pour le moment, en tout cas. »

Linus serra les poings pour empêcher ses mains de trembler. « Alors, c'est vrai ?

— Quoi ?

— Ce que j'ai lu. Dans le dossier que le MJM m'a envoyé.

— Je l'ignore. Je ne l'ai jamais lu. Il pourrait très bien être rempli de moitié de vérité ou de mensonges éhontés. À moins, bien sûr, qu'il soit entièrement correct. On ne peut jamais savoir avec le MJM. »

Linus se retourna lentement et rouvrit les yeux.

Arthur se tenait au bas de l'escalier. Il portait son pyjama habituel : un short et un tee-shirt fin. C'était une impulsion ridicule, mais Linus aurait voulu lui proposer son manteau. Il faisait trop froid pour sortir vêtu ainsi. Il n'avait même pas enfilé de chaussettes. Ni de chaussures. Ses pieds paraissaient étrangement vulnérables.

Alors qu'ils se toisaient, il n'y avait aucune animosité dans son regard. Il avait plutôt l'air effrayé, mais Linus aurait pu se tromper.

« Il vous a donné une clé », dit Arthur. Ce n'était pas une question.

Linus hocha la tête. « Il y avait une clé, oui. Je… Attendez une minute. Comment ça, “il” ?

— Charles Werner.

— Comment savez-vous… ? » Il s'interrompit et prit une grande inspiration.

J'ai construit cette maison pour elles et en prévision de ceux qui allaient arriver. Votre prédécesseur… il a changé. Il était très gentil et j'ai cru qu'il resterait. Mais il a changé.

Que lui est-il arrivé ?

Il a été promu. D'abord à la supervision. Et, aux dernières nouvelles, au rang de Cadre Extrêmement Supérieur. Comme il en avait toujours rêvé. J'ai alors appris une leçon très dure. Il ne faut pas formuler ses vœux à voix haute. Sinon, ils ne se réalisent jamais.

« Je suis désolé, compatit Linus qui ne put s'empêcher de s'excuser.

— Pour quoi ? »

Linus ne le savait pas exactement. « Je ne sais... » Il secoua la tête. « Je ne peux imaginer quelles étaient ses intentions.

— Oh, j'en ai ma petite idée. » Arthur s'écarta du bas de l'escalier et fit courir un doigt le long de la surface carbonisée du bureau. « Je le soupçonne d'avoir lu quelque chose dans vos rapports qui lui a causé de l'inquiétude. C'était sa façon d'intervenir.

— Pourquoi ?

— Parce qu'il est comme ça. Les gens peuvent se présenter d'une certaine manière, mais une fois que vous êtes certain de les connaître, une fois que vous pensez avoir trouvé ce que vous cherchiez en eux, ils révèlent leur vrai visage. Il m'a utilisé, je crois. Pour obtenir ce qu'il voulait. Pour grimper les échelons. » Arthur se frotta les mains. « J'étais plus jeune, alors. Sous le charme. Et complètement idiot. Mais personne n'aurait pu me faire ouvrir les yeux. J'ai cru que c'était de l'amour. Je me rends compte aujourd'hui que ce n'était pas le cas.

— Il a dit qu'il s'agissait d'une expérience, lâcha Linus. Pour voir si quelqu'un comme vous pouvait... »

Arthur haussa un sourcil. « Quelqu'un comme moi ?

— Vous savez très bien ce que je veux dire.

— Alors pourquoi ne pouvez-vous pas prononcer les mots à voix haute ? »

La poitrine de Linus se contracta. « Un être magique.

— Oui.

— Peut-être le plus rare de tous.

— Il semblerait.

— Vous...

— Dites-le. Je vous en prie. Je veux vous entendre le dire. »

Alors comme ça, vous avez connu un phénix ?

Oui. Il était... très curieux. Il lui est arrivé beaucoup de mésaventures, mais il a toujours gardé la tête haute. Je pense souvent à l'homme qu'il est devenu.

« Vous êtes un phénix.

— Oui, répondit simplement Arthur. Et je pense être le dernier de mon espèce. Je n'ai jamais connu mes parents. Je n'ai jamais rencontré quelqu'un comme moi. »

Linus avait du mal à respirer.

« J'étais incapable de me contrôler, dit Arthur en baissant les yeux vers ses mains. Quand j'étais enfant. Je n'aime pas repenser au directeur qui s'occupait alors de l'orphelinat, si je peux l'éviter. C'était un homme sévère et cruel qui avait la main leste. Il haïssait ce que nous étions. Je n'ai jamais su pourquoi. Peut-être était-il arrivé quelque chose à sa famille ou à lui avant qu'il ne débarque sur l'île. Peut-être avait-il simplement écouté ce qui se disait à travers le monde et avait laissé les mensonges lui empoisonner l'esprit. Les choses étaient différentes à l'époque, si vous pouvez l'imaginer. Bien pire pour les gens comme nous. Certaines lois qui existent aujourd'hui n'existaient pas encore pour éviter... Bref. Le village n'était pas si mal, à l'époque... Une jolie jeune femme y servait de la glace à la cerise. Mais il était tout petit par rapport à l'immensité du monde. J'ai commencé à me dire que ma vie n'était peut-être pas obligée de se limiter à cette île. Alors, j'ai commis une grave erreur.

— Vous avez demandé de l'aide. »

Arthur hocha la tête. « J'ai envoyé une lettre au MJM, ou du moins, j'ai essayé. Je leur ai raconté la façon terrible dont nous étions traités, les abus dont nous étions victimes de la part de cet homme. Nous étions plusieurs, mais il semblait m'en vouloir tout particulièrement. J'essuyais le plus gros de sa colère. Cela ne me dérangeait pas, car s'il se concentrait sur moi, cela signifiait qu'il laissait les autres tranquilles. Mais, comme tout un chacun, j'ai fini par atteindre mes limites. Je savais que si je n'agissais pas au plus vite, j'allais blesser quelqu'un. »

Quand vous battez un chien, il finira par avoir peur dès que vous levez la main. Si vous le poussez à bout, un chien mordra, si ce n'est que pour se défendre.

« J'ai cru que j'étais plus malin que lui. J'avais glissé ma lettre dans mon pantalon, au niveau de la taille. Malheureusement, une fois dans le village, il a compris ce que je manigançais. Je me suis dérobé pour tenter de me rendre au bureau de poste, mais il m'a retrouvé. Il a intercepté la lettre. » Arthur détourna le regard. « Le soir même, je passais ma première nuit ici. Et je me suis mis à brûler. De toutes mes forces. »

Linus se sentait mal. « Ce n'est… Ce n'est pas juste. Il n'aurait jamais dû avoir le droit de vous faire une chose pareille. Il n'aurait pas dû avoir le droit de vous frapper.

— Oh, je le sais maintenant, mais à l'époque, je n'étais qu'un enfant. » Arthur leva la main, la paume vers le haut. Quand il replia légèrement les doigts, une flamme apparut. Linus, qui avait pourtant vu un grand nombre de choses étranges et merveilleuses dans sa vie, se retrouva hypnotisé par le spectacle. « À cet âge, je pensais que je méritais ce traitement à cause de ce que j'étais. Il me l'a tant répété en me battant que j'ai fini par le croire. » La flamme se déplaça. Elle remonta le long de son poignet, puis s'enroula autour de son bras. Lorsqu'elle atteignit son tee-shirt, Linus crut que le vêtement allait prendre feu.

Ce ne fut pas le cas.

La flamme grandit en crépitant. Elle s'épanouit dans l'air derrière lui et s'étendit jusqu'à ce que Linus ne puisse plus nier ce qu'il voyait.

Des ailes.

Arthur Parnassus possédait des ailes de feu.

Elles étaient magnifiques. À l'intérieur des flammes rouge et orange, Linus apercevait des plumes enflammées. Il se souvint alors de l'éclat qu'il avait vu devant la dépendance lorsque Arthur l'avait quitté, quelques nuits plus tôt. Les ailes se déployèrent autant que possible à l'intérieur de la petite pièce. Elles semblaient mesurer au moins trois mètres de haut. Et s'il percevait la chaleur qui s'en dégageait, elle ne le brûlait pas. Arthur battit légèrement des ailes, dessinant une traînée dorée derrière lui. Au-dessus de sa tête, Linus devinait les contours de la tête d'un oiseau, avec un bec pointu et acéré.

Arthur referma la main.

Le phénix s'enroula sur lui-même sur sa tête et ses ailes disparurent. Le feu s'éteignit. Il ne restait plus que d'épaisses volutes de fumée et l'image résiduelle d'un grand oiseau qui dansait devant les yeux de Linus.

« J'ai essayé de m'enfuir en brûlant la pièce, murmura Arthur, mais le directeur avait paré à cette éventualité. Le renforcement en métal de la porte. Les murs en pierre. J'ai appris que la roche était capable de supporter des températures extrêmes. J'ai vite compris que j'avais plus de chance de m'étouffer à cause de la fumée que je produisais que de m'échapper. Alors, j'ai fait la seule chose que je pouvais faire. Je me suis résigné. Il était malin. Il ne venait jamais m'apporter de la nourriture ou changer le seau dont je me servais comme toilettes lui-même. Il déléguait ces tâches aux autres enfants en sachant pertinemment que je ne leur ferais aucun mal. »

Linus ne voulait pas le savoir, mais il posa quand même la question. « Combien de temps êtes-vous resté ici ? » Il n'osait plus regarder les marques gravées dans le mur. C'était trop douloureux.

Arthur eut l'air peiné. « Quand je suis sorti, j'ai cru que quelques semaines seulement s'étaient écoulées. En réalité, j'étais resté enfermé six mois. Dans le noir, il est facile de... perdre la notion du temps. »

Linus baissa la tête.

« Au bout d'un moment, quelqu'un est venu. Peut-être parce qu'ils ont senti que quelque chose clochait. Peut-être qu'ils ont simplement décidé qu'une inspection était nécessaire. On m'a dit que le directeur a essayé d'expliquer mon absence, mais que l'un des enfants a eu le courage d'avouer la vérité. On m'a trouvé et l'orphelinat a fermé ses portes. J'ai été envoyé dans une des écoles du MJM qui était un peu mieux, mais de peu. Au moins, là-bas, je pouvais sortir et déployer mes ailes.

— Je ne comprends pas, admit Linus. Pourquoi revenir ici ? Après tout ce qui vous est arrivé ? »

Arthur ferma les yeux. « Cette île a été mon enfer. Je ne voulais pas qu'elle le reste pour toujours. Cette maison n'avait jamais été un vrai foyer et je me suis dit que je pouvais y remédier. Quand je me suis rapproché du MJM pour leur proposer de rouvrir l'orphelinat de Marsyas, j'ai vu la flamme de la cupidité s'allumer dans leurs yeux. S'ils acceptaient, ils pouvaient continuer de me surveiller. S'ils acceptaient, ils pouvaient me confier les enfants qu'ils considéraient comme les plus dangereux. Ils m'ont envoyé Charles en me disant qu'il m'aiderait à m'installer. Il l'a fait, mais pour atteindre ses propres objectifs. Zoé a essayé de me prévenir. J'ai choisi de ne pas la croire. »

La colère enfla à l'intérieur de Linus. « Où était-elle ? Pourquoi, grand Dieu, ne vous a-t-elle pas aidé ? »

Arthur haussa les épaules. « Elle n'était pas au courant. Elle se cachait par peur de représailles. C'était le secret le mieux gardé de cette île. À cette époque, ils auraient essayé de la plier à leurs règles. Je ne l'avais rencontrée qu'une fois avant d'être enfermé dans cette cave. J'étais tombé sur elle dans la forêt. Elle a failli me tuer avant de se rendre compte de ce que j'étais. Alors, elle s'est enfuie. Quand je suis revenu sur l'île, elle est venue me trouver et m'a dit qu'elle était désolée pour tout ce que j'avais subi. Elle m'a autorisé à rester et m'a proposé de m'aider si je le désirais.

— Ce n'est pas...

— Elle n'y est pour rien, le coupa Arthur d'une voix sèche en rouvrant les yeux. Je ne lui en veux pas. Elle n'aurait jamais pu intervenir sans se mettre elle-même en danger.

— Ils sont au courant de son existence à présent, admit Linus. J'ai parlé d'elle dans mes rapports.

— Nous le savons. Nous avons pris cette décision quand le MJM nous a annoncé la venue d'un agent. Elle en avait assez de se cacher. Les enfants sont très importants à ses yeux, alors, elle a choisi de prendre ce risque. Elle voulait que vous vous rendiez compte qu'elle ne les laisserait pas partir sans se battre. »

Linus secoua la tête. « Je ne... Pourquoi diable le MJM vous a-t-il autorisé à diriger cet endroit ? Pourquoi vous ont-ils confié des enfants ? » Il blêmit et ajouta rapidement : « Vous êtes parfaitement capable de vous en occuper, bien sûr, mais...

— La culpabilité est une arme efficace, répondit Arthur. Si le monde apprenait ce que j'ai enduré ici, cela retomberait sur le MJM. Ils ont pensé qu'un arrangement jouerait en leur faveur. Mon silence contre cette maison. Ils peuvent me surveiller, certes, mais au bout du compte, ils ont surtout vu cette île comme un endroit perdu et isolé où la loyauté du seul village à proximité pouvait facilement être achetée. Un endroit où envoyer les cas les plus... délicats à leurs yeux. C'était leur grande expérience. Ils ont cru que je n'étais qu'un pion.

— En réalité, c'est vous qui les avez manipulés, murmura Linus. Envoyez-moi vos fatigués, vos pauvres, vos masses innombrables aspirant à vivre libres. »

Arthur sourit. « Exactement. J'ai accueilli leurs cohortes et je leur ai donné une maison où ils ont pu respirer sans craindre les représailles. » Son sourire disparut. « J'ai cru que j'avais pensé à tout, mais j'ai sans doute commis des erreurs. Empêcher les enfants de quitter l'île en était une. J'avais peur. Je me disais que ce qu'ils avaient ici était suffisant, que l'île, Zoé et moi pouvions leur apporter tout ce dont ils avaient besoin. Je les aime plus que tout dans ce monde. Alors, je me suis convaincu que mon amour contrebalancerait le reste. Toutefois, il y avait une chose que je n'avais pas prévue.

— Quoi ? »

Arthur le regarda dans les yeux. « Vous. Vous avez été la chose la plus inattendue de toutes. »

Cette réponse laissa Linus bouche bée. « Moi ? Mais pourquoi ?

— À cause de qui vous êtes. Je sais que vous ne le voyez pas, Linus. Mais moi, je le vois suffisamment pour nous deux. Quand je suis avec vous, j'ai l'impression de brûler de l'intérieur. »

Linus avait des difficultés à le croire. « Je ne suis qu'une personne parmi tant d'autres. Je suis juste moi.

— Je sais. Et vous êtes merveilleux. »

C'était trop beau pour être vrai. « Vous avez déjoué leurs plans. Les plans du MJM. Pour obtenir ce que vous désiriez. »

Arthur fronça les sourcils. « C'est exact. »

Linus se força à continuer, à prononcer ces mots. « Qu'est-ce qui me dit que vous n'êtes pas en train de faire la même chose avec moi ? Pour obtenir ce que vous désirez. Pour que je… Pour que j'écrive ce que vous voulez dans mes rapports. »

Arthur inspira profondément. « Oh. Oh, Linus. Pensez-vous vraiment que je sois capable d'une telle chose ?

— Je ne sais pas quoi penser ! s'exclama Linus. Vous n'êtes pas celui que je croyais ! Vous m'avez menti !

— Je vous ai dissimulé la vérité, corrigea Arthur d'une voix douce.

— Quelle est la différence ?

— Je crois...

— Et les enfants ? Ils sont au courant ? »

Arthur secoua lentement la tête. « J'ai très vite appris à cacher ma vraie nature à tout le monde.

— Pourquoi ?

— Parce que je voulais qu'ils voient qu'il y a du bon en ce monde. Quand on me les a confiés, leur confiance avait été brisée en mille morceaux. Connaître mon histoire ne les aurait pas aidés. Il fallait qu'ils se concentrent sur leur propre guérison. Et j'étais...

— Ils auraient pu trouver de la solidarité avec vous, l'interrompit Linus. Ils auraient pu...

— Le MJM m'a donné l'ordre de ne jamais leur révéler qui je suis vraiment. »

Linus recula. Son dos heurta le mur. « Quoi ?

— Cela faisait partie de notre accord, expliqua Arthur. C'était l'une des conditions nécessaires à mon retour ici. Je pouvais rouvrir l'orphelinat de Marsyas, mais mon identité, ma nature, devait rester un secret.

— Pourquoi ?

— Vous savez pourquoi, Linus. Les phénix sont... Nous... Je brûle intensément. Je ne sais pas s'il existe une limite à mes flammes. Si j'y mettais toutes mes forces, je suis persuadé que je pourrais enflammer le ciel. Ils n'ont pas trouvé un moyen de contrôler mon pouvoir. Alors, ils ont fait en sorte de le museler. La peur et la haine viennent du fait que l'on ne comprend pas...

— Ce n'est pas une excuse ! Ce n'est pas parce que vous savez faire des choses que les autres ne peuvent pas faire qu'il faut vous craindre. »

Visiblement mal à l'aise, il haussa les épaules. « C'était leur façon de me montrer que malgré ce que j'avais réussi à obtenir, ils gardaient l'ascendant sur moi. Ils voulaient me rappeler qu'ils pouvaient tout me reprendre du jour au lendemain s'ils le désiraient. Lorsque Charles est parti, peu de temps après l'arrivée de Talia et Phee, il m'a dit de ne pas l'oublier. S'il apprenait que je n'avais pas tenu ma promesse ou s'il en avait ne serait-ce que l'intuition, il enverrait quelqu'un pour le vérifier et, au besoin, fermer l'établissement. Je ne doute pas qu'à un moment ou à un autre, ils ont pensé que, sous le couvert de vivre paisiblement sur cette île avec des enfants dont personne ne voulait, j'étais en réalité en train de former une armée. C'est une idée ridicule, bien entendu. Je n'ai jamais rien demandé d'autre qu'une maison où je serais enfin chez moi.

— Ce n'est pas juste.

— Non. En effet. Mais la vie l'est rarement. On fait du mieux qu'on le peut. Et on s'autorise à espérer que tout ira bien. Parce qu'une vie sans espoir n'est pas une vie.

— Il faut le leur dire. Il faut qu'ils sachent qui vous êtes.

— Pourquoi ?

— Pour qu'ils voient qu'ils ne sont pas seuls ! cria Linus en abattant ses mains contre le mur derrière lui. Que la magie existe là où l'on s'y attend le moins. Qu'ils peuvent choisir la personne qu'ils deviendront en grandissant !

— Le peuvent-ils vraiment ?

— Oui ! Même si cela semble difficile aujourd'hui, les choses évoluent. Talia m'a confié que vous lui aviez appris que pour changer l'opinion du plus grand nombre, il fallait commencer par changer l'avis de quelques personnes. »

Il sourit. « Elle a dit ça ?

— Oui.

— Je ne pensais pas qu'elle m'avait écouté.

— Évidemment qu'ils vous écoutent ! s'exclama Linus, exaspéré. Ils écoutent absolument tout ce que vous leur dites. Ils vous font confiance parce que vous faites partie de leur famille. Vous êtes leur... » Il s'interrompit. Il respirait fort. Il ne fallait pas qu'il le dise. Ce n'était pas professionnel. Rien de tout cela ne l'était. Ce n'était pas... « Vous êtes leur père, Arthur. Vous avez dit que vous les aimiez plus que tout. Vous savez forcément qu'ils ressentent la même chose à votre sujet. C'est une évidence. Comment pourraient-ils ne pas vous aimer ? Regardez-vous. Regardez ce que vous avez accompli ici ! Vous êtes un feu ardent et il faut qu'ils le sachent parce que c'est votre nature, mais aussi parce que c'est grâce à eux que vous êtes devenu celui que vous êtes aujourd'hui. »

Le visage d'Arthur frémit avant de se défaire complètement. Il baissa la tête. Ses épaules tremblèrent.

Linus aurait voulu le consoler, le prendre dans ses bras et le serrer fort contre lui, mais ses pieds refusaient de le porter. Il était perdu. Trop de pensées tournoyaient dans son esprit. Alors, il se raccrocha à la seule chose qu'il pouvait. « Et quand... Quand je rentrerai, quand je quitterai l'île, je ferai de mon mieux pour l'expliquer aux Cadres Extrêmement Supérieurs, pour leur montrer que... »

Arthur releva vivement la tête. « Quand vous rentrerez ? »

Linus détourna le regard. « Mon séjour ici était prévu ainsi. Il y a toujours eu une date limite. Le temps est passé plus vite que je ne l'avais imaginé, mais j'ai une maison, moi aussi. Une vie. Un travail qui, désormais, est plus important que jamais. Vous m'avez ouvert les yeux, Arthur. Vous tous. Je vous en serai toujours reconnaissant.

— Reconnaissant, répéta Arthur d'un ton maussade. Bien sûr. Veuillez m'excuser. Je ne sais pas où j'avais la tête. » Il lui sourit, mais ses lèvres tremblaient. « Tout ce que vous ferez pour nous aider sera fantastique. Vous… Vous êtes un homme bien, Linus Baker. Je suis honoré de vous avoir rencontré. Nous allons tout mettre en œuvre pour que votre dernière semaine sur l'île soit inoubliable. » Il fit mine de se retourner, mais s'arrêta. « Je vous promets que l'idée de vous utiliser ne m'a jamais traversé l'esprit. Vous êtes si cher à mes yeux que je n'arrive pas à trouver mes mots. Je crois que… vous êtes comme les boutons de Théodore. Si vous lui demandez pourquoi il les aime autant, il vous dira que c'est parce qu'ils existent, tout simplement. »

Puis il remonta les escaliers et disparut dans la nuit.

Linus resta seul dans la cave, les yeux rivés à l'espace qu'Arthur venait de quitter. L'air était encore chaud. Il aurait juré entendre un feu crépiter au loin.

Seize

Si la vie de Linus avait été une comédie dramatique, la dernière semaine de son séjour sur l'île de Marsyas aurait été froide et pluvieuse. Les nuages gris au-dessus de sa tête auraient été en accord avec sa météo intérieure.

Comme ce n'était pas le cas, il faisait beau. Le ciel et la mer étaient d'un bleu céruléen.

Le lundi, Linus assista à la classe et les écouta discuter de la *Grande Charte* le matin et des *Contes de Canterbury* l'après-midi. Sal n'apprécia pas beaucoup que les histoires ne soient pas terminées. Aussi, Arthur lui parla du *Mystère d'Edwin Drood*. Sal promit de le lire et d'écrire sa propre fin. Linus trouva l'idée merveilleuse et se demanda s'il aurait l'occasion de lire son récit.

Le mardi, de 17 à 19 heures, il s'assit à côté de Talia dans son jardin. Elle s'inquiétait déjà de ce que penserait Hélène lors de sa visite, la semaine suivante. Elle avait peur que la maire n'aime pas ce qu'elle avait fait pousser. « Et si mon jardin n'était pas à la hauteur ? » souffla Talia en langue gnome. Linus s'étonna à peine de l'avoir comprise.

« Je suis sûr qu'il est plus que convenable, tu verras », la réconforta-t-il.

Elle grimaça. « Plus que convenable. Merci, Linus. Ça fait plaisir. Je me sens déjà mieux. »

Il lui tapota la tête. « Il faut bien que je modère ton ego. Tu n'as rien à craindre. »

Elle observa son jardin d'un air dubitatif. « Vraiment ?

— Vraiment. C'est le plus beau jardin que j'aie jamais vu. »

Elle rougit sous sa barbe.

Le mercredi, il se joignit à Phee et Zoé dans les bois. Il avait laissé sa cravate au placard et avait déboutonné les premiers boutons de sa chemise. L'herbe était douce sous ses pieds nus. La lumière du soleil filtrait à travers les arbres. Zoé expliquait à Phee que l'essentiel n'était pas de créer de nouvelles choses, mais de faire croître ce qui existait déjà. « La création n'est pas une fin en soi, dit Zoé d'une voix calme tandis que des fleurs naissaient sous ses doigts. L'important, c'est l'amour que tu donnes à la terre. Tes intentions. La terre les connaît. Si les tiennes sont bonnes et pures, rien ne te sera impossible. »

L'après-midi, il se rendit dans la chambre de Chauncey. En lui ouvrant, celui-ci s'exclama : « Bienvenue à l'hôtel *Everland*, monsieur ! Puis-je prendre vos bagages ? » Ce à quoi Linus répondit : « Merci, mon cher. Ce serait formidable. » Il lui tendit une sacoche vide. Chauncey la souleva par-dessus son épaule, sa casquette de groom posée de travers sur sa tête. Linus n'oublia pas, bien sûr, de lui donner un pourboire généreux. Après tout, c'était ce qu'on le faisait lorsqu'on recevait un service de première classe. L'eau de mer sur le sol était chaude.

En fin de journée, toujours le même jour, Linus se mit à paniquer. La sensation qu'il commettait une erreur, que ce n'était pas la solution, lui pesait sur les épaules comme un manteau trop lourd.

Il avait posé sa valise sur son lit dans le but de commencer à la remplir, car son départ était prévu pour le surlendemain. Il fallait qu'il se prépare. Pourtant, il restait figé au milieu de la pièce, à regarder son bagage sans rien faire. Sa copie de *RÈGLES ET RÈGLEMENTS* était posée sur le sol à côté de lui. Il ne parvenait pas à se rappeler la dernière fois qu'il l'avait ouverte. Pourquoi ce livre avait-il tenu une place si importante dans sa vie ? Il ne s'en souvenait pas non plus.

Il ignorait combien de temps il serait resté ainsi s'il n'avait pas entendu quelqu'un taper à la fenêtre de sa chambre.

Il leva la tête.

Théodore était perché de l'autre côté, les ailes repliées contre ses flancs, la tête penchée. Il tapa de nouveau contre la vitre.

Linus s'approcha de la fenêtre et l'ouvrit. « Bonjour, Théodore. »

Le garçon pépia en guise de réponse et entra. Les ailes déployées, il sauta à moitié, vola à moitié jusqu'au lit où il atterrit à côté de Calliope. Il la regarda d'un air soupçonneux et claqua des dents pour l'intimider. La chatte se leva lentement, s'étira en arquant le dos, puis s'approcha de lui. Elle lui asséna une petite tape avant de bâiller et de descendre du lit.

Un peu abasourdi, Théodore secoua la tête.

« Tu l'as mérité, le réprimanda gentiment Linus. Je t'ai déjà dit de ne pas la provoquer. »

Théodore grommela pour la forme avant de pousser un petit cri aigu. Une question.

Linus cligna des yeux. « Tu veux que je vienne avec toi ? Où ça ? »

La vouivre pépia de nouveau.

« Une surprise ? Je ne suis pas sûr d'aimer les surprises. »

Cependant, Théodore ne se laissa pas démonter. Il vola jusqu'à l'épaule de Linus où il se mit à lui mordiller l'oreille jusqu'à ce qu'il soit obligé d'obtempérer. « Petit insolent, protesta-t-il. Tu ne peux pas mordre les gens pour les forcer à… Aïe ! D'accord. Je te suis ! »

Lorsqu'ils sortirent de la dépendance, le soleil de l'après-midi réchauffa le visage de Linus. Les oreilles grandes ouvertes, il écoutait Théodore discuter gaiement, les mouettes crier au-dessus de leurs têtes, les vagues s'abattre contre la falaise en contrebas. La douleur qui lui tordit le cœur fut vive et douce-amère.

Ensemble, ils entrèrent dans la maison principale. Tout était silencieux. Cela ne pouvait signifier que deux choses : soit tout le monde était dehors, soit Lucy manigançait quelque chose qui aurait une issue fatale.

Théodore sauta de son épaule et déploya les ailes avant de toucher le sol. Dans sa précipitation pour atteindre le canapé, il se prit les pattes dedans et se retrouva à faire la cabriole. Il atterrit sur le dos. Hébété, il cligna des yeux.

Linus se retint de sourire. « Tu vas devenir grand, très grand même, et tes ailes ne te causeront plus le moindre problème, tu verras. »

Théodore se retourna et retrouva son équilibre. Il se secoua de la tête au bout de la queue, puis regarda de nouveau Linus et poussa un cri aigu avant de disparaître sous le canapé.

Linus resta figé. Il n'arrivait pas à croire ce qu'il venait d'entendre. Il avait déjà vu une partie de son trésor, celle qu'il gardait dans la tour, mais celle-ci avait une plus grande importance à ses yeux.

Un autre cri résonna de sous le canapé.

« Tu es sûr ? » lui demanda-t-il calmement.

Théodore répondit qu'il en était certain.

Alors, Linus se mit lentement à quatre pattes et rampa jusqu'au canapé. Il ne pouvait pas, bien entendu, se glisser dessous mais, en soulevant la toile du divan, il serait capable de voir ce qu'il y avait là.

C'est ce qu'il fit.

Allongé sur le ventre, joue contre terre, il regarda la cachette secrète de Théodore.

Sur la droite, il y avait une couverture moelleuse disposée comme un nid. Un petit oreiller de la taille de la main de Linus était posé dessus. Tout autour était éparpillé le trésor de Théodore. Il y avait des pièces de monnaie, des pierres striées de quartz (comme celles de la chambre de Lucy) et un très joli coquillage blanc et rouge fendu au milieu.

Mais ce n'était pas tout.

Il y avait aussi un morceau de papier sur lequel Linus pouvait lire quelques mots : *Fin et fragile. Si l'on me brandit…*

Une fleur séchée qui ressemblait à celles que Linus avait vues dans le jardin.

Une feuille si verte que seul un esprit de la nature avait pu la faire pousser.

Un morceau de disque cassé.

Une photo qui semblait avoir été déchirée dans un magazine et représentait un groom souriant qui aidait une femme à porter ses bagages.

Une photo d'Arthur, plus jeune, dont les coins rebiquaient.

Et à côté, empilés avec amour, des boutons.

Beaucoup de boutons.

Ce sont les petites choses. Les petits trésors que nous trouvons sans connaître leur origine. Ils apparaissent au moment où l'on ne s'y attend pas. C'est très beau quand on y pense.

Soudain, Linus avait les yeux qui piquaient. Il cligna des paupières.

« C'est merveilleux », murmura-t-il.

Théodore pépia pour lui dire : « Bien sûr que c'est merveilleux. » Il s'approcha des boutons et, du bout du museau, poussa la pile comme s'il cherchait quelque chose. Lorsqu'il releva la tête, sa queue s'abattit sur le sol.

Dans sa bouche, il tenait un bouton en cuivre familier.

Il se tourna et avança vers Linus.

La mâchoire serrée sous le coup de l'émotion, il le regarda faire. Théodore mordit dans le bouton avant de le laisser tomber par terre.

Ses crocs avaient laissé des marques dans le cuivre.

Il poussa le bouton vers lui, leva les yeux et poussa un cri.

« C'est pour moi ? demanda Linus. Tu veux que je le garde ? »

Théodore hocha la tête.

« Mais c'est… » Linus soupira. « Il est à toi. »

Le garçon le poussa encore une fois vers lui.

Alors, Linus fit la seule chose qu'il pouvait faire. Il accepta de le prendre.

Puis il se redressa et s'assit sur le sol, contre le canapé. Il examina le bouton qu'il tenait à la main et suivit les traces de dent de Théodore du bout des doigts. La vouivre passa la tête hors du canapé et pépia.

« Merci, lui dit Linus avec sincérité. C'est la plus belle chose que l'on m'ait jamais offerte. Je la garderai pour toujours. »

Théodore posa la tête contre la cuisse de Linus.

Ils restèrent ainsi jusqu'à ce que la lumière du soleil cesse d'éclairer le mur.

Ce fut le jeudi matin que la colère des hommes atteignit son apogée.

Linus était dans la cuisine avec Zoé et Lucy qui s'époumonait en chantant en rythme avec la très belle voix de Bobby Darin. Linus souriait, il riait, alors que les éclats de son cœur brisé le faisaient saigner de l'intérieur. Des brioches cuisaient dans le four et s'il tendait l'oreille (ce qui n'était pas évident avec Lucy qui s'évertuait à faire le plus de bruit possible), il pouvait entendre les autres enfants bouger dans la maison.

« Il reste beaucoup trop de noix de pécan, dit Zoé. Je me demande s'il fallait… »

Elle fit tomber le bol qu'elle nettoyait dans l'évier. De l'eau savonneuse éclaboussa le sol. Linus sursauta.

Elle se crispa. Ses doigts se recroquevillèrent tandis que ses ailes se déployaient et battaient de plus en plus vite, comme celle d'un colibri.

« Zoé ? l'appela Linus. Tout va bien ? Que se passe-t-il ?

— Non, murmura-t-elle alors que Lucy, qui n'avait rien vu, continuait de chanter. Non. Pas maintenant. Ils ne peuvent pas. Ce n'est pas possible !

— Quoi ? dit Lucy. De qui… ? »

Zoé se retourna vivement. De petites bulles de savon tombèrent de ses doigts et flottèrent jusqu'au sol. Linus n'avait jamais vu ses yeux s'éclairer ainsi. Ils se dégageaient d'eux une lumière surnaturelle. Ses iris étincelaient comme des éclats de cristal violets. Depuis qu'il l'avait rencontrée, il n'avait jamais eu peur d'elle, et ce n'était toujours pas le cas, mais il aurait été inconscient d'oublier qu'elle était un esprit de la nature ancien et puissant et qu'il n'était que son invité sur cette île.

Il avança lentement vers elle afin de ne pas la surprendre dans le cas où elle aurait oublié sa présence. Toutefois, avant qu'il l'ait rejointe, Arthur déboula dans la cuisine, les yeux plissés. L'air de la pièce se réchauffa. L'espace d'un instant, Linus crut apercevoir une flamme autour de lui, mais la lumière matinale lui jouait sans doute des tours.

« Qu'est-ce qu'il y a ? demanda-t-il. Que s'est-il passé ?

— Les villageois », répondit Zoé d'une voix effacée, comme dans un rêve. Ses paroles résonnaient comme des notes de musique. « Ils se rassemblent sur la rive.

— Quoi ? s'emporta Lucy. Pourquoi ? Ils veulent venir ici ? » Il regarda les noix de pécan sur le plan de travail en fronçant les sourcils. « Je ne leur donnerai pas mes brioches. Je les ai faites exactement comme je les aime. Je sais qu'il faut partager, mais je ne me sens pas très généreux aujourd'hui. » Il tourna la tête vers Linus. « Je suis obligé de partager mes brioches ?

— Bien sûr que non, le rassura Linus en tâchant de rester calme. S'ils en veulent, ils devront les faire eux-mêmes. »

Le garçon sourit, mais il paraissait nerveux. « J'en ai préparé deux pour vous, monsieur Baker. Je ne veux pas que vous mouriez de faim.

— Lucy, intervint Arthur. Tu veux bien rassembler tout le monde dans la salle de classe ? C'est bientôt l'heure de commencer. »

Lucy soupira. « Mais…

— Lucy. »

Le petit garçon grommela quelque chose d'inintelligible en sautant de son tabouret. Arrivé devant la porte, il les observa tous les trois une dernière fois. « Il y a un problème ?

— Bien sûr que non, répondit Arthur. Tout va très bien. Dépêche-toi, Lucy. »

Ce dernier hésita un instant avant de quitter la pièce et d'appeler les autres en leur disant que les brioches ne leur permettraient pas de manquer les cours comme il l'avait espéré.

Arthur s'approcha de Zoé et l'attrapa par les épaules. Son regard s'éclaircit aussitôt. Elle cligna rapidement des yeux. « Tu l'as senti, toi aussi. »

Il hocha la tête. « Ils ont commencé la traversée ?

— Non. Ils se sont… arrêtés. Au port. Je ne sais pas pourquoi, mais le ferry n'a pas quitté le village. » Son ton se durcit. « Ils n'ont pas intérêt à essayer. »

Un frisson descendit le long de la colonne vertébrale de Linus. « De qui s'agit-il ?

— Je ne sais pas, mais ils sont plusieurs. » Elle fixa quelque chose derrière Arthur. « Ils sont en colère. C'est comme un orage. »

Arthur la lâcha et fit un pas en arrière. « Reste ici avec les enfants. Fais comme si de rien n'était. Dis-leur que tout va bien. Je vais m'en occuper tout seul. Je reviendrai le plus vite possible. »

Elle lui saisit le poignet. « Ce n'est pas à toi de le faire, Arthur. Pas après... Laisse-moi y aller. Je... »

Il se libéra lentement. « Non. S'ils parviennent à atteindre l'île, les enfants auront besoin de toi. Tu les protégeras mieux que moi sur ces terres. S'il le faut, emmène-les chez toi. Verrouille la forêt pour que personne ne puisse la traverser. Dissimule l'île tout entière si nécessaire. On en a déjà parlé, Zoé. On a toujours su que ça pouvait arriver. »

Elle eut l'air de vouloir protester, mais y renonça en voyant l'expression déterminée d'Arthur. « Je n'aime pas l'idée que tu y ailles seul.

— Il ne sera pas seul », déclara Linus.

Surpris, ils se tournèrent vers lui. On aurait dit qu'ils avaient oublié qu'il était présent.

Les mains sur les hanches, il rentra le ventre et bomba le torse.

« Je ne sais pas ce qui se passe exactement, mais j'ai ma petite idée. S'il s'agit des villageois, il est grand temps que je leur dise ce que je pense de leur comportement. » Il avait sans doute l'air ridicule et ses paroles n'avaient pas résonné avec autant de force qu'il l'avait espéré... Malgré tout, il soutint leurs regards.

« Je ne veux pas vous mettre en position de danger, Linus, prévint Arthur. Il vaudrait mieux que...

— Je sais me défendre, le coupa Linus, vexé. On ne dirait peut-être pas en me voyant, mais je vous assure que je suis parfaitement capable de me débrouiller. Je peux être implacable s'il le faut. Et puis, je suis un représentant du gouvernement. L'expérience m'a appris que les gens écoutent les personnes qui représentent l'autorité. » Ce n'était que partiellement vrai, mais Linus garda ce détail pour lui.

Arthur baissa les épaules. « Ne dites pas de bêtises. Je sais très bien que vous êtes courageux, mais vous devriez...

— Alors, c'est réglé, déclara Linus. On y va. En revanche, je n'aime pas la brioche froide. Je préfère quand elle sort du four. Il va falloir qu'on se dépêche. » Il commença à avancer vers la porte, mais s'arrêta en se rappelant un léger détail. « Comment est-ce qu'on va traverser si le ferry est de l'autre côté ?

— Attrapez ça ! »

Il se retourna et Zoé lui lança un jeu de clés. Il les rattrapa de justesse, mais réussit à ne pas les faire tomber par terre. Quand il réalisa qu'il s'agissait des clés de sa voiture ridicule, il fronça les sourcils. « J'apprécie le geste, mais je ne vois pas comment cela pourrait nous aider. Il y a une légère quantité d'eau entre le village et nous. Alors, à moins que votre voiture soit submersible, je ne vois pas en quoi elle nous sera utile.

— Je préfère ne pas vous le dire maintenant, fit-elle. Vous vous inquiéteriez pour rien.

— Oh, Seigneur, murmura Linus. Je m'inquiète déjà. »

Elle se leva sur la pointe des pieds pour embrasser Arthur sur la joue. « S'ils te voient... »

Il secoua la tête. « Tant pis. Il est temps de sortir de l'ombre pour rejoindre la lumière. Plus que temps. » Il jeta un coup d'œil à Linus. « Une personne pleine de sagesse me l'a fait comprendre récemment. »

Ils la laissèrent dans la cuisine baignée de soleil, les brioches gonflant dans le four.

La voiture filait sur la route cahoteuse. Linus pressait la pédale de l'accélérateur aussi fort qu'il l'osait. Son cœur battait la chamade. Il avait la bouche sèche, mais il lui semblait que sa vision n'avait jamais été aussi nette. Les arbres paraissaient plus verts et les fleurs qui bordaient la route, plus brillantes. Lorsqu'il jeta un coup d'œil dans le rétroviseur, il se rendit compte que la forêt se refermait derrière eux dans un gémissement sourd et recouvrait la route avec d'épaisses branches. Si l'on ne savait pas quoi chercher, il semblait n'y avoir aucun passage.

Sur le siège passager, Arthur gardait les mains nouées sur ses genoux. Il avait les yeux fermés. Il inspirait lentement par le nez, puis soufflait par la bouche.

Ils atteignirent le ponton au bord de l'île sans incident. La mer était calme. De petites vagues bordées d'écume venaient s'écraser contre la rive. Au loin, de l'autre côté du bras de mer, Linus vit le ferry toujours à quai au niveau du village. Il arrêta vivement la voiture. Les freins crissèrent.

Arthur rouvrit les yeux.

« Et maintenant ? » demanda Linus. Il était tellement nerveux qu'il serrait et desserrait les doigts sur le volant. « À moins que cette voiture soit réellement submersible, je ne vois pas comment on va faire pour traverser. Et si c'est le cas, je dois vous dire que je n'ai pas la moindre expérience pour piloter ce genre d'engin. On va se retrouver au fond de la mer. »

Arthur rit doucement. « Je ne crois pas qu'il faille se soucier de cela. Vous me faites confiance ?

— Oui, répondit Linus sans la moindre hésitation. Bien sûr. Comment pourrait-il en être autrement ? »

Arthur le regarda dans les yeux. « Alors, redémarrez, mon cher Linus. Roulez droit devant vous et voyez par vous-même le résultat de cette confiance. »

Linus porta son attention devant lui, à travers le pare-brise.

Il prit une grande inspiration.

Puis retira le pied de la pédale de frein.

La voiture se mit à avancer.

Il pressa la pédale de l'accélérateur.

Ils prirent de la vitesse.

Lorsque la dernière parcelle de route disparut pour faire place au sable blanc de la plage, il serra le volant jusqu'à se couper la circulation du sang. La gorge nouée, il regarda l'océan se rapprocher dangereusement. « Arthur…

— Ayez confiance, dit le directeur. Je ne laisserai jamais rien vous arriver. » Il posa la main sur la cuisse de Linus et la serra légèrement.

Celui-ci ne ralentit pas.

Il ne s'arrêta pas.

Le rugissement des vagues lui emplit les oreilles. Le sable devint mouillé. Des embruns le frappèrent au visage. Avant qu'il n'ait eu le temps de crier un avertissement, la mer émit un craquement. L'eau vibra et se transforma, comme si quelque chose remontait à la surface. Linus ferma les yeux très fort. Il était persuadé que les vagues allaient s'abattre sur eux et les emporter au fond de l'eau.

La voiture trembla autour d'eux. Le volant s'agita entre ses mains. Il pria, à qui voulait bien l'entendre, de les aider.

« Ouvrez les yeux, murmura Arthur.

— Je ne préfère pas, répondit-il sans desserrer les dents. Regarder la mort en face, c'est surfait.

— Heureusement, nous n'allons pas mourir. Pas aujourd'hui, en tout cas. »

Linus rouvrit les paupières.

Estomaqué, il se rendit compte qu'ils étaient sur l'eau. Il tourna la tête vers l'arrière de la voiture. La rive rapetissait derrière eux. Le choc fut tel qu'il eut du mal à respirer. « Qu'est-ce qui se passe ? »

Il se tourna de nouveau vers l'avant. Une route blanche et cristalline s'étendait devant eux. Elle s'était matérialisée sur l'océan. Il jeta un coup d'œil sur le côté de sa porte, vers le bas. La route faisait deux fois la largeur du véhicule. Elle craquait et se craquelait légèrement, mais elle tenait bon.

« Du sel », expliqua Arthur. Linus perçut de l'amusement dans sa voix. « C'est le sel contenu dans l'océan. Ça tiendra.

— Comment est-ce possible ? demanda Linus, impressionné, avant de comprendre : Zoé. »

Arthur hocha la tête. « Elle est capable de choses extraordinaires. Moi-même, je ne connais pas l'étendue de ses pouvoirs. Je ne l'ai vu faire ça qu'une seule fois. Nous avons décidé, il y a longtemps, d'utiliser le ferry pour ne pas mettre les villageois mal à l'aise. Il vaut mieux avoir affaire à Merle de temps en temps plutôt que de faire naître la peur avec une voiture qui roule sur l'eau. »

Linus s'étouffa sur un éclat de rire un peu hystérique. « Oh, bien sûr. Une route faite avec le sel de l'océan. Pourquoi est-ce que je n'y ai pas pensé plutôt ?

— Parce que vous ignoriez que c'était une possibilité, répondit calmement Arthur. Mais ceux parmi nous qui rêvent à l'impossible savent que l'on peut déplacer des montagnes quand on nous pousse dans nos retranchements.

— Bon, OK, admit Linus d'une petite voix. Allons voir ce qu'en disent les villageois. »

Il appuya le plus fort possible sur la pédale de l'accélérateur. La voiture fonça en rugissant sur la route de sel.

Un groupe de villageois se tenait sur le quai près du ferry. Certains levaient les bras en l'air, les poings serrés. Leurs cris se perdaient dans les bruits de la voiture et de la mer, mais de terribles rictus déformaient leurs visages. Quelques personnes tenaient des pancartes qui semblaient avoir été fabriquées à la va-vite, avec des slogans comme ATTENTIFS ENSEMBLE, NOUS NE NOUS TAIRONS PAS ou JE SUIS ANTI-ANTÉCHRIST ou encore plus absurde : JE N'AVAIS RIEN D'INTELLIGENT À ÉCRIRE.

Leurs cris cessèrent à l'instant où ils aperçurent la voiture approcher. Linus ne pouvait pas leur reprocher leurs expressions choquées. S'il avait été à leur place, sur la rive, et avait vu un véhicule rouler sur la mer, il aurait sans doute eu la même réaction.

La route de sel s'arrêtait sur la plage, près du quai. Il gara la voiture sur le sable et coupa le contact. Le moteur se tut.

Le silence retomba.

Puis, à l'avant du groupe, le vendeur de glaces (Norman, se rappela Linus avec un léger mépris) s'exclama : « Ils utilisent la magie ! »

La foule s'insurgea de nouveau et les protestations reprirent de plus belle.

Hélène se tenait face au groupe, sur le quai, comme pour leur bloquer l'accès au ferry. Son visage était taché de terre. Elle avait l'air furieuse. Merle était à côté d'elle, les bras croisés, visiblement agacé.

Linus et Arthur sortirent du véhicule et claquèrent les portières derrière eux. Au grand soulagement de Linus, la foule était moins dense qu'il ne l'avait cru au premier abord. Il y avait peut-être douze personnes, Hélène et Merle compris. Il ne fut pas surpris de voir Marty, du magasin de disques, avec une minerve autour du cou. Il brandissait une pancarte sur laquelle était écrit : OUI, J'AI ÉTÉ BLESSÉ PAR LE FILS DU DIABLE. DEMANDEZ-MOI COMMENT ! À côté de lui se trouvait le postier. Linus n'était pas étonné, non plus, de sa présence. L'homme ne lui avait jamais inspiré confiance.

Les cris se calmèrent de nouveau lorsque Linus et Arthur grimpèrent les marches qui menaient au ponton, mais ils ne cessèrent pas complètement.

« Qu'est-ce qui se passe ici ? demanda Linus en montant sur le quai. Je m'appelle Linus Baker. Je suis employé par le Ministère de la Jeunesse Magique. Oui, vous avez bien entendu. Je suis un représentant du gouvernement. Et quand un représentant du gouvernement exige des réponses, on les lui donne le plus vite possible.

— Ils ont essayé de monter de force sur mon bateau ! répondit Merle qui observait les manifestants et Arthur avec un dégoût similaire. Ils ont dit qu'ils voulaient se rendre sur l'île. Je ne les ai pas laissés faire.

— Merci, Merle, dit Linus, surpris de la prévenance du capitaine. Je ne pensais pas que…

— Ils ont refusé de me payer, le coupa celui-ci. Je ne fais rien gratuitement. »

Linus se mordit la langue.

« Vous n'auriez pas dû venir, fit Hélène à Arthur. J'ai la situation sous contrôle. Je ne les laisserai pas toucher un cheveu de ta tête ou de celles des enfants. » Elle adressa un regard dédaigneux à son neveu qui recula dans la foule pour s'y dissimuler. « Certaines personnes ne savent pas se taire. Oh, tu peux bien essayer de te cacher, Martin Smythe, mais je te vois. Je te vois même très bien. Je vous vois tous et j'ai une très, très bonne mémoire.

— Je ne doute pas que tu aies la situation bien en main, répondit Arthur d'un ton calme, mais c'est toujours mieux d'avoir des gens à tes côtés. »

Linus s'avança. Le soleil était si fort qu'il transpirait à grosses gouttes. Il regarda le groupe de personnes devant lui d'un air énervé. À son grand regret, il n'avait jamais été le genre d'homme capable d'intimider les autres. Pourtant, il était hors de question qu'il laisse ces gens mettre en œuvre ce qu'ils avaient derrière la tête. « Je répète : qu'est-ce qui se passe ici ? »

Il prit un malin plaisir à voir la foule reculer d'un pas.

« Eh bien ? Vous ne sembliez avoir aucun problème pour parler avant notre arrivée. Il y a bien quelqu'un parmi vous capable de prendre la parole. Je vous écoute. »

Ce fut Norman qui se porta volontaire. Linus n'en fut pas surpris. « Nous voulons qu'ils déménagent, rugit-il. Les enfants. L'orphelinat. L'île. Tout ! »

Linus le dévisagea. « Et comment comptez-vous faire disparaître une île, au juste ? »

Le vendeur de glaces bafouilla avant de lancer : « L'antéchrist ! Il a failli tuer Marty ! »

Derrière lui, le groupe murmura son assentiment.

Il hocha furieusement la tête. « Oui, c'est vrai. Marty n'avait rien demandé à personne quand cette chose a débarqué en ville et a menacé sa vie ! Il a jeté notre pauvre ami contre le mur comme s'il était léger comme une plume. Maintenant, il est handicapé à vie. Le fait qu'il ait réussi à remarcher est un miracle ! »

Hélène s'indigna. « Handicapé à vie, mes fesses.

— Vous voyez bien qu'il a une minerve ! s'écria le postier. Personne ne porte une minerve s'il ou elle n'est pas sérieusement blessé !

— Ah oui ? demanda-t-elle. C'est étrange parce que cette minerve ressemble trait pour trait à celle que j'ai dans mon placard et que j'ai dû porter il y a quelques années à cause d'un accident de voiture.

— Ce n'est pas la même ! s'insurgea Marty. Je suis allé voir le docteur. Il me l'a donnée en me disant que ma colonne vertébrale était en miettes et que j'avais de la chance d'être en vie ! Je suis très faible.

— Ça, au moins, c'est vrai, marmonna Linus. Vous êtes un faible. »

La maire leva les yeux au ciel. « Martin, il y a une étiquette à l'arrière avec mes initiales. Tu as oublié de l'arracher. On la voit tous.

— Oh, fit Martin. C'est une… simple coïncidence ?

— Aucune importance, intervint Norman avec virulence. Nous sommes tous d'accord pour dire que les enfants sont dangereux. Ils représentent une menace pour nous tous. Nous supportons leur malfaisance depuis trop longtemps. Ils pourraient très bien nous attaquer comme ils l'ont fait avec Marty. Et après, que se passerait-il ?

— Vous a-t-il dit qu'il s'était enfermé avec un petit enfant dans une pièce dans le but de l'exorciser ? demanda Linus. Parce que je suis sûr que l'enlèvement et la tentative d'agression sont punis par la loi, quel que soit l'enfant dont il est question. »

Les membres de la foule se tournèrent lentement vers Marty.

Celui-ci trouva soudain le sol à ses pieds très intéressant.

Norman secoua la tête. « Il s'est montré maladroit, mais cela ne change rien au problème. N'avons-nous pas le droit de nous protéger ? Vous dites qu'ils ne sont que des enfants. D'accord. Mais nous, nous devons nous soucier de la sécurité de nos fils et de nos filles.

— C'est bizarre, s'étonna Hélène qui se plaça à côté de Linus. Je ne vois aucun parent parmi vous. »

Norman recommença à s'énerver. « Ils avaient trop peur de venir !

— Qui ? Donne-moi un nom, rétorqua la maire.

— Vous ne réussirez pas à me piéger, dit-il. Je sais que tu ne vois pas ce qui se trame, Hélène, mais c'est ton problème. Nous, nous n'acceptons pas d'être menacés par… »

Un rire amer échappa à Linus. « Menacés ? Par qui ? Qui vous a menacés, à part moi ?

— Leur simple existence est une menace ! s'exclama une femme à l'arrière de la foule.

— Je ne vous crois pas, rétorqua Linus. Je vis à leur côté depuis un mois et je n'ai pas entendu le moindre murmure d'une menace. En fait, la seule fois où j'ai senti un danger, mis à part le comportement peu judicieux de Marty envers un enfant, cela venait de vous. Imaginons que vous ayez réussi à vous rendre sur l'île. Qu'auriez-vous fait ? Auriez-vous levé la main sur les enfants ? Les auriez-vous frappés ? Blessés ? Tués ? »

Norman blêmit. « Ce n'est pas ce que nous...

— Alors que faites-vous, au juste ? Vous avez forcément une idée. Vous vous êtes rassemblés ici. Les esprits se sont échauffés... La pensée du groupe vous a empoisonné l'esprit. Je ne veux surtout pas imaginer ce qui se serait passé si vous aviez réussi à rejoindre l'île. Je n'aurais jamais cru dire ça, mais heureusement que Merle était là pour vous empêcher de monter sur son bateau.

— Ouais, souffla l'intéressé. Je vous ai prévenus qu'il fallait payer, mais vous avez refusé !

— Sérieusement, Merle, intervint Hélène. Apprends à te taire lorsqu'on te fait un compliment, veux-tu ?

— Rentrez chez vous, reprit Linus. Ou je ferai tout ce qui est en mon pouvoir pour... »

Une main se leva, avec une grosse pierre entre les doigts. Il ne vit pas le coupable. Quelqu'un, au milieu du groupe. Il ne pensait pas qu'il s'agissait de Marty, mais tout alla très vite. Après avoir pris un peu d'élan, la pierre fonça droit sur eux. Linus n'eut pas le temps de se demander qui avait été la cible. C'était Hélène qui se trouvait sur la trajectoire du projectile. Il se plaça aussitôt devant elle, dos à la foule, pour la protéger. Il ferma les yeux et attendit l'impact.

Il ne vint jamais.

Tout à coup, on aurait dit que le soleil s'était écrasé sur Terre. L'air se réchauffa de plus en plus, jusqu'à devenir insupportable. Lorsqu'il rouvrit les paupières, il se rendit compte que son visage ne se trouvait qu'à quelques centimètres de celui d'Hélène, mais elle ne lui prêtait pas la moindre attention. Elle regardait quelque chose au-dessus de sa tête d'un air émerveillé. Dans ses yeux dansaient des vagues de flammes.

Linus se retourna lentement.

Arthur Parnassus s'était interposé entre eux et les villageois, mais il n'était plus le même.

Le phénix s'était réveillé.

Il avait les bras écartés. Les ailes que Linus avait entraperçues dans la cave obscure s'étendaient à présent sur au moins trois mètres de chaque côté de son corps. Des flammes remontaient le long de ses bras et de ses épaules. Au-dessus de lui, le phénix avait la tête relevée, la pierre dans le bec. Il la réduisit en miettes. Les éclats tombèrent devant Arthur.

La peur se lisait sur les visages des personnes qui se tenaient face à eux. Une peur qu'une telle démonstration, si belle fût-elle, ne pourrait jamais faire disparaître. Toutefois, elle se mêlait au même émerveillement qu'il avait lu dans l'expression d'Hélène, le même émerveillement qui était sans doute écrit sur son propre visage.

Le phénix battit des ailes. Le feu crépita.

Puis l'oiseau rejeta la tête en arrière et poussa un cri perçant qui réchauffa Linus de l'intérieur.

Il s'éloigna d'Hélène et contourna lentement Arthur en se baissant pour passer sous l'une des ailes dont la chaleur lui caressa le dos.

Arthur regardait droit devant lui. Ses yeux brûlaient. Le phénix battit de nouveau des ailes et des vrilles de feu s'en échappèrent. Il pencha la tête sur le côté et cligna lentement des yeux en observant Linus.

Sans réfléchir, il prit le visage d'Arthur entre ses mains. Sa peau était brûlante, mais Linus n'avait pas peur de se faire carboniser. Arthur n'aurait jamais fait une chose pareille.

Les flammes lui chatouillaient l'arrière des mains. « Allons, allons, souffla-t-il. Ça suffit. Je crois que le message est bien passé. »

Le feu quitta les yeux d'Arthur.

Les ailes se rétractèrent.

Le phénix baissa la tête vers eux. Linus leva les yeux vers lui et hoqueta de surprise lorsque l'immense oiseau pressa un instant son bec contre son front. Puis il disparut dans un nuage de fumée noire.

« Il n'y a plus de retour en arrière possible, maintenant, murmura Linus.

— Il était temps », déclara le directeur. De la sueur coulait sur son front. Son visage était pâle. « Tout va bien ?

— Très bien. Je n'aime pas trop recevoir des pierres en pleine tête. Alors, votre aide était la bienvenue. » Il baissa les mains, conscient qu'ils avaient toujours une audience. Il était en colère, plus en colère qu'il ne l'avait été depuis longtemps. Il était sur le point de se retourner pour leur dire le fond de sa pensée, pour les menacer du pire lorsque Arthur secoua la tête pour l'en empêcher. « Vous avez déjà assez parlé. C'est à mon tour. »

Linus hocha la tête d'un geste crispé, mais ne s'éloigna pas. Il jeta un regard assassin à la foule, comme pour les mettre au défi de l'attaquer de nouveau.

Toutefois, leur esprit combatif semblait les avoir désertés. Ils avaient les yeux écarquillés et le visage blême. Leurs pancartes étaient sur le sol, oubliées. Marty avait ôté sa minerve, sans doute pour pouvoir lever la tête et regarder le phénix se déployer.

« Je ne vous connais pas autant que j'aimerais, dit Arthur. Et vous ne me connaissez pas non plus. Si vous me connaissiez, vous sauriez que tenter de me faire du mal ou de blesser les miens est une très mauvaise idée. »

Linus sentit une douce chaleur l'envahir, alors que le phénix n'était plus là.

La foule recula encore d'un pas.

Arthur soupira. Ses épaules s'affaissèrent. « Je ne... Je ne sais pas quoi faire. Je ne sais pas quoi dire. Je suis parfaitement conscient que de simples paroles ne peuvent pas changer les cœurs et les esprits, surtout quand lesdites paroles viennent de moi. Vous craignez ce que vous ne comprenez pas. Vous nous voyez comme le chaos au sein du monde ordonné que vous connaissez. Je n'ai pas fait grand-chose pour combattre cette idée reçue. J'ai isolé les enfants sur l'île. Peut-être que si je... » Il secoua la tête. « Nous commettons tous des erreurs. À longueur de temps. C'est ce qui nous rend humains, même si nous sommes différents. Vous nous voyez comme quelque chose qu'il faut craindre. Et pendant très longtemps, je ne vous ai vu que comme les fantômes d'un passé que je voulais à tout prix oublier. Mais c'est notre maison. Et nous la partageons. Je ne supplierai pas. Je ne me mettrai pas à genoux. S'il le faut, je ferai tout ce qui est en mon pouvoir pour assurer la sécurité de mes protégés. Mais j'espère que nous n'en arriverons jamais à ce stade. Je vous demande simplement d'écouter ce que nous avons à dire au lieu de nous juger sans nous connaître. » Il se tourna vers Marty qui sembla se recroqueviller sur lui-même. « Lucy ne voulait pas vous faire de mal, lui assura-t-il sans venin. S'il avait voulu le faire, vos organes seraient à l'extérieur de votre corps.

— Il serait judicieux d'être un peu moins honnête, chuchota Linus alors que la foule hoquetait d'effroi.

— Vous avez raison », murmura Arthur. Plus fort, il ajouta : « Mais il ne ferait jamais une telle chose ! Tout ce qu'il voulait, c'était acheter des disques. Il adore ça. Peu importe ses origines.

Il reste un enfant, comme tous les autres. Les enfants ne méritent-ils pas d'être protégés ? D'être aimés et accompagnés pour qu'ils puissent grandir et faire de notre monde un monde meilleur ? En ce sens, ils ne sont pas différents des enfants de ce village ou d'ailleurs. Pourtant, vous leur faites croire le contraire, et les personnes qui nous gouvernent également. Elles créent des lois et des contraintes pour les garder à l'écart, isolés. J'ignore jusqu'où il faudra aller pour changer le *statu quo*, si cela est seulement possible. Dans tous les cas, le changement ne viendra pas du sommet de l'État. Il viendra de nous. »

La foule le toisait avec méfiance.

Arthur soupira. « Je ne sais pas quoi vous dire d'autre.

— Moi si », fit Hélène en faisant un pas en avant. Furieuse, elle serrait les poings. « Vous avez le droit de vous rassembler de manière pacifique. Vous avez le droit d'exprimer vos opinions. Mais à l'instant où vous franchissez la ligne de la violence, cela devient une affaire de légalité. Les enfants doués de magie sont protégés par la loi, comme tous les enfants. Tout le mal qui leur est fait sera durement sanctionné. Je m'en assurerai. Je ferai de mon mieux pour faire en sorte que quiconque portant la main sur un enfant, doué de magie ou non, le regrette à tout jamais. Vous pensez peut-être pouvoir oublier ce que disent Linus et Arthur, mais croyez-moi, si je soupçonne que vous recommencez à faire des histoires, je vous montrerai pourquoi il ne faut pas me mettre en colère. »

Norman fut le premier à réagir.

Il partit d'un pas rageur en jouant des coudes pour sortir de la foule et en maugréant.

Le postier le suivit, même si, avant de s'éloigner, il regarda de nouveau vers eux avec une expression de choc profond sur le visage.

D'autres les imitèrent. Marty tenta de partir, lui aussi, mais Hélène l'en empêcha. « Martin Smythe ! Reste où tu es. Toi et moi, on va avoir une longue conversation sur les règles de bonne conduite au sein d'un groupe et les conséquences du mensonge. Si j'apprends que c'est toi qui as jeté cette pierre, je te promets que je siphonnerai ton compte épargne et que je donnerai tout à des associations caritatives.

— Tu ne peux pas faire ça ! couina son neveu.

— Bien sûr que si, répondit Hélène d'un ton pincé. C'est moi qui le gère. Il n'y aurait rien de plus facile. »

La foule se dispersa. Linus fut étonné d'entendre quelques personnes murmurer des excuses à Arthur, tout en gardant leurs distances. Il ne faisait aucun doute que l'histoire de ce qui venait de se produire ici ne tarderait pas à faire le tour du village. Linus n'aurait pas été surpris qu'elle se transforme et raconte qu'Arthur s'était changé en oiseau monstrueux et avait menacé de les brûler jusqu'à l'os et de détruire le village.

« Je vous ramène sur l'île, si vous voulez, dit Merle. Je vous fais moitié prix. »

Linus ricana. « On se débrouillera, Merle, mais merci pour votre générosité. » Il marqua une pause et réfléchit. « Je le pense vraiment. »

Le capitaine grommela que cette satanée route de sel allait lui faire mettre la clé sous la porte tout en traversant le ponton pour regagner son ferry.

Arthur observait les gens qui retournaient vers le village. « Tu crois qu'ils vont nous écouter ? » demanda-t-il à Hélène.

Celle-ci fronça les sourcils. « Je ne sais pas. Je l'espère, mais je souhaite parfois des choses qui ne se réalisent pas. » Elle eut soudain l'air gênée. « Tes plumes sont très jolies. »

Il sourit. « Merci, Hélène. Merci pour tout ce que tu as fait. »

Elle secoua la tête. « Laisse-moi un peu de temps, Arthur. Donne-nous du temps à tous. Je ferai ce que je peux. » Elle lui serra la main avant de se tourner vers Linus. « Alors, vous partez bientôt ? Samedi, c'est bien ça ? »

Il cligna des yeux. Au milieu de toute cette excitation, il avait oublié que son séjour touchait presque à sa fin. « Oui, répondit-il. Samedi.

— Je vois. » Elle regarda Arthur et Linus l'un après l'autre. « J'espère que vous retrouverez votre chemin jusqu'à nous un jour, monsieur Baker. Les choses sont très... mouvementées quand vous êtes dans les parages. Bon voyage. »

Sur ces paroles, elle descendit du ponton, attrapa Martin par le bras et le força à s'éloigner malgré ses protestations indignées.

Linus s'approcha d'Arthur. Leurs mains se frôlèrent. « Qu'est-ce que ça vous a fait ? demanda-t-il.

— Quoi ?

— De déployer vos ailes. »

Arthur tourna la tête vers le soleil. Ses lèvres se retroussèrent légèrement en coin. « Pour la première fois depuis très longtemps, j'ai eu l'impression d'être libre. Venez, mon cher Linus. Rentrons à la maison. Je suis sûr que Zoé a besoin de notre aide. Je vais conduire.

— À la maison », répéta Linus.

Où était-ce pour lui, au juste, « la maison » ?

Ils retournèrent à la voiture. Quelques instants plus tard, ils traversaient de nouveau la route de sel, les cheveux dans le vent et la mer céruléenne lapant les pneus du véhicule.

Dix-sept

Le vendredi après-midi, on frappa à la porte de la dépendance. Linus leva les yeux de son dernier rapport. Il avait travaillé dessus une grande partie de la journée, pourtant, il n'avait écrit qu'une seule phrase après l'introduction habituelle.

Il se leva de sa chaise et se dirigea vers la porte.

Il fut surpris de trouver la totalité des enfants de l'orphelinat de Marsyas, debout sur le perron, en tenue pour partir à l'aventure.

« Je suis de retour pour une ultime expédition ! s'écria le commandeur Lucy. Monsieur Baker, je suis venu vous demander de vous joindre à nous. Les dangers seront grands et je ne peux pas vous promettre que vous en sortirez vivant. Nous rencontrerons des serpents mangeurs d'hommes et des insectes qui entrent sous votre peau pour croquer vos globes oculaires de l'intérieur. Mais la récompense – si vous survivez ! – dépassera vos rêves les plus fous. Acceptez-vous de nous suivre ?

— Je ne sais pas, répondit lentement Linus. Des serpents mangeurs d'hommes, dis-tu ? Ça a l'air dangereux. »

Lucy jeta un coup d'œil aux autres avant de se pencher en avant pour lui murmurer : « Il n'y en a pas vraiment. C'est pour du semblant. Mais ne le répétez pas.

— Ah, souffla Linus. Je vois. Eh bien, il se trouve que je suis un expert en serpents mangeurs d'hommes. Je suis surtout doué pour les éviter. Il vaut mieux que je vous accompagne pour m'assurer qu'il ne vous arrive rien.

— Ouf ! souffla Chauncey. Je n'avais pas envie de me faire manger aujourd'hui.

— Allez vous changer ! s'exclama Talia en poussant Linus à l'intérieur de la maison. Vous ne pouvez pas y aller comme ça.

— Ah non ? Pourquoi… » Il se crispa avant de se courber. « Oh non ! Je n'arrive plus à avancer ! Vous croyez que ce sont les insectes qui s'insinuent sous la peau ?

— Pourquoi vous faites ça ? s'insurgea Talia. Phee ! Aide-moi ! »

Phee poussa un cri de guerre et fonça sur Linus de tout son poids, autrement dit pas grand-chose. Il rit et fit un pas vers la chambre. « C'est bien mieux, merci. Je reviens tout de suite. »

Il écouta les enfants discuter avec enthousiasme de cette nouvelle aventure tout en se rendant dans la chambre. Lorsqu'il referma la porte derrière lui, il s'y adossa, appuya la tête contre le bois et ferma les yeux.

« Tu peux le faire, murmura-t-il. Allez, mon vieux. Une dernière aventure. »

Il s'écarta de la porte et se dirigea vers son placard.

Dedans, il trouva ses vêtements d'aventurier qu'il enfila.

Il avait toujours l'air aussi ridicule.

Mais pour une fois, il s'en moquait bien.

Les explorateurs se frayaient un chemin à travers la jungle. Ils repoussaient les cannibales qui les attaquaient à l'aide de lances et de flèches et les menaçaient, plus ou moins ouvertement, de manger leur rate au court-bouillon. Ils réussirent à échapper aux serpents mangeurs d'hommes qui pendaient aux arbres comme des lianes épaisses, mais, tout à coup, le commandeur Lucy se retrouva couvert d'insectes qui essayaient de se nicher derrière ses yeux. Il hoqueta, eut un haut-le-cœur, s'agita dans tous les sens avant, finalement, de s'effondrer contre un arbre, la langue dehors. Heureusement, grâce à sa troupe, il fut ranimé à la dernière minute et eut la chance de vivre pour se battre encore un autre jour.

Au bout d'un certain temps, ils retrouvèrent un paysage familier. Au loin, Linus aperçut le bosquet qui dissimulait la maison de l'esprit de l'île. Ils sortirent des bois et avancèrent sur la plage. Au même moment, sa voix résonna autour d'eux. « Je vois que vous êtes revenus ! Vous n'auriez pas dû. La dernière fois, vous avez échappé de justesse à la mort.

— Écoutez-moi bien ! s'écria le commandeur Lucy. Vous ne nous aurez pas ! Nous exigeons que vous nous cédiez votre trésor. Nous n'accepterons pas de refus !

— Ah non ?

— Non ! crièrent les enfants.

— Non, répéta Linus d'une petite voix.

— Oh. Alors, d'accord. Autant vous le donner. Je ne fais pas le poids face à vous.

— Je le savais ! » souffla Lucy avec ferveur. Il leva les mains au-dessus de sa tête. « Messieurs ! » Il tourna soudain la tête vers Talia et Phee. « Et mesdames. Allons chercher la récompense qui nous est due ! »

Et ils le suivirent. Évidemment qu'ils le suivirent. Ils l'auraient suivi n'importe où.

Linus également.

Les enfants chargèrent à travers la plage et s'engouffrèrent dans la forêt.

Linus soupira. Il était hors de question qu'il coure. Il n'avait plus l'âge de charger ainsi. Il s'épongea le front et avança à son rythme en direction des arbres.

Lorsqu'il parvint à l'orée du bois, il fronça les sourcils. Tout était soudain très calme. Six enfants auraient dû faire beaucoup plus de bruit. Ces six enfants encore plus. Il hésita avant de pénétrer dans la forêt.

Des lanternes en papier avaient été accrochées aux branches. C'étaient les mêmes que celles du pavillon. Il leva la main et pressa la paume contre l'une d'entre elles. La lumière qui en émanait était très vive, mais elle n'avait pas l'air de provenir d'une ampoule ou d'une bougie.

Lorsqu'il atteignit la maison au milieu des arbres, tout le monde l'attendait. Talia et Phee. Sal, Théodore, Chauncey et Lucy. Zoé avec des fleurs vertes et dorées dans les cheveux.

Et Arthur, bien sûr. Comme toujours.

Devant eux, ils tenaient une banderole, un long rouleau de papier sur lequel était écrit à la peinture : VOUS NOUS MANQUEREZ, MONSIEUR BAKER !!! Il y avait également des empreintes de main. Toutes petites pour Talia, Phee et Lucy. Plus grosse pour Sal. Une ligne qui était sans doute un tentacule de Chauncey et une coulure de peinture qui ressemblait aux griffes de Théodore.

Linus prit une inspiration tremblante. « Je… Je ne m'attendais pas à ça. Quelle magnifique surprise ! Regardez ça. Regardez-vous !

— C'était mon idée », affirma Lucy.

Talia lui écrasa le pied.

Il grimaça. « Bon d'accord, c'était surtout mon idée, mais les autres m'ont aidé. Un peu. » Son visage s'illumina. « Devinez quoi !

— Quoi ?

— Il n'y a jamais eu de trésor ! C'était un mensonge pour vous conduire à votre fête !

— Oh, je vois. Le véritable trésor, ce sont les amitiés qui se sont formées en chemin ?

— Vous êtes irrécupérable, marmonna Lucy. Irrécupérable. »

Et quelle fête ce fut ! Il y avait tellement de choses à manger que Linus crut que la table allait crouler sous leur poids. Du rôti, du pain encore chaud et de la salade de concombres qui craquait sous la dent. Du gâteau, de la tarte et des bols de framboises délicieuses qu'ils pouvaient plonger dans la crème.

Il y avait également de la musique. Toutes sortes de musiques. Une platine était installée sur le bar. *Le jour où la musique était morte* résonnait dans ses haut-parleurs. Bien vivants, Ritchie, Buddy et The Big Bopper chantaient depuis l'au-delà. Lucy s'occupait de la programmation et il le faisait bien.

Ce jour-là, ils rirent beaucoup. Oh, comme ils rirent. Linus avait l'impression que son cœur se brisait en mille morceaux, mais il rit jusqu'à en pleurer, jusqu'à en avoir des points de côté. Lorsque le soleil commença à se coucher, les lanternes prirent le relais et ils rirent et rirent encore.

Linus essuya ses larmes (de joie, insista-t-il) alors qu'une nouvelle chanson débutait.

Il la reconnut avant même que Nat King Cole commence à chanter.

Quand il releva la tête, Arthur Parnassus se tenait devant lui, la main tendue.

Merci.

Vous n'arrêtez pas de me remercier. Je ne sais pas si je le mérite.

Je sais que vous ne vous en sentez pas digne. Mais je ne dis jamais quelque chose si je ne le pense pas. La vie est bien trop courte pour ça. Vous aimez danser ?

Je ne… sais pas. Pour être honnête, je pense avoir deux pieds gauches.

J'en doute.

Alors, juste pour cette fois, Linus Baker s'autorisa à se montrer égoïste.

Il accepta la main tendue d'Arthur et se leva lentement tandis que Nat lui intimait de sourire, même si son cœur se brisait.

Arthur le serra contre lui et ensemble, ils se mirent à onduler doucement.

« *Smile and maybe tomorrow*, lui murmura-t-il à l'oreille. *You'll see the sun come shining through you*[1]. »

Linus posa la tête contre son torse. Ainsi, il sentait la chaleur du feu qui brûlait en lui.

Ils dansèrent.

Et dansèrent encore, pendant ce qui lui sembla être une éternité.

Linus savait que la chanson ne durait pas si longtemps. Pourtant, son cavalier continuait de lui murmurer les paroles à l'oreille et il se surprenait lui-même. Il n'était pas un aussi mauvais danseur qu'il ne l'avait imaginé.

Mais comme toute chose magique, au bout d'un moment, la chanson prit fin.

Autour d'eux, la maison était très silencieuse. Linus cligna des yeux comme s'il se réveillait d'un songe. Il releva la tête. Quand il se rendit compte qu'Arthur le regardait, les yeux brillants comme deux flammes, il recula.

Zoé était assise avec Phee et Talia sur les genoux. Théodore était perché sur l'épaule de Sal. Lucy et Chauncey étaient par terre, pressés contre ses jambes. Tous avaient l'air fatigués.

1. « Souris et demain, peut-être, le soleil brillera à travers toi. » (Ndlt)

Heureux, mais fatigués. Lucy tenta de lui sourire, mais il bâilla. « Vous avez aimé votre trésor, monsieur Baker ? »

Linus se tourna de nouveau vers Arthur. « Oui, murmura-t-il. Plus que tout au monde. »

Enfin, il fallut prendre le chemin du retour.

Zoé portait Phee et Talia qui ronflait très fort.

Sal avait fait entrer Théodore sous son tee-shirt et la vouivre dormait, la tête enfouie dans son cou.

Arthur tenait Chauncey par un tentacule.

Et Linus fermait la marche, Lucy somnolant dans ses bras.

Il aurait voulu que cette journée dure toujours.

Malheureusement, en un clin d'œil, elle venait de se terminer.

Il souhaita une bonne nuit à Talia. À Phee. À Sal et à Théodore. Après avoir déplacé Lucy pour le soutenir d'un seul bras, il se baissa et tapota Chauncey sur la tête.

Arthur lui posa une question du regard.

Linus secoua la tête. « Je m'en occupe. »

Arthur opina silencieusement et se tourna pour rappeler aux autres qu'il était temps de se laver les dents.

Linus, lui, emmena Lucy dans la chambre et le déposa sur le sol. « Va mettre ton pyjama », lui dit-il doucement.

Le petit garçon hocha la tête et se dirigea vers la porte du dressing. Il la referma derrière lui.

Linus resta planté au milieu de la pièce. Ses certitudes venaient de s'effondrer. Au fond de lui, il avait cru tout savoir. Sur la façon dont fonctionnait le monde. Sur sa place.

Désormais, il n'était plus sûr de rien.

Lucy revint vêtu d'un pantalon de pyjama et d'un tee-shirt blanc. Ses cheveux étaient en bataille, comme s'il avait passé sa main dedans. Ses pieds nus paraissaient tout petits.

« Va te laver les dents », lui dit Linus d'une voix douce.

Lucy le toisa avec méfiance. « Vous serez encore là quand je reviendrai ? »

Linus hocha la tête. « Je te le promets. »

Lucy sortit dans le couloir. Dehors, Chauncey se plaignait que Théodore recommençait à manger le dentifrice. Celui-ci poussa un cri indigné pour dire que ce n'était pas vrai.

Linus se prit le visage entre les mains.

Quand Lucy revint dans la pièce, la figure propre, Linus avait repris ses moyens. Le garçon bâilla. « Je suis tellement fatigué, murmura-t-il.

— Partir à l'aventure, c'est épuisant.

— Mais c'était bien.

— Très bien », acquiesça Linus.

Il prit Lucy par la main et l'emmena dans la chambre. Les disques méticuleusement recollés étaient de nouveau accrochés au mur (même si une pièce du vinyle de Buddy Holly avait été introuvable ; visiblement, Théodore avait été plus rapide qu'eux). Linus souleva les couvertures du lit. Lucy se glissa dessous et se pelotonna contre son oreiller.

Linus le borda jusqu'aux épaules. Lucy se tourna sur le côté pour le regarder. « Je ne veux pas que vous partiez. »

La gorge nouée, il s'agenouilla près du lit. « Je sais. Je suis désolé. Mais je ne peux pas rester plus longtemps.

— Pourquoi ?

— Parce que j'ai des responsabilités.

— Pourquoi ?

— Parce que je suis un adulte et les adultes doivent travailler. »

Lucy grimaça. « J'espère ne jamais devenir un adulte. Ça a l'air ennuyeux. »

Linus tendit la main pour écarter une mèche de cheveux qui tombait sur son front. « Moi, je pense que tu feras un très bon adulte... mais ce n'est pas pour tout de suite. Tu as encore le temps.

— Vous ne les laisserez pas nous enlever d'ici, pas vrai ? »

Linus secoua la tête. « Non. Je vais faire tout ce qui est en mon pouvoir pour que ça n'arrive pas.

— C'est vrai ?

— Oui, Lucy.

— Oh. C'est gentil de votre part. Vous serez parti à mon réveil. »

Linus détourna le regard, mais ne répondit pas.

Il sentit la petite main de Lucy effleurer son visage. « Les autres ne le savent pas, mais moi oui. Je vois des choses, parfois. Je ne sais pas pourquoi. Vous. Arthur. Il brûle. Vous êtes au courant ? »

Il inspira profondément. « Il te l'a dit ?

— Non. Je crois qu'il n'a pas le droit. Mais on le sait. On le sait tous. Comme on sait ce que vous avez fait, l'autre jour, quand vous êtes partis. Il est l'un d'entre nous. Comme vous.

— J'ai bien peur de ne pas être doué de magie.

— Si, monsieur Baker. Arthur m'a dit qu'il peut y avoir de la magie dans les choses de la vie ordinaire. »

Il tourna la tête vers Lucy.

Ses yeux étaient fermés.

Il respirait profondément.

Linus se leva.

« Merci », murmura-t-il.

Il s'assura de laisser la porte entrouverte, afin qu'un rai de lumière chasse les cauchemars qui essaieraient de s'emparer du garçon endormi.

Les autres portes étaient closes. Il les toucha une à une en avançant dans le couloir.

Il n'y avait de la lumière que sous l'une d'entre elles, celle de Sal.

Il pensa à taper.

Mais il n'en fit rien.

Au sommet de l'escalier, il s'arrêta.

Prit une grande inspiration.

Puis descendit.

Une fois au rez-de-chaussée, il entendit les murmures d'une dispute et hésita à dévoiler sa présence. Il ne comprenait pas ce qui se disait, mais il savait que les mots ne lui étaient pas destinés.

Zoé se tenait devant la porte d'entrée. Les sourcils froncés, les yeux plissés, elle pressait un doigt contre le torse d'Arthur. Elle n'avait pas l'air contente. Elle n'était pas tout à fait en colère non plus, seulement… autre chose. En entendant la dernière marche craquer sous le poids de Linus, elle se tut.

Tous deux se tournèrent vers lui.

« Lucy dort, dit-il en se frottant la nuque.

— Les hommes, grogna Zoé. Vous ne servez vraiment à rien. » Elle s'éloigna d'Arthur. Le visage fermé, elle adressa un regard agacé à Linus. « On part à l'aube, je suppose ? »

Ce dernier hocha la tête. « Mon train part à 7 heures. Merle nous attend à 6 h 15.

— Et vous êtes obligé de monter dedans ? »

Il ne répondit pas.

« D'accord, bougonna-t-elle. Je serai là. Ne me faites pas attendre. » Sans un mot de plus, elle tourna les talons et sortit, laissant la porte grande ouverte derrière elle.

La mâchoire crispée, Arthur la regarda s'éloigner.

« Tout va bien ?

— Non, je ne crois pas. »

Linus avait mal à la tête. « Si vous vous inquiétez au sujet de mon dernier rapport, laissez-moi vous assurer que…

— Cela n'a rien à voir avec ce satané rapport !

— OK », dit lentement Linus. C'était la première fois qu'il entendait Arthur jurer. « Alors qu'y a-t-il ? »

Arthur secoua la tête.

« Têtu comme une mule », grommela Linus. Il fut incapable de dissimuler l'affection dans sa voix. Comme il ne savait pas quoi faire, il se dirigea vers la porte.

Il avait cru qu'il se passerait quelque chose, quoi, il l'ignorait, lorsqu'il arriverait au niveau d'Arthur, mais ce ne fut pas le cas. Il était bien trop lâche pour ça.

« Alors, bonne nuit », réussit-il à articuler.

Il continua vers la sortie.

« Reste », souffla Arthur.

Linus se figea et ferma les yeux. La voix tremblante, il demanda : « Quoi ? »

« Reste ici. Avec nous. Reste ici avec moi. »

Linus secoua la tête. « Vous… Tu sais que je ne peux pas.

— Non. Je ne le sais pas. Je n'en sais rien du tout. »

Linus se retourna et rouvrit les paupières.

Arthur était très pâle. Il avait les lèvres pincées. Linus avait l'impression de distinguer la forme de ses ailes enflammées derrière lui, mais il s'agissait peut-être d'un effet d'optique. « Ma présence ici a toujours été temporaire. Ce n'est pas ma place.

— Si ta place n'est pas ici, alors où est-elle ?

— J'ai une vie. J'ai une maison. Un… »

Un foyer, ce n'est pas qu'une maison. Ce sont aussi les personnes dont on choisit de s'entourer. Vous n'habitez peut-être pas sur cette île, mais n'essayez pas de me faire croire que vous ne vous y sentez pas chez vous. Votre bulle, monsieur Baker. Elle a éclaté. Pourquoi voudriez-vous la laisser se reformer autour de vous ?

« Je dois faire mon travail, termina-t-il sans conviction. Des gens comptent sur moi. Pas seulement… Pas seulement ici.

Ils existent peut-être d'autres enfants qui ont besoin de mon assistance, qui se trouvent dans la même position que tu l'as été. Ne devrais-je pas faire tout mon possible pour les aider ? »

Arthur hocha brièvement la tête avant de détourner le regard. « Bien sûr. C'est le plus important. Pardon. Je ne voulais pas insinuer que ce n'était pas le cas. » Quand il reporta son attention sur Linus, son visage était dénué d'expression, sans émotion. Il se courba légèrement. « Merci, Linus. Merci pour tout. Merci d'avoir vu qui nous sommes vraiment. Tu seras toujours le bienvenu sur cette île. Je sais que tu manqueras aux enfants. » Son masque d'indifférence vacilla légèrement. « Et à moi aussi. »

Linus ouvrit la bouche, mais aucun son n'en sortit. Et il s'en voulut. Cet homme, cet homme merveilleux, lui ouvrait son cœur. Il fallait qu'il fasse quelque chose, même une chose infime.

Il réessaya. « Si les choses avaient été..., commença-t-il. Si tout était différent, je... Il faut que tu le saches, Arthur. Je veux que tu le saches. Cet endroit. Ces enfants. *Toi.* Si seulement je pouvais... »

Arthur sourit doucement. « Je sais. Bonne nuit, Linus. Bon voyage. Prends soin de toi. »

Il ferma la porte, laissant Linus debout sur le perron, dans l'obscurité.

Linus était assis sous le porche de la dépendance. Le soleil commençait faiblement à rougeoyer à l'est, mais les étoiles brillaient encore dans le ciel. Sa valise était posée à côté de lui. Calliope était là, elle aussi, dans sa caisse. Elle n'était pas ravie d'avoir été réveillée aussi tôt. Linus compatissait. Il n'avait pas fermé l'œil de la nuit.

Il respira profondément. Son souffle se transforma en fumée. « Je crois qu'il est temps. »

Il se leva, souleva sa valise et la cage, puis descendit les marches.

Comme promis, Zoé l'attendait à côté de sa petite voiture. Elle le débarrassa de son bagage et, sans un mot, le déposa dans le coffre.

Linus, lui, installa Calliope sur la banquette arrière avant de prendre place côté passager.

Zoé s'assit derrière le volant et démarra.

Ensemble, ils s'engagèrent sur la route.

Linus regarda la maison rapetisser lentement dans le rétroviseur.

Merle les attendait près du ponton. Les phares de la voiture illuminèrent son air renfrogné. Il baissa la rampe. « À cette heure-ci, je demande le double du prix, dit-il.

— Fermez-la, Merle. »

Linus se surprit lui-même.

Le capitaine écarquilla les yeux, mais Linus ne baissa pas le regard.

Merle fut le premier à céder. Il grommela et s'éloigna vers la cabine de pilotage.

La traversée se fit sans heurt. L'océan était presque plat. Le ciel s'éclaircissait. Zoé n'avait toujours pas ouvert la bouche. Lorsqu'ils atteignirent le village, Merle baissa la rampe sans même leur adresser un regard. « Dépêchez-vous, dit-il lorsqu'ils descendirent du ferry. J'ai une journée chargée et... »

Zoé appuya sur la pédale de l'accélérateur. Le reste de la phrase de Merle se perdit dans le bruit du moteur.

Le train n'était pas encore en gare quand ils arrivèrent près du quai. Les étoiles disparaissaient dans le ciel à mesure que le soleil se levait. Lorsque Zoé coupa le moteur, Linus perçut le bruit des vagues, au loin. Il serra les poings sur ses genoux.

« Zoé, je... »

Elle sortit de la voiture et se dirigea à l'arrière. Il l'entendit ouvrir le coffre et soupira. Après avoir ouvert sa portière, il descendit à son tour. Il récupéra la cage de Calliope. Zoé posa sa valise à côté du quai avant de retourner vers le coffre et de le claquer.

« Je comprends », dit-il.

Elle éclata d'un rire sans joie. « Ah oui ? Je me le demande.

— Je ne m'attendais pas à ce que vous acceptiez mon choix. »

Elle secoua la tête. « Tant mieux, parce que je ne l'accepte pas.

— Je ne peux pas rester ici. Il y a des règles à suivre. Les règlements sont faits pour...

— Au diable vos *RÈGLES ET RÈGLEMENTS* ! »

Il la regarda, bouche bée. Alors, il dit la première chose qui lui vint à l'esprit : « La vie, ça ne marche pas comme ça.

— Pourquoi pas ? rétorqua-t-elle. Pourquoi est-ce que la vie ne fonctionnerait pas comme on en a envie ? À quoi bon vivre si on fait seulement ce que veulent les autres ?

— Parce que c'est le mieux que l'on puisse faire. »

Elle émit un son dédaigneux. « Ça, c'est le mieux que vous puissiez faire ? »

Il ne répondit pas. Le klaxon du train retentit plus loin, sur les rails.

« Laissez-moi vous dire une bonne chose, Linus Baker, déclara-t-elle en s'accrochant au haut de sa portière. Il y a des moments dans la vie où il faut tenter sa chance. Ça fait peur parce qu'il est toujours possible d'échouer. Je le sais. Je le *sais* parce qu'un jour, j'ai tout parié sur un homme que j'avais déjà laissé tomber une fois. J'avais peur. J'étais terrifiée. J'ai cru tout perdre. Mais avant, je ne vivais pas. La vie que j'avais menée jusqu'à cet instant, ce n'était pas la vraie vie. Je me contentais d'exister. Je ne regretterai jamais les risques que j'ai pris parce qu'ils m'ont menée jusqu'à eux. Jusqu'à eux tous. J'ai fait mon choix. Vous faites le vôtre. » Elle ouvrit la portière et monta dans la voiture. Le moteur rugit. Elle le regarda une dernière fois et lui demanda : « N'aimeriez-vous pas que les choses soient différentes ?

— N'aimeriez-vous pas être ici ? » murmura-t-il, mais elle ne l'entendit pas. Elle avait déjà démarré et la voiture s'éloignait dans un nuage de sable.

Les yeux rivés sur le téléphone orange, il attendit le train. Il aurait été si facile de décrocher le combiné et d'appeler. De dire à celui ou celle qui décrocherait qu'il voulait rentrer à la maison.

« Vous êtes seul ? demanda le contrôleur d'une voix enjouée en descendant du train. On voit rarement des gens partir aussi tard dans la saison.

— Je rentre chez moi, bredouilla Linus en lui tendant son billet.

— Ah, fit-il. Il est bon de rentrer chez soi. Ou du moins, c'est ce qu'on dit. Moi, j'aime parcourir les lignes de train. Je vois des tas de choses merveilleuses. » Il jeta un coup d'œil au titre de transport. « Vous allez en ville ! Apparemment, il y a un sacré orage là-bas. Ça fait une éternité qu'il ne s'est pas arrêté de pleuvoir ! » Il sourit et le lui rendit. « Je peux vous aider à monter votre valise, monsieur ? »

Linus cligna des yeux pour chasser ses larmes. « Oui. Très bien. Merci. Je m'occupe de la cage. Elle n'aime pas beaucoup les inconnus. »

Le contrôleur jeta un coup d'œil à travers les barreaux. « Je vois. Oui. Je prends votre valise. Votre wagon est par ici, monsieur. Vous avez de la chance, il est vide. Personne à bord. Vous pourrez dormir tranquillement si vous en avez besoin. »

L'homme souleva la valise en sifflotant et la monta à bord.

Linus regarda à l'intérieur de la cage. « Contente de rentrer à la maison ? »

Calliope se retourna pour lui montrer son arrière-train.

Il soupira.

Deux heures plus tard, les premières gouttes de pluie commencèrent à tomber.

Dix-huit

Lorsqu'il descendit du train, il pleuvait à verse.

Il resserra son manteau contre lui et leva les yeux vers le ciel gris métal.

De l'eau s'insinua dans la grille de la caisse. Calliope feula.

Il souleva sa valise et marcha jusqu'à l'arrêt de bus.

Évidemment, le bus était en retard.

Il retira son manteau et le posa sur la cage de Calliope.

Cela suffirait à la protéger. Pour le moment.

Il éternua.

Il espérait qu'il ne tomberait pas malade. Cela aurait bien été sa chance.

Vingt minutes plus tard, le bus arriva en éclaboussant le trottoir.

Les portes s'ouvrirent.

Linus monta. Il était trempé jusqu'aux os.

« Bonjour », dit-il au conducteur.

En guise de réponse, celui-ci se contenta de grogner. Linus eut du mal à valider sa carte de transport.

Le car était vide en grande majorité. Il y avait un homme dans le fond, la tête appuyée contre la vitre et une femme qui toisait Linus d'un air suspicieux.

Il choisit un siège loin d'eux.

« On est presque arrivés », murmura-t-il à Calliope.

Elle ne répondit pas.

Alors que le bus s'éloignait de la gare, il regarda par la fenêtre.

Un panneau attira son attention.

On y voyait une famille pique-niquer dans un parc. Le soleil brillait. Ils étaient assis sur une couverture à carreaux et le panier en osier ouvert entre eux débordait de fromages, de raisins et de sandwichs de pain de mie sans croûtes. La mère riait. Le père souriait. Le garçon et la fille regardaient leurs parents avec adoration.

Au-dessus d'eux était écrit : PROTÉGEZ VOTRE FAMILLE ! ATTENTIFS ENSEMBLE !

Linus détourna le regard.

Il fallut qu'il change une fois de bus. Lorsqu'il descendit du second, il était déjà presque 17 heures. Le vent s'était levé et il faisait froid et moche. Il n'était plus qu'à quelques centaines de mètres de chez lui. Il s'était attendu à ressentir du soulagement.

Mais ce n'était pas le cas. Pas vraiment.

Avec un soupir, il souleva la cage et la valise.

Il y était presque.

Lorsqu'il s'engagea dans sa rue, tout était calme.

Les lampadaires étaient allumés et des perles de pluie s'accrochaient à leurs ampoules.

Le 86 voie Hermès était plongé dans l'obscurité. L'allée en brique qui menait à la maison était toujours la même et la pelouse aussi, mais tout lui paraissait… sombre. Il lui fallut un moment pour comprendre qu'il manquait la touche de couleur qu'il y avait eu autrefois. Ses tournesols n'étaient plus là.

Il observa quelques instants la façade de la maison, puis secoua la tête.

C'était un problème pour un autre jour.

Après s'être avancé jusqu'au perron, il déposa sa valise sur le sol et chercha ses clés avec des gestes nerveux. Elles tombèrent par terre. Il grogna et se pencha pour les ramasser.

À travers le bruit de la pluie, il entendit soudain : « C'est vous, monsieur Baker ? »

Il se redressa avec un soupir. « Oui, madame Klapper. Je suis de retour. Comment allez-vous ?

— Vos fleurs sont mortes. Elles se sont noyées. Vous vous rendez compte ? J'ai demandé à un garçon de les arracher. Elles étaient en train de pourrir. Quand une maison a l'air abandonnée, ça fait baisser la cote d'un quartier. J'ai gardé la facture. Vous me rembourserez.

— Bien sûr, madame Klapper. Merci. »

La voisine de Linus portait sa sempiternelle robe de chambre et fumait la même pipe. Sa coiffure était toujours aussi bouffante. Tout était pareil. Dans le moindre détail.

Alors qu'il insérait la clé dans la serrure, elle reprit la parole. « Vous êtes de retour pour de bon ? »

Linus eut envie de crier. « Oui, madame Klapper. »

Elle plissa les yeux. « Vous avez pris le soleil, on dirait. Vous n'êtes plus aussi pâle. Et vous avez aussi perdu du poids. Sacrées vacances, dites-moi ! »

Ses vêtements étaient effectivement plus larges qu'ils ne l'avaient été, mais pour la première fois depuis longtemps, il n'en avait que faire. « Je n'étais pas en vacances. J'étais en déplacement professionnel. Je vous l'avais dit.

— Oui, oui. C'est ce que vous avez dit. Mais il n'y a aucun mal à péter un plomb au bureau, à menacer de tuer tout le monde et à être envoyé dans une maison de repos, vous savez !

— Ce n'est pas du tout ce qui s'est passé ! »

Elle le fit taire d'un geste de la main. « Dans tous les cas, ce ne sont pas mes affaires. Sachez simplement qu'on ne parle plus que de ça dans le quartier. » Elle fronça les sourcils. « Ça fait baisser les prix. »

Il agrippa la poignée de la porte. « Vous comptez vendre votre maison ? »

Elle cligna des yeux. De la fumée s'enroula autour de son visage anguleux. « Pas du tout. Quelle idée ! Pour aller où ?

— Alors pourquoi vous souciez-vous autant de cette satanée cote, bon sang ? »

Elle le dévisagea sans rien ajouter.

Il lui rendit son regard.

Elle tira sur sa pipe. « J'ai récupéré votre courrier. C'était surtout de la publicité. Vous n'avez pas l'air de recevoir beaucoup de lettres personnelles. Je me suis servi des bons de réduction. Je savais que vous ne m'en voudriez pas.

— Je viendrai le récupérer demain. »

Il pensait que la conversation était terminée, mais elle poursuivit : « Au fait, vous êtes passé à côté du gros lot ! Mon petit-fils a rencontré un homme très gentil durant votre absence. C'est un pédiatre. Quelque chose me dit qu'ils se marieront au printemps. La cérémonie aura lieu à l'église, bien sûr. Ils sont croyants tous les deux.

— Tant mieux pour eux. »

Elle hocha la tête, puis glissa de nouveau sa pipe entre ses dents.

« Bon retour parmi nous, monsieur Baker. Empêchez cet horrible animal de rôder dans mon jardin. Les écureuils ont eu un mois de tranquillité. J'aimerais que ça continue. »

Il ne prit pas la peine de lui dire au revoir. Ce n'était pas poli, mais il était fatigué. Il entra dans la maison et claqua la porte derrière lui pour que sa voisine comprenne ce qu'il pensait de ses réflexions.

Une forte odeur de renfermé émanait de l'intérieur de la maison. C'était l'odeur d'une maison dans laquelle on n'avait pas vécu depuis longtemps. Il posa sa valise et la cage avant d'allumer.

Tout était comme dans ses souvenirs. Un peu plus poussiéreux, peut-être.

Il y avait son fauteuil. Sa platine. Ses livres.

Rien n'avait changé.

Il se baissa pour libérer Calliope.

Elle sortit d'un bond, la queue dressée. Elle avait les poils humides et n'avait pas l'air contente. Elle disparut dans le couloir en direction de la buanderie où se trouvait sa caisse.

« Ça fait du bien de rentrer chez soi », murmura-t-il.

Combien de fois devrait-il le répéter avant de le croire ?

Il déposa sa valise au pied du lit.

Retira ses vêtements mouillés.

Enfila son pyjama de rechange.

Nourrit Calliope.

Il essaya de manger, lui aussi, mais il n'avait pas très faim.

Alors, il s'assit sur son fauteuil.

Et se releva.

« De la musique. Je devrais peut-être écouter un peu de musique. »

Il choisit un disque de Frank Sinatra. Le *crooner* aux yeux bleus lui faisait toujours du bien.

Il sortit le vinyle de sa pochette et souleva le couvercle du Victrola. Après avoir posé le disque sur la platine, il l'alluma et les haut-parleurs crépitèrent. Puis il baissa le bras et ferma les yeux.

La musique qui s'éleva n'était pas celle de Frank Sinatra.

Il avait sans doute interverti les pochettes avant son départ.

Des trompettes tonitruèrent gaiement.

Un homme à la voix douce se mit à chanter.

Bobby Darin entonnait *Beyond the Sea*.

Linus revit Lucy danser dans la cuisine en beuglant les paroles de toutes ses forces.

Il se prit la tête entre les mains.

Et pendant que Bobby chantait, les épaules de Linus tremblèrent.

Plus tard, il alla se coucher.

Les draps et le coussin sentaient le renfermé, eux aussi, mais il était trop fatigué pour les changer.

Il observa longtemps le plafond.

Et au bout d'un moment, il s'endormit.

Il rêva d'une île au milieu de la mer.

Le dimanche, il fit le ménage. Même s'il pleuvait, il ouvrit les fenêtres pour aérer. Il frotta les sols, nettoya les murs, lava le plan de travail, changea les draps. À l'aide d'une brosse à dents, il récura les joints du carrelage de la salle de bains. Il balaya et passa la serpillière.

Quand il eut fini, il avait mal au dos. C'était le début de l'après-midi. Il pensa à manger, mais il avait du plomb à la place de l'estomac.

Le linge. Il fallait qu'il mette la machine en route.

Il devait également terminer son dernier rapport.

Il se dirigea vers sa valise posée au pied de son lit. Il la coucha et ouvrit l'attache. En soulevant un côté, il se figea.

Là. Sur ses vêtements pliés, sur ses dossiers, sur *RÈGLES ET RÈGLEMENTS*, était posée une enveloppe beige.

Ce n'était pas lui qui l'y avait mise.

Du moins, il ne s'en souvenait pas.

Il la souleva. Elle était plutôt rigide.

Dessus, à l'encre noire et en majuscules, était écrit : N'OUBLIEZ PAS.

Il l'ouvrit.

À l'intérieur se trouvait une photo.

Lorsqu'il la vit, les larmes lui montèrent aux yeux.

C'était sans doute Zoé qui l'avait prise. Pourtant, il ne se rappelait pas l'avoir aperçue avec un appareil photo à la main. Le cliché datait de leur première aventure dans les bois. À l'intérieur de chez elle, Lucy et Talia riaient. Théodore était installé sur les genoux de Sal. Chauncey et Phee se battaient le dernier petit pain. Arthur et Linus étaient assis côte à côte. Linus regardait les enfants d'un air amusé.

Arthur, lui, observait Linus, son petit sourire habituel aux lèvres.

Dans sa petite maison, voie Hermès, Linus ressentit alors un grand chagrin. Une douleur vive, aveuglante, comme il n'en avait jamais ressenti auparavant. Il n'était que du papier. Fin et fragile. Il serra la photo contre son cœur.

Plus tard, bien plus tard, il s'installa sur son fauteuil avec son rapport final sur les genoux. Il ne contenait toujours qu'une seule phrase après l'introduction.

C'était bien suffisant.

Il le mit de côté et écouta The Big Bopper chanter. Au bout d'un moment, le sommeil l'emporta et Linus disparut dans l'océan, les vagues ondulant sous son corps. Il avait l'impression d'être rentré à la maison.

Dehors, la pluie tombait sans faiblir.

Le lundi matin, son réveil sonna aux aurores.

Il se leva.

Nourrit le chat.

Passa sous la douche.

Il enfila un costume et une cravate.

Attrapa sa serviette.

À la dernière minute, il pensa à prendre son parapluie.

Le bus était plein à craquer. Il y avait à peine assez de place pour tenir debout et encore moins pour s'asseoir.

Personne ne lui prêtait la moindre attention, sauf lorsqu'il heurtait quelqu'un de façon accidentelle. Alors, on lui adressait un regard noir. Il s'excusait et l'autre retournait à la lecture de son journal.

Lorsqu'il entra dans les locaux du MJM, il ne reçut aucun accueil particulier.

Il se fraya un chemin entre les bureaux, mais personne ne s'exclama : « Bon retour parmi nous, Linus. Vous nous avez manqué ! »

Il n'y avait pas de banderole sur la rangée L, bureau sept. Pas de ballons. Aucune lanterne en papier.

Il s'assit et posa sa serviette à côté de lui.

Depuis la rangée L, bureau six, M. Tremblay jeta un coup d'œil dans sa direction. « Je pensais que vous aviez été viré.

— Non, répondit Linus d'une voix aussi calme que possible. J'étais en mission. »

Son homologue fronça les sourcils. « Vous êtes sûr ? J'aurais juré que vous aviez été mis à la porte.

— Certain.

— Oh ! » Il avait l'air rassuré. Linus se sentit un peu mieux. Peut-être avait-il manqué à quelqu'un finalement. « Ça veut dire que vous allez récupérer vos dossiers. Dieu merci ! Je n'ai pas du tout eu le temps de m'en occuper. Vous allez avoir un sacré retard à rattraper. Je vais me dépêcher de les retrouver.

— C'est très gentil de votre part, rétorqua Linus d'un ton crispé.

— Je sais, monsieur Barkly.

— C'est monsieur Baker, imbécile ! Et vous avez intérêt à le retenir. »

M. Tremblay se figea et le dévisagea, bouche bée.

Linus ouvrit sa sacoche. Il en sortit les dossiers qu'on lui avait confiés ainsi que son dernier rapport. Il hésita un instant avant de s'emparer de la dernière chose qui se trouvait à l'intérieur.

Il posa le cadre photo sur le bureau, à côté de l'ordinateur.

« Qu'est-ce que c'est ? voulut savoir son collègue en étirant le cou. Un objet personnel ? Vous savez pertinemment qu'on n'a pas le droit d'en avoir !

— Et si vous vous mêliez de vos affaires, pour une fois ? lui demanda Linus d'une voix ferme sans lui adresser le moindre regard.

— Comme vous voudrez. Mais ne vous attendez pas à ce que je me montre gentil avec vous, à l'avenir. »

Linus ne lui répondit pas. Il déplaça la photo jusqu'à trouver la place idéale.

Puis il alluma son ordinateur et se mit au travail.

« Monsieur Baker ! »

Linus grogna intérieurement. Jusqu'à présent, la journée s'était bien dé… Elle s'était déroulée tout court. Le claquement des talons contre le sol se rapprocha. Pourtant, il ne releva pas la tête.

Une ombre tomba sur son bureau.

Autour de lui, le cliquetis des touches de clavier cessa. Ses collègues s'étaient arrêtés pour écouter. Cette scène était sans doute la chose la plus excitante qui s'était produite dans le bureau depuis un mois.

Mlle Jenkins se tenait à côté de lui, avec le même air renfrogné que d'habitude. Gunther, bien entendu, se trouvait à plusieurs pas derrière elle, avec son sempiternel bloc-notes à la main. Il offrit un sourire mielleux à Linus.

« Bonjour, mademoiselle Jenkins, la salua poliment Linus. Cela me fait plaisir de vous voir.

— Oui, cela ne m'étonne pas, répondit-elle avec dédain. Vous êtes de retour.

— Quelles capacités d'observation hors pair ! »

Elle plissa les yeux. « Pardon ? »

Il toussa avant de s'éclaircir la gorge. « Je disais : oui, je suis de retour.

— De votre mission.

— Oui.

— De votre mission secrète.

— Je suppose. »

Le muscle sous son œil gauche tressauta. « Ce n'est pas parce que les Cadres Extrêmement Supérieurs nous ont fait une faveur en nous débarrassant de vous pendant un mois que les choses ont changé ici.

— J'en ai conscience.

— J'attends de vous que vous ayez terminé tout votre travail d'ici la fin de la semaine. »

C'était impossible et elle le savait. « Oui, mademoiselle Jenkins.

— Vos dossiers vous seront rendus avant la pause de midi.

— Oui, mademoiselle Jenkins. »

Elle se pencha en avant et posa les mains à plat sur le bureau. Ses ongles étaient peints en noir. « Vous visez une promotion, c'est ça ? Vous pensez avoir ce qu'il faut pour devenir superviseur ? »

Il rit. Il n'en avait pas eu l'intention, mais c'était sorti tout seul.

Mlle Jenkins parut scandalisée.

Le sourire de Gunther s'évanouit. Il avait l'air choqué.

« Non, réussit à répondre Linus. Je ne cherche pas de promotion. Je ne pense pas que je suis fait pour la supervision.

— Pour une fois, nous sommes d'accord, dit Mlle Jenkins d'une voix pleine de venin. Je n'imagine pas un poste qui vous convienne moins que celui-ci. Vous avez déjà de la chance d'avoir pu récupérer votre bureau. Si j'avais eu mon mot à dire, vous... auriez... Monsieur Baker ! Qu'est-ce que c'est que ça ? »

Elle pointa un ongle noir vers la photo.

« C'est à moi, indiqua-t-il. Elle est à moi et je l'aime.

— C'est interdit ! s'indigna-t-elle. Par les *RÈGLES ET RÈGLEMENTS* ! Les agents n'ont pas le droit d'apporter des effets personnels à moins d'obtenir une dérogation de la supervision ! »

Linus la regarda. « Alors, donnez-moi une dérogation. »

Elle recula et, choquée, porta la main à sa gorge. Gunther griffonna furieusement sur son bloc-notes.

« Qu'avez-vous dit ? demanda-t-elle d'un ton menaçant.

— Donnez-moi une dérogation, répéta Linus.

— Il en est hors de question. Votre insubordination sera notée dans votre dossier ! Comment osez-vous me parler ainsi... ? Gunther ! Blâmes ! Donnez des blâmes à M. Baker ! »

Gunther retrouva son sourire. « Avec plaisir. Combien ?

— Cinq ! Non, dix. Dix blâmes ! »

Autour d'eux, les agents se mirent à chuchoter bruyamment.

« Dix blâmes, annonça Gunther que la situation semblait ravir. Oui. Vous êtes la sagesse incarnée, mademoiselle Jenkins. Que dis-je ? Le savoir incarné.

— Cette... Cette chose doit disparaître avant la fin de la journée, déclara-t-elle. Écoutez-moi bien, monsieur Baker. Si vous n'obéissez pas, je m'assurerai que vous n'ayez plus de travail ce soir. »

Linus resta silencieux.

Cela n'eut pas l'air de lui plaire. « Vous avez bien compris ?

— Oui, répondit-il en serrant les dents.

— Oui qui ?

— Oui, mademoiselle Jenkins. »

Elle renifla. « C'est mieux. Je ne tolérerai pas l'insolence. Je sais que vous avez été… je ne sais où pendant un mois, mais les règles n'ont pas changé. Vous feriez bien de vous en souvenir.

— Bien sûr, mademoiselle Jenkins. Y aurait-il autre chose ? »

Quand elle reprit la parole, ses mots dégoulinèrent de venin. « Oui. Effectivement. Vous avez été convoqué. Par les Cadres Extrêmement Supérieurs. Encore une fois. Demain. À 8 heures pile. Ne soyez pas en retard. Quoique, faites ce que vous voulez. Ça m'évitera de vous renvoyer moi-même. »

Elle fit volte-face. « Qu'est-ce que vous regardez ? Retournez travailler ! »

Les agents recommencèrent aussitôt à taper.

Mlle Jenkins jeta un coup d'œil agacé à Linus par-dessus son épaule avant de s'éloigner d'un pas rageur, suivie de près par Gunther.

« Je me demande comment sera mon nouveau voisin de bureau ? » s'enquit M. Tremblay.

Linus ne lui accorda pas la moindre attention.

Il contempla la photo.

Dessous se trouvait un tapis de souris avec l'image un peu effacée d'une plage de sable fin et de l'océan le plus bleu du monde.

Dessus était écrit, bien sûr : N'AIMERIEZ-VOUS PAS ÊTRE ICI ?

À l'heure du déjeuner, les dossiers s'empilaient sur son bureau. Des dizaines de dossiers. Il ouvrit le premier. Les dernières notes consignées avaient été les siennes. Personne ne les avait touchées depuis un mois. Il soupira et le referma.

Lorsqu'il quitta le bureau ce soir-là, un peu avant 9 heures, les locaux étaient vides. Il rangea le cadre dans sa serviette et rentra chez lui.

Il pleuvait.

Le bus était en retard.

Un sac plastique contenant son courrier avait été déposé sur son perron. À l'intérieur, il n'y avait que des factures, dont celle que Mme Klapper voulait qu'il rembourse… parce qu'elle avait éventré son parterre de fleurs.

Il sortit la photo de sa sacoche et la posa sur sa table de chevet, à côté de son lit.

Il la regarda jusqu'à ce qu'il s'endorme.

Le lendemain, à 7 h 45, Linus pressa le bouton doré pour le quatrième étage.

Dans l'ascenseur, tout le monde le dévisagea.

Il leur rendit leurs regards.

Ils baissèrent les yeux en premier.

La cabine se vida petit à petit, jusqu'à ce qu'il soit seul.

CADRES EXTRÊMEMENT SUPÉRIEURS SUR RENDEZ-VOUS UNIQUEMENT

Linus pressa le bouton à côté du volet en métal.

Celui-ci s'ouvrit en cahotant, dans un bruit de ferraille.

Derrière, Mlle Chewing-gum souffla une bulle rose qui éclata joliment. Elle ramena le bonbon entre ses dents. « Je peux vous aider ?

— J'ai rendez-vous.

— Avec qui ? »

Elle le savait forcément. « Les Cadres Extrêmement Supérieurs. Je m'appelle Linus Baker. »

La jeune femme l'observa plus attentivement. « Je me souviens de vous.

— D'a... ccord ?

— J'ai cru que vous étiez mort ou quelque chose dans le genre.

— Non, pas encore. »

Elle tapa sur plusieurs touches de son ordinateur avant de relever la tête. « Vous avez apporté votre rapport final ? »

Il ouvrit sa serviette. Ses doigts effleurèrent le cadre de la photo avant de trouver ce qu'il cherchait. Il sortit une pochette et la glissa sous la vitre du guichet.

Les sourcils froncés, elle la ramassa. « C'est ça ?

— Tout à fait.

— Attendez un instant. »

Le volet redescendit d'un coup sec.

Tu vas y arriver, mon vieux.

Cette fois, Mlle Chewing-gum mit plus de temps à revenir. Si longtemps en fait que Linus crut qu'on l'avait oublié. Il se demanda s'il devait partir, mais il ne savait plus comment faire fonctionner ses jambes. Ses pieds semblaient cloués au sol.

Les minutes passèrent. Au moins vingt.

Il était sur le point de céder à la tentation et de jeter un coup d'œil à la photo dans sa sacoche lorsque le volet se releva.

Mlle Chewing-gum semblait déconcertée. « Ils sont prêts à vous recevoir. »

Linus hocha la tête.

« Ils ne sont pas... ravis.

— Ça ne m'étonne pas. »

Elle souffla une bulle qui éclata bruyamment. « Vous êtes un homme vraiment très étrange. »

Une sonnette retentit et les portes en bois s'ouvrirent.

Sans un mot, Mlle Chewing-gum le guida au-delà de la fontaine jusqu'à la porte noire surmontée d'une plaque en or. Elle l'ouvrit avant de faire un pas de côté.

Linus ne la regarda pas avant de traverser la porte. Celle-ci se referma aussitôt derrière lui. Des lampes s'allumèrent sur le sol pour lui montrer le chemin. Il les suivit jusqu'à ce qu'elles forment un cercle. Il y avait un pupitre en leur centre. Son rapport était posé dessus. Il sentit sa gorge se nouer.

Soudain, des lumières vives apparurent au-dessus de lui.

Là, au plus haut du mur en pierre, se trouvaient les Cadres Extrêmement Supérieurs.

La femme. L'homme aux bajoues. Celui à lunettes.

Et Charles Werner.

« Monsieur Baker, commença-t-il d'une voix de velours. Bon retour parmi nous.

— Merci, répondit Linus en se dandinant nerveusement.

— Vos rapports ont été… Disons qu'ils ont été au centre de nombreuses conversations.

— Ah oui ? »

L'homme aux bajoues émit une toux grasse. « C'est une façon de voir les choses.

— Vous savez ce que je pense des euphémismes, dit l'homme à lunettes d'un air courroucé.

— Monsieur Baker, intervint la femme. Le dossier qui se trouve devant vous est-il votre rapport final ?

— Oui.

— Vous en êtes sûr ?

— Oui. »

Elle se rassit sur sa chaise. « Impensable. Je le trouve incomplet. Il n'est pas aussi exhaustif que vos précédents rapports. Incomplet, c'est le mot.

— Il me semble, au contraire, que je suis allé droit au but, rétorqua Linus. C'est ce que vous m'avez demandé, après tout. Je vous ai rendu mes recommandations après un mois d'observation. N'est-ce pas pour cela que nous sommes réunis aujourd'hui ?

— Faites attention, monsieur Baker, l'avertit l'homme aux bajoues en plissant les yeux. Je n'aime pas votre ton. »

Linus ravala une répartie. Quelques semaines plus tôt, le problème ne se serait pas posé. « Toutes mes excuses. Je crois simplement avoir rempli ma mission. »

Charles se pencha en avant. « Pourquoi ne le lisez-vous pas pour nous ? Peut-être qu'en l'entendant à voix haute, nous comprendrons davantage de choses. »

Très bien. Il allait rentrer dans leur jeu. Il l'avait fait pendant des années. Il avait été l'employé modèle. Il ouvrit la pochette et baissa les yeux. « Je jure solennellement que le contenu de ce rapport est exact et…

— Nous connaissons cette partie, monsieur Baker, l'interrompit l'homme à lunettes avec impatience. Les rapports commencent tous de la même manière. Cela ne change pour personne. C'est la suite qui nous intéresse. »

Il leva les yeux vers eux. « Vous savez parfaitement ce qui est écrit. »

Charles lui sourit de toutes ses dents. « Lisez, monsieur Baker. »

Alors, Linus s'exécuta. « Je recommande que l'orphelinat de Marsyas reste ouvert et que les enfants restent sous la tutelle d'Arthur Parnassus. »

Et c'était tout. C'était tout ce qu'il avait écrit.

Il referma la pochette.

« Hmm, fit Charles. Cette lecture ne m'a pas éclairé davantage. Et vous, qu'en pensez-vous ? »

L'homme aux bajoues secoua la tête.

Celui à lunettes s'adossa à sa chaise.

La femme croisa les mains devant elle.

« C'est bien ce que je pensais, reprit Charles. Monsieur Baker, peut-être pourriez-vous expliciter. Comment en êtes-vous arrivé à cette conclusion ?

— En observant les enfants et la façon dont ils interagissent entre eux et avec Arthur Parnassus.

— Trop vague, rétorqua l'homme aux bajoues. J'exige plus de détails.

— Pourquoi ? exigea de savoir Linus. Que cherchez-vous, au juste ?

— Nous ne sommes pas ici pour répondre à vos questions, monsieur Baker, dit la femme d'une voix sèche. Vous êtes ici pour répondre aux nôtres. N'oubliez pas votre…

— Ma place ? » Linus secoua la tête. « Comment pourrais-je ? On me la rappelle constamment. Je fais ce travail depuis dix-sept ans. Je n'ai jamais rien demandé de plus. Je n'ai jamais rien espéré de plus. J'ai toujours fait ce que vous m'ordonniez sans me plaindre. Aujourd'hui, je me tiens devant vous et c'est vous qui me demandez plus. Qu'attendez-vous de moi ?

— La vérité, répondit l'homme à lunettes. La vérité sur ce que vous... »

Linus abattit ses mains à plat sur le pupitre. La détonation résonna dans la pièce. « Je vous ai toujours dit la vérité. Chacun de mes rapports hebdomadaires ne contient que la vérité. Durant mes missions, je me suis toujours efforcé de me montrer honnête, même lorsque cela m'attristait.

— L'objectivité est reine, l'interrompit l'homme aux bajoues. Comme le stipule *RÈGLES ET RÈGLEMENTS*, un agent doit rester...

— Je le sais parfaitement. Et je l'ai été, mais je me souviens d'eux, de chacun d'entre eux. Je me rappelle leurs noms. J'ai observé des centaines d'enfants et pourtant, j'ai toujours gardé une distance. J'ai élevé ce mur entre nous. Pouvez-vous en dire autant ? Comment s'appellent les enfants de l'île ? Ne regardez pas les notes que vous avez et dites-moi leurs noms ! »

L'homme aux bajoues toussa. « Tout ceci est ridicule. Bien sûr que nous connaissons leurs noms. Il y a l'antéchrist...

— Ne l'appelez pas comme ça, gronda Linus. Ce n'est pas qui il est. »

Charles lui sourit d'un air suffisant. « Il se nomme Lucy. Un surnom bien ridicule quand on sait ce qu'il est.

— Et ? demanda Linus. Les cinq autres ? »

Silence.

« Talia, cracha Linus. Un gnome qui adore jardiner. Elle a un sacré caractère, elle est drôle et courageuse. Elle ne fait pas facilement confiance, mais une fois que vous réussissez à percer sa carapace, elle possède une loyauté à couper le souffle. Malgré tout ce qu'elle a vécu, malgré tout ce qu'on lui a pris, elle arrive à se réjouir des petites choses de la vie.

— Monsieur Baker, vous devriez…, commença la femme.

— Phee ! L'esprit de la forêt. Elle se montre dure et distante, mais en réalité, tout ce dont elle rêve, c'est d'un foyer. Quand on l'a trouvée, elle vivait dans la misère la plus totale parce que son espèce a été exilée sans jamais recevoir la moindre aide de l'État. Le saviez-vous ? Avez-vous seulement lu son dossier ? Parce que moi, je l'ai fait. Sa mère est morte de faim sous ses yeux. Phee, elle-même, a failli mourir. Pourtant, quand des hommes sont entrés dans le camp pour l'arracher au corps de sa mère, elle a trouvé la force de les transformer en arbres. Grâce à elle, les forêts de l'île sont florissantes et elle ferait n'importe quoi pour protéger ceux qu'elle aime. Elle m'a appris beaucoup de choses au sujet des racines. Elles peuvent rester en dormance jusqu'au bon moment, le moment où les tiges perceront la terre et transformeront le paysage. »

Les Cadres Extrêmement Supérieurs gardèrent le silence tandis que Linus se mit à faire les cent pas.

« Théodore ! Une vouivre, une des rares encore en vie. Savez-vous qu'il peut parler ? Saviez-vous que c'était possible ? Pas moi. On ne me l'avait jamais dit. On ne le dit à personne, mais il en est capable. Oh, il ne parle pas anglais, mais il parle quand même. Et si vous l'écoutez attentivement, si vous lui accordez votre temps, vous finirez par le comprendre. Il n'est pas un animal. Il n'est pas un prédateur. Il a des pensées complexes, des sentiments, des *boutons*. Tellement de boutons ! » Linus enfouit la main dans la poche de son manteau. Il referma les doigts sur le bouton en cuivre et sentit la marque laissée par des crocs.

« Chauncey ! Un… Personne ne sait ce qu'il est, mais cela n'a pas la moindre importance. Car il est sans doute plus humain que n'importe lequel d'entre nous. Toute sa vie, on lui a répété qu'il était un monstre. Qu'il était le croquemitaine qui se cachait sous le lit des enfants. Qu'il était une source de cauchemars. Cela ne pourrait pas être plus éloigné de la réalité. Chauncey est seulement un enfant avec un rêve, un rêve très simple, d'une pureté à couper le souffle. Il veut devenir groom. Il aimerait travailler dans un hôtel, accueillir les clients et porter leurs bagages. C'est tout. Mais l'autoriseriez-vous à le faire ? Lui en donneriez-vous la possibilité ? »

Ils ne répondirent pas.

« Sal, grogna Linus. Abusé. Négligé. Trimballé à droite et à gauche sans ménagement à cause de son pouvoir. Il a mordu une femme, c'est vrai, et l'a transformée, mais elle l'avait frappé ! Elle avait frappé un enfant ! À force de lever la main sur eux, ils finiront par vous craindre, c'est vrai, mais de temps en temps, ils se rebelleront, parce qu'ils ne pourront pas faire autrement. Il est timide. Calme. Il se fait davantage de souci pour les autres que pour lui-même. Et il écrit. Seigneur, il écrit des choses magnifiques. De la poésie. Des symphonies de mots. Ses textes m'émeuvent davantage que tout ce que j'ai jamais entendu.

— Et l'anté… Le dernier enfant ? demanda la femme d'une voix sourde.

— Lucy, la reprit-il. Il s'appelle Lucy. Il a des araignées dans le cerveau. Il rêve de mort, de flammes et de destruction et cela le déchire de l'intérieur. Mais vous savez ce que j'ai découvert ? Un petit garçon. Un petit garçon de 6 ans qui adore partir à l'aventure et qui a la plus folle des imaginations. Il danse. Il chante. Il adore la musique. On peut même dire qu'il a ça dans le sang.

— Dans tous les cas, que cela vous plaise ou non, reprit l'homme aux bajoues, sa nature demeure la même. Cela ne changera jamais.

— Ah non ? rétorqua Linus. Je refuse de croire une telle chose. Nous n'avons pas hérité ce que nous sommes. Nous avons choisi ce que nous voulions faire de notre existence.

La vie n'est pas toute noire ou toute blanche. Il y a bien trop de nuances de gris entre ces deux teintes. On ne peut pas dire qu'une chose est bonne ou mauvaise sans les prendre en compte.

— Il est mauvais, trancha l'homme à lunettes. Il n'a peut-être rien demandé, mais c'est un fait. Sa lignée l'exige. Il y a une malfaisance en lui. C'est la définition même du mal.

— Qui êtes-vous pour décider ça ? voulut savoir Linus à travers ses dents serrées. Qui êtes-vous ? Vous ne l'avez jamais rencontré. La morale est relative. Ce n'est pas parce que vous trouvez une chose monstrueuse qu'elle l'est réellement. »

La femme fronça les sourcils. « De nombreuses choses sont reconnues monstrueuses de façon universelle. De quoi rêve-t-il, avez-vous dit ? De mort, de feu et de destruction ? D'après votre rapport précédent, il semblerait que ses cauchemars se manifestent dans la vie réelle. Quelqu'un aurait pu être blessé.

— C'est vrai, acquiesça Linus, mais cela n'a pas été le cas. Il ne voulait pas leur faire du mal. C'est un enfant né de l'obscurité. Cela ne signifie pas que son avenir sera tout aussi sombre. Il ne le sera pas, d'ailleurs. Pas avec les personnes qui l'entourent.

— Laisseriez-vous les autres enfants seuls avec lui ? demanda l'homme aux bajoues. Dans une pièce fermée, sans supervision ?

— Oui, répondit aussitôt Linus. Sans la moindre hésitation. Je n'hésiterais pas moi-même à m'enfermer dans une pièce avec lui. Parce que je lui fais confiance. Parce que je sais que, peu importe d'où il vient, il est bien plus que le titre dont vous l'avez affublé.

— Et que se passera-t-il lorsqu'il grandira ? demanda Charles. Quand il sera un homme ? Et s'il décide que ce monde n'est pas à son goût ? Vous savez qui est son père.

— Oui, dit Linus. Son père est Arthur Parnassus. C'est le meilleur père dont Lucy pouvait rêver et, en ce qui me concerne, le seul qu'il ait jamais eu. »

Les Cadres Extrêmement Supérieurs hoquetèrent de surprise à l'unisson.

Linus n'en fit pas cas. Il n'avait pas terminé. En fait, il commençait à peine. « Et Arthur, dans tout ça ? C'est pour ça que je suis ici, je me trompe ? À cause de ce qu'il est réellement. Vous avez placé ces enfants dans une classification de niveau quatre alors qu'ils sont comme tous les autres enfants, doués de magie ou non. Cette mission ne les a jamais concernés, n'est-ce pas ? Depuis le début, la cible était Arthur.

— Attention, monsieur Baker, l'avertit Charles. Je vous l'ai dit : je n'aime pas être déçu. Et vous êtes à deux doigts de me décevoir.

— Non. Je ne ferai pas attention. Il n'a peut-être pas souffert par votre main, mais il a été blessé par vos idéaux et ceux du MJM. Par le recensement. Par les préjugés. Vous, et toutes les personnes qui se sont assises à votre place, avez laissé la situation s'envenimer. Vous les avez tenus à l'écart du reste du monde parce qu'ils sont différents. Vous avez enseigné la peur à la population. Attentifs ensemble. Ça inspire la haine. » Les yeux plissés, il toisa Charles Werner. « Vous pensez pouvoir les contrôler. Vous pensez pouvoir *le* contrôler, l'utiliser à votre bon vouloir, le garder caché comme tous vos sales petits secrets, mais vous avez tort. Vous avez tous tort.

— Ça suffit ! s'exclama l'homme à lunettes. Vous vous engagez sur un terrain glissant, monsieur Baker. Je n'ai pas l'impression que vous vous en rendiez compte.

— Effectivement, dit la femme. Sans parler du fait que nous avons reçu une lettre d'un citoyen inquiet au sujet d'une confrontation entre Arthur Parnassus et... »

Linus serra les dents. « Oh, il était inquiet. Vraiment ? Dites-moi, ces gens, en vous parlant de leurs préoccupations, vous ont-ils raconté ce qu'ils faisaient exactement sur ce quai, ce jour-là ? Quels étaient leurs projets ? Parce que, de mon point de vue, c'étaient eux, les agresseurs. Si Arthur Parnassus n'était pas intervenu, je n'ose imaginer ce qui se serait passé. Peu importe ce qu'ils sont, lui et les enfants, ou ce qu'ils peuvent faire. Personne n'a le droit de leur faire du mal. À moins que quelqu'un ici pense le contraire ? »

Seul le silence lui répondit.

« C'est bien ce que je me disais, reprit Linus en posant une main sur son rapport final. Je maintiens mes recommandations. L'orphelinat doit rester ouvert. Pour leur bien comme pour le vôtre. Je vous promets que je me battrai. Vous pouvez me renvoyer, vous pouvez essayer de me censurer, mais je ne m'arrêterai jamais. Le changement commence par la voix d'un petit nombre et j'en ferai partie parce que ces enfants m'ont appris qu'il fallait protéger ce qui compte vraiment. Et je sais que je ne serai pas seul. » Il s'interrompit, prit une grande inspiration, puis poursuivit : « Au fait, en parlant d'euphémisme… Pour l'amour du ciel, arrêtez d'appeler ces établissements des orphelinats. Cela sous-entend des choses qui n'arrivent jamais. Ce sont des foyers. Ils l'ont toujours été. Certains n'étaient pas bons, c'est pourquoi je vous ai recommandé de les fermer, mais pas celui-ci. Jamais celui-ci. Ces enfants n'ont pas besoin d'une maison, parce qu'ils en ont déjà une, que cela vous plaise ou non.

— Ah ! souffla Charles. La voilà. La déception. Vive. Profonde. »

Linus secoua la tête. « Vous m'avez dit un jour que cette affaire vous intéressait personnellement. À ce moment-là, je vous ai cru. J'ai pensé que c'était la peur qui vous motivait. Maintenant, je ne vous crois plus. Vous entendez seulement ce que vous voulez entendre. Rien d'autre ne vous satisfera. Je ne peux rien y faire, à part vous montrer que le chemin que vous avez fait emprunter au monde n'est pas le bon et espérer qu'un jour, vous le verrez tel qu'il est vraiment. » Il regarda Charles d'un air de défi. « Vous vous attendiez à un résultat différent. Ce n'est pas pour cela qu'il est erroné. Les choses changent, monsieur Werner. Pour le mieux. Moi-même, j'ai changé, et ça n'a rien à voir avec vous. Je ne sais pas ce que vous comptiez trouver sur cette île que vous aviez vous-même laissée dans la confusion, et cela m'est égal. Je sais ce qu'ils sont devenus. J'ai vu leur cœur et il bat à tout rompre malgré ce qu'ils ont subi, par votre faute et celle des autres. » Quand il termina, il respirait fort, mais son esprit était plus léger.

« Je crois que nous en avons terminé, monsieur Baker, dit Charles d'une voix glaciale. Nous avons très bien compris quelle était votre position. Vous aviez raison : tout est dans votre rapport. »

Linus sentit un grand froid l'envahir alors qu'il transpirait à grandes gouttes. Soudain, toute sa combativité sembla le quitter. Il ne lui resta qu'un épuisement intense. « Je... Je voulais juste...

— Taisez-vous, le coupa la femme. Ne dites rien de plus. Nous prendrons en compte vos recommandations et prendrons notre décision définitive durant les prochaines semaines. Partez, monsieur Baker. Tout de suite. »

Il ramassa sa serviette. À l'intérieur, le cadre photo trembla. Après avoir jeté un dernier regard aux Cadres Extrêmement Supérieurs, il se retourna et s'enfuit.

Mlle Chewing-gum l'attendait à la sortie de la pièce. Elle avait les yeux écarquillés et la bouche grande ouverte.

« Quoi ? lui demanda Linus, irrité.

— Rien, réussit-elle à articuler. Rien du tout. Vous avez... parlé fort. C'est tout.

— Oui, eh bien, parfois, il faut crier pour atteindre les têtes dures.

— Waouh, murmura-t-elle. Il faut que j'appelle... Peu importe. Vous connaissez le chemin de la sortie, pas vrai ? »

Elle se dépêcha de le quitter et disparut derrière la porte qui menait à son guichet.

Il avança lentement. Quand il sortit des bureaux des Cadres Extrêmement Supérieurs, il l'entendit parler avec excitation, mais ne perçut aucun mot précis.

Il pensa à partir, à tout laisser derrière lui, mais il n'en fit rien.

Il retourna s'asseoir à son bureau.

Dès qu'il entra dans la pièce, le brouhaha de chuchotements se tut.

Tous les regards se tournèrent vers lui.

Sans se démonter, il se fraya un chemin jusqu'à la rangée L, bureau sept. Il ne s'excusa même pas lorsqu'il cogna des objets sur son passage à cause de ses larges hanches.

Des dizaines de personnes examinaient ses moindres faits et gestes, pourtant, il garda la tête haute. Après ce qu'il avait traversé, après ce qu'il avait vu et fait, l'opinion de ses collègues ne comptait plus à ses yeux.

Lorsqu'il atteignit son bureau, il s'assit et ouvrit sa sacoche. Il en sortit le cadre qu'il déposa à côté de son ordinateur.

Personne ne fit la moindre réflexion.

À l'avant de la pièce, Mlle Jenkins lui adressa un regard noir et Gunther se mit à écrire furieusement sur son bloc-notes. Linus songea qu'il pouvait se mettre ses blâmes là où il le pensait.

Il attrapa le premier dossier de la pile et se plongea de nouveau dans le travail.

Dix-neuf

Trois semaines plus tard, rien n'avait vraiment changé.

Oui, il rêvait toujours de l'océan et d'une île de sable fin. Il rêvait d'un jardin et d'un bosquet qui dissimulait une petite maison. Il rêvait d'une porte de cave marquée par le feu, du jour où la musique était morte et de la façon dont riait Lucy. De Talia qui marmonnait en langue gnome. De Sal qui était si imposant, mais paraissait si petit dans ses bras. De Chauncey qui se regardait dans le miroir en disant : « Bonjour, monsieur, bienvenue, bienvenue ! » et en levant son chapeau de groom. De la manière dont les ailes de Phee étincelaient dans la lumière du soleil. De boutons et d'une vouivre nommée Théodore. De Zoé et de ses cheveux ondulant dans le vent tandis qu'elle fonçait sur les routes sablonneuses au volant de sa voiture.

Et d'Arthur, bien sûr. Toujours d'Arthur. De feu ardent, d'ailes déployées orange et or. De son petit sourire en coin et de sa manie de pencher la tête sur le côté quand quelque chose l'amusait.

Oh, comme il rêvait.

Le matin, il avait de plus en plus de mal à sortir du lit. Il pleuvait tous les jours. Le ciel ne se départait jamais de sa teinte gris métal. Il avait l'impression d'être du papier. Fin et fragile. Il s'habillait. Il prenait le bus jusqu'à son lieu de travail. Il s'asseyait à son bureau, s'occupait des dossiers les uns après les autres. Il mangeait de la laitue fanée à midi. Puis retournait travailler. Il rentrait en bus, s'asseyait dans son fauteuil et écoutait Bobby Darin chanter *Beyond the Sea*, parce que quelque part, au-delà de l'océan, quelqu'un l'attendait.

Il réfléchissait beaucoup à sa vie. Il se demandait comment il avait pu croire que cette existence était suffisante.

Ses pensées étaient d'un bleu céruléen.

Chaque jour, au travail, il prenait le temps de caresser la photo posée sur son bureau. Personne n'osait rien dire. Même Mlle Jenkins avait cessé de lui faire des réflexions. Cela ne l'empêchait pas de recevoir blâme sur blâme (Gunther se faisait un malin plaisir à griffonner sur son bloc-notes), mais, à part ça, tout le monde agissait comme s'il n'existait pas. Et cela lui convenait très bien. Il soupçonnait Mlle Chewing-gum, qui ne savait clairement pas tenir sa langue, d'avoir joué un rôle dans cette affaire.

Sa vie n'était pas uniquement remplie de pluie et de nuages. Linus prenait son temps pour consulter ses anciens dossiers, pour relire les rapports effectués par ses soins au sujet des orphelinats qu'il avait visités ainsi que pour prendre des notes et préparer un futur plus radieux qui, en réalité, n'était peut-être pas à sa portée. Parfois, en lisant certains de ses commentaires (la plupart, s'il était honnête avec lui-même), il grimaçait, mais le processus lui paraissait important. Le changement, se rappelait-il, commençait par la voix de quelques personnes. Ses efforts seraient peut-être en vain, mais il ne pourrait le savoir qu'en essayant, en retrouvant les enfants qu'il avait rencontrés et en se rendant compte par lui-même de l'endroit où ils vivaient à présent. Si tout se passait comme il l'espérait, il ne les laisserait pas tomber. Il ne les oublierait pas.

Ce fut la raison pour laquelle il commença à rapporter des dossiers chez lui. Chaque jour, il en subtilisait plusieurs. Dès qu'il en glissait un nouveau dans sa serviette, il suait à grosses gouttes, certain qu'à tout moment, quelqu'un allait hurler son nom et lui demander ce qu'il faisait. Ses craintes s'amplifièrent quand il commença à s'emparer des rapports de ses collègues.

Personne ne lui fit jamais la moindre remarque.

Au fond de lui, il se disait qu'il n'aurait pas dû se sentir aussi excité. Après tout, il enfreignait la loi. Il aurait dû, au contraire, avoir l'estomac noué et le cœur en feu. Et, dans une moindre mesure, c'était sans doute le cas, mais ces désagréments ne faisaient pas le poids face à sa détermination. Il avait enfin ouvert les yeux et, tandis que le temps passait, à une lenteur folle, les brefs moments d'exaltation qu'il vivait lui paraissaient plus importants que les actes illégaux qu'il commettait.

Le vingt-troisième jour suivant son retour de l'île, une silhouette apparut devant la porte du bureau des agents. Aussitôt, le cliquetis des claviers et les murmures s'évanouirent.

Mlle Chewing-gum mâchait bruyamment en serrant un dossier contre sa poitrine comme si sa vie en dépendait.

Alors qu'elle parcourait les rangées de bureaux du regard, Linus se fit tout petit sur sa chaise. Il allait se faire renvoyer. Il en était persuadé.

Il l'observa se diriger vers celui de Mlle Jenkins. Celle-ci n'avait pas l'air ravie de la voir. Son expression renfrognée s'accentua lorsque la jeune femme lui soumit sa requête. Elle répondit et désigna la salle d'un doigt pointé.

Mlle Chewing-gum se retourna et se fraya un chemin parmi les rangées de bureaux en roulant des hanches avec grâce. Les hommes ne la quittèrent pas un instant des yeux. Certaines femmes non plus. Elle ne prêta attention à aucun d'entre eux.

Linus hésita à se cacher sous son bureau.

Il ne le fit pas, mais seulement parce qu'il n'en eut pas le temps.

« Monsieur Baker, dit-elle d'une voix neutre. Vous êtes là.

— Bonjour », la salua-t-il. Il posa les mains sur ses genoux pour éviter qu'elle les voie trembler.

Elle fronça les sourcils. « Il me semble que je ne me suis jamais présentée. »

Il secoua la tête.

« Je m'appelle Doreen.

— Enchanté, Doreen. »

Elle fit claquer son chewing-gum. « Je vous croirais presque. J'ai quelque chose pour vous, monsieur Baker.

— Ah oui ? »

Elle posa le dossier sur son bureau et le glissa face à lui. « On me l'a remis ce matin. »

Linus le fixa longuement.

Doreen se pencha en avant, comme pour lui murmurer quelque chose à l'oreille. Elle sentait la cannelle. D'un ongle, elle tapota son tapis de souris. « N'aimeriez-vous pas être ici ? » lut-elle. Il la regarda remonter son doigt vers la photo et en tracer le contour du cadre. « Oh ! Qui l'eût cru ? »

Elle déposa un baiser doux et chaleureux sur sa joue.

Puis s'éloigna.

Linus pouvait à peine respirer.

Il ouvrit la pochette.

Il s'agissait de son rapport final.

Au bas de la page se trouvaient quatre signatures.

CHARLES WERNER

AGNÈS GEORGE

JASPER PLUMB

MARTIN ROGERS

Dessous, il y avait un tampon rouge.

RECOMMANDATIONS VALIDÉES

Il le relut une nouvelle fois.

VALIDÉES.

VALIDÉES.

VALIDÉES !

C'était...

Cela pouvait...

Avait-il suffisamment d'éléments pour mettre son plan à exécution ?

Cela en avait tout l'air.

Il se leva de son poste. Les pieds de sa chaise raclèrent bruyamment le sol froid en ciment.

Tout le monde se tourna vers lui.

Mlle Jenkins ressortit de son bureau, Gunther sur les talons.

Validées.

L'orphelinat resterait le même.

Il entendit le bruit de la mer dans ses oreilles.

N'aimeriez-vous pas être ici ? lui murmurait-elle.

Si.

Plus que tout.

C'est ce qui est drôle avec les souhaits. Parfois, il suffit de faire un premier pas pour qu'ils se réalisent.

Il redressa le menton et regarda autour de lui.

« Que faites-vous ? » demanda-t-il. Sa voix résonna très fort dans la pièce.

Personne ne lui répondit, mais ce n'était pas grave. Il ne s'était pas attendu à ce qu'ils le fassent.

« Pourquoi faites-vous tout ça ? Quel est l'intérêt ? »

Silence.

« Vous ne vous y prenez pas de la bonne manière, dit-il en haussant davantage le ton. Tout ça. C'est mal. Nous nourrissons un système qui finira par nous dévorer. Suis-je le seul à m'en être rendu compte ? »

Apparemment, oui.

S'il avait été plus courageux, il aurait sans doute poussé son discours un peu plus loin. Il aurait attrapé son exemplaire des *RÈGLES ET RÈGLEMENTS* et l'aurait jeté à la poubelle en proclamant qu'il était temps d'en finir avec les règles. Littéralement et figurativement parlant.

Alors, Mlle Jenkins aurait demandé le silence et s'il avait été un homme bien plus brave qu'il ne l'était, il aurait refusé de se taire. Il aurait crié à ceux qui auraient pu l'entendre qu'il avait vu à quoi ressemblait un monde empli de couleurs. De bonheur. De joie. Le monde dans lequel ils vivaient ne leur apporterait jamais la moindre satisfaction. Ils étaient tous idiots de penser le contraire.

S'il avait été plus courageux, il aurait grimpé sur les bureaux et exigé de se faire appeler commandeur Linus. Il aurait déclaré qu'il était temps de partir à l'aventure.

On aurait tenté de l'arrêter, mais il aurait sauté de bureau en bureau pour s'échapper. Gunther aurait essayé de le saisir par la jambe sans y parvenir et aurait crié sa frustration.

En sautant, cet homme plein de bravoure aurait atterri près de la porte. Mlle Jenkins aurait hurlé qu'il était renvoyé, mais il lui aurait ri au nez et rétorqué que ce n'était pas la peine parce qu'il démissionnait.

Mais Linus Baker était un homme pacifiste et, dans son cœur, il se languissait de retrouver sa véritable maison.

Alors, il partit aussi calmement qu'il était arrivé.

Il souleva sa serviette et l'ouvrit sur son bureau. Il y rangea son cadre avec amour avant de refermer le tout. Il n'y avait plus de dossiers à subtiliser au MJM. Il possédait déjà tous ceux dont il avait besoin.

Il prit une grande inspiration.

Et il avança entre les rangées en direction de la sortie.

Un murmure parcourut la pièce.

Linus n'en tint pas compte. Il garda la tête haute et se cogna à peine contre les bureaux.

Alors qu'il atteignait la porte, Mlle Jenkins l'interpella.

Il s'arrêta et tourna la tête vers elle.

Elle semblait furieuse. « Et où pensez-vous aller comme ça ?

— Chez moi, répondit-il tout simplement. Je rentre chez moi. »

Puis il quitta le Ministère de la Jeunesse Magique pour la dernière fois de sa vie.

Il pleuvait.

Il avait oublié son parapluie à l'intérieur.

Il leva la tête vers le ciel gris et éclata de rire.

Lorsqu'il ouvrit la porte à la volée, Calliope parut surprise de le voir. Sa réaction était normale. Après tout, il n'était même pas midi.

« Je suis peut-être devenu fou, lui dit-il. N'est-ce pas merveilleux ? »

Elle miaula, comme pour lui poser une question. C'était la première fois qu'elle parlait depuis leur départ de l'île.

« Oui, répondit-il. Oui. *Oui.* »

La vie, Linus le savait, se résumait à ce qu'on en faisait. C'était une question de choix, petits et grands.

Très tôt, le lendemain matin – le hasard voulut que ce soit un mercredi –, Linus ferma la porte sur l'existence qu'il avait menée pour en ouvrir une nouvelle.

« Vous partez encore en voyage ? demanda Mme Klapper de l'autre côté de la clôture.

— Oui.

— Combien de temps, cette fois ?

— Pour toujours, j'espère. S'ils veulent bien de moi. »

Elle écarquilla les yeux. « Pardon ?

— Je m'en vais », déclara-t-il. Il ne s'était jamais senti aussi sûr de lui.

« Mais… mais…, bafouilla-t-elle. Et votre maison ? Et votre travail ? »

Il lui sourit. « J'ai démissionné. Quant à la maison, eh bien, peut-être que votre petit-fils et son charmant fiancé voudront venir vivre à côté de chez vous. Voyez ça comme un cadeau de mariage. Aucune importance pour le moment. Je m'en occuperai plus tard. Il faut d'abord que je rentre chez moi.

— Vous êtes chez vous, espèce d'idiot ! »

Il secoua la tête et souleva la cage de Calliope et sa valise. « Pas encore, mais je le serai bientôt.

— Pour l'amour de… Avez-vous perdu la tête ? Et qu'est-ce que c'est que cette tenue ? »

Il baissa les yeux. Chemisette beige, short beige, chaussettes marron. Et sur la tête, un chapeau qui ressemblait à un casque. Il s'esclaffa. « C'est la tenue parfaite pour partir à l'aventure. J'ai l'air ridicule, n'est-ce pas ? Mais il se peut que je croise des cannibales, des serpents mangeurs d'hommes et des insectes qui s'insinuent sous la peau pour manger les yeux de l'intérieur. Pour faire face à ce genre de dangers, il faut s'habiller en conséquence. À plus, madame Klapper. Je ne sais pas si l'on se reverra. Vos écureuils auront la paix, à présent. Je vous pardonne pour les tournesols. »

Il descendit du perron sous la pluie et laissa le 86 voie Hermès derrière lui.

« Vous partez en vacances ? lui demanda le contrôleur en vérifiant son billet. Je vois que vous allez jusqu'au terminus. On est un peu hors saison, non ? »

Linus regarda les gouttes de pluie dégouliner le long de la vitre du train. « Non, répondit-il. Je retourne à ma place. »

Quatre heures plus tard, la pluie cessa.

Une heure plus tard, il aperçut du bleu à travers les nuages.

Deux heures plus tard, il crut commencer à sentir l'iode dans l'air.

À la gare, il fut le seul à descendre du train. Cela paraissait logique, étant donné qu'il avait été le seul passager restant à bord.

« Oh, Seigneur, souffla-t-il en observant la longue route déserte qui s'étendait au-delà du quai. Je n'avais pas pensé à ça. » Il secoua la tête. « Ce n'est pas grave. Ne perdons pas de temps. »

Alors que le train redémarrait, il souleva la valise et la cage et s'élança en direction du village.

Lorsqu'il vit enfin les premiers bâtiments, il était trempé de sueur. Son visage était rouge et il avait l'impression que sa valise était remplie de briques.

Quand il posa le pied sur le trottoir de la rue principale, il crut qu'il allait s'évanouir. Il réfléchissait à s'allonger par terre (peut-être pour toujours) lorsqu'il entendit quelqu'un hoqueter son nom.

Il releva la tête en plissant les yeux.

Devant son magasin, un arrosoir à la main, se tenait Hélène.

« Bonjour, réussit-il à lui dire. Cela me fait plaisir de vous revoir. »

L'arrosoir lui glissa des mains. Son contenu se répandit sur le béton. Elle se précipita vers lui tandis qu'il s'asseyait sur sa valise.

« Vous êtes venu à pied ? » s'exclama-t-elle en posant les mains sur ses épaules. En se rendant compte qu'il était moite de sueur, elle le lâcha en grimaçant.

« La spontanéité n'est pas ma plus grande force, admit-il.

— Vous êtes vraiment un idiot, rétorqua-t-elle. Un merveilleux idiot. Vous vous êtes enfin réveillé, alors ? »

Il hocha la tête. « Je pense. Ou peut-être que je suis devenu complètement fou. Je ne sais pas encore.

— Ils ne sont pas au courant que vous êtes là ?

— Non. C'est pour ça que je parlais de spontanéité. Je ne suis pas encore très doué pour ce genre de choses, mais j'espère que je m'améliorerai avec la pratique. » Il toussa, alors elle lui tapota le dos, mais seulement du bout des doigts.

« C'est un bon début… Mais je suppose que Merle n'est pas au courant de votre venue non plus ? »

Il grimaça. « Oh. C'est vrai. Le ferry. C'est important, pas vrai ? Comme c'est une île. »

Elle leva les yeux au ciel. « C'est à se demander comment vous êtes arrivé jusqu'ici.

— J'ai fait éclater ma bulle, lui dit-il, car il avait besoin qu'elle comprenne. Grâce à elle, j'étais en sécurité, mais elle m'empêchait de vivre vraiment. Je n'aurais jamais dû retourner en ville. »

Son expression s'adoucit. « Je sais. » Elle carra ses épaules. « Mais vous êtes là, maintenant, et c'est tout ce qui compte. Vous avez de la chance. Je suis la maire du village. Quand je veux quelque chose, je l'obtiens. Restez ici. Je vais passer un coup de fil. »

Elle rentra dans sa boutique.

Linus ferma les yeux un instant. Du moins, il le crut, car le klaxon d'une voiture le réveilla soudain.

Il rouvrit les paupières.

Un vieux pick-up vert était garé contre le trottoir. La carrosserie était mouchetée de rouille et les pneus à flancs blancs paraissaient usés jusqu'à la corde. Hélène était assise derrière le volant. « Alors ? demanda-t-elle à travers la fenêtre ouverte. Vous comptez rester là toute la nuit ? »

Non. Il n'en avait pas l'intention.

Il souleva la valise et la plaça dans le coffre de la voiture, puis il s'installa à l'avant avec Calliope sur ses genoux. Elle ronronna. Lorsqu'il referma derrière lui, la portière grinça.

« C'est très gentil à vous. »

Elle ricana. « Il me semble que je vous suis redevable pour une ou deux choses. Disons que nous sommes quittes. »

Elle démarra et le pick-up gronda. *Dream a Little Dream of Me* de Doris Day passait à la radio.

Merle les attendait sur le quai, l'air aussi aimable qu'à son habitude. « Je ne peux pas tout laisser tomber pour te faire plaisir, Hélène, la réprimanda-t-il en lui jetant un regard noir. J'ai… Monsieur *Baker* ?

— Bonjour, Merle ! Content de vous revoir. » Étonnamment, il le pensait presque.

Le capitaine demeura bouche bée.

« Ne reste pas planté là ! s'exclama Hélène. Fais descendre la rampe. »

Il se reprit. « Il faut que vous sachiez que mes tarifs ont quadruplé… »

Hélène sourit. « Je ne crois pas, non. Ce serait grotesque. Descends cette rampe avant que je fonce dedans.

— Tu n'oserais pas. »

Elle fit vrombir le moteur.

Merle se précipita vers son ferry.

« Il est vraiment pénible, dit-elle. Cela ne me dérangerait pas s'il tombait de son bateau un jour et disparaissait en mer.

— Ce serait affreux », rétorqua Linus. Avant d'ajouter : « Ça peut s'arranger. »

Clairement surprise, elle éclata de rire. « Oh, monsieur Baker, je n'aurais jamais cru vous entendre dire une chose pareille. Ça me plaît. Laissez-moi vous ramener chez vous. Je pense que vous avez beaucoup de choses à expliquer. »

Il se fit tout petit sur son siège.

L'île n'avait pas changé depuis son départ. Seulement quelques semaines s'étaient écoulées, pourtant il avait l'impression que toute une vie avait passé.

Merle demanda à Hélène de se dépêcher de revenir d'un ton bougon. Elle lui répondit qu'ils prendraient tout le temps qu'il faudrait et qu'elle ne voulait plus entendre la moindre remarque de sa part. Il la fixa longuement avant de hocher la tête avec lenteur.

La voiture s'engagea sur la route en terre familière qui sinuait vers l'arrière de l'île. Dans le ciel, le soleil commençait à se coucher. « Je leur ai rendu visite plusieurs fois depuis votre départ. »

Linus tourna la tête dans sa direction. « Pour voir le jardin ? »

Elle haussa les épaules. « Et ce que vous aviez laissé derrière vous. »

Il reporta son attention sur la vitre. « Comment… Comment était-ce ? »

Elle tendit le bras par-dessus la cage posée entre eux et lui serra le bras. « Ça allait. Ils étaient tristes, bien sûr, mais tout allait bien. Je suis restée dîner lors de ma première visite. Ils ont mis de la musique. C'était une bonne soirée. Ils ont beaucoup parlé de vous. »

Il tenta d'avaler la boule qui s'était formée dans sa gorge. « Oh.

— Vous avez beaucoup marqué les habitants de cette île, durant votre séjour.

— Et ils m'ont beaucoup marqué, eux aussi.

— C'est drôle, la vie, non ? Sans chercher, on trouve parfois des choses magnifiques. »

Il ne put que hocher la tête.

Il y avait de la lumière à l'étage de la maison principale.

Les lanternes en papier du kiosque dans le jardin étaient allumées.

Il était 17 h 30. Cela signifiait que les enfants avaient le champ libre pour s'adonner à leurs propres activités. Sal, pensa-t-il, était sans doute dans sa chambre, en train d'écrire. Chauncey s'entraînait devant son miroir. Phee était parmi les arbres avec Zoé. Théodore était sûrement caché sous le canapé et Talia dans son jardin. Quant à Lucy et Arthur, ils étaient probablement à l'étage et parlaient philosophie et araignées dans la tête.

Pour la première fois depuis des semaines, il parvint à respirer normalement.

Hélène arrêta la voiture devant la maison. Elle lui sourit. « C'est ici que l'on se quitte. Dites à Arthur que je serai là samedi. On m'a parlé d'une aventure.

— Il y en a toujours, le samedi, murmura Linus.

— N'oubliez pas votre valise. »

Il tourna la tête vers elle. « Je… Merci. »

Elle hocha la tête. « C'est moi qui devrais vous remercier. Consciemment ou non, vous avez changé les choses, monsieur Baker. Nous ne sommes qu'aux prémices d'une nouvelle ère, mais je suis persuadée qu'elle viendra et je n'oublierai jamais que vous en avez été l'instigateur. Allez-y, maintenant. Je crois qu'il y a des gens, là-dedans, qui veulent vous voir. »

Linus se sentit soudain très nerveux. « On devrait peut-être… »

Elle rit. « Sortez de ma voiture, monsieur Baker.

— Linus. Appelez-moi Linus. »

Elle lui sourit avec douceur. « Sortez tout de suite de ma voiture, Linus. »

Alors, il s'exécuta et emporta Calliope avec lui. Après avoir fait le tour du pick-up, il récupéra sa valise dans le coffre. Le gravier crissa sous les pneus d'Hélène quand elle s'éloigna avec un signe de la main.

Il la suivit du regard jusqu'à ce que la lumière de ses feux arrière disparaisse entre les arbres.

« OK, mon vieux, marmonna-t-il. Tu peux le faire. »

Calliope miaula dans sa cage.

Il se pencha pour la libérer. « Ne t'éloigne pas trop… »

Elle bondit hors de la cage et s'élança vers le jardin.

Il soupira. « Évidemment. »

Il la suivit.

Les plantes étaient en fleurs. Leurs couleurs étaient plus vives que dans ses souvenirs. Il avança sur le chemin jusqu'à ce qu'il entende quelqu'un grommeler dans une langue étrangère. Lorsqu'il dépassa une haie, il aperçut un petit gnome à barbe qui creusait la terre.

Il se figea.

« Bonjour », dit-il d'une petite voix.

La petite fille se crispa un instant avant de continuer ce qu'elle était en train de faire. Calliope s'était assise à côté d'elle.

Il fit un autre pas vers elle. « Les nouveaux outils fonctionnent bien, alors ? »

Elle ne répondit pas, mais la terre volait dans tous les sens autour d'elle.

« Hélène m'a raconté que ton jardin l'avait impressionnée. Elle a dit que c'était le plus beau qu'elle avait jamais vu.

— Oui, c'est normal, rétorqua Talia d'un air agacé. Je suis un gnome. C'est dans mes gênes. »

Il rit. « Bien sûr.

— Qu'est-ce que vous faites ici ? »

Il hésita quelques secondes seulement. « Ma place est ici. Je n'aurais jamais dû partir. Je voulais juste m'assurer que vous étiez en sécurité. Vous tous. Maintenant... »

Elle déposa sa bêche en soupirant avant de se tourner vers lui.

Elle pleurait.

Linus la prit aussitôt dans ses bras.

Elle enfouit son visage dans son cou. Sa barbe lui chatouilla la gorge. « Je vais vous enterrer, prévint-elle en sanglotant. C'est votre tombe que je suis en train de creuser.

— Je sais, répondit-il en lui caressant le dos. Je n'en espérais pas moins de ta part.

— Personne ne vous retrouvera jamais ! Et même si quelqu'un y arrivait, ce serait trop tard. Il n'y aurait plus que des os !

— Est-ce que ça peut attendre un peu ? D'abord, j'ai quelque chose d'important à annoncer à tout le monde. »

Elle renifla. « Peut-être. Mais si je n'aime pas ce que j'entends, on revient ici et vous sautez dans le trou sans vous plaindre. »

Un rire joyeux, un peu fou, lui échappa. « Ça marche. »

Talia partit en éclaireur, pourchassée par Calliope. Linus, lui, prit son temps pour respirer les odeurs du jardin, pour écouter le son des vagues. S'il avait eu le moindre doute, à cet instant, il se serait envolé. Il espérait simplement que les autres ressentaient la même chose que lui.

Il était temps.

Il sortit du jardin et contourna la maison. Le spectacle qui l'accueillit le figea sur place.

Tout le monde s'était rassemblé devant la maison. Zoé le regarda d'un air exaspéré avant de secouer la tête avec tendresse. Phee le toisait avec un regard noir. Il espérait qu'elle ne le transformerait pas en arbre. Ou au moins que ce ne serait pas un pommier. Il n'aimait pas l'idée qu'ils le mangent après la floraison.

Chauncey ne tenait pas en place, comme s'il mourait d'envie de courir vers Linus, mais savait que sa loyauté était auprès de ceux qui se trouvaient autour de lui. Sal avait les bras croisés. Théodore, assis sur son épaule, avait la tête penchée sur le côté.

Talia s'essuyait les yeux en grommelant en langue gnome. Linus crut comprendre qu'elle disait qu'elle allait devoir élargir sa tombe, car il était toujours aussi rond.

Et Lucy, bien sûr. Lucy était à l'avant, une drôle d'expression sur le visage. Linus se demanda s'il allait le serrer dans ses bras ou faire bouillir son sang pour cuire ses organes de l'intérieur. Les deux scénarios étaient probables.

Arthur se trouvait à l'arrière. Son visage ne laissait rien paraître. Il avait les mains dans le dos. Linus savait qu'il était inquiet, il le voyait dans la façon dont ses épaules étaient crispées. Le fait qu'il soit en partie responsable de cet état le rendait malade. Arthur n'aurait jamais dû avoir à douter. Pas de ça.

Linus garda ses distances, mais Calliope ne semblait pas avoir le même problème. Elle miaulait très fort en se frottant aux jambes de Sal. C'était la première fois qu'elle parlait autant depuis qu'ils avaient quitté l'île.

Comment avait-il pu être aussi stupide ? Comment avait-il pu croire qu'il devait quitter cet endroit ? Ici, tout était coloré, clair et chaud. Son cœur avait enfin recommencé à battre. Il comprenait à peine qu'il l'avait laissé ici. Il aurait dû le savoir. Il aurait dû s'en rendre compte.

« Bonjour, dit-il doucement. Je suis content de vous revoir. »

Personne ne répondit, mais les yeux de Chauncey ondulèrent gaiement au bout de ses antennes.

Linus s'éclaircit la voix. « Je ne m'attends pas à ce que vous compreniez. Je ne suis pas sûr de comprendre moi-même. J'ai commis des erreurs, certaines plus grosses que d'autres. Mais je... » Il prit une grande inspiration. « Je me souviens d'un texte que j'ai entendu. Un texte très important, mais, à ce moment-là, je ne savais pas à quel point. Une personne très sage s'est tenue devant tout le monde, alors qu'elle était très nerveuse, et a dit la plus belle chose que j'aie jamais entendue. » Linus tenta de sourire, mais il en fut incapable. Alors, il reprit la parole : « Je suis du papier. Fin et fragile. Si l'on me brandit vers le soleil, il brille à travers moi. Si l'on écrit sur moi, je deviens inutilisable. Ces marques ont une histoire. Elles forment une histoire, racontent des choses que les autres lisent, mais ils ne voient que les mots et pas ce sur quoi ils sont écrits. Je suis du papier et même si j'ai de nombreux semblables, aucun n'est exactement comme moi. Je suis un parchemin parcheminé. J'ai des lignes. Des trous. Si tu me mouilles, je fonds. Si tu m'enflammes, je brûle. Si tu me tiens dans des mains trop dures, je tombe en morceaux. Je me déchire. Je suis du papier. Fin et fragile. »

Sal écarquilla les yeux.

« Ces mots sont restés gravés dans mon esprit, poursuivit Linus. Parce qu'ils sont importants. Parce que *vous* êtes importants. » Sa voix se brisa et il secoua la tête. « Vous n'avez plus rien à craindre du Ministère de la Jeunesse Magique. Cet endroit est votre maison et il le restera. Vous pouvez y rester aussi longtemps que vous le souhaitez. Et si je parviens à mes fins, d'autres comme vous connaîtront la même tranquillité. »

Talia et Phee hoquetèrent de surprise. Chauncey ouvrit la bouche. Lucy sourit à pleines dents tandis que Théodore déployait ses ailes et poussait un petit rugissement d'excitation. Sal s'avachit sous le coup du soulagement.

Zoé pencha la tête.

Arthur ne bougea pas.

Ce n'était pas suffisant. Linus en avait conscience.

Aussi, il dévoila toutes ses cartes. « Je vous adore. Chacun d'entre vous. Pendant la majorité de ma vie, j'ai vécu dans un monde où vous n'existiez pas. Je crois que je n'en suis plus capable. Tout a commencé avec le soleil. Il m'a réchauffé. Ensuite est venue la mer, d'une beauté sans pareille. Puis cet endroit, cette île merveilleuse et mystérieuse. Mais c'est vous qui m'avez apporté un sentiment de paix et de joie que je n'avais jamais ressenti. Vous m'avez aidé à trouver ma voie, un but. Rien n'aurait changé si je ne vous avais pas rencontrés. Si l'on m'a écouté, c'est seulement parce que j'ai répété tout ce que vous m'avez appris. Nous ne sommes pas seuls. Nous ne l'avons jamais été. Nous pouvons compter les uns sur les autres. Si je devais repartir aujourd'hui, je le regretterais et je ne veux plus rien regretter. Si vous m'acceptez, j'aimerais rester ici avec vous. Pour toujours. »

Silence.

Il se frotta la nuque d'un geste nerveux. Devait-il continuer ?

« Excusez-nous un moment, monsieur Baker », dit Lucy. Il se tourna vers les autres et leur fit signe d'approcher. Les enfants baissèrent la tête et se mirent à échanger des murmures. Zoé cacha un éclat de rire derrière sa main.

Arthur ne le quittait pas des yeux.

Linus savait qu'il était impoli d'essayer d'écouter une réunion à laquelle il n'était pas convié. Cela ne l'empêcha pas de tenter sa chance. Les enfants ne semblaient pas se soucier du fait qu'il était à deux doigts de la crise cardiaque tandis qu'ils tenaient leur assemblée. À un moment, Lucy passa un doigt le long de sa gorge, fit rouler ses yeux dans leurs orbites et tira la langue. Talia hocha la tête. Linus crut entendre Chauncey dire qu'il fallait nourrir les cannibales, mais il avait peut-être mal compris. Théodore claqua des dents. Phee jeta un regard noir à Linus par-dessus son épaule avant de reporter son attention sur les autres. Sal chuchota quelque chose qui lui attira les regards admiratifs des enfants.

« Alors, nous sommes tous d'accord ? » demanda Lucy.

Les enfants acquiescèrent.

Ils se tournèrent vers lui.

Ce fut Lucy qui leur servit de porte-parole. « Quelqu'un sait-il que vous êtes ici ? »

Linus secoua la tête.

« Autrement dit, nous pourrions vous tuer et personne ne le saurait.

— Oui, mais j'espère que nous pourrions éviter cette solution, si c'est possible.

— Évidemment, approuva Lucy. Nous avons des conditions.

— Je n'en attendais pas moins de votre part.

— Vous devez m'aider au jardin au printemps, dit Talia, et faire exactement ce que je vous demande de faire. »

Il n'eut aucune hésitation. « Oui. »

« Vous devez passer une journée par mois avec Zoé et moi dans les bois, ajouta Phee.

— Oui.

— Vous devez me laisser faire votre lessive ! » fit Chauncey.

Il crut que son cœur allait exploser. « Si c'est ce que tu veux.

— Et vous devez me donner un pourboire !

— Bien entendu. »

Théodore pépia et hocha vivement la tête.

« Tous les boutons que je trouverai.

— Vous devez nous autoriser à vous appeler Linus. Et à vous tutoyer », dit Sal.

Les larmes lui brûlaient les yeux. « Avec plaisir. »

Lucy eut un sourire diabolique. « Et vous… tu dois danser avec moi. Et quand je ferai des cauchemars, tu viendras me dire que tout va bien.

— Oui, oui, oui pour tout. De A à Z. Je ferai n'importe quoi pour vous. »

Le sourire de Lucy s'évanouit. Tout à coup, il avait l'air très jeune. « Pourquoi es-tu parti ? »

Linus baissa la tête. « Parfois, on ne se rend pas compte de ce qu'on a avant de le perdre. Et puis, il fallait que je sois votre voix, pour que les personnes qui vivent loin d'ici comprennent qui vous êtes réellement.

— Les enfants, intervint Arthur qui prenait la parole pour la première fois, vous voulez bien rentrer dans la maison et aider Zoé à préparer le repas ? Il faut que je discute avec M. Baker. »

Ils se plaignirent aussitôt.

« Dépêchez-vous. »

Lucy leva les bras en l'air. « Je ne comprends pas pourquoi tu ne l'embrasses pas une bonne fois pour toutes. Les adultes sont vraiment idiots. »

Zoé s'étouffa sur un éclat de rire. « Allez, venez. Laissons ces idiots d'adultes tranquilles. On va préparer le dîner. On n'en profitera pas du tout pour les espionner par la fenêtre.

— Oooh, fit Talia. J'ai compris. Oui. Allons les esp… euh, préparer le dîner. »

Ils se dépêchèrent de monter les marches du perron. Sal jeta un dernier coup d'œil dans leur direction avant de fermer la porte derrière lui…

Et apparut aussitôt derrière la fenêtre avec les autres. Ils essayaient de se cacher derrière les rideaux, même Zoé, mais ce n'était pas un franc succès.

Linus les aimait de tout son cœur.

Au-dessus de leurs têtes, les étoiles commençaient à apparaître. Le ciel était strié d'orange, de rose et de bleu, bleu, bleu. Les oiseaux marins chantaient. Les vagues s'écrasaient contre les rochers.

Mais la seule chose qui importait à Linus à cet instant était l'homme qui se tenait devant lui. Cet homme merveilleux.

Il attendit qu'il prenne la parole.

« Pourquoi maintenant ? » demanda enfin Arthur. Il paraissait fatigué.

« C'était le bon moment, répondit Linus. Je suis rentré en pensant faire le bon choix. J'ai présenté les résultats de mon enquête aux Cadres Extrêmement Supérieurs. » Il s'interrompit pour réfléchir à ce qu'il venait de dire. « Présenter est peut-être un euphémisme. Pour être honnête, je leur ai plutôt fait la leçon. »

Arthur sembla réprimer un sourire. « Ah oui ?

— Je ne pensais pas être capable de leur tenir tête.

— Alors pourquoi l'as-tu fait ? »

Linus tendit les bras et écarta les doigts. « Parce que je… j'ai ouvert les yeux. Ici. J'ai appris. Mon séjour m'a changé. Je ne m'en étais pas rendu compte jusqu'à ce que je parte. Cela m'a sauté aux yeux quand je ne pouvais plus venir prendre le petit-déjeuner chez vous en me réveillant ou quand je ne pouvais plus t'entendre leur faire classe. Ou discuter de tes idées philosophiques absurdes avec toi. Ou partir à l'aventure le samedi en portant un costume ridicule et en étant menacé d'une mort atroce.

— Je ne sais pas, fit Arthur. Ça n'a pas l'air de te gêner de le porter. »

Linus tira sur le bas de sa chemisette. « Je m'y suis habitué. Ce que je veux dire, c'est que je suis parti parce que j'avais peur de ce qui pouvait arriver, pas de ce qui était déjà là. Et je n'ai plus peur. »

Arthur hocha la tête avant de détourner le regard, la mâchoire crispée. « Et l'orphelinat ? »

Linus secoua la tête. « Ce n'est pas… Un jour, tu m'as dit que le mot "orphelinat" n'était pas adéquat, car personne ne venait ici dans l'optique d'adopter un enfant.

— J'ai dit ça, c'est vrai.

— Oui. Alors, je l'ai dit aux Cadres Extrêmement Supérieurs. Cette maison n'est pas un orphelinat. C'est un véritable foyer. Et elle le restera.

— Pour de bon ?

— Pour de bon.

— Et les autres ? Tu as dit que tu voulais aider d'autres personnes. »

Linus se gratta l'arrière de la tête. « Il se pourrait que j'aie fait quelque chose… d'illégal ? J'ai volé quelques dossiers. Peut-être même plus que ça. J'ai une idée, mais ça risque de prendre du temps.

— Linus Baker, votre comportement me surprend ! Vous, voler ? Ce n'est pas très professionnel.

— Oui, eh bien…, bafouilla-t-il. Je rejette toute la responsabilité sur vous. Vous m'avez tous corrompu. »

Linus crut voir une flamme s'allumer dans les yeux d'Arthur. « Tu as vraiment fait tout ça ?

— Oui. J'étais terrifié, mais il fallait que je le fasse. » Il hésita, avant d'ajouter : « J'ai également donné ma démission. »

Arthur eut l'air surpris. « Pourquoi ? »

Il haussa les épaules. « Ma place n'était pas là-bas.

— Où est ta place, Linus ? »

Alors, faisant appel aux dernières bribes de courage qu'il lui restait, Linus Baker répondit : « Ici. Avec toi. Si tu veux bien de moi. Demande-le-moi encore une fois. S'il te plaît. Je t'en supplie. Demande-moi de rester. »

Arthur hocha doucement la tête et se racla la gorge. Quand il reprit la parole, sa voix était rauque. « Linus.

— Oui, Arthur ?

— Reste ici. Avec nous. Avec moi. »

Linus avait du mal à respirer. « Oui. Pour toujours. Oui. Je veux être avec eux. Avec toi. Je… »

Arthur l'embrassa. Linus ne l'avait même pas vu bouger. Il avait été sur le point de s'effondrer quand, tout à coup, des mains s'étaient posées de chaque côté de son visage et des lèvres avaient trouvé les siennes. Il avait l'impression d'être en feu, de brûler de l'intérieur. Il leva les mains pour les poser sur celles d'Arthur et les maintenir en place. Il aurait voulu que ce moment dure toujours. Malgré toutes les chansons d'amour qu'il avait écoutées dans sa vie, aucune ne l'avait préparé aux émotions qu'il ressentait à cet instant.

Arthur s'écarta et se mit aussitôt à rire en sentant Linus déposer des baisers euphoriques sur son menton, ses joues, son nez et son front. Il baissa les mains et enroula ses bras autour de lui pour le serrer contre son cœur. Ensemble, ils ondulèrent dans la lumière du soleil couchant. À l'intérieur de la maison, les enfants faisaient exploser leur joie.

« Pardon », murmura Linus contre la gorge d'Arthur.

Arthur l'étreignit plus fort. « Ne dis pas de bêtise. Tu n'as pas à t'excuser. Tu t'es battu pour nous. Je ne pourrais jamais t'en vouloir pour ça. Au contraire, je t'adore encore plus. »

Linus sentit son cœur se remettre en place.

Tandis qu'ils continuaient de se balancer au rythme d'une chanson qu'eux seuls entendaient, le soleil disparut sous l'horizon. Tout était rentré dans l'ordre dans ce petit coin du monde.

N'aimeriez-vous pas être ici ?

Épilogue

Au printemps, un jeudi après-midi très précisément, le ronronnement du moteur d'un vieux pick-up qui remontait la route jusqu'à la maison s'éleva dans la douceur de l'air.

Linus, qui était en train d'arracher de mauvaises herbes, releva la tête et s'essuya le front du revers de la main. Il y laissa une trace de terre.

« On dirait Hélène. Elle devait venir te voir ? »

Imperturbable, Talia tassait amoureusement la terre autour d'un lit de pétunias. « Je ne crois pas. Elle m'a parlé d'un autre magazine qui voulait voir mes fleurs, mais elle m'a assuré qu'ils ne viendraient pas avant le mois prochain. Elle ne m'a rien dit de particulier quand on était au village, le week-end dernier. »

Linus se redressa en grognant. « Mieux vaut aller voir ce qu'elle veut.

— Si ce sont des fans, avertis-les que je ne suis pas disposée à recevoir de la compagnie pour le moment et que c'est malpoli d'arriver sans prévenir. »

Il ricana. « Je le leur expliquerai. »

Les yeux plissés, la petite fille le toisa. « Ne crois pas que ça va te dispenser de désherber. »

Il tapota le haut de son bonnet. « Je n'y pensais même pas. Continue. Je reviens tout de suite. »

Elle marmonna dans sa barbe en langue gnome.

Il secoua la tête en souriant. Ses menaces devenaient de plus en plus créatives. La faute en incombait probablement à Lucy.

Il s'essuya les mains sur sa chemise et sortit du jardin pour rejoindre l'avant de la maison. L'ancien Linus n'aurait pas reconnu l'homme qu'il était aujourd'hui. Sa peau avait rougi, puis pelé plusieurs fois jusqu'à ce qu'il obtienne ce que l'on aurait pu décrire comme un faible bronzage. Il portait des shorts (par choix !) et il avait les genoux sales parce qu'il était resté agenouillé dans le jardin pendant une heure. Il était toujours un peu rond, mais, étant donné qu'Arthur lui avait fait comprendre que cela lui plaisait, il avait fini par l'accepter. Ses cheveux étaient de plus en plus fins, mais il n'avait pas le temps pour des choses aussi insignifiantes. Pour la première fois de sa vie, il se sentait bien dans sa peau. Sa pression sanguine était toujours un peu élevée, mais il y avait bien pire qu'une bouée autour de la taille ou des cheveux sur son oreiller.

Il était en train de fredonner une chanson de Buddy Holly lorsque le pick-up apparut et se gara en cahotant. Le moteur toussa avant de s'arrêter.

« On dirait bien qu'il est sur le point de te lâcher », fit remarquer Linus en regardant Hélène descendre du véhicule. Elle portait une salopette tachée d'herbes.

« Pour l'instant, il fait encore l'affaire. » Elle lui sourit. « Tu es tout sale. Talia n'a toujours pas oublié ta promesse, à ce que je vois. »

Linus soupira. « J'ai réussi à négocier pour l'aider seulement trois fois par semaine, maintenant. Je n'ose pas descendre davantage. Elle n'a toujours pas rebouché le trou qui est censé être ma tombe. C'est une menace rudement efficace, même pour quelqu'un d'aussi petit qu'elle.

— Ça te va bien, le rassura-t-elle en lui tapotant l'épaule. Arthur est à l'intérieur ? Il faut que je vous parle à tous les deux. A-Chiche voulait aussi que je dise à Lucy que les disques qu'il a commandés sont arrivés.

— Tout va bien ? »

Son sourire s'évanouit. « Je crois. Mais je préfère que vous soyez présents tous les deux. »

Sa réponse inquiéta Linus. « Il y a un problème au village ? Je pensais que les choses s'amélioraient. Le week-end dernier, on a à peine reçu un ou deux regards noirs. »

Elle secoua la tête. « Non… Ce n'est pas le village. Qui vous cherche encore des noises ? »

Il haussa les épaules. « Toujours les mêmes, mais il est de plus en plus facile de passer outre. Les enfants savent faire preuve d'une résilience remarquable quand il le faut. »

Elle fronça les sourcils. « Ils ne devraient pas y être obligés. J'ai promis de faire de mon mieux pour qu'un tel incident ne se reproduise jamais.

— Et tu as fait des miracles, lui assura-t-il. Mais ces choses-là prennent du temps. »

Certaines personnes ne voulaient tout simplement pas que le *statu quo* change. Ce n'était pas la peine de le lui faire remarquer. Elle le savait sans doute très bien. Depuis qu'elle était venue sur l'île pour la première fois, Hélène s'était donné pour mission de transformer le village en un endroit accueillant pour tout le monde. Elle avait d'abord retiré les affiches ATTENTIFS ENSEMBLE autour de la ville. Cette initiative n'avait pas rencontré beaucoup de résistance. En revanche, il y avait eu davantage de protestations lorsqu'elle avait annoncé son intention de faire du village de Marsyas un lieu de vacances inclusif, pour humains et êtres magiques confondus. Ce n'était que lorsqu'elle avait rappelé aux commerçants qu'une augmentation du nombre de touristes rapporterait plus d'argent que les plaintes s'étaient tues. Linus trouvait amusant de voir que les préjugés ne faisaient pas le poids face au profit, surtout depuis que le gouvernement avait cessé de payer le village pour son silence. Le fait que le conseil de la mairie vote en faveur de son arrêt lui avait fait l'impression d'une victoire, aussi maigre fût-elle.

C'était un début.

Puis, après Noël, une annonce étonnante leur était parvenue du Ministère de la Jeunesse Magique. Les Cadres Extrêmement Supérieurs avaient tous donné leur démission après qu'une enquête, menée par des personnes extérieures, avait révélé que les écoles qu'ils géraient étaient jugées discriminatoires. Tout avait commencé par un rapport anonyme brossant le tableau des pratiques terribles dont la jeunesse magique était victime et offrant des exemples précis d'enfants sous la tutelle du MJM qui avaient été traités comme des citoyens de seconde classe. Un nouveau conseil d'administration avait été nommé et même s'il promettait une révolution totale, les rouages de la bureaucratie tournaient lentement, surtout face à une résistance farouche de la part de certains individus. Faire oublier des décennies d'idées préconçues prendrait du temps. Mais si le fonctionnement du MJM changeait réellement, il pourrait ensuite en être de même pour les autres ministères qui s'occupaient de près ou de loin des êtres magiques.

Il fallait commencer quelque part.

En février, une journaliste avait débarqué sur l'île. Elle avait eu vent du départ fracassant de Linus du MJM et avait réussi à remonter sa trace. Elle lui avait demandé s'il savait quelque chose au sujet du rapport anonyme qui avait ébranlé le gouvernement. « Un lanceur d'alerte, avait-elle dit. Quelqu'un de l'intérieur qui connaissait très bien les activités du Ministère de la Jeunesse Magique. »

Il avait ri nerveusement. « Est-ce que j'ai l'air d'être le genre de personne capable de faire un scandale ? »

Elle n'avait pas été dupe. « J'ai appris à ne jamais juger les gens sur leur apparence. Je protégerai votre anonymat.

— Vraiment ?

— Vous avez ma parole. Je garde farouchement mes sources. »

Il avait pensé à tous les enfants, là-dehors, dans des endroits comme l'île de Marsyas, à ceux qu'il avait rencontrés et aux milliers qu'il n'avait pas eu le plaisir de croiser, mais dont il avait volé le dossier. Une interview aurait permis d'attiser la flamme le plus longtemps possible. Linus était un homme discret, c'est vrai, un homme au cœur tranquille. L'image du phénix, les ailes déployées dans une cave sombre, puis sur un ponton aux yeux de tous lui vint à l'esprit. Si cette journaliste était remontée jusqu'à lui, d'autres suivraient. Alors, il prit sa décision. Lui non plus ne se cacherait plus dans l'ombre. « Écoutez-moi bien, car l'histoire que je vais vous raconter ne ressemble à aucune autre. »

Elle avait souri.

Lorsqu'elle était repartie, cinq heures plus tard, le regard pétillant, elle avait eu l'air satisfaite. Selon elle, elle avait eu assez de matériel pour créer une série entière d'articles. Elle les informerait de leur sortie. Elle pensait être prête à les publier dès l'été. « Vous avez conscience des conséquences que cela va engendrer ? avait-elle demandé une fois devant la maison. Avez-vous la moindre idée de ce que cela signifie ?

— Plus que vous l'imaginez », avait répondu Arthur.

Elle l'avait dévisagé un long moment avant de hocher la tête. Quand elle avait rejoint sa voiture, elle s'était arrêtée, la main sur la poignée, et avait de nouveau regardé dans leur direction. « Une dernière question.

— Satanés journalistes », avait grommelé Linus.

Elle ne lui avait pas prêté la moindre attention. Elle n'avait d'yeux que pour Arthur. « D'après l'une de mes sources, un homme comme nul autre a accepté de témoigner sur sa propre expérience au sein du Ministère de la Jeunesse Magique. Vous ne seriez pas au courant, par hasard ?

— Un homme comme nul autre, avait répété Arthur. Comme c'est curieux.

— Est-ce que c'est vrai ?

— Le temps nous le dira, je suppose. »

Elle avait secoué la tête. Linus avait été incapable de déchiffrer son expression. « Je dois rester objective. Mon boulot, c'est de rapporter les faits, rien d'autre.

— Mais ? avait demandé Arthur.

— Mais en tant qu'être humain, et après avoir aperçu la lumière dans toute cette obscurité, j'espère que cet homme sait que de nombreuses personnes pensent que ce qu'il a à dire apportera le changement dont ce monde a tant besoin. Bonne journée. »

Elle les avait alors quittés et était partie en direction du ferry.

Ils étaient restés sur le perron, main dans la main, jusqu'à ce que sa voiture disparaisse sur la route en terre.

« Je te l'avais dit. »

Arthur avait souri. « C'est vrai. Tu avais peut-être raison, finalement. Tu crois qu'ils m'écouteront ? »

Linus n'était pas stupide ; il savait que le MJM le surveillait sans doute autant que les autres résidents de l'île. Il ne possédait aucun pouvoir magique, mais il avait quitté le ministère pour venir habiter dans un lieu qui était toujours, techniquement, classé top secret, même si, à présent, il s'agissait plus d'une plaisanterie qu'autre chose. Les enfants ne cachaient jamais leur vraie nature. Il leur arrivait encore de faire face aux préjugés, mais ils pouvaient se rendre au village quand ils en avaient envie. Hélène s'en était assurée.

Oh, il n'était pas naïf au point de penser qu'ils seraient accueillis partout à bras ouverts. Il avait conscience de la colère et des insultes que les êtres magiques recevaient dans les grandes villes. Il y avait des manifestations et des marches de protestation pour que le recensement continue, mais ce qui lui donnait de l'espoir, c'étaient les contre-manifestations qui s'organisaient en nombre. Celles-ci rassemblaient en grande majorité de jeunes, humains et êtres magiques mélangés, et Linus savait que la vieille garde arrivait en fin de course.

Ce n'était plus qu'une question de temps.

« Oui, avait-il répondu. Ça viendra. »

Arthur avait hoché la tête. « Tu crois en moi ? »

Linus avait cligné des yeux. « Bien sûr. Je crois en vous tous. Tu es un phénix, Arthur. Tu connais bien le feu. Il est temps de tout faire brûler et de voir ce qui repousse dans les cendres.

— Un scandale, avait dit Arthur en riant doucement. Si seulement ils savaient de quoi nous sommes capables. »

Linus avait souri. « Ils le sauront. »

À présent, il attendait de voir si le MJM allait envoyer un nouvel agent sur l'île, surtout après la requête d'Arthur. Pour l'instant, il n'avait reçu aucune réponse, mais c'était peut-être la raison de la présence d'Hélène. Il se pouvait qu'elle ait eu vent de quelque chose et venait les prévenir.

« Je continuerai sans relâche », lui promit-elle.

Il lui sourit avec douceur. « Nous le savons et nous t'en sommes reconnaissants. »

Il la guida dans la maison. Autour d'eux, les sons d'une maison emplie de bonheur résonnaient. Elle grinçait et craquait comme toutes les vieilles bâtisses où l'on a bien vécu. Il aperçut le bout d'une queue qui battait joyeusement dépasser de sous le canapé. Lorsqu'ils gravirent l'escalier, le cliquetis des touches d'une machine à écrire leur parvint, ainsi qu'un « Comment allez-vous ? » enthousiaste provenant de la chambre de Chauncey. Ces derniers temps, il s'entraînait avec encore plus d'entrain. Le manager de l'hôtel de Marsyas lui avait demandé s'il voulait travailler une journée par semaine avec leur groom. Apparemment, l'homme qui avait donné sa casquette à Chauncey prenait de l'âge et partait bientôt à la retraite. En entendant cette proposition, le garçon s'était transformé en flaque tremblante, une capacité que Linus et Arthur avaient ignorée. Au bout de quelque temps, il avait retrouvé son apparence normale et avait accepté en pleurant. Son premier jour serait le samedi suivant.

Quand ils atteignirent la porte de la chambre, Linus entendit Lucy crier. Il jeta un coup d'œil en direction d'Hélène qui haussa un sourcil. « Lucy a été le premier à annoncer à Arthur qu'il savait ce qu'il était, expliqua Linus. Tout le monde était plus ou moins au courant, mais Lucy a décidé de mettre les pieds dans le plat. Depuis quelques semaines, il demande constamment à Arthur d'enflammer des objets.

— Oh, mon Dieu », souffla Hélène.

Il poussa la porte.

« Réfléchis, Arthur ! Pense à tout ce qui brûle ! Le papier ! Le carton ! Les arbres ! Attends, non. Pas les arbres. Phee me tuera si on brûle des arbres. Mais on pourrait, si on le voulait. À nous deux, on pourrait mettre le feu à *tellement de choses*… Coucou, Linus ! »

Il secoua la tête. « Lucy. On a déjà parlé de ça. »

Le petit garçon fit la moue. « Je sais, mais tu m'as aussi dit qu'on pouvait seulement apprendre de nouvelles choses si on posait des questions dessus. »

Arthur sourit. « C'est vrai, tu l'as dit.

— Et je le regrette, comme tout le reste, ronchonna Linus.

— Tu mens, rétorqua Lucy. Tu m'aimes ! » Son sourire se fit malicieux. « Comme tu aiiiiimes Arthur. »

Linus se sentit rougir, mais il n'essaya même pas de nier. Toutes les personnes présentes dans la pièce auraient su qu'il mentait. « Quoi qu'il en soit, il y a une assiette de biscuits pour toi, dans la cuisine. Tu devrais demander à Sal et Chauncey s'ils veulent en manger avec toi. »

Lucy le toisa d'un air suspicieux. « Vous me mettez dehors pour parler de moi ? Parce que si c'est le cas, je n'ai rien fait. »

Linus plissa les yeux. « Est-ce que tu veux m'avouer quelque chose ?

— Des biscuits ! s'écria Lucy en sortant de la chambre en courant. Bonjour Hélène ! Au revoir Hélène ! » Il appela ses frères en hurlant tout en claquant la porte derrière lui. Un tableau accroché au mur, qui représentait un lémurien dans une pose douteuse et qui, pour une raison inexplicable, plaisait énormément à Arthur, pencha sur le côté.

« Ça a l'air d'être un vrai petit diable, fit remarquer Hélène en fixant la porte close d'un air abasourdi.

— Littéralement, oui, répondit Arthur. Hélène, on ne savait pas que tu passerais aujourd'hui.

— Pardon d'arriver à l'improviste, s'excusa-t-elle. Je... Cela ne pouvait pas attendre. Il fallait que je vous voie. » Elle jeta un coup d'œil à Linus. « Tous les deux. C'est important.

— Nous t'écoutons », l'invita Arthur en désignant le fauteuil que Lucy avait libéré. Elle s'assit tandis que Linus allait se placer à côté d'Arthur. Il rougit encore plus fort lorsque Arthur lui prit la main et déposa un baiser dessus. Il ne s'écarta pas pour autant.

« Je vois que vous vous entendez bien, fit remarquer Hélène avec un éclat dans le regard qui ne plaisait pas à Linus.

— Nous avançons au jour le jour, répondit celui-ci, un peu crispé.

— Bien sûr, je n'en doute pas. Le week-end dernier, Talia m'a raconté que tu n'avais pas dormi dans la dépendance depuis Noël. Et qu'ils avaient plusieurs fois passé la nuit chez Zoé, mais je ne crois pas qu'elle comprenne vraiment pourquoi. »

Arthur rit. Linus, lui, grogna. « Ils ne devraient pas se mêler de ce qui ne les regarde pas.

— Ça te va bien, lui dit-elle d'une voix douce. Ça vous va bien à tous les deux. Je suis contente que vous vous soyez trouvés. » Elle reprit son sérieux. « J'ai attendu avant de venir vous en parler. Je voulais m'assurer que tout irait bien, mais je crois que le moment est bientôt là. »

Linus était perdu. Il consulta Arthur du regard avant de reporter son attention sur Hélène. « De quoi parles-tu ?

— D'un enfant, répondit Arthur à sa place. C'est ça ? Tu as trouvé un nouvel enfant ? »

Linus sentit de la chair de poule se former sur sa nuque.

Hélène hocha la tête. « Il n'apparaît sur aucun registre. Il n'a personne d'autre. Pour l'instant, il vit chez... des amis. Des gens de confiance, mais ils n'ont pas assez de place pour l'accueillir. Depuis le début, ce n'était qu'une solution temporaire et... étant donné ce qu'il est, il aura besoin de beaucoup plus de choses qu'ils ne peuvent lui offrir. » Elle sourit, mais ses lèvres tremblaient. « Je sais que c'est beaucoup vous demander. Cela pourrait attirer encore plus l'attention sur vous, mais il n'a nulle part où aller. Ils ont cherché sa famille sans succès. Je crois qu'il est seul. Il est timide, il a peur et il n'est pas très bavard. En fait, il me fait un peu penser à Sal. Ou plutôt à celui qu'il était avant. Je crois que je ne l'avais jamais entendu parler autant que ces derniers mois.

— Une vraie pipelette, confirma Linus. Comment s'appelle-t-il ?

— C'est pour ça que je sais qu'il serait bien ici, dit Hélène dont le sourire s'élargit. Vous ne m'avez pas demandé ce qu'il est, seulement *qui* il est. Je crois que personne n'a jamais fait ça pour lui. » Elle sortit une photo d'une poche de sa salopette et y jeta un coup d'œil avant de la leur tendre. « Il s'appelle David. Il a 11 ans. C'est un...

— Un yéti », termina Linus, émerveillé. Il observa la photo que tenait à présent Arthur. Dessus, on y voyait un garçon souriant couvert de poils blancs et épais. Mais ce furent ses yeux que Linus remarqua plus que tout.

Ils étaient d'un bleu céruléen.

« On va l'accueillir, s'exclama aussitôt Linus. Dès qu'il sera prêt. Est-ce qu'on peut aller le chercher aujourd'hui ? Où est-il ? A-t-il beaucoup d'affaires ? Oh, il va falloir lui trouver une chambre. La dépendance pourrait fonctionner, mais... Attendez. Est-ce qu'il sera bien ici ? Ne préfère-t-il pas le froid ? Je suppose qu'on trouvera une solution. N'importe quoi pour le mettre à l'aise... »

Il sentit Arthur lui serrer la main.

Il baissa les yeux. « Je m'emballe, c'est ça ?

— Mon très, très cher Linus. Si tu savais comme je t'aime. »

Linus toussa. « Euh... Oui, moi aussi. Pareil. »

Hélène leur fit un grand sourire. « Je le savais. Je savais que je prenais la bonne décision. Et oui, il aime le froid, mais il a survécu sans y avoir accès pendant la majorité de sa vie.

— Il ne devrait pas *survivre,* rétorqua Linus, irrité. Il devrait *vivre.*

— La cave », intervint Arthur. Linus le regarda bouche bée. « On pourrait transformer la cave en chambre froide, rien que pour lui.

— Tu es sûr ? »

Arthur hocha la tête. « Oui. Je crois qu'il est temps de laisser le passé derrière moi et de changer une chose empreinte de colère et de tristesse en une chose positive. »

Linus Baker aimait Arthur Parnassus plus qu'il n'aurait jamais pu l'exprimer.

« Cela ne posera pas de problème pour votre demande d'adoption des autres ? interrogea Hélène qui paraissait inquiète. Je ne veux pas tout faire rater. »

Arthur secoua la tête. « Je ne vois pas pourquoi ce serait un problème. Cet endroit est toujours considéré comme un orphelinat, même si le MJM est en train de revoir ses directives. Du moins, c'est ce qu'ils disent. Il est... différent, comme nous tous. S'il se plaît ici et veut rester, on passera par les canaux appropriés. Sinon, on lui trouvera un foyer qui lui conviendra. »

Hélène parut soulagée. « Il y en a d'autres, vous savez. Beaucoup d'autres.

— On sait, répondit Linus. On ne pourra peut-être pas tous les aider, mais on fera ce qu'on peut pour ceux que l'on rencontre sur notre chemin. »

Hélène les quitta en leur promettant de les contacter bientôt. Il y avait tout un tas de dispositions à prendre. Elle proposa à Arthur et Linus de rendre visite à David tout seuls une première fois, pour qu'il ne se sente pas submergé en rencontrant tout le monde à la fois.

Ils acceptèrent.

Linus observa le pick-up à travers la fenêtre de la chambre. La vitre baissée, Hélène discutait avec Zoé. Elles souriaient toutes les deux. Linus n'avait pas vu leur relation évoluer, mais apparemment, il était bien le seul. Ce n'était que lorsqu'il les avait surprises en train de s'embrasser qu'il avait compris pourquoi Hélène leur rendait visite aussi souvent.

Zoé déposa un baiser sur le dos de la main d'Hélène avant de reculer. Le véhicule fit demi-tour dans un grondement de moteur et elle disparut sur la route en direction du ponton. Linus sursauta en sentant des bras entourer sa taille. Il tourna légèrement la tête pour effleurer la joue d'Arthur du bout du nez.

« Tu peux y arriver, murmura-t-il. Tu peux l'accueillir ici et le rendre heureux.

— *On* peut y arriver, le corrigea Arthur avec douceur. Il aura autant besoin de toi que de moi. Il aura besoin de nous tous, je pense, et on sera prêts. »

Linus se retourna et embrassa Arthur sur le bout du nez. « Merci.

— Pour quoi ?

— Pour ça. Pour tout. Pour toute cette couleur que tu as mise dans ma vie. »

Arthur comprit où il voulait en venir. « Ce sont ses yeux, pas vrai ? C'est ça que tu as vu en premier. »

Linus hocha la tête. « Ils m'ont fait penser à la mer. C'est un signe. Sa place est ici. Et on fera tout ce qui est en notre pouvoir pour qu'il le sache.

— Tu crois qu'on devrait en parler aux enfants ?

— De David ? Bien sûr. Il faut que… »

Il secoua la tête. « De la demande d'adoption. Du fait qu'il y a aussi ton nom dessus. »

Linus hésita. « Pas encore. Pas avant qu'on soit certains que ça passe avec nos deux noms. Je ne veux pas avoir à revenir sur notre parole si le MJM refuse parce que nous ne sommes pas… » Il toussa pour dissimuler sa gêne. « Tu sais. » Linus aurait voulu disparaître sous terre. Il espérait qu'Arthur ne rebondirait pas sur sa remarque.

Alors, bien entendu, c'est ce qu'il fit : « Parce que nous ne sommes pas mariés.

— Oui, voilà. » Et non, Linus n'y avait pas encore pensé. Pas du tout. Cela aurait été présomptueux de sa part. Il était bien trop tôt et en plus…

« Alors, il faudra y remédier. »

Bouche bée, Linus regarda Arthur s'éloigner vers la porte. « Pardon ? »

Arthur lui jeta un coup d'œil par-dessus son épaule. « Tu viens, mon cher Linus ?

— Hé, attends une seconde ! Tu ne peux pas… Tu ne peux pas dire une chose pareille et t'en aller comme ça ! »

Arthur ouvrit la porte de la chambre et lui tendit la main.

Sans cesser de se plaindre, Linus la prit dans la sienne.

En fin de compte, ils s'étaient inquiétés pour rien. Quand ils descendirent au rez-de-chaussée, les enfants et Zoé s'étaient rassemblés dans la cuisine où un Lucy surexcité leur expliquait que Linus allait devenir leur père, lui aussi, et qu'Arthur et lui ne tarderaient pas à se marier. Le petit garçon avait encore écouté aux portes. Il faudrait lui rappeler que cela ne se faisait pas.

Pourtant, tandis que les enfants leur sautaient au cou en criant leur joie et en versant des torrents de larmes, Linus se trouva bien incapable de lui en vouloir d'avoir vendu la mèche.

Alors, dans cette maison au milieu de la mer céruléenne, il comprit qu'il était possible de choisir la vie que l'on voulait.

Et si l'on avait de la chance, parfois, cette vie vous choisissait en retour.

REMERCIEMENTS

L'écriture est souvent une expérience solitaire. Les auteurs s'enferment dans leurs propres pensées pour les coucher fiévreusement sur papier jusqu'au moment où ils sont prêts à livrer leurs histoires au monde. Alors seulement comprennent-ils qu'ils ne sont pas obligés d'entreprendre ce périple aussi effrayant qu'excitant tout seuls.

Merci à mes *beta lectrices*, Lynn et Mia, qui ont été les premières à lire cette histoire : comme toujours, vos remarques se sont révélées inestimables. Vous avez propulsé *La Maison au milieu de la Mer céruléenne* à un niveau que je n'imaginais pas atteindre et pour cela, vous méritez ma gratitude éternelle. J'ai de la chance de vous avoir.

À mon agent, Deidre Knight : tu es et as toujours été un don du ciel. Tu te rappelles quand tu m'as contacté après avoir lu mon roman sur les loups ? Moi, oui. Ce moment a changé ma vie. Tu m'as pris sous ton aile et m'as aidé à m'améliorer au-delà de mes rêves les plus fous. Grâce à ton travail acharné, ce livre et les suivants ont trouvé leur place chez une maison d'édition qui me correspond et qui comprend l'importance de la visibilité de la communauté LGBTQ+. Tu es de la dynamite. Ne laisse personne te dire le contraire.

À mon éditrice, Ali Fisher : meuf, je t'adore. Si tu savais à quel point j'étais nerveux, la première fois qu'on s'est parlé au téléphone ! Je sortais complètement de ma zone de contrôle et même si Deidre était là pour me tenir la main, j'étais à deux doigts de la syncope. Mais tu ne t'es pas moquée de ma diarrhée verbale et au terme de cette conversation, j'ai su que mes histoires seraient entre de bonnes mains auprès de Tor et toi. Merci de m'avoir fait vivre l'un des moments les plus excitants de ma vie. Ton travail sur *La Maison au milieu de la Mer céruléenne* a permis d'en faire le meilleur livre possible. Je ne pourrais pas rêver meilleure éditrice. On va tout déchirer, tu verras.

À tous les autres :

Merci à Tor de m'avoir prouvé que certaines maisons d'édition ont envie de raconter de vraies histoires queers (en parlant de l'antéchrist au passage...).

Merci à Saraciea Fennel, ma publicitaire, aidée par Anneliese Merz et Lauren Levite, d'avoir su si bien me vendre (en tout bien tout honneur).

Merci à Peter Lutjen, responsable artistique, et à Red Nose Studio d'avoir créé l'une des plus belles couvertures que j'ai jamais vues. Sincèrement. Quand vous aurez terminé la lecture, jetez-y un coup d'œil. C'est une véritable œuvre d'art[1].

En plus d'Ali, Kristin Temple, assistante d'édition, a fait en sorte que je ne me déconcentre pas, ce que j'ai tendance à faire. Merci, Kristin.

---

1. Note de l'éditeur : TJ Klune parle ici de la couverture originale américaine. L'illustration qui a été utilisée pour celle-ci se retrouve sur la couverture rigide de notre édition collector reliée.

Merci à Melanie Sanders et Jim Kapp de l'équipe de production, à l'équipe de vente de Macmillan, à la section marketing de Tor (Rebecca Yeager, tu es une putain de *rock star*) et à l'équipe de marketing digital.

Alors, oui, même si l'écriture de roman est une activité solitaire, comme vous pouvez le voir, je ne suis pas seul. Je suis entouré de gens bien. Je leur en serai éternellement reconnaissant. Ils font de moi un meilleur auteur.

Une dernière chose : merci à vous, lecteurs. Si vous êtes arrivés jusqu'ici, j'espère que vous avez apprécié le voyage. Certains d'entre vous ne me connaissent peut-être pas encore. D'autres me suivent sans doute depuis le début. Quelle que soit votre situation, sachez que vous avez une importance toute particulière à mes yeux, car sans vous, je n'aurais personne à qui raconter mes histoires. Merci de me permettre de faire ce que j'aime plus que tout au monde.

TJ Klune
22 août 2019

Composition et mise en pages
Nord Compo à Villeneuve-d'Ascq

Certifié PEFC
Ce livre est issu de forêts gérées durablement et de source contrôlées
PEFC
PEFC/18-31-280
www.pefc-france.org

Le papier intérieur de cet ouvrage est composé de fibres naturelles, renouvelables, recyclables et fabriquées à partir de bois issu de forêts plantées expressément pour la fabrication de pâte à papier.

ISBN : 978-2-37876-110-3 (broché)
ISBN : 978-2-37876-111-0 (relié)

Dépôt légal : juin 2021

N° d'édition : 0042-024-01-01 (broché)
N° d'édition : 0043-024-02-01 (relié)

Achevé d'imprimer en Italie par L.E.G.O. – Lavis